BASTEI
LÜBBE
TASCHENBUCH

KATHARINA SECK

Die silberne Königin

ROMAN

BASTEI
LÜBBE
TASCHENBUCH

BASTEI LÜBBE TASCHENBUCH
Band 20 862

Dieser Titel ist auch als E-Book erschienen

Originalausgabe

Titelillustration: © Guter Punkt, Anke Koopmann
unter Verwendung von Motiven von
© iStockphoto/Priisk und shutterstock/AlexGreenArt
Umschlaggestaltung: Guter Punkt, München
Satz: Urban SatzKonzept, Düsseldorf
Gesetzt aus der Garamond
Druck und Verarbeitung: CPI books GmbH, Leck – Germany
Printed in Germany
ISBN 978-3-404-20862-3

5 4 3 2 1

Für Sarah.
Jetzt und immer.

Prolog

Als Madame Weltfremd die Eingangstür der Chocolaterie *Schokoladengold* aufschloss, standen die Sterne bereits stechend klar am Nachthimmel. Das Lichtermeer aus tausend Himmelskörpern warf einen unwirklichen Schimmer über die schneebedeckte Talstadt Silberglanz und erhellte dort, wo das silbrige Licht auf das Eis traf, eine kalte Schönheit.

Seit sich die Dunkelheit über die Stadt gesenkt hatte, war es still in den Straßen geworden, so still, dass ein einzelner, falsch gesetzter Schritt durch die ganze Siedlung schallen konnte und jeder Atemzug schwer klang. Schneeberge säumten die Straßen wie Schutzwälle. Sie erschwerten das Vorankommen in den Gassen, auf dem Marktplatz und zu den Eingängen der Häuser. Manchmal wussten die Menschen kaum noch, wohin mit den Schneemassen, die der Himmel mit geduldiger Regelmäßigkeit Tag für Tag von oben auf das Land Glanzvoll hinabwarf, als wolle er es unter einer makellos weißen Decke ersticken. Aus dem einstigen bloßen Naturschauspiel war etwas Bedrohliches geworden, etwas, das man lieber durch die Glasscheiben eines sicheren Zuhauses beobachtete.

Auch vor der Chocolaterie türmten sich Schneehaufen, doch sie waren nicht so hoch wie anderswo. Madame Weltfremd schlüpfte rasch durch die Tür und zog sie fest hinter sich ins Schloss. Schon ein einziger Windhauch konnte die mühsam in den Häusern bewahrte Wärme zerstreuen. Gerade heute war es wichtig, diese Wärme zu halten, daher entsorgte sie die verkohlte Glut und schürte mit frischen Holzscheiten das Feuer im Ofen neu, bis es heiß und hell prasselte. Rings um den Ofen legte sie dicke Teppiche auf dem Boden aus und zündete Wachskerzen an, bis der Raum sanft erleuchtet war. Sie füllte Pralinen und kleine, splittrige Schokoladenstücke in Tonschalen und verteilte sie auf dem Boden, auf dem ihre Gäste bald Platz nehmen würden.

Obwohl die ganze Stadt wusste, dass in ihrem Laden heute eine der seltenen Geschichtennächte stattfinden würde, hängte sie sorgsam das Schild »Geöffnet« an die Tür und trat einen Schritt zurück. Bald würden die ersten Menschen kommen, die meisten davon Kinder und junge Erwachsene, die die Kunst des Geschichtenerzählens kaum noch – wenn überhaupt – kannten. Madame Weltfremd entstammte einer uralten Familie von Geschichtenerzählern, deren Stammbaum im Laufe der Jahrhunderte derart ausgedünnt war, dass kaum noch jemand von ihnen übrig war. Die Fertigkeit des Geschichtenerzählens war mit der Zeit zu etwas geworden, das man besser verbarg, denn in den Geschichten lebten Wissen und Geheimnisse, die manche Menschen am liebsten begraben sehen wollten.

Die letzte Geschichtennacht war daher über drei Jahre her. Obwohl die Menschen sie immer wieder drängten, ihnen mehr von der Welt jenseits des ewigen Winters zu erzählen, hatte die Madame gezögert. Sie wusste, dass sie in diesen Nächten ein gefährliches Wagnis einging, wenn sie den Einwohnern von anderen Ländern und Sitten, von Helden und Tyrannen und verzauberten Sagengestalten erzählte. Der Herrscher von Glanzvoll, der alte König Marcus, sah in diesen Geschichten nichts als falsche Hoffnungen, die sie für sich behalten sollte. Vielleicht sah er in ihnen sogar eine Gefahr, sah Wahrheiten, die unausgesprochen bleiben sollten.

Als Madame Weltfremd das erste Läuten vernahm, mit dem sich die Besucher ihres Ladens beim Öffnen der Tür ankündigten, und ihr die ersten erwartungsvollen Mienen entgegenstrahlten, wusste sie, dass es richtig war, dieses Risiko einzugehen. Die Menschen, die sich in ihren zerlumpten Kleidungsfetzen aus Leinen und Fell nach und nach auf die Teppiche setzten, wirkten verhärmt und ausgezehrt. Die Kinder, die die vorderen Reihen für sich beanspruchten, hatten weniger Fleisch auf den Knochen als so mancher Straßenhund. Es war ein Bildnis von Armut und schlechten Zeiten.

All das nahm Madame Weltfremd wahr, als sie sich auf den gepolsterten Ohrensessel neben dem Ofen setzte und eine kleine Öllampe näher zu sich schob. Öl war in der Stadt Silberglanz ebenso rar wie die meisten Dinge in den Räumen der Chocolaterie. Ihre normale Kundschaft gehörte zur wohlhabenden Oberschicht der Stadt. Der König selbst schickte von Zeit zu Zeit nach ihren Kreationen aus Schokolade.

Aber Geschichten, dachte sie, Geschichten bezahlt man nicht mit Geld. Man bezahlt sie mit Zuhören, mit Staunen, mit Mitfiebern, mit Hoffen und Bangen. Die beste Entlohnung für einen wahrhaften Geschichtenerzähler war die ungeteilte Aufmerksamkeit der Menschen, waren schnell schlagende Herzen und vor Aufregung feuchte Hände, waren Tränen und Lachen.

Viele Wochen hatte sie gegrübelt, welche Geschichte sich für eine Nacht wie diese wohl am besten eignen mochte: eine Geschichte, die den Menschen ein Lachen ins Gesicht zauberte, die ihnen, für eine kurze Zeit wenigstens, Glück schenkte? Oder eine, die voller Dramatik war und sie eine Weile von den eigenen Nöten ablenken würde? Eine voller Liebe und Schmerz? Oder eine voller Sehnsucht nach Orten, die man nicht kannte? Eine, die einen Funken Wahrheit enthielt?

Die Tür öffnete und schloss sich im Minutentakt, und jedes Mal ertönte das Läuten, das neue Gäste ankündigte. Die Anwesenden unterhielten sich leise, auch die Kinder tuschelten hinter vorgehaltenen Händen. Es lag beinahe etwas Feierliches in der Luft. Schließlich war die Chocolaterie gefüllt, und die letzten Ankömmlinge nahmen auf den blanken Holzdielen Platz.

Die Madame ließ den Blick über jedes einzelne Gesicht streifen, und obwohl sie jedes davon kannte oder zumindest schon einmal flüchtig gesehen hatte, blieb ihre Miene ernst. Bald verstummten die Unterhaltungen, und eine greifbare Anspannung legte sich über die Anwesenden.

Madame Weltfremd wusste nun, was für eine Geschichte sie erzählen würde. *»Es war einmal ein altes Königreich«*, begann sie ohne eine Begrüßung. Ihre Stimme war nicht übermäßig laut, dennoch verstand man sie bis in den letzten Winkel des Zimmers. Ihr Ton war sanft und eindringlich zugleich. Eine gute Geschichte erzählte man nicht nur mit Worten; sie bestand auch aus Botschaften zwischen den Zeilen, aus kurzen Pausen und sorgfältig ausgewählten Betonungen, aus wohl gesetzten Gesten.

»Dieses Land war so alt, dass seine Existenz schon beinahe vergessen war, bevor das erste Geschichtsbuch geschrieben wurde. Es ähnelte unserem Land in vielerlei Hinsicht; die Sitten und Bräuche der Menschen waren wie die unseren. Nur der Winter war nicht beständig, sondern wechselte sich mit dem Sommer in vollendeter Gleichmäßigkeit ab.«

Ein leises Raunen ging durch die Reihen der Zuhörer. Sie alle kannten den Sommer aus Erzählungen, aus den Erinnerungen der Ältesten, aber niemand konnte sich wirklich vorstellen, wie die Sonne hoch am Himmel stand und Pflanzen und Bäume aus dem Boden sprossen. Wie es war, wenn die Welt zum Leben erwachte, wenn sie in Farben getaucht wurde und abertausend Tierarten Wald und Wiesen bevölkerten. Der Sommer war ein Märchen, genauso fantastisch wie die Geschichten von wilden Ungeheuern und tapferen Helden.

»Zu jener Zeit war die Magie noch nicht von dieser Welt verschwunden. Zauberer und Hexen lebten frei und unbescholten in unseren Landen und hielten die Welt im Gleichgewicht. Viele von ihnen schlossen sich großen Adelsfamilien an, berieten sie in politischen, medizinischen und weltlichen Dingen oder dienten einfach zur Unterhaltung am Hofe. Einer dieser Adeligen war Rufus, der als gewaltiger Krieger berühmt geworden war. Er stand im Dienste des Königs und hatte in seinem Namen viele Kriege gegen die Feinde des Königreichs gewonnen. Obwohl ihn

der König für seine Taten mit vielen Ehrungen belohnen wollte, lehnte Rufus diese stets ab, denn er war ein Mann von Bescheidenheit und Loyalität. Insgeheim gab es nur eine Sache, die er sich innig wünschte: eines Tages das Herz der klugen und schönen Zauberin Sara zu erobern, in die er vom ersten Blick an unsterblich verliebt gewesen war.

Die Zauberin wurde auf den jungen Krieger aufmerksam, als seine Taten am Hofe bekannt wurden. Auch erkannte sie die Güte und Sanftheit hinter der harten Fassade des Kriegers, und fortan verbrachten sie viel Zeit miteinander. Sie vergaßen das Verrinnen der Stunden, wenn sie zusammen waren. Jedes Mal, wenn Rufus wieder in den Krieg zog, wartete Sara geduldig und betete, dass er gesund und wohlbehalten zu ihr zurückkehrte.

Als er nach seiner schrecklichsten Schlacht schwer verwundet nach Hause kam, bangte Sara viele Tage um sein Leben, denn es stand schlimm um den Krieger. Nur knapp hatte ein Pfeil sein Herz verfehlt. Doch Rufus war stark, und er gewann auch die Schlacht gegen den Tod. Als er die Augen aufschlug und in Saras Gesicht blickte, wusste er, dass er nicht länger warten konnte, sie zu seiner Frau zu nehmen. Das Leben war zu kurz, um einen weiteren Tag im Dienst des Todes zu verbringen. Er wollte fortan mit Sara in Frieden leben. Keine weiteren Kriege mehr, kein Schmerz, kein Mord und Totschlag für den Ruhm anderer Männer.

Doch als er vor seinen König trat und ihm den einzigen Wunsch vortrug, den sein Herz in all den Jahren gehabt hatte, zögerte der König. Der machtgierige Herrscher wollte den Wunsch ablehnen, wagte es aber nicht, seinen Widerwillen offen zu zeigen, um seinen besten Soldaten nicht zu verlieren.

›Mein treuster Krieger‹, begann der König daher, ›zu gern würde ich dir deinen Herzenswunsch gewähren. Ich fürchte jedoch, dass die Zauberin Sara so mächtig und so klug ist, dass ich sie nur dem gütigsten, mutigsten und bescheidensten Mann zur Heirat überlassen kann. Ziehe hinaus in die Welt und be-

weise mir, dass du diese drei Eigenschaften besitzt. Dann will ich dir die Ehe gewähren, und du sollst dich zur Ruhe setzen dürfen.‹

Rufus brach schon bald in Verzweiflung aus. Er hatte so viele Kriege geführt und Schlachten gewonnen, dass er nicht wusste, welcher Aufgabe er sich noch stellen konnte, um sich zu beweisen. Wie viele Jahre würden ins Land ziehen, bis er die Forderung seines Königs erfüllt hätte? Wäre er dann nicht längst ein alter Greis?

Viele Tage grübelte er. Es gab etliche Ungeheuer im Königreich, die er töten, etliche angrenzende Reiche, die er erobern konnte. Aber bewies er sich damit? Dann überkam ihn eine tiefe Ruhe, und er wusste, wie er dem König die geforderten Eigenschaften zeigen konnte.

Abermals trat er vor den Herrscher, der überrascht war, ihn so rasch wieder zu Füßen seines Thrones zu erblicken. Mit seiner Herausforderung, so hatte er gedacht, wäre Rufus jahrelang beschäftigt.

›Mein treuster Krieger‹, begann der König abermals. ›Hast du die Beweise erbracht, die ich dir als Bedingung für meine Zustimmung genannt habe?‹

›Das habe ich‹, sprach Rufus mit kräftiger Stimme. ›Meinen Mut habe ich all die Jahre in Euren Kriegen bewiesen, in jedem Kampf aufs Neue.‹

Der König wollte ihn erbost zurechtweisen, doch Rufus fuhr rasch fort: ›Und was kann es Gütigeres geben, als sich den Frieden zu wünschen und jeden Krieg abzulehnen? Ist der Frieden nicht die reinste Form von Güte?‹

Rufus sank auf die Knie und senkte den Kopf. ›Ein bescheidener Mann bin ich wahrlich nicht, mein König, denn ich bitte um die Hand der klügsten und schönsten Frau auf Erden. Ich bin es, der um Eure Bescheidenheit, um Euren Mut und um Eure Güte bitten muss.‹

Der König lauschte seinen Worten, aber statt ihm seine Zu-

stimmung zu gewähren, lachte er ihn höhnisch aus. ›Wie kannst du dich anmaßen zu glauben, du könntest ein besseres Urteil als ich fällen. Beweise dich an den Grenzen des Reichs, beweise dich, indem du das Reich schützt. Ich brauche dich, um mein Reich auszudehnen und weitere Länder zu erobern. Dein Lohn sollen nie endender Ruhm und Ehre sein. Man wird eines Tages Lieder über deine Taten singen und dich als Held verehren. Du wirst unsterblich sein. Vergiss die Liebe und nimm deinen Platz wieder dort ein, wo er für dich bestimmt ist.‹

Rufus aber zögerte, den Befehlen seines Herrschers Folge zu leisten. Und weil Rufus zögerte, nahm der König Sara selbst zur Gemahlin, um Rufus' Herz zu brechen und ihn für seinen fehlenden Gehorsam zu bestrafen.«

Ein unglückliches Seufzen durchströmte die Menge. Im Kerzenschein sah Madame Weltfremd Tränenspuren auf vielen Gesichtern. Sie selbst verspürte Traurigkeit. Geschichten konnten einen direkt ins Herz treffen, selbst wenn man nicht wusste, wie viel Wirklichkeit tatsächlich in ihnen steckte. Menschen waren Geschichten, und Geschichten waren Menschen, deshalb konnte das eine das andere auf eine Weise berühren, die nur das Herz verstand.

»Rufus' Herz zersprang in abertausend Teile, die der Wind über das ganze Land verteilte. Manchmal finden wir heute hin und wieder ein Stück davon und halten es für eine Spiegelscherbe, in der wir unseren eigenen Schmerz sehen können«, fuhr Madame Weltfremd leise fort. *»Rufus, der Glorreiche, der einst solch ein großer Krieger gewesen war, verfiel in seiner Verzweiflung dem Wahnsinn. Er wandte seine ganze Kraft gegen seinen König und zerstörte alles, was diesem lieb und teuer war. Zuerst brannte er Stadt und Schloss nieder und zog eine Spur der Verwüstung durch das Land. Am Ende durchschnitt er Saras Kehle, denn wenn er die Zauberin nicht besitzen konnte, dann sollte es niemand sonst, erst recht der verhasste König nicht. Doch als er sah, wie das Licht, das er über Jahre hinweg so*

abgöttisch geliebt und gehütet hatte, in Saras Augen erlosch, wurde ihm das Ausmaß seiner Taten gänzlich bewusst. Er fiel neben ihrem toten Körper nieder und weinte, bis keine Tränen mehr übrig waren, die er weinen konnte. Er nahm seine tote Geliebte auf den Arm und trug sie einen Berg hinauf. Dort flehte er die alten Götter reumütig an, ihn von seinen unermesslichen Schmerzen und seiner Schuld zu erlösen, die er keinen Augenblick länger ertragen konnte.

Und die alten Götter erhörten ihn.

Gewaltiger Donner ließ die Erde erbeben und die Menschen voller Furcht aus der zertrümmerten Stadt flüchten. Dann fuhr ein schwarzer Blitz aus dem Himmel auf die Bergspitze herab und hüllte alles für einen Augenblick in völlige Finsternis. Als das Tageslicht zurückkehrte, war Rufus, der tapferste Krieger und Zerstörer, verschwunden. Alles, was von ihm blieb, war …«

Ein kalter Windhauch strich Madame Weltfremd sanft wie die Berührung von zarten Fingerspitzen über den Nacken. Die Berührung fühlte sich so echt, so nah und kalt an, dass sie zusammenzuckte und beinahe mit dem Ellenbogen die Öllampe vom Tisch gestoßen hätte. Das Licht der Kerzen flackerte unruhig und warf seltsam verdrehte Schattengestalten an die Wände, die sich dort im Takt der Geschichte wie Schlangen wanden. Die Glocke läutete, obwohl niemand die Tür geöffnet hatte. Niemand außer ihr schien das zu bemerken. Zu sehr waren die Menschen vom Verlauf der Erzählung gebannt, als dass sie die Bedrohung spürten, die in diesem Moment zu ihnen hineinsah, verborgen in der Dunkelheit vor dem Fenster. Vielleicht waren sie von dem allgegenwärtigen Winter so abgehärtet, dass sie diese besondere Art der Kälte nicht mehr wahrnehmen konnten.

Doch Madame Weltfremd spürte es: Da draußen war etwas, das dunkler als die schwärzeste Tinte war, dunkler als der Grund des fernen Meeres, dunkler als die Nacht, mit der es sich zu tarnen versuchte. Unsichtbar für Menschenaugen, in einen zähen Nebel aus Finsternis gehüllt, den man nicht durchdringen konnte. Diese Dunkelheit war der Grund, warum sie keine Geschichten mehr erzählte.

Und nun war er da, auf ihrer Türschwelle: der Schatten.

Madame Weltfremd spürte die stille Warnung, die von ihm ausging, ohne dass sie laut ausgesprochen werden musste. Er musste keine Worte mit seinem Mund formen, damit sie verstand, was er ihr sagen wollte. Seine bloße Anwesenheit war eine Botschaft, die sie nicht missverstehen konnte.

»Alles, was von Rufus blieb ...«, wiederholte sie mit gepresster Stimme, *»... war verkohlte Asche.«*

Der Schatten entfernte sich vom Fenster, die Kälte wich von den Wänden und aus ihrem wild pulsierenden Herzen.

Was zurückblieb, war die Lüge, mit der die Geschichte an diesem Abend endete.

Kapitel 1

Als Emma erwachte, fror sie.

Die Welt vor ihrem Fenster war weiß. Schnee fiel vom Himmel, wie an jedem Morgen, wenn die Turmglocke des Schlosses sechs Uhr schlug. Um diese Zeit war die Welt immer weiß und glitzernd. Wenn Emma einen Fuß vor die Tür setzte, um zur Arbeit zu gehen, war sie für gewöhnlich eine der Ersten, die die Reinheit des frisch gefallenen Winterschnees zerstörte.

Fröstelnd zog sie die dicke Daunenbettdecke höher, bis sie ihre Nasenspitze berührte. Der Schnee lag wie eine erstickende Decke auf dem Land, in dem es nur den Winter gab. Die Kälte, die über Silberglanz regierte, existierte schon so lange, dass Emma niemanden kannte, der jemals den Sommer erlebt hatte. Denn den Sommer gab es nur in Geschichten, und die Sonne lächelte meist nur blass hinter einer Wolkenschicht, die immerfort neuen Schnee herbeitrug.

Emma zögerte den Moment des Aufstehens noch einige Augenblicke hinaus. Außerhalb ihres Bettes war es klirrend kalt. Am Fenster hatten sich Eiskristalle gebildet, die das Glas mit einer filigranen Schicht überzogen. Emma hoffte, dass das Glas den Temperaturen standhalten konnte und nicht irgendwann zersprang. Sie war vor drei Jahren in das Holzhäuschen gezogen, nachdem ihre Großeltern nacheinander gestorben waren und es außer Emma niemanden gab, der darin hätte leben wollen. Emma hatte sich alle Mühe gegeben, das kleine Haus zu renovieren, aber ihre Mittel und Kräfte waren beschränkt. Alles, was Emma an Erspartem besessen hatte, war in Reparaturen und Erneuerungen geflossen, und nun besaß sie nichts mehr außer diesem Haus, das dem Wetter nur mit Mühe trotzen konnte, zwei Schmuckstücken, eins von ihrer Mutter und eins von ihrer Großmutter, und drei Schneekugeln. Die Fensterscheibe *musste* also halten. Glas war so teuer geworden, dass sie sich keine neue Scheibe leisten könnte. Und in einem Haus ohne Fenster zu leben bedeutete den sicheren Tod.

Auf dem grob gezimmerten Fensterbrett standen die Schneekugeln, die Cristan, Emmas Vater, der nebenan wohnte, ihr vor einigen Jahren in einem seiner seltenen Vatermomente aus der Schmiede mitgebracht hatte. Er hatte sie heimlich gebaut, und das Material musste ihn ein Vermögen gekostet haben. Die meisten Rohstoffe konnte man nur über die Kaufmänner beziehen, die auf der großen Handelsstraße ihre Ware ins Land schafften. Diese Route war die einzige, die sich in einer vor Lawinen geschützten Talsenke befand, und alle Bewohner von Glanzvoll waren von ihr abhängig.

Wenn Emma die drei Kugeln kräftig schüttelte, schwebten Schneekristalle, wie vom Winde durcheinandergewirbelt, durch das Glas und senkten sich auf die Häupter der Tiere, die Cristan darin eingesetzt hatte; ein heulender Wolf, der nach seinem Rudel rief, eine zarte Rehfamilie und ein Schwan, der auf einem vereisten See gerade zum Flug ansetzte.

Emma strich einmal zärtlich über die drei Schneekugeln, dann biss sie die Zähne zusammen und schlug die Bettdecke zur Seite. Mit einem leisen Seufzen setzte sie ihre Füße, die sie in selbstgestrickte braune Wollsocken gesteckt hatte, auf den Boden. Die Kälte hatte sich in die Dielen gefressen wie Holzwürmer in einen sterbenden Baumstamm.

In der Ecke des Raumes stand ein Zinntopf, in den sie am Vorabend frisches Wasser aus dem See hinter der Siedlung geschöpft hatte. Dort schnitten die Männer jeden Morgen und jeden Abend ein Loch durch das dicke Eis, um an Wasser zu gelangen, denn die Brunnen im Dorf waren an den meisten Tagen zugefroren. Emma musste die Zähne zusammenbeißen, um sie am Klappern zu hindern, als sie die dünne Eisschicht auf dem Wasser zerbrach. Sie wusch sich und schlüpfte rasch in lange Unterwäsche. Der Stoff legte sich kühl auf ihre Haut und bereitete ihr eine Gänsehaut. Eine Leinenhose und ein Wollpullover kamen darüber und zu guter Letzt eine abgetragene Arbeitsjacke, die an einem Haken neben der Tür hing. Mit einem Besen fegte sie die verkohlte Asche aus dem Ofen auf ein Kehrblech und warf sie in einen Eimer. Dann packte sie einen faustgroßen Apfel und etwas Brot in ihre Tasche, um eine Mahlzeit für die Pause zu haben. Mit Schwung warf Emma sich gegen die Haustür, die sich nur mit etwas Anstrengung öffnen ließ, weil sie schief in den Angeln hing. Sie trat nach draußen auf den knirschenden Schnee.

Das Viertel, in dem sie wohnte, war nicht nur am Rande von Silberglanz angesiedelt, es lag auch leicht erhöht am Fuße des Berges Eisrutsch, sodass ihr Vorgarten einen Ausblick über die noch dunkle Stadt bot. Nachdem die Turmglocken den neuen Tag angekündigt hatten, erwachte die Stadt langsam zum Leben. Hier und da glommen Laternen in den engen Straßen auf und warfen ein Dämmerlicht auf die weiß glitzernden Teerstraßen. In den Fenstern einiger Häuser leuchtete sanftes Kerzenlicht, und über ihren schneeverhangenen Dächern stieg Rauch auf. Am hellsten aber strahlte das Schloss aus Eis, in dem König Casper residierte. Insgeheim fragte sich Emma schon lange, wie das Schloss selbst in der dunkelsten Nacht in diesem kühlen, blauen Licht schimmern konnte. Doch sie hatte schon in frühester Kindheit gelernt, dass man nicht über das Schloss oder seine Bewohner sprach. Als könnte man nur durch das Aussprechen eines Namens das Unheil anziehen.

Nur wenige hatten den König jemals außerhalb des Schlosses gesehen, ebenso wenig wie seinen Vater, der vor kurzem erst verstorben war. Es hatte keine Krönung oder ein Fest zu seinen Ehren gegeben, nichts, das diesen Tag zu einem besonderen gemacht hätte. Nicht, dass die Bewohner des Landes sich so etwas gewünscht hätten. Sie kümmerten sich nicht darum, wer auf dem Thron saß, denn die Könige des Maledic-Geschlechts waren einer wie der andere bösartig. Man flüsterte sich nach ein paar Krügen Met zu viele Geschichten über die Herrscherfamilie zu, über Gräueltaten, die sie begangen hatte, jeder Einzelne dieses seit Jahrhunderten überdauernden Geschlechts. Und man hoffte, dass man nicht eines Tages selbst eine dieser Geschichten wurde. Niemand glaubte daran, dass Casper anders sein würde, nur weil er noch so jung war. Vielleicht machte ihn das nur umso grausamer, da er in die Fußstapfen seiner gefürchteten Vorfahren treten wollte.

Doch ganz gleich, wie sehr die Bewohner von Glanzvoll unter der strengen Regentschaft der Maledics litten, sie lehnten sich niemals auf. Alle Kraft wurde darauf verwendet, den Winter zu bekämpfen, um sich selbst und seine Familie durchzubringen. Für Rebellion und Ideale blieb keine mehr übrig. Diese Art von Mut hatte Glanzvoll verloren, als seine glänzenden Tage unter der immerwährenden Schneedecke und dem Mantel der Resignation begraben wurden. Und jedes Kind wuchs mit dem Wissen auf, dass es sich immer von allem, was mit dem Schloss und seinem König zu tun hatte, fernzuhalten hatte.

Emmas Atem dampfte, als sie auf die unbeleuchtete Straße trat. Weit hinten am Horizont zeigte sich das erste zarte Morgenlicht, so fragil wie ein einzelner Schneekristall. Der Kies, der unter einer dünnen Schneeschicht lag, knirschte unter ihren abgelaufenen Schuhsohlen. Hier, so weit vom schimmernden Stadtkern und seinem Eisschloss entfernt, gab es keinen festen Untergrund. Es wäre zu umständlich gewesen, kostbaren Teerboden zu pflegen, wenn das Eis in den kurzen Tauperioden immer wieder Risse hineinschlug. So hatte der König angeordnet, die Straßen in den äußeren Bereichen mit Geröll aufzuschütten – für ein paar Tage war es fast unmöglich gewesen voranzukommen, aber dann hatte sich der Schnee festgetreten und bildete zusammen mit dem Kies einen Untergrund, auf dem man gut Halt fand. Hier musste nicht einmal so viel Schnee weggeräumt werden, denn solange der Niederschlag nicht zu stark wurde, trat man den Schnee einfach im Kiesboden fest. Nur wenn die Temperaturen stiegen und die hohen Schneehügel, die die Straßenarbeiter vor die Stadt karrten, tauten und die Stadt mit Wasserbrüchen überfluteten, wurden die Kieswege wieder trügerisch. Aber das geschah so selten, dass man damit leben konnte.

Emma schlug den Kragen ihrer Jacke höher, bis er Mund und Nase bedeckte und sie keine eiskalte Luft mehr einatmen musste, die in ihren Lungen stach wie tausend Nadeln.

Sie warf einen verstohlenen Blick auf das Nachbarhaus, das Haus ihres Vaters.

Ihre Mutter Juliana war kurz nach Emmas Geburt an den Folgen der Entbindung gestorben. Sie und Cristan hatten damals in einem abgelegenen Dorf in den Bergen mit nur einer Hand voll Einwohnern gelebt, viele Tagesmärsche von der Hauptstadt Silberglanz entfernt. Dort hatte es keine Heiler oder Hebammen gegeben, die ihre Mutter bei der Geburt hätten unterstützen können, und manchmal glaubte Emma, dass Cristan es sich nicht verzieh, seine Frau in dieser Einöde einer solchen Gefahr ausgesetzt zu haben. Nach Julianas Tod war Cristan mit seiner neugeborenen Tochter und einer Ziege durch den Schnee in die Stadt zu seinen Eltern gereist. So war Emma aufgewachsen, ohne jemals ihre Mutter kennengelernt zu haben. Das Einzige, was sie von ihrer Mutter besaß, das einzig Greifbare, war eine Kette mit einem Anhänger aus Eisen. Im Gegensatz zu dem Schmuckstück von ihrer Großmutter gab es nichts Kostbares daran, keinen Goldeinsatz, keinen Silberbezug, nichts. Der Wert des Anhängers bestand einzig und allein im Andenken an ihre Mutter. Er gehörte zu dem Bild, das Emma sich in all den Jahren aus den bruchstückhaften Erinnerungen anderer über sie zusammengereimt hatte. Und so trug sie den Anhänger immer auf der bloßen Haut, gut verborgen unter Leinen, damit sie ihn niemals verlieren konnte.

Es war nicht nur so, dass sie keine eigenen Erinnerungen an Juliana hatte; abgesehen von kleinen, beiläufig erwähnten Details wusste Emma beinahe *nichts* von ihr. Sie wusste nicht, ob ihre Mutter gern gelacht oder was sie traurig gemacht hatte. Sie wusste nicht, wie ihre Stimme geklungen, wie sie ihren Vater getroffen oder ob sie Cristan wirklich geliebt hatte.

Emma wusste von alldem nichts, weil es ihrem Vater von diesem Tage an die Sprache verschlagen hatte. Er sprach, wenn er musste, aber seine Worte beinhalteten nichts als Alltäglichkeiten. Zwischen ihnen beiden existierte eine Stille, die auch Emma irgendwann sprachlos gemacht hatte. Cristan und sie hatten sich seit vierundzwanzig Jahren nichts zu sagen. Wann immer sie konnte, selbst als kleines Mädchen schon, war Emma zu ihren Großeltern geflüchtet, die die Schwiegertochter nie kennengelernt hatten, ihre Enkeltochter dafür aber umso mehr umsorgten.

Wehmütig dachte Emma an ihre Großeltern zurück, an ihr immer geschürtes Kaminfeuer, an den Geruch von Tee und Haferplätzchen, an Behaglichkeit, die auch von Armut nie getrübt werden konnte. Die beiden fehlten ihr so sehr, dass es ihr die Kehle zuschnürte. Aber es half nichts, sie musste sich und ihren Vater nun allein über die Runden bringen. Im letzten Jahr hatte sie mehrmals in Erwägung gezogen, das Hochzeitsdiadem, das ihre Großmutter ihr vererbt hatte, zu verkaufen. Aber sie brachte es nicht über sich. Eigentlich sollte sie gleich das Haus ihrer Großeltern verkaufen, um Geld zu sparen und besser für ihren Vater sorgen zu können, aber diesen Gedanken schob sie von sich, solange es möglich war. Das Verhältnis zu Cristan war so unterkühlt, dass sie lieber bis zur Erschöpfung arbeitete und jede Münze zweimal umdrehte, als mit ihm unter einem Dach zu leben. Das würde sie erst dann tun, wenn es nicht mehr anders ging.

Für einen Moment überlegte sie, einfach an Cristans Haus vorbeizugehen und direkt auf das Bergwerk zuzusteuern, in dem sie arbeitete. Es wäre der einfachste Weg gewesen. Doch vor ihrem inneren Auge zogen Bilder von ihrem Vater vorbei, wie er ohnmächtig oder erfroren in einer Ecke lag. Sie wusste, dass es ihr keine Ruhe lassen würde, wenn sie nicht zumindest nachgesehen hatte, ob er in Ordnung und bei Sinnen war.

Emma trat in den unberührten Schnee des Vorgartens. Kleine Äste und Holzstückchen lagen auf dem Weg zur Haustür verteilt. Sie sammelte das verlorene Brennholz auf, denn jedes einzelne Scheit war kostbar und konnte manchmal über Leben und Tod entscheiden. Wie viele Menschen waren schon erfroren, weil ihnen das nötige Geld für Brennholz gefehlt hatte? Wie viele Menschen hatten Finger oder Zehen verloren, weil sie es in ihren Hütten nicht warm genug hatten? Ein Schauer lief Emma über den Rücken.

Vor der Haustür blieb sie stehen und hämmerte mit der Faust dagegen. Sie wartete einen Augenblick ab. Nichts geschah. Stille schlug ihr entgegen, vertraut und doch fähig, ihrem Herz einen winzigen Stich zu versetzen. Wieder klopfte sie kräftig, dann holte sie mit dem rechten Bein aus und trat fest gegen die Tür, bis sie aus dem Rahmen sprang und einen Blick in das Innere des düsteren Hauses erlaubte.

Emmas Augen benötigten zwei, drei Sekunden, bis sie sich an die Dunkelheit gewöhnt hatten, und der Anblick, der sich ihr bot, war derselbe wie beinahe jeden Tag. Der spärliche Rest des Feuers glühte rot im Herd. Cristan lag zusammengerollt davor. Neben ihm lagen zwei leere Tonflaschen, eine davon mit abgesplittertem Hals. Allein aufgrund der Ausdünstungen, die in der Luft hingen, konnte Emma auf deren hochprozentigen Inhalt schließen. Am Anfang hatte Cristan heimlich getrunken, aber mittlerweile gab er sich keine Mühe mehr, vor Emma zu verstecken, auf welche Art er sich von dem immer gegenwärtigen Kummer um den Verlust seiner Frau ablenkte.

Wer auch immer behauptet hat, Zeit heile alle Wunden, hat gelogen, dachte Emma und starrte einen Moment stumm auf die reglose Gestalt am Boden. Manchmal machte die Zeit die Einsamkeit nur noch schlimmer.

Sie warf das wenige Holz, das sie auf dem Arm hatte, auf die Glut, und schürte das Feuer mit einem Haken neu, bis die ersten Flammen in die Höhe schossen. Dann kniete sie sich neben Cristan.

»Vater«, sagte sie kühl und schüttelte ihn an der Schulter. Er bewegte sich kaum. Sie schüttelte ihn fester, bis er die verquollenen Augen aufschlug. Er benötigte Zeit, sich zu orientieren, Zeit, um wieder zu Verstand zu kommen, Zeit, sie zu erkennen. Fast jeden Morgen fand sie ihn so vor, seit er seine Arbeit als Silberschmied vor einigen Monaten verloren hatte.

Emma stand auf und ging nach draußen, um frisches Wasser aus der Tonne zu holen, die sie an ihrem freien Tag für Cristan aus dem See befüllte. Sie wünschte sich, sie könnte ihn damit auch von den Dämonen reinwaschen, die er im Alkohol ertränken wollte. Sie versicherte sich, dass genug Essen vorrätig war: Ein paar Kartoffeln und ein Stück Pökelfleisch hatten drinnen gelegen, und im verwitterten Schuppen neben dem Haus lagerten noch etwas Obst und ein, zwei Fässer mit Met. Lange würden die Vorräte ihres Vaters nicht mehr reichen.

Als sie zurück ins Haus kam, hatte ihr Vater sich aufgerichtet. Sein Gesicht war rot und fleckig, seine Haare klebten ihm schlaff am Kopf. Er sah aus, als hätte er die Nacht mit wirren Fieberträumen verbracht. Beinahe verspürte sie Mitleid, aber sie unterdrückte es sofort. Denn Mitleid, Ohnmacht und langjähriger Zorn waren eine schwierige, kaum zu bändigende Kombination aus Gefühlen.

Emma füllte einen Kessel und stellte ihn auf den Herd. Als der Kessel summte, goss sie das dampfende Wasser in einen

Becher mit getrockneten Kräutern, der bereits mehr Dellen aufwies als sie Lebensjahre.

Cristan ließ sich polternd auf einen Stuhl in dem karg eingerichteten Zimmer fallen. »Emma«, sagte er anklagend. »Das Holz ist fast alle.«

»Kein Wunder, wenn du alles im Hof verstreust«, erwiderte sie und hielt ihm eine Decke hin, da er zitterte. Sein Körper konnte nicht gegen den Alkohol und gegen die Kälte zugleich kämpfen. Gegen Letzteres konnte man nichts tun, gegen den Alkohol sehr wohl. Aber er wollte nie hören, wenn sie das anmerkte. Und jedes Mal, wenn sie versuchte, das Teufelszeug aus seinem Haus zu schmuggeln, wurde er so wütend, dass sie es nicht mehr wagte, sich ihm entgegenzustellen.

»Du musst damit aufhören. Diese Trinkerei ... Du brauchst eine neue Arbeitsstelle, Vater«, sagte sie betont ruhig. »Sonst gibt es bald gar kein Holz mehr. Und auch kein Essen.«

»Du kannst ...«, setzte Cristan an, doch Emma schnitt ihm das Wort ab.

»Ich kann gar nichts«, antwortete sie heftig. »Du hast dich lang genug ausgeruht. Vater, bitte! Ich weiß nicht, wie lange ich uns beide noch über Wasser halten kann. Du weißt, dass ich im Bergwerk nicht genug verdiene, um uns beide zu versorgen.«

Emma legte alle Eindringlichkeit in ihre Stimme, derer sie mächtig war. Sie wollte, dass ihr Vater endlich *verstand.* Sie wollte, dass er begriff, dass sie das allein nicht mehr stemmen konnte, ganz gleich, wie sehr sie sich auch bemühte.

»Hättest du etwas Vernünftiges gelernt, dann hättest du auch eine richtige Arbeit bekommen«, sagte ihr Vater bitter, und Emma spürte, wie es ihr einen Stich versetzte. »Dann müsstest du jetzt nicht im Bergwerk arbeiten und dir die Lunge verderben und dich für eine Hand voll Münzen zu Tode schuften. Hättest du was Vernünftiges gelernt, dann ginge es uns jetzt besser.«

Emma wusste, dass er sie nur provozieren wollte, dass er in den Stunden, in denen er nicht wie betäubt dalag, ein Ventil für die Wut in seinem Inneren brauchte. Und sie wusste auch, dass das alles an ihr abprallen musste, sonst würde sie irgendwann in demselben Sumpf versinken. Trotzdem lag ihr Vater mit seiner Äußerung nicht ganz falsch.

Ihre Gedanken wanderten unweigerlich zu der Chocolaterie im Stadtkern. Seit sie denken konnte, hatte das *Schokoladengold* eine besondere Faszination auf sie ausgeübt. Es war der Ort, an dem ihre Träume wohnten, der Ort, der mit seinem Duft von zarter, heißer Schokolade und außergewöhnlichsten Pralinen lockte, für einen kurzen Moment die Kälte und die Wirklichkeit zu vergessen. Die Gerüche kannte sie, weil sie selbst oft genug davorstand; meistens, wenn sie mit dem Korb unterm Arm nach dem Einkauf nach Hause eilte und sich einen kurzen Blick in den Laden der Madame Weltfremd erlauben wollte. Einen einzigen sehnsüchtigen Blick durch die Fensterscheiben nur.

Ihr Vater wusste um ihre Faszination für die Welt, zu der nur den Reichen der Zutritt gewährt war. Vor ein paar Jahren hatte Emma mit dem Gedanken gespielt, sich dort um eine Arbeit zu bewerben, die Idee aber sehr schnell wieder fallengelassen. Sie passte nicht dorthin. Sie kam aus einer armen Familie und hatte dementsprechend nur eine Grundbildung in der Schule genießen dürfen. Sie konnte lesen und schreiben und ein wenig mit Zahlen umgehen, das war alles. Sie konnte sich nicht einmal gute Kleidung leisten, die man dort brauchte, um hinter dem Tresen stehen zu können. Damals hatte sie sich nicht die Blöße geben wollen, von Madame Weltfremd ausgelacht zu werden. Das hätte ihre Tagträume zerstört, und wenigstens die wollte sie für sich behalten.

Emma schüttelte nur stumm den Kopf und ging zur Tür. Sie hatte nach Cristan gesehen, und jetzt würde sie zur Arbeit gehen, ohne sich mit Gedanken zu quälen, wie ihr Leben vielleicht hätte verlaufen können, wenn sie einen anderen Weg eingeschlagen hätte.

Die hellen, in den Ohren schmerzenden Glocken in den Türmen des Schlosses läuteten die Uhrzeit, und sie musste sich beeilen, um nicht zu spät zu kommen.

Kapitel 2

Das Treiben im Silberbergwerk glich dem eines Ameisenbaus.

Die Menschen waren zu jeder Tag- und Nachtzeit hier. Es wurde ohne Unterbrechung und Pausen gearbeitet, die Berge wurden ausgehöhlt und ihrer Schätze beraubt, und es gab nicht einen einzigen Tag im Jahr, an dem der König den Bergen oder den Arbeitern eine Pause gönnte.

Das Silbererz, das Glanzvoll in Fülle besaß, war der einzige Rohstoff, der das Land vor dem endgültigen Untergang bewahrte. Der ewige Winter machte es unmöglich, Getreide, Obst und Gemüse anzubauen oder Vieh in größerer Zahl zu nähren. Durch das kostbare Silber hatten der König und die wohlhabenden Familien die Möglichkeit, Handel mit anderen Ländern zu treiben und so die Bevölkerung vor dem Hungertod zu bewahren. Der Preis dafür war jedoch hoch. Die Arbeit im Bergwerk war hart und gefährlich. Viele Menschen litten schon nach wenigen Jahren in den Bergen an schwarzer Lunge oder anderen schweren Krankheiten, die es unmöglich machten, ihrer Arbeit weiterhin nachzugehen. Sie waren dann auf die Unterstützung ihrer Familien oder Mildtätigkeiten angewiesen.

Als Emma klein war, hatte sie ihre Großeltern oft gefragt, warum sie nicht einfach fortgingen; in ein Land, in dem es keinen Winter und kein Eis gab, in dem die Menschen immer Essen hatten und in dem jeder eine sichere Arbeit ausüben konnte. Ihr Großvater hatte ihr geduldig zu erklären versucht, dass das nicht ginge. Glanzvoll lag mit seiner Hauptstadt und den weitläufigen Dörfern in einer Talsenke, die von so hohen Gebirgen umgeben war, dass es den Tod bedeuten würde, sie bei den eisigen Temperaturen und der lauernden Lawinengefahr überqueren zu wollen. Sie hatte damals darauf verwiesen, dass es die Handelsstraße gab, die einzige Straße, die man gefahrlos benutzen konnte und die zu einer Hafenstadt führte, von der aus die Kaufleute kamen, um Glanzvoll die lebenswichtigen Waren zu liefern. Aber ihr Großvater hatte bedauernd den Kopf geschüttelt. Der König würde das nicht wollen, hatte er gesagt. Der König würde verhindern, dass sein Volk sich einfach in eine neue Welt auf und davon machte.

Emma hatte das lange nicht verstanden, aber dann war sie herangewachsen, und sie hatte Geschichten über Caspers Vater gehört und später dann Geschichten über Casper selbst. Sie hatte das leise Raunen gehört, das Getuschel und Geflüster in den dunkelsten Ecken der Tavernen und Gasthäuser; dass der König sich in sein Eis vergrub und tatenlos zusah, wie der Winter das Land mit jedem Jahr unerbittlicher verwüstete und wie seine Untertanen mit jedem dieser Jahre mehr an beißendem Hunger, an siechender Krankheit und an Armut litten. Und dass er jeden gnadenlos bestrafte, der zu laut sprach, zu rebellisch, zu aufbegehrend. Heinrich, der Mann der Bäckerin, hatte ihr vor kurzem erst zugeflüstert, dass der Metzgerssohn spurlos verschwunden sei. Der junge Mann hatte davon gesprochen, das Land zu verlassen und den Sommer zu suchen, der irgendwo doch zu finden sein müsse. Aber bevor er sich mit Sack und Pack auf seine Reise begeben konnte, war er verschwunden. Seitdem hatte ihn niemand mehr gesehen.

So arbeiteten die Menschen also weiterhin im Bergwerk und schufteten sich ab, und Emma tat dasselbe, weil sie keine andere Wahl hatte.

Der Weg, der zum Eingang des Berges führte, war eng, und von den vielen Füßen war der Schnee so festgetreten, dass man aufpassen musste, auf dem glatten Untergrund nicht auszurutschen. Da gerade ein Schichtwechsel stattfand, kam Emma ein Menschenstrom entgegen, sodass sie immer wieder ausweichen musste. Die Schichten wechselten sich im Zwölf-Stunden-Rhythmus ab. Die Arbeiter, die nun nach Hause gingen, sahen erschöpft und dreckig aus. Im Inneren des Berges war es stickig und heiß, und die schweiß-feuchte Haut dampfte durch die Kälte. Viele von ihnen waren krank, da der ständige Temperaturwechsel ihnen allen zu schaffen machte. Aber sie gingen trotzdem zur Arbeit. Niemand konnte es sich erlauben, krank zu sein. Sie alle waren ersetzbar, nur ein Zähnchen im Rad, das bei Verschleiß ausgetauscht werden konnte.

Zwei der Männer, die am Eingang und im Inneren des Bergwerks Wache hielten, verfolgten Emma mit den Augen, und sie huschte schnell an ihnen vorbei. Es waren Bedienstete des Königs, die darauf achteten, dass niemand Silbererz stahl. Jeder wurde beim Verlassen des Bergwerks gründlich durchsucht. Die Kerle waren Emma nicht geheuer, und sie fühlte sich unwohl in ihrer Gegenwart. Es gab nichts in den Gesichtern der Wachen, das darauf hindeutete, dass hinter ihren gefühllosen Fassaden Leben war. Sie lächelten nie, sie erhoben nie ihre Stimme, sie zeigten nie auch nur den Hauch von Emotion. Wenn sie es für erforderlich betrachteten, konnten sie grausam sein. Es war, als wären sie innerlich tot, und das Einzige, was sie am Leben erhielt, war ihre Pflicht dem König gegenüber. Emma bekam jedes Mal eine Gänsehaut, wenn ihre Schicht vorüber war und die Finger dieser Männer über ihren Körper tasteten.

Sie betrat das Bergwerk und wurde von einer weiteren Wache in Empfang genommen, die ihren Arbeitstrupp tiefer in den Berg an die Lagerstelle führen würde, an der sie heute das Erz für das spätere Silber freiklopfen mussten. Emma entledigte sich ihrer Jacke, die sie an einen der vielen Haken in der Felswand hängte. Sich der prüfenden Blicke des wartenden Wachmannes bewusst, schloss sie die Augen. Dies war der einzige Moment, in dem sie zulassen konnte, dass Wärme ihren Körper durchströmte, eine wohlige Wärme, die ihre Muskeln entspannte und bis in ihre Knochen vordrang. Es war ein Moment, den man so selten erlebte, dass man ihn selbst in dieser Umgebung für ein Geschenk halten konnte.

Sie war die Erste ihres Arbeitstrupps, aber es dauerte nicht lange, bis auch die anderen eintrafen. Sie kannte die neun Männer und Frauen nicht sonderlich gut, da sie sich außerhalb des Bergwerks kaum über den Weg liefen. Die Wache notierte ihre Ankunft und setzte sich dann in Bewegung. Emma und die anderen folgten dem Mann einen langen Schacht entlang, der tiefer in das Herz des Berges führte. Die Luft wurde mit jedem Schritt dünner und feuchter. Emma konzentrierte sich darauf, ruhig und langsam durch den Mund zu atmen, wie sie es gelernt hatte. Der felsige Boden war gefährlich rutschig unter ihren abgelaufenen Schuhsohlen, und der mit nur wenigen Fackeln gesäumte Weg war trügerisch im flackernden Licht.

Als der Trupp die Lagerstätte erreichte, lösten sie die Arbeiter ab, die für die letzten zwölf Stunden hier Erz aus dem Fels geschlagen hatten. Einer der Männer reichte Emma sein Werkzeug, und sie hockte sich auf den Boden, während der Wächter, der sie hergebracht hatte, hinter ihr stehen blieb, um die Gruppe zu beobachten. Das Metall lag schwer in Emmas Hand, die sich in den letzten Jahren mit einer dicken Hornhautschicht überzogen hatte.

Während der Arbeit war es still. Nur das laute, metallische Schlagen echote durch die Schächte. Es klang wie das Donnern von Pferdehufen in Emmas Ohren. Sie begann bald zu schwitzen. Ihr Rücken schmerzte von der vorgebeugten Haltung, und ihre Knie wurden von der kantigen Steinfläche, auf der sie hockte, taub. Nach einigen Stunden fühlten sich Schlägel und Eisen in ihren Händen bleischwer an. Ihre Schultern schienen das Gewicht kaum noch tragen zu können. Schweiß lief ihren Rücken hinab. Emma legte das Werkzeug auf den Boden, um ihren Armen einen Augenblick Entspannung zu schenken.

Eine der Wachen war sofort zur Stelle. Er musterte sie herausfordernd, so als warte er nur darauf, dass sie ihm eine Gelegenheit bot, den Stock, den er am Gürtel gebunden hatte, zu benutzen.

»Nimm deine Arbeit wieder auf, Frau«, sagte er leise.

Ein Schauer lief über Emmas Rücken, und sie wollte gerade das Werkzeug wieder aufnehmen, als ein unheimliches, tiefes Grollen durch den Berg drang. Emma spürte, wie der Boden unter ihren Knien zitterte.

Dann zersprang die Welt hinter ihr in tausend Teile.

Emma kam zu sich, als fremde Hände sie packten.

Sie wollte sich wehren, um sich schlagen, kratzen und beißen, aber sie konnte sich nicht regen. Ihre rechte Seite schmerzte, als ob etwas Schweres sie getroffen hätte. Ihre Hand fühlte sich geschwollen an, und ein stechender Schmerz begleitete jede Bewegung.

Wie betäubt spürte Emma, dass sie halb getragen, halb über den Boden geschleift wurde. Sie vernahm Schreie, die ihr trotz der Benommenheit durch Mark und Bein gingen, an die sie sich Jahre später noch erinnern sollte, weil sie niemals zuvor Schreie voll von Todesangst und Schmerz gehört hatte.

Eine undurchdringliche Wolke aus Staub und Dreck hing in dem engen Gang – oder das, was von dem Gang noch übrig geblieben war. Der Staub fraß sich in Emmas Atemwege, in ihre Kleidung, in ihre Haut, bis sie kaum noch Luft bekam. Emma atmete kurz und abgehackt. Mit jedem Atemzug nahm sie den Staub tiefer in ihre Lungen auf. Sie hustete so heftig, dass jeder Knochen in ihr vor Schmerz protestierte. Zwei Männer aus ihrem Trupp zerrten hektisch an ihr, und einer befahl ihr immer wieder aufzustehen. Ein weiteres, unheilvolles Grollen vibrierte wie der Vorbote eines stürmischen Gewitters durch den Berg.

Emmas Schreckensstarre löste sich, und mit Hilfe der Männer kam sie auf die Beine. Ihnen blieb keine Zeit, sie mussten sofort aus der Mine heraus. Der Schacht hinter ihnen war vollkommen eingestürzt, und der Rest des Schachtes konnte jederzeit ebenfalls in sich zusammenfallen. Der Schock ließ ihren Körper trotz der Verletzungen funktionieren. Emma warf einen Blick zurück, sah schreiende Menschen, die um ihr Leben rannten, und einige, die es schon verloren hatten und unter Schutthaufen begraben lagen. Emma musste den Blick abwenden.

Ein gewaltiger Knall zog durch den Gang, so laut, dass Emma die Hände auf ihre Ohren presste. Beinahe wäre sie gestürzt, als ein Beben die Erde erschütterte, dann stolperte sie tatsächlich über Geröll und fiel hart auf die Knie. Sie keuchte vor Schmerz, als sie sich mit der verletzen Hand abfing. Aus einem der weiter entfernteren Schächte drangen panische Schreie. Dann war es plötzlich gespenstisch still.

Instinktiv griff sie an ihren Hals. Die Kette aus Eisen mit dem Anhänger ihrer Mutter, der sich verborgen unter dem Hemd weich an ihre Haut schmiegte, war noch da.

Die Erleichterung darüber ließ Emma sich aufrappeln und noch schneller rennen. Die beiden Männer griffen nach ihr, und sie hielten sich den ganzen Weg an den Händen, so fest, dass es schmerzte, und gemeinsam erreichten sie nach wenigen Minuten die Oberfläche. Emma begrüßte die eisige Kälte, als sie draußen im Schnee zu Boden sank. Sie versuchte krampfhaft, frische Luft in ihren Brustkorb zu pressen, aber ihre Kehle war wie zugeschnürt. Keuchend und hustend holte sie Luft, dann krampfte sich ihr Magen zusammen, und sie erbrach sich. Rings um sie herum rannten die Menschen durcheinander, riefen nach ihren Kollegen oder Familienangehörigen, weinten und stießen wüste Flüche aus. Manche mussten festgehalten werden, weil sie auf der Suche nach ihren Freunden zurück in die Grube rennen wollten. Die Wachen, die zuvor den Eingang bewacht hatten, waren fort, ohne sich um die Wachen, die sich im Inneren des Berges befanden, zu scheren.

Allmählich beruhigte sich Emmas Herzschlag, und sie hob ihre verwundete Hand, die bereits anschwoll. Nun, da die

Todesangst sie nicht länger im Griff hatte, spürte sie den Schmerz erst richtig. Sie musste die Zähne zusammenbeißen, um nicht laut aufzustöhnen. Mühsam riss sie zwei Streifen ihres Hemds ab und tauchte sowohl ihre Hände als auch den Stoff tief in den kühlenden Schnee. Dann band sie die Streifen vorsichtig um ihre Finger. Danach fuhr sie mit der unversehrten Hand über ihre rechte Seite, tastete Rippen und Knochen ab. Soweit sie erkennen konnte, schien nichts gebrochen zu sein.

Emma rappelte sich auf und sah sich um. Verletzte wurden geborgen und von Frauen, die mit der Heilkunst vertraut waren, versorgt. Das Stöhnen der Leidenden schien aus dem Berg selbst widerzuhallen, und die Tränen derjenigen, die wussten, dass sie umsonst am Eingang standen und warteten, tropften in den Schnee und gefroren.

Emma half bis spät in die Nacht, die Verletzten nach Hause zu transportieren. Wie die anderen stand sie unter einem Schock, der ihre Gliedmaßen von allein funktionieren ließ. Den Verletzten zu helfen lenkte sie von ihren eigenen Gedanken ab, die immer wieder zu dem Zusammenbruch des Schachtes zurückkehren wollten, zu den unnatürlich verrenkten Leichen, zu den leeren Augen. Eine Aufgabe zu haben hielt sie davon ab, in wilde Panik zu verfallen.

Die Stadtbewohner hatten unter so vielen Grubenunglücken gelitten, dass dabei eine seltsame Routine zu Tage kam. Am Abend waren viele Freiwillige gekommen und verteilten lindernde Kräutermedizin, halfen beim Transport, räumten auf oder standen den Verletzten ebenso wie den Trauernden anderweitig bei. Jeder wusste, was zu tun war, jeder Handgriff saß. Und über allem schwebte ein seltsames Schweigen, eine Ruhe, geboren aus Hilflosigkeit, Verzweiflung und Resignation.

Als Emma nach Hause kam, erwartete sie insgeheim, ihren Vater vorzufinden, doch niemand war da. Erschöpft blieb sie in der Tür stehen und warf einen Blick zurück, nach oben auf den Berg, dem man das Unglück nicht ansah, das sich in seinem

Inneren ereignet hatte. Dann betrachtete sie ihre Hand, die in nächster Zeit nicht mehr für die Benutzung von Schlägel und Eisen zu gebrauchen war.

Nicht, dass sie jemals wieder einen Schlägel in die Hand nehmen wollte. Sie wollte nie wieder in den Berg zurückkehren. Sie wollte nie wieder die Schreie des Todes hören. Obwohl sie um die Gefahr gewusst hatte, in der man schwebte, wenn man eine Mine betrat, hatte sie sich nie ausmalen können, wie nah man tatsächlich an der Schwelle des Todes stand.

Eher würde sie verhungern, als das Schicksal ein zweites Mal herauszufordern.

Kapitel 3

Am nächsten Morgen war der Berg wieder zur Ruhe gekommen, aber in Emmas Träumen grollte er noch immer. Als sie nach der Morgendämmerung aus ihrem unruhigen Schlaf aufwachte, war sie schweißgebadet, und der Schmerz in ihrer Hand pochte wild. Sie kämpfte sich aus dem Bett und wusch sich mit dem Wasser vom Vortag. Es schien eine Ewigkeit zu dauern, bis sie sich endlich angezogen hatte und die verletzten Stellen mit einer kühlenden Salbe mit abschwellender Wirkung einreiben konnte, die ihre Nachbarin, Mathilde, ihr gestern noch zugesteckt hatte. Mathilde war sehr bewandert, wenn es um die Wirkung von Kräutern und Pflanzen ging. Sie hatte für fast alles ein Heilmittel. Nach einigen Minuten fühlte Emma, wie Linderung eintrat und der pochende Schmerz nachließ. Sie band ein Leinentuch fest um ihre Hand, um sie zu stabilisieren. Am liebsten hätte sie noch einige Stunden im Bett verbracht und sich ausgeruht, aber da sie nicht beabsichtigte, wieder zum Berg zurückzukehren, musste sie sich auf die Suche nach einer anderen Arbeitsstelle machen.

Emma trat ans Fenster und wagte einen flüchtigen Blick nach draußen. Der Himmel war mit einer undurchdringlichen grauen Wolkendecke überzogen. Sie sah aus, als berge sie bereits die nächsten Schneemassen, die im Laufe des Tages zu Boden rieseln würden. Aber noch war es trocken.

Emma zog ihre Jacke an und wickelte sich den dicksten Wollschal um den Hals, den sie finden konnte. Auf Handschuhe musste sie heute verzichten. Am liebsten hätte sie sich Zeit gegönnt: Zeit zum Erholen, Zeit zum Heilen, Zeit zum Verarbeiten des gestrigen Tages. Aber ihr blieb keine. Sie brauchte dringend eine Stelle in der Stadt, wenn sie den Silberminen endgültig den Rücken kehren wollte.

Da Emma heute länger geschlafen hatte als sonst, waren die anderen Bewohner der Siedlung schon auf den Beinen, die meisten auf dem Weg zur Arbeit oder bereits lange dort. Die Bergwerksarbeiter, die überlebt hatten, hatten keine Zeit zu trauern oder verstört zu sein. Sie zogen aus, um Arbeit in einem anderen Bergwerk zu finden, bevor sie ihnen jemand anderes wegschnappte. Vielleicht würden sie sogar zu der Mine zurückkehren, in der sie gestern beinahe ums Leben gekommen waren, wenn sich herausstellte, dass die Stollen wieder freigeräumt werden konnten.

Jeder ging seinem Geschäft nach, und die Kälte hielt sie davon ab, für ein Schwätzchen mit dem Nächsten stehen zu bleiben. Man musste immer in Bewegung bleiben, immer weiter.

Je tiefer Emma in die Stadt vordrang, desto reger wurde das Treiben. Überall waren Frauen mit Körben auf den Armen unterwegs, ebenso dick vermummt wie Emma. Manche hielten Kinder an den Händen, die im frühen Gedränge nicht verloren gehen oder gar unter klappernde Eselshufe geraten sollten. Ein paar Vögel pickten steinharte Brotkrumen aus dem festgetretenen Schnee. Heute war Markttag, deshalb war es voll in den Straßen rund um den Stadtkern. Emma kam es seltsam vor, das pulsierende Leben zu sehen, wo sich am Vortag solch ein schrecklicher Unfall ereignet hatte. Aber die Bewohner von Glanzvoll hatten sich schon vor Langem eine gewisse Schicksalsergebenheit angewöhnt. Was geschah, geschah eben. Das Leben musste trotzdem weitergehen.

Emma lief durch eine enge Gasse, und ihre Schuhe klapperten dabei über das vereiste Kopfsteinpflaster. Ein süßer Geruch flutete ihr aus der Bäckerei entgegen, bei dem ihr das Wasser im Munde zusammenlief und ihr Magen sich schmerzhaft verkrümmte. Ihre rechte Hand glitt in ihre Manteltasche, in der sie das Gewicht der Münzen fühlte, die sie für den Einkauf eingeplant hatte. Es war zu wenig, um sich mehr als einen Laib Brot vom Vortag zu leisten, aber Emma wollte die Bäckerei noch aus einem anderen Grund aufsuchen.

Vor dem Geschäft stand schon eine hübsche Tafel mit den Angeboten des Tages in krakeliger, weißer Schrift.

Alles in diesem Land ist weiß, dachte Emma. Weiß und blau wie der Schnee und der Himmel.

Die Schelle klingelte, als Emma die Tür aufstieß und den Laden betrat. Es war warm in der Backstube, fast zu warm, denn die schweren Öfen, in denen Rosalinde Rosweiß ihre Brotlaibe backte, verströmten eine brennende Hitze. Manchmal fragte Emma sich, ob sich so wohl der Sommer anfühlte. So trockenheiß und sengend.

»Gut'n Morgen, Kind«, sagte Rosalinde und wischte sich ihre mehligen Hände an der Ecke einer Schürze ab, die früher einmal perlweiß gewesen sein musste. Rosalinde war ein bisschen mollig, vermutlich weil sie darauf bestand, von jedem Kuchen und jeder Torte, die sie backte, selbst zu kosten. Ihr Mann Heinrich saß hinter dem Tresen an einem Tisch und trank eine heiße Schokolade. Er arbeitete als Schneeschieber und kümmerte sich mit einigen anderen Männern darum, dass die Straßen passierbar blieben.

»Guten Morgen, Rosalinde, hallo, Heinrich«, erwiderte Emma. Sie beugte sich über den Tresen und musterte die kleinen Kuchen hinter der Glasscheibe. »Ein Brot vom Vortag bitte, wie immer.«

Das braune Papier raschelte, als Rosalinde ein dunkles Brot einpackte. »Schlimme Sache mit gestern, nich' wahr? Drei Nachbarn hat's erwischt, der eine Junge kaum aus der Schule raus.« Rosalinde seufzte laut. »Na ja, es hätt' schlimmer kommen können.«

Emma unterdrückte mit Mühe ein Schaudern, und sie versuchte, die Erinnerung an das Unglück zurückzudrängen.

Als sie Rosalinde die Münzen für das Brot entgegenhielt, riss diese die Augen auf.

»Kind!«, rief sie aus. »Was hast du denn gemacht? Hast du gestern etwa in diesem Berg gearbeitet?«

»So ist es. Aber es sind nur ein paar leichte Verletzungen, nichts Dramatisches. Es hätte schlimmer kommen können«, wiederholte Emma Rosalindes Worte und lächelte beruhigend.

»Ach herrje, Emma. Man sollte in so jungen Jahren noch nicht dem Tod ins Gesicht sehen müssen, das ist nicht richtig. Man sollte meinen, du hast es schon hart genug getroffen mit deinem ...«

Rosalinde brach den Satz ab, aber Emma wusste, wie er enden sollte.

»Es geht schon«, sagte sie. Rosalinde hatte so ein gutes Herz. Sie wollte nicht, dass sie sich noch mehr grämen musste.

»Allerdings würde ich dich gern etwas fragen«, begann Emma zögernd.

Rosalinde nickte aufmunternd. »Nur zu, meine Liebe! Was hast du auf dem Herzen?«

»Suchst du zufällig noch jemanden, der dir hier in der Bäckerei zur Hand geht?«, fragte Emma.

Rosalinde schüttelte bedauernd den Kopf, und ihre unglückliche Miene war nicht aufgesetzt, sondern echt. »Es tut mir leid. Wenn ich könnte, würde ich ...«

»Ich weiß, Rosalinde«, antwortete Emma. »Und mehr kann ich nicht verlangen. Ich danke dir trotzdem!«

»Ach Kind«, sagte Rosalinde so betrübt, als hätte sie eine Mitschuld an dem Unglück und Emmas Leben unnötig erschwert. Aber dann kam ihr eine Idee, und ihre Augen leuchteten auf. »Wenn eine alte Frau dir einen Rat geben darf ... Die Besitzerin der Chocolaterie hat am Marktplatz ein Gesuch ausgehängt. Du weißt schon, diese Madame Weltfremd. Sie sucht eine Gehilfin. Sicher nicht sehr angemessen bezahlt, und die gute Frau scheint etwas seltsam zu sein, aber vielleicht ...« Sie verstummte, ließ die unausgesprochene Möglichkeit in der Luft hängen.

Emma hielt in der Bewegung inne. Die Chocolaterie, vor der

sie jedes Mal, wenn sie sie erübrigen konnte, ein paar Minuten ausharrte ... Draußen vorm Fenster, von wo aus sie Madame Weltfremd beobachtete, die eines Tages aus dem Nichts in Silberglanz aufgetaucht war und den ehemaligen Juwelierladen übernommen hatte. Niemand hatte ihn haben wollen, weil er zu alt und restaurierungsbedürftig gewesen war. Aber Madame Weltfremd hatte den alten Laden in etwas Magisches verwandelt, direkt vor den Augen der Stadt.

Emma schluckte. Plötzlich waren der eingestürzte Stollen und ihre Sorgen um Cristan und um ihre Existenz vergessen. Vielleicht war das ihre Chance, einen Fuß über die mit Gold versiegelte Türschwelle in den Laden zu setzen, in den sie sich nie gewagt hatte, weil dort alles ganz ... anders zu sein schien. Fern, wie eine andere Welt, obwohl sich doch bloß eine durchsichtige Glasscheibe zwischen dem Drinnen und dem Draußen befand.

»Hat es dir die Sprache verschlagen, meine Liebe?«, fragte Rosalinde und lachte dabei, sodass ihre Schürze wippte. Emma wurde aus ihrer Erstarrung gerissen. Sie griff nach dem Brotlaib, der noch auf dem Tresen lag, und stopfte ihn in eine Tasche, die sie aus dem Leinen eines alten Arbeitshemdes von Cristan selbst genäht hatte.

»Danke für das Brot«, sagte Emma hastig. »Ich muss jetzt weiter. Grüß deine Kinder. Und einen schönen Tag wünsche ich euch.«

»Ich dir auch, Emma. Ich dir auch«, sagte Rosalinde, und während Emma sich umdrehte und zur Tür ging, spürte sie den Blick der Bäckerin in ihrem Rücken.

Rosalinde hatte Mitleid mit ihr. Das hatte jeder in Silberglanz. Denn jeder kannte die junge Frau mit den großen Augen und den leeren Händen. Und sie alle kannten Cristan und die Schwierigkeiten, die er machte.

»Das ist nichts für uns«, hatte Cristan über die Chocolaterie gesagt, immer wieder, bis Emma es schließlich geglaubt hatte. »Das ist nur was für Leute, die Zeit und Geld im Überfluss haben. Wir brauchen solch einen verschwenderischen Süßkram nicht.«

Emma straffte die Schultern und zupfte an ihrer Kleidung. Sie wusste, dass sie an ihrem etwas heruntergekommenen Erscheinungsbild nichts ändern konnte und dass ihre Aussichten, überhaupt zu Madame Weltfremd vorgelassen zu werden, verschwindend gering waren. Aber sie sollte verdammt sein, wenn sie es nicht wenigstens versuchte.

Als Emma aus der Hitze der behaglichen Bäckerei nach draußen trat, empfand sie die Kälte, als liefe sie gegen eine Mauer aus Backsteinen. Obwohl Emma sie gewöhnt und mit ihr aufgewachsen war, traten ihr Tränen in die Augen, und ihre Nasenspitze wurde sofort rot. Emma war sich sicher, dass die Kraft des Winters dieses Jahr noch geballter über sie hinwegfegte als in den Jahren zuvor. Sie kannte nichts anderes als Schnee und Eis, aber sie hatte das Gefühl, so kalt war es noch nie gewesen. Und wenn man nur im Winter lebte, wenn man Jahr für Jahr mit ihm aufgewachsen war, spürte man jede Windbrise und jedes einzelne fallende Temperaturgrad, wie sie ein Fremder niemals wahrgenommen hätte.

Emma duckte sich in den Windschatten der Häuser und lief unter den überstehenden Dächern entlang. Dabei achtete sie darauf, dass nicht in ebendiesem Moment spitze Eiszapfen von den Kanten der Dächer auf sie hinabstürzten. In dieser Haltung lief sie an einem Geschäft vorbei, dessen Inhaber Baumschmuck verkaufte. Überall hingen farbige Kugeln von den Decken, in verschiedenen Größen und Formen. Manche waren mit Gold verziert, die meisten mit Silber. In den Schränken standen Strohmännlein und Porzellanfiguren, die man an Tannenäste hängen konnte, wenn in ein paar Tagen der Winteranbruch gefeiert wurde. Das Fest war ein Überbleibsel aus der längst vergangenen Zeit, in der es den Sommer noch gegeben haben sollte. Vor etlichen hundert Jahren war dieser Brauch im ganzen Land Tradition gewesen. Jeder Bewohner hatte sich kurz vor Winteranfang einen Baum in den Vorgarten gepflanzt und ihn geschmückt, bis der erste Schnee gefallen war und diesen Schmuck mit einer Schneeschicht verdeckt hatte. Heute gab es diesen Brauch nur noch in dem Viertel nahe am Schloss, in dem der Adel lebte. Dort kamen die Haushälterinnen an diesem Tag früh aus den Häusern, um den nächtlichen Schnee von den Bäumen zu fegen, damit jeder die Kugeln und Figürchen sehen konnte, die ihre Herrschaften für teures Geld gekauft hatten. Emma verstand nicht, wofür das noch gut war, denn Winter war immer. Es gab nichts zu feiern, keinen Anfang und erst recht kein Ende.

Die Chocolaterie befand sich ganz in der Nähe des Marktplatzes an der Kreuzung zweier Straßen. Das schwarze Eckhaus wurde von zwei schnörkeligen Öllaternen flankiert, die das Schaufenster in einem warmen Licht badeten. Über der Chocolaterie hing ein ovales, vergoldetes Schild mit einem fein geschwungenen Schriftzug. Die goldenen Buchstaben glänzten nicht mehr so hell wie früher und waren an den Kanten abgeblättert, aber der Name übte auf Emma noch immer eine seltsame Faszination aus.

Schokoladengold.

Schon von Weitem sah sie, dass sich eine kleine Menschentraube vor den Stufen zur verglasten Eingangstür versammelt hatte, da der Laden wegen seiner vielen Auftragsarbeiten nur einige Stunden am Tag für Besucher geöffnet hatte. Junge Männer, die ihren Angebeteten eine Köstlichkeit zum Winteranbruch schenken wollten, und einige Frauen mit ihren Kindern, die der Versuchung von Schokolade nicht widerstehen konnten, tummelten sich dort. Ihre Stimmen schallten laut durch die Straße. Eine Hand voll junger, adrett gekleideter Frauen befand sich ebenfalls unter der Menge. Sicher wollten sie sich für die gleiche Stelle bewerben. Emma spürte, wie ihr das Herz in die Hose rutschte.

Sie wurde langsamer, trat Schritt für Schritt an die Chocolaterie heran. Sie war noch ein paar Meter von den Menschen und dem Laden entfernt, doch sie konnte bereits den feinherben Geruch von Zartbitterschokolade riechen, spürte, wie er an ihrer empfindlichen Nase kitzelte. Als sie etwas Kaltes an der Wange traf, sah sie auf. Es hatte zu schneien begonnen, schwere Flocken tanzten auf die Erde herab.

Plötzlich schwang die Tür mit einem hellen Glockenläuten, wie von Zauberhand geöffnet, auf, und die Menschenansammlung stürmte ins warme Innere der Chocolaterie. Emma stellte sich vor das Schaufenster, als sich die Straße geleert hatte und sie als Einzige draußen blieb. Sie sah ein verzerrtes Abbild ihrer selbst in der blank polierten Glasscheibe, deren Sauberkeit nicht einmal ein Fingerabdruck trübte. Als sie sich nach vorn lehnte, um an ihrem Spiegelbild vorbei in die Fensterauslage zu blicken, beschlug das Glas von ihrem Atem. Vor ihr drehte sich ein Zirkuskarussell aus schokoladenbraunen, anmutigen Pferden mit hochgeworfenen Köpfen und bunten Sätteln aus Zuckerguss. Daneben stand auf einem dekorativen Schneehügel aus Puderzucker ein Schneemann aus weißer Schokolade, der einen Schal aus Erdbeercreme um den Hals geschlungen hatte. Er begegnete Emmas sehnsüchtigem Blick mit dunklen, forschen Pralinenaugen.

»Na, worauf wartest du noch? Du willst doch rein, oder nicht?«, fragte eine heitere Stimme, und Emma hätte fast ihr Brot in den Schneematsch fallen lassen, so sehr schrak sie zusammen. Sie fuhr herum und starrte die junge Frau an, die zu ihr gesprochen hatte. Sie war gerade die drei Stufen zur Eingangstür hochgegangen und drückte nun die Klinke nach unten. Gleich würde das Glöckchen abermals erklingen.

»Ich ... Ich will gar nicht rein«, stotterte Emma, verärgert darüber, dass man sie ertappt hatte. Sie ging einen Schritt zurück, fort von der Glasscheibe.

»Nicht?«, fragte die Frau, die kaum älter als Emma sein konnte. Aber sie war wunderschön mit ihren wilden, kohlrabenschwarzen Locken, die dort, wo der Schnee auf ihnen taute, funkelten, als hätte sie Perlen darin eingeflochten. »Du hast aber dieses verräterisch sehnsüchtige Blitzen in den Augen. Streite es nicht ab, ich kenne es selbst nur zu gut!«

Als sie lachte, ließ sie die Türklinke los und sprang die drei Stufen mit einem Satz wieder herunter.

Dann streckte sie Emma ihre Hand hin. »Ich bin Ophelia, und ich arbeite hier. Also ist es schon fast meine Pflicht, dich mit hineinzunehmen, wenn du verstehst, was ich meine.«

Ophelia zwinkerte, als Emma ihre Hand zögernd annahm. Sie kam sich im Vergleich zu Ophelias blütenweißer Haut schmutzig vor. Und fehl am Platz.

»Du arbeitest hier?«, wiederholte sie. Fälschlicherweise hatte sie immer angenommen, die Madame würde die Chocolaterie allein führen.

Ophelia verdrehte theatralisch die Augen. »Glaubst du, all diese wunderbaren Dinge könnte die Madame allein herstellen?« Sie schnaubte. »Nein, nein! Dafür braucht sie schon ein paar fleißige Helferinnen. Solch wunderbare Menschen wie mich, weißt du? Aber die Arbeit mit ihr bringt wirklich Spaß. Sie ist eine großartige Geschichtenerzählerin!«

Davon hatte Emma gehört, auch wenn sie selbst nie an einer der Geschichtennächte teilgenommen hatte. Es war ohnehin schon lange her, dass Madame Weltfremd ihr zweites Talent zum Besten gegeben hatte. Seit einigen Jahren erzählte sie keine Geschichten mehr, und niemand kannte den Grund dafür.

»Ich heiße Emma«, sagte sie schließlich.

»Und warum kommst du nicht mit hinein, Emma?«, fragte Ophelia.

»Ich weiß es nicht«, erwiderte Emma ehrlich. Sie fragte sich, ob Ophelia sie auslachen würde, wenn sie ihr von ihrem Plan erzählte, aber dann wüsste sie zumindest, dass sie wirklich nicht hineingehen musste. »Ich wollte mich bewerben, aber denselben Gedanken scheinen schon einige vor mir gehabt zu haben.«

Sie deutete durch die Scheibe hindurch auf die Reihe an Bewerberinnen, die nun auf einem rustikalen Sofa Platz nahmen, während Madame Weltfremd die Kunden bediente. Sie war ganz in ihre Arbeit versunken, und jedes Mal, wenn sie einem der Anwesenden ihre Aufmerksamkeit schenkte, erschien ein feines Lächeln auf ihrem Gesicht.

»Na und«, sagte Ophelia und grinste sie an. Eine ihrer dunklen Locken fiel ihr in die Stirn, als sie sich zu Emma beugte, die nicht sonderlich hochgewachsen war. »Dann ist es mit dir eben eine Bewerberin mehr. Ich sage immer: Gleiches Recht für alle! Also komm nur mit rein!« Sie stockte plötzlich und schwieg für einen kurzen Augenblick. In ernsterem Tonfall sprach sie dann weiter. »Ich habe dich hier schon öfters gesehen, kann das sein?« Sie schüttelte den Kopf, und die Ernsthaftigkeit verschwand so schnell, wie sie gekommen war. »Na, egal. Also, ich kann dir aus eigener Erfahrung sagen, dass die Arbeit anstrengender ist, als man denken mag. Aber es lohnt sich. Die Arbeit mit der Schokolade ist toll. Man kann seiner Fantasie freien Lauf lassen. Manchmal denkt man, dass man zaubern kann ... Klingt verrückt, nicht wahr?« Sie lachte hell, und es klang so schön, dass Emma von Ophelias unbekümmerter Art angesteckt wurde, obwohl sie die junge Frau gar nicht kannte.

»Trau dich«, fuhr Ophelia bereits fröhlich fort, bevor Emma etwas erwidern konnte. »Sonst schwöre ich dir, dass du es dein Leben lang bereuen wirst. Das wollen wir doch nicht, oder? Die Madame hat, wenn es um Menschen geht, einen seltsamen Geschmack. Niemand kann sagen, wer oder was ihr gefällt. Aber was sie überhaupt nicht leiden kann, ist Aufgeben. Und das wirst du doch nicht, oder? Du wirst nicht aufgeben.«

Ophelia hielt Emma ihre Hand hin. Zwei, drei Sekunden verstrichen, in der man die Schneekristalle beinahe am Boden aufschlagen hören konnte. Der nahe Marktplatz, auf den eine der beiden Straßen mündete, war laut, die Standbesitzer brüllten die Vorzüge ihrer Waren in die Welt hinaus. Doch das nahm Emma kaum wahr, nichts außer ihrem Herzschlag und Ophelias Worten hörte sie, die rasend schnell in ihren Ohren widerhallten.

Sie traf eine Entscheidung und ergriff die Hand der anderen Frau. Das Letzte, das Emma vernahm, ehe sie durch den Türrahmen stolperte, war das Schellen der Glocke, die ihren Eintritt in eine andere Welt ankündigte.

Kapitel 4

Drinnen war es warm.

Nicht drückend wie in Rosalindes Bäckerei, in der einem die Hitze fast die Mantelspitzen wegsengte und den feinen, dick aufgetragenen Guss der Teilchen schmierig in sich verlaufen ließ. Auch nicht bedrohlich heiß wie in den Schächten der Silberberge, in denen einem die Angst beständig im Nacken saß. Nein, diese Wärme war so wohlig, dass sich Emma am liebsten in eine stille Ecke verkrochen hätte, um dort zu verharren, bis der nächste Morgen oder das nächste, bessere Leben anbrach.

Die dunklen Holzdielen unter ihren Sohlen knarrten, aber sie waren noch nicht so alt und von Würmern zerfressen wie die Dielen, die Emma von daheim gewöhnt war. Dicke Teppiche mit zerzausten Fransen dämpften schon kurz hinter der Tür die Schritte ab. Die Wände bestanden aus weißen Dielen, die schon bessere Tage gesehen hatten, doch das Holz schimmerte in liebevoll aufpolierter Handarbeit. Daran angelehnt standen Regale, die vollgestopft waren mit allem, was Emma sich in ihren kühnsten Träumen ausgemalt hatte. Hier ein Tontopf mit dunklem Kakao, dort ein Döschen mit Chilipulver oder ein Brotaufstrich aus Himbeerschokoladenmousse. Rings um den Verkaufstresen, auf dem eine angerostete Kasse ruhte, die man mit viel Drehen und Kurbeln öffnete, sah sie kreisrunde Platten. Auf ihnen warteten Pralinen mit vielen unterschiedlichen Füllungen, von Kirschlikör bis zu Zitronengelee, auf Käufer. Ein einziger Kronleuchter hüllte den länglichen Raum, der weit hinten in einer torbogenartigen, niedrigen Tür endete, in einen warmen Schein. Emma fragte sich, ob die Tür wohl in das Zimmer mündete, in dem all diese Dinge mit viel Schweiß und

Mühe, aber auch Kunst hergestellt wurden. Und ob die Madame dort drinnen war, denn im Verkaufsraum konnte Emma sie nirgends mehr entdecken.

Als Ophelia ihren Ellenbogen in Emmas Seite stieß, schreckte sie wie aus einem Traum auf. Nur dass der Traum nicht verflog. Dieses Geschäft war das schönste, das sie je gesehen hatte. Was von außen schon wie ein Versprechen auf sie gewirkt hatte, verbarg hier, in seinem Herzen, so viel Zauber, dass die Luft förmlich davon schwirrte.

»Gefällt's dir?«, fragte Ophelia, die ihr unverhohlen neugierig ins Gesicht sah. »Ein bisschen verschroben, nicht wahr?«, fuhr sie fort, mit gesenkter Stimme und ohne Emmas Antwort abzuwarten. »Das liegt an der Madame. Sie mag keine Veränderungen und mit der Mode gehen schon gar nicht.« Sie warf die Arme hoch und seufzte. »Dabei könnte man so viel aus dem Laden machen. Mit ein wenig Feinschliff nur. Ein Anstrich hier, eine hübsche Farbe dort, und schwups!« Sie schnippte theatralisch mit den Fingern.

»Ich finde ihn perfekt«, hauchte Emma. Sie ging ein paar Schritte zur Seite und beugte sich über eine Haube, unter der eine Hand voll zartherber Pralinen ruhten. Sie meinte, ihren Duft selbst durch das dünne Glas erahnen zu können.

Ophelia ging nicht auf ihren Widerspruch ein. Sie schlenderte in aller Seelenruhe an den zahlreichen Besuchern vorbei, die sich in den Ecken herumtrieben und tuschelten und nicht recht wussten, wo sie nun zuerst zugreifen sollten. Jeder drehte sich zu Ophelia um, die auch ohne glitzernden Schnee in den Haaren aussah, als wäre sie direkt einer Feensage entsprungen. Emma folgte ihr, denn sie wollte nicht allein mitten im Raum stehen, wo sie nirgends zugehörig war.

In diesem Augenblick öffnete sich die niedrige Tür am Ende des Raumes. Ein Schwall Plätzchenduft quoll aus dem schmalen Spalt. Dem Duft nach waren sie frisch aus dem Ofen geholt worden. Die Besitzerin der Chocolaterie schob sich mit einem Blech durch diesen Spalt. Mit einem wollenen Handtuch schützte sie sich vor der glühenden Hitze des Blechs.

Madame Weltfremd.

Emma hatte ihre zerbrechliche, majestätisch wirkende Silhouette schon so oft durch die spiegelnde Glasscheibe gesehen. Trotzdem war sie der Frau nun zum ersten Mal so nah, dass sie mehr als nur schattenhafte Umrisse von ihr erhaschen konnte. Obwohl die Dame im gleichen Alter wie Rosalinde sein musste, Anfang sechzig vielleicht, wirkte sie ganz anders als die mütterliche Bäckerin. Sie erschien mit ihrem strengen Dutt und einer edel karierten Schürze um die Taille auf eine klassische Weise zeitlos, als könnten ihr weder die Jahre noch der grausame Winter etwas anhaben. Sie war kleiner als Ophelia, die von der Madame nun mit klarer Stimme herbeigerufen wurde. Um ihre schmalen Schultern hatte sie ein dunkelgrünes Seidentuch geschwungen, in das silberne Fäden gewebt waren, die je nach Lichteinfall schimmerten.

Für einen Moment flackerte der Blick der Madame über die Besucher ihres Ladens und blieb für den Bruchteil einer Sekunde an Emma hängen. Sie runzelte die Stirn, als wollte sie etwas sagen, überlegte es sich dann aber anders. Sie übergab das Blech samt Wolltuch an Ophelia und befahl ihr leise, sich um die Küche zu kümmern.

Ophelia warf Emma einen entschuldigenden Blick zu, ehe sie in die angrenzende Stube verschwand.

»Was kann ich für Euch tun?«, wandte sich Madame Weltfremd an Emma.

Emma deutete mit dem Kopf auf die anderen Frauen, die sich im Raum verteilt hatten. Sie war niemand, der flammende Reden halten oder jemandem genau das sagen konnte, was er hören wollte. Also holte sie einmal tief Luft und sprach aus, was sie wollte, ohne Umwege. »Ich möchte mich auf die freie Stelle bewerben«, antwortete sie. Und als sie sah, dass Madame Weltfremd etwas sagen wollte und sie vielleicht nie wieder die Gelegenheit bekommen würde, zu Wort zu kommen, sprach sie rasch weiter. »Ich weiß, dass ich nicht angemessen gekleidet bin, dass ich nicht so gewählt spreche oder die Bildung besitze, die Ihr vielleicht erwartet. Aber ich bringe genau zwei Dinge mit, die niemand sonst mitbringen wird, niemand außer mir.«

Madame Weltfremd zog eine Augenbraue hoch. »Und die wären?«

»Zum einen Fantasie.« Emma deutete mit der Hand behutsam um sich. »Für all das braucht man Raum in seinen Gedanken. Man braucht Ideen. Man muss spüren, was die Menschen sich wünschen, ohne dass sie ein Wort über ihre Sehnsüchte verlieren. Man muss ihre Träume lesen. Dafür braucht man Fantasie. Und die kann man nirgends erlernen. Entweder besitzt man sie oder nicht.« Emma sah die Madame offen an.

Madame Weltfremd neigte kaum merklich den Kopf. Ihrer Miene konnte man nicht entnehmen, was sie dachte. »Und das zweite?«

»Leidenschaft. Man muss brennen für das, was man tut. Nur dann gibt man sein Bestes. Und Ihr wollt das Beste, nicht wahr?«

Madame Weltfremds Blick wanderte über ihre bandagierte Hand. »So könnt Ihr hier aber nicht arbeiten. Ich brauche jemanden, der sofort einsatzbereit ist. Unsere Hände sind unser Werkzeug. Wir sind auf sie angewiesen, versteht Ihr?«

»Glaubt mir«, erwiderte Emma fest. »Wenn ich etwas wirklich will, dann tue ich alles dafür. Egal ob es wehtut oder nicht.«

Lange Zeit sagte die Madame nichts. Emma hielt an dem Funken Hoffnung fest, der in ihr glomm, denn sie wollte sich erst dann geschlagen geben, wenn sie die vernichtende Absage, mit der sie fest rechnete, aus dem Mund der Frau hörte. Die Madame sah nachdenklich zu den anderen Frauen hinüber, die sich in einer Ecke versammelt hatten und leise tuschelten und dabei das Gespräch beobachteten. Der Zeiger an der Uhr über dem Tresen schob sich quälend langsam vorwärts, und Emma lauschte dem Rauschen ihres eigenen Herzschlags.

»Seid pünktlich«, murmelte die Madame dann. »Es gibt nichts, das ich mehr verabscheue als Unpünktlichkeit.«

So früh wie am nächsten Morgen war Emma noch nie aufgestanden. Eigentlich war es sogar noch Nacht. Trotzdem war sie lange nicht mehr so glücklich gewesen. Auf dem Weg nach draußen, um den schweren Eimer mit der alten Asche zu entleeren, hüpfte sie beinahe. Dicke Schneeflocken schwebten wie Federn vom Himmel und tanzten mit den schwarzen Aschepartikeln, die aufstoben, als sie den Eimer über der Tonne vor dem Schuppen auskippte. Danach holte sie einige Holzscheite aus dem Schuppen, um das Feuer am Abend in Gang setzen zu können.

Nach einem Frühstück aus Käse und Brot machte Emma sich auf dem Weg, und nicht einmal ihr üblicher Besuch bei Cristan konnte ihre gute Laune trüben.

Öllampen erhellten die Straßen in unregelmäßigen Abständen und machten das Manövrieren der dunklen Straßen etwas leichter. Je näher sie der Stadtmitte kam, desto kleiner wurden die Abstände zwischen den Laternen. Die Bäckerei war eines der wenigen Geschäfte, in denen bereits Lichter flimmerten, wo die Menschen bereits schufteten. Emma war versucht, bei Rosalinde vorbeizuschauen, aber sie wollte nicht zu spät in die Chocolaterie kommen.

Kurz darauf stieg sie die Stufen zum *Schokoladengold* hinauf. Über ihrem Kopf schwang das alte Schild seufzend im Wind hin und her, als hätte es nicht mehr die Kraft, sich dagegen zu wehren. Neben der Tür lehnte ein Reisigbesen an der Wand. Emma hatte schon die Fingerspitzen an der vereisten Klinke, als sie innehielt. Vielleicht, dachte sie, wäre es klug, den Schnee von den Stufen zu kehren, bevor das Geschäft öffnete, damit niemand auf der rutschigen Treppe ausrutschte. So konnte sie auch gleich beweisen, dass sie kräftig mitanpackte und mitdachte.

Obwohl ihre Finger in gefütterten Handschuhen steckten, waren sie so steif, dass sie den Besenstiel kaum gerade halten konnte. Sie rieb ihre Handflächen mehrmals aneinander, doch das half auch nichts, also machte sie sich an die Arbeit. Sie hüpfte mitsamt dem Besen die Treppe wieder hinunter und kehrte schwungvoll den nächtlichen Schnee zur Seite – Stufe für Stufe. Der Schmerz in ihrer Hand brannte wieder auf, aber er war dank Mathildes Salbe deutlich ertragbarer geworden.

»Weißt du«, sagte sie zum Schild über sich, »wenn ich du wäre, würde ich nicht so viel seufzen. Immerhin darf nicht jeder solch einen schönen Namen auf der Stirn tragen.«

Mit der Hand klopfte sie auf das Reisig und befreite es von den Schneeklumpen, die sich darin verfangen hatten.

»Wenn die Menschen so viel seufzen und jammern dürfen, sollte man es einem einfachen Schild nicht verbieten«, sagte Madame Weltfremd.

Emma zuckte vor Schreck zusammen. Sie hatte nicht gehört, wie die Madame die Tür geöffnet hatte. Aber ihre Anspannung löste sich sofort, als sie sah, dass die Madame sie hineinwinkte. Sie stellte den Besen an seinen Platz zurück und huschte in den Laden, nachdem sie sich die Stiefel abgeklopft hatte. Sie wollte den Innenraum nicht mit schmelzendem Schnee unter Wasser setzen und so die Teppiche verderben.

Drinnen war es noch halbdunkel. Nur ein paar Kerzen im Schaufenster beleuchteten das Geschäft, und einzig die Stücke aus weißer Schokolade waren in dem dämmrigen Licht zu erkennen. Der Schneemann vom Vortag saß noch da, niemand hatte ihn gekauft. Unwillkürlich fragte Emma sich, wer überhaupt noch das nötige Geld besaß, um hier Kunde zu sein. Ihre Großeltern hatten ihr vor einigen Jahren zum Geburtstag ein Stück dunkle Schokolade geschenkt. Sogar das hatte ein Vermögen gekostet. Emma konnte sich nicht vorstellen, dass außer dem Adel und dem König selbst jemand ein paar Münzen für Pralinen übrig hatte.

Falls der König, der angeblich ein Herz aus Eis besaß, überhaupt Interesse an etwas so Schönem wie Schokolade hatte.

»Folgt mir. Euren Mantel könnt Ihr in der Küche aufhängen«, sagte die Madame, die heute eine schicke Seidenbluse in einem dunkelroten Bordeauxton und ihre schwarzen, mit grauen Strähnen durchzogenen Haare offen trug. Sie reichten ihr bis zu den Schultern und waren akkurat geschnitten. Ein gerader Pony verfeinerte ihre markanten Gesichtszüge.

Emma folgte der Madame durch den dämmrigen Raum. Ihre Stiefelabsätze versanken in den Teppichen, die jeden Schritt verschluckten. Der Duft von zarter Schokolade beruhigte ihre Nerven, verdrängte die letzte Aufregung, und alles, was blieb, war Freude. Freude, die wie ein Schluck heißer Schokolade durch ihr Innerstes rann, um sie von innen hinaus zu wärmen.

Vor ihr stieß Madame Weltfremd die niedrige Tür in der hinteren Wand auf. Sie führte in die Küche, auf die Emma gestern nicht mehr als einen kurzen Blick erhascht hatte.

Ein helles, weiß getünchtes Paneel mit Ornamenten zierte die Wände. An diesen standen Arbeitstische, Herdöfen und wuchtige Schränke, in denen Zutaten, Geschirr und allerlei Krimskrams ordentlich gestapelt waren. Viele Kerzen und ein Kaminfeuer erhellten den Raum. Ein großes Fenster würde zusätzlich für Licht sorgen, sobald die Sonne hoch am Himmel stand, und sie bemerkte, dass es einen Spalt geöffnet war, um auf der Fensterbank einen Eimer Milch kühl zu halten.

In der Mitte des Raumes stand Ophelia an einem Tisch. Die Ärmel ihrer dünnen Stoffjacke hatte sie weit hochgekrempelt. Teigreste klebten zwischen ihren Fingern, als sie Mehl aus einer Tonschüssel nahm und ein Nudelholz damit einrieb. Dann begann sie eine zähe Teigmasse damit auszurollen.

»Emma!«, rief Ophelia, als sie den Kopf hob. Ihre Augen blitzten übermütig. »Du hast dich ja tatsächlich freiwillig in aller Frühe aus dem Bett gequält. Fein, dann muss ich diese Knochenarbeit nicht mehr allein machen.«

»Arbeite mal einen Tag in den Silberminen, dann sprechen wir über Knochenarbeit«, erwiderte Emma grinsend, und Ophelia lachte laut. Mit der mehlbeschmierten Hand winkte sie Emma näher. »Ich backe Plätzchen für das Winteranbruchsfest. Soll sie mir helfen, Madame?« Als diese nickte, fuhr Ophelia an Emma gewandt fort. »Nimm dir die Ausstechförmchen da drüben. Wir haben so viele Bestellungen, dass ich gar nicht weiß, wo wir all die Plätzchen lagern sollen, geschweige denn, wann wir sie alle backen sollen.« Ophelia seufzte laut und verdrehte die Augen. »Dass die Menschen immer einen Anlass brauchen, um sich mal etwas zu gönnen. Ich sage immer: Wir leben jetzt und immer, nicht nur einmal im Jahr.«

Emma hing ihren Mantel an einen Haken an der Wand und band sich die Schürze um, die Madame Weltfremd ihr reichte. Als die Madame die Kette an ihrem Hals bemerkte, an der der unter dem Hemd verborgene Anhänger hing, wies sie auf eine Silberschale auf dem Fensterbrett.

»Schmuck bitte während der Arbeit ablegen«, sagte sie.

Emma zögerte für den Bruchteil einer Sekunde. Sie legte ihren Anhänger nie ab. *Nie*. Er war die einzige Erinnerung an ihre Mutter, die ihr noch geblieben war, eine, die nicht verblassen oder totgeschwiegen werden konnte. Sie hatte ihn noch nie aus der Hand gelegt. Aber die Schale war in Blickweite. Und außer ihr selbst, der Madame und Ophelia hatte offenbar niemand Zutritt zur Küche. Emma holte tief Luft und öffnete den Verschluss der Kette, um sie abzunehmen. Die Stelle, an welcher der kreisrunde Anhänger auf ihrer Haut ruhte, fühlte sich ohne das Metall seltsam kalt und schutzlos an. Emma legte die Kette in die offene Handfläche der Madame, die einen flüchtigen Blick darauf warf und den Arm hob, um das Schmuckstück in die sonst leere Schale zu legen. Dann hielt sie inne. Es schien, als ob Madame Weltfremd für einen Augenblick einfrieren würde. Selbst ihr Atem setzte für zwei, drei Sekunden aus.

Emma runzelte die Stirn. »Ist alles in Ordnung, Madame?«, fragte sie.

Ihr Blick folgte dem ihren auf den Anhänger. Er hatte nichts Besonderes an sich. Der Anhänger bestand aus altem Eisen. Auf dem Plättchen war in sorgfältiger Kleinarbeit ein Wort in einer alten Sprache eingraviert, die Emma nicht kannte. Es bedeutete *Sturmtanz* und war ihr Familienname, wenn sie ihrem Großvater Glauben schenken konnte. Emma fragte sich oft, wie alt ihre Familie wohl sein mochte, denn in der Gesellschaftsschicht, in der sie verkehrte, waren Nachnamen selten geworden. Die Kette aber war ein altes Erbstück, das mit Julianas Tod in ihren Besitz gelangt war und das sie wie das teuerste Schmuckstück des Landes hütete.

»Gehört das Euch?«, fragte die Madame, und ihre Stimme klang ebenso reglos wie ihr erstarrter Körper.

Emma unterdrückte den Drang, ihr die Kette aus den Händen zu reißen. Sie nickte. »Ein Familienerbstück.«

Ein weiterer Augenblick verstrich, ohne dass sich jemand rührte. Madame Weltfremds Blick bohrte sich direkt in Emmas Augen und wanderte dann über ihre Gesichtszüge. Dieser Blick brannte heiß auf ihrer Haut. Dann, unendlich langsam und beherrscht, legte die Madame die Kette in die Schale.

»Hübsch«, sagte sie tonlos. »Etwas zu schlicht für meinen Geschmack. Eine Politur könnte auch nicht schaden. Ophelia, zeig Emma bitte, was zu tun ist. Ich bin im Verkaufsraum.«

Die Madame verließ die Küche, und Emma warf Ophelia einen irritierten Blick zu. Diese rollte die Augen.

»Ich sagte ja: Sie ist ein wenig seltsam. Irgendwann wird dich gar nichts mehr wundern«, wisperte sie und schenkte Emma ein Lächeln. »Und nun komm. Machen wir uns an die Arbeit!«

Den ganzen Tag stand Emma gebückt über dem Tisch und rollte Teig aus, den Ophelia mit den Ausstechern bearbeitete, bis der

Abend dämmerte. So entstanden blechweise Plätzchen, die Emma nach und nach in den Ofen schob, wobei sie aufpassen musste, dass sie nicht anbrannten. Ein verbrannter Keks ist wie eine verpasste Chance auf Glück, hatte Madame Weltfremd gesagt, ehe sie die beiden Mädchen wieder ihrer Arbeit überlassen und sich in den Laden zurückgezogen hatte, um sich ihren Kunden zu widmen.

Irgendwann schmerzte Emmas Rücken vom krummen Stehen. Auch ihre Hand protestierte schon nach kurzer Zeit, aber sie ignorierte das Ziehen und Pochen. Sie war zu gefangen von der Arbeit, die ihr erstaunlich leichtfiel und ihre Sinne beruhigte. Nach der Mittagspause übergab Ophelia Emma die Ausstecher und begann die fertigen Keksfiguren mit Zuckerstreuseln zu verzieren und die abgekühlten Plätzchen mit geschmolzener Schokoladencreme und festem Zitronenguss zu bestreichen.

»Ich kann nicht mehr«, stöhnte Ophelia schließlich und verzog das Gesicht, als sie ihren Rücken durchbog, der vernehmlich knackste. Emma schloss die Ofentür, das letzte fertig gebackene Blech noch in der Hand. Sie stellte die Kekse zum Auskühlen auf die Fensterbank und wusch sich die Hände in einem großen Eimer mit kaltem Wasser. Das kühle Nass war Balsam für ihre zerschundene Hand.

»Machst du das hier sonst alles allein?«, fragte sie. »Ich meine, all die Schokolade und die Pralinen ... Das muss doch Ewigkeiten dauern.«

»Nein, nein!« Ophelia hob abwehrend beide Hände. »Das meiste backt die Madame nachts, wenn alle Welt schläft. Manchmal frage ich mich, wann sie das selbst tut.«

»Wer braucht schon Schlaf, wenn es so viel Interessanteres zu tun gibt?«, fragte die Madame hinter ihnen, und Ophelia zuckte schuldbewusst zusammen. Auch Emma war aufgeschreckt. Sie hatte nicht mitbekommen, dass die Madame den Raum betreten hatte. Unwillkürlich fragte sie sich, wie es der Frau bloß immer gelang, sich anzuschleichen, still und heimlich, ohne dabei den geringsten Laut zu machen, keinen Atemzug, kein Türschlagen, nichts.

»Ach, Madame Weltfremd«, fuhr Ophelia unbekümmert fort. »Irgendwann verratet Ihr mir Euer Geheimnis schon.«

Die Madame ließ sich tatsächlich zu einem knappen Lächeln hinreißen. Trotzdem blieb ihre Miene schwer zu deuten, und Emma hatte das Gefühl, dass es da etwas gab, das unaufhörlich in der Madame arbeitete, etwas, das sie nicht aussprechen wollte. Zum ersten Mal wurde Emma wirklich bewusst, dass sie so gut wie nichts über die Madame wusste. Natürlich kannte sie dieselben Tatsachen, die jeder andere auch kannte: dass sie vor über zehn Jahren aus dem alten, verlassenen Juwelierladen die Chocolaterie gemacht hatte, dass sie dem Hörensagen zufolge eine großartige Geschichtenerzählerin war und dass sie, entgegen ihrem strengen Äußeren, manchmal ein weiches Herz hatte und in besonders harten Zeiten Schokolade unter den Armen verteilte.

Aber von der Vergangenheit der Madame wusste Emma nichts. Gerüchte darüber, wo sie herkam, gab es zahlreiche. Aber keines glich dem anderen, und in welchem wohl ein Funken Wahrheit steckte, wusste niemand so recht.

»Macht die Küche sauber, wenn ihr fertig seid, und kommt dann in den Ladenraum. Ich möchte euch etwas erzählen«, sagte die Madame und strich eine Haarsträhne zurück, die sich aus ihrer Frisur gelöst hatte. Sie wandte sich ab.

Ophelia riss die Augen auf. »Madame Weltfremd! Meint Ihr etwa eine Geschichte?«

»So etwas in der Art ...«

Sobald die Madame verschwunden war, lachte Ophelia und beeilte sich, Lumpen zum Säubern der Küche aus einem Schrank zu holen.

»Dass ich das noch erleben darf ...«, murmelte sie.

»Was meinst du?«, wollte Emma wissen. Sie nahm das letzte Backblech von der Fensterbank und legte die noch nicht verzierten Plätzchen nacheinander in eine Kiste, so behutsam, dass sie nicht auseinanderbrachen. Sie wollte keines der kleinen Kunstwerke wegen eines unbedachten Moments zerstören.

»Meine Mutter war vor einigen Jahren einmal hier, als die Madame eine Nacht der Geschichten veranstaltet hat. Sie hat noch lange danach davon geschwärmt und mir die Geschichte immer und immer wieder erzählt. Leider habe ich das meiste davon vergessen.«

Etwas Sehnsüchtiges huschte über Ophelias Gesicht und verdrängte die Sorglosigkeit darin. Emma kannte diesen Gesichtsausdruck. Es war derselbe, mit dem Cristan Alkohol betrachtete, mit einem selbstvergessenen, kompromisslosen Sehnen.

Doch der Blick war so schnell verschwunden, wie er gekommen war, und Ophelia wedelte ungeduldig mit den Händen. Sie erklärte Emma die abendlichen Pflichten, wie das Verpacken der fertigen Kekse in kleine, kunstvoll verzierte Tüten und das Säubern der Küche, bevor sie nach Hause gehen konnten. Nur dass sie danach nicht nach Hause gingen, nicht heute.

Heute würden sie in andere Welten tauchen.

Kapitel 5

Die Eingangstür hatte Ophelia nach Feierabend fest verschlossen und ein Schild mit den Öffnungszeiten aufgehängt. Die Schokoladenware war zum Kühlen in die Küche gebracht worden. Im Kamin flackerte ein knisterndes Feuer, das heiß genug war, um den prächtigen Raum mit ausreichend Wärme zu füllen.

Die Madame hatte sich in einen Ohrensessel gesetzt, den sie mit ein paar Kissen bestückt hatte, um sie sich in den Rücken zu schieben. Emma stellte ihre Stiefel zur Seite, setzte sich zu Ophelia auf das Sofa neben dem Feuer und zog die Beine an ihren Körper. Ihre Kette befand sich wieder an der gewohnten Stelle an ihrem Hals und lag warm und vertraut auf ihrer Haut. Ophelia hatte drei Tassen mit heißer Schokolade zubereitet. Eine davon hielt Emma nun zwischen den Fingern. Aufgeschäumte Milch und eine Prise Zimt schwammen auf der dampfenden Flüssigkeit. Emma lief das Wasser im Munde zusammen. Nach den Jahren der Entbehrung kam es ihr wie eine Ewigkeit vor, dass sie das letzte Mal so etwas Verführerisches wie Schokolade gekostet hatte. Als sie den Becher mit dem vergoldeten Henkel an ihre Lippen hob, blies sie sachte darüber, ehe sie einen winzigen Schluck nahm. Sie genoss den Geschmack, der sich auf ihrer Zunge ausbreitete, mit all ihren Sinnen. Dabei schloss sie die Augen, damit ihr nicht das kleinste Detail entging. Für einen Moment trieben ihre Gedanken fort, flogen an Winter und Eis vorbei, und sie sah ein weites Meer mit aufgeschäumten Wellen vor sich, das Meer, wie es in ihrer Vorstellung war. Wassermassen, unendlich, ungefroren, wellenartig. Ein wogendes Heer Fische, das aus dem Wasser sprang und dessen Schuppen in der roten Abendsonne schillerten …

»Erzählt Ihr uns ein Märchen?«, fragte Ophelia und riss Emma in die Wirklichkeit zurück.

»Aber ja«, antwortete Madame Weltfremd sanft. »Ein ganz absonderliches Märchen. Ihr müsst gut zuhören. Bei Geschichten weiß man nie, ob sie einem im Leben nicht noch einmal helfen können. Es war einmal ...«

Und ihre Stimme, melodiös, in sich gekehrt und beinahe hypnotisch, ließ den Raum verblassen und alles andere unwichtig werden ...

Es war einmal ein Königreich, das vor vielen tausend Jahren für seine Schönheit bekannt war. Das Königreich hatte keinen Namen, denn kein Name konnte der Schönheit des Landes gerecht werden. Wohl aber hatte es eine Königin, die jeder liebte. Die silberne Königin; so wurde das Mädchen mit den silberblonden Haaren genannt, das seit jeher über das Königreich herrschte.

Die silberne Königin lebte hoch oben auf einem luftigen Hügel, in einem Schloss aus Silber und Glas. Ihre Bediensteten hatten es gut bei ihr, denn die einzigen Dinge, welche die silberne Königin benötigte, waren Silber zum Schnitzen, klares Wasser aus dem angrenzenden See und manchmal eine Hand voll silberner Äpfel.

Um das Silberschloss herum standen viele gläserne Kugeln, und in jeder von ihnen bewahrte sie ein kleines bisschen Sternenstaub auf. Die Kugeln schienen nur zur Zierde zu dienen, denn wann immer die silberne Königin sie schüttelte, erinnerte der Hügel mit seinem Schloss und den glitzernden Glasgebilden an die Pracht des Himmels, der im namenlosen Königreich immer klar und wolkenfrei war.

Es gab zahlreiche Gerüchte darüber, wie die silberne Königin die Kugeln mit Sternenstaub erlangt hatte; manche glaubten, sie habe sich beim Silberschnitzen mit einer Sternschnuppe angefreundet, als diese sich im Königreich verirrt und ihr Zuhause nicht mehr gefunden hatte. So hatte die silberne Königin ihr mit den Kugeln ein neues Zuhause geschenkt. Andere waren der festen Überzeugung, sie habe mit einem Seidentuch unter dem Himmel gestanden, als ein Stern in seinem Kummer bitteren Staub weinte, und ihn aufgefangen.

Niemand aber kannte die wahre Herkunft des Sternenstaubs, nämlich, dass er ein Geschenk an die silberne Königin gewesen war. Als die silberne Königin geboren wurde, kam ein Stern ins Königreich, um ihr eine glänzende, wenn auch mühselige Zukunft vorauszusagen, und als Geburtstagsgeschenk vermachte er ihr das silberne Haar und eine Hand voll seines wundersamen Staubes, mit dem sie nach dem Stern rufen konnte, falls sie jemals in höchster Not sei.

In ihrem Silberschloss saß die silberne Königin oft auf der Turmspitze und wachte über ihr Land; denn jede Nacht erwachte sie aus schrecklichen Träumen, die sie vor einer schleichenden Kälte warnten, welche eines Tages ihr geliebtes Königreich verschlingen würde. Die silberne Königin kannte keine Kälte, und die Visionen von weißem Eis versetzten sie in furchtbare Angst, aber sie besaß ein mutiges Herz und hatte sich geschworen, wachsam Ausschau nach diesem weißen Eis zu halten, bevor es auch nur einen Fuß in ihr Reich setzen konnte.

Manchmal kam die Königin auf ihrem Esel den Hügel herabgeritten und durchquerte ihr Königreich, um sich nach den Sorgen und Wünschen ihrer Untertanen zu erkundigen. Sie verteilte ihren Segen, heilte Kranke und sprach mit dem Wind, den sie beauftragt hatte, die Grenzen des Landes zu bewachen, und der mit ihrem silbernen Haar spielte. Die Menschen verehrten ihre silberne Königin, doch manchmal munkelten sie hinter verschlossenen Fensterläden darüber, dass sie sich auch vor ihr fürchteten; denn sie war überaus mächtig und gewandt, und ihre Untertanen fühlten sich ganz klein neben ihr und ihren Sternenstaubkugeln, selbst wenn die silberne Königin nur auf ihrem getreuen Esel ritt. Und als der Wind ihr dies zutrug, war die silberne Königin traurig und zog sich allein auf ihre Turmspitze zurück, um Wache zu halten, falls die Kälte Einzug ins Königreich hielt.

Eines Tages nun erhielt die silberne Königin von ihrem Poliermeister die Nachricht, dass Besuch für sie eingetroffen sei. Sie war ganz aufgewühlt, denn es geschah selten, dass jemand wünschte, zu ihr vorgelassen zu werden. Also eilte die silberne Königin zu ihrem mannshohen Spiegel, um sich das silberne Haar zu bürsten, und sie lauschte dem Wind, der ihr eine zerzauste Strähne richtete und ihr zuflüsterte, dass vor der Tür ein ganz und gar außergewöhnliches Mädchen stehe.

Dann setzte sie sich auf ihren silbernen Thron, den sie einst ganz ohne Stufen hatte erbauen lassen, denn sie wollte nicht so sehr über den Menschen stehen, dass man sie nicht mehr sah und sie ihre Untertanen nicht.

»Lass sie hinein«, sagte sie zu ihrem Kammerdiener, und dieser öffnete nach einer eleganten Verbeugung das Tor zur Thronhalle. Die silberne Königin gab sich große Mühe, die Aufregung in ihrem Herzen zu zügeln; sie war eine Königin und wollte als solche auftreten.

Die Schritte des fremden Mädchens hallten im Thronsaal wider, als es hineinkam. Aber dieses Mädchen war keiner ihrer Untertanen. Es war auch niemand aus ihrem Königreich, das erkannte die silberne Königin sofort. Das Mädchen war sehr blass, noch heller als die silberne Königin selbst, durchscheinend fast. Es hatte strahlend blaue Augen und diamantene Kristalle in ihren Haaren, die glitzerten und funkelten, wann immer das Mädchen sich regte.

»Seid gegrüßt, verehrte Königin dieses Landes«, sagte das Mädchen, das eine sehr feine Stimme hatte, höflich.

Zur Bardin würde sie sich eignen, dachte die silberne Königin, ehe sie freundlich lächelte. »Seid ebenfalls gegrüßt«, antwortete sie. »Darf ich fragen, wer Ihr seid und woher Ihr kommt?«

Das Mädchen mit den Diamantenhaaren schlug die Augen nieder.

»Ich bin das Kristallmädchen«, sagte es, »und ich komme aus einem Reich, das so fern ist, dass meine Füße vom langen Weg zerschunden sind. Dürfte ich um eine Sitzgelegenheit bitten?«

Die silberne Königin winkte bestürzt eine Dienerin herbei, die sogleich eilte und dem Kristallmädchen einen gepolsterten Hocker brachte, auf dem es sich ausruhen konnte.

»Ich bedaure Euren weiten Weg, der so beschwerlich gewesen sein muss«, sagte die silberne Königin. »Wo liegt dieses Reich, von dem Ihr sprecht?«

»Es ist so weit fort, dass ich nicht einmal sicher bin, ob dieselben Sterne über unseren Köpfen leuchten«, antwortete das Kristallmädchen.

»So weit fort?«, fragte die silberne Königin staunend. Sie hatte noch nie einen anderen Himmel und andere Sterne gesehen, selbst wenn sie lange Stunden auf ihrem Esel durch das Königreich geritten war. »Wie viele Tage habt Ihr gebraucht, um mein Schloss zu erreichen?«

»Tage?«, wiederholte das Kristallmädchen und lachte traurig. »Wochen, Monate waren es. Manchmal scheint es mir, als hätte ich mein Leben damit verbracht, immer nur weiter davonzulaufen, einen Schritt nach dem anderen und den Atem der Kälte stetig im Nacken spürend.«

Als die silberne Königin hörte, wie das Kristallmädchen von der Kälte sprach, horchte sie auf. »Wovor seid Ihr davongelaufen, Kristallmädchen? Hat Euch und Eurem Königreich etwas zugesetzt?«

In den blauen Augen des Kristallmädchens schimmerte ein matter Tränenglanz. »Ach«, sagte es bekümmert. »Mein Königreich wurde verschlungen und der Kristallkönig eingefroren. Niemand weiß, ob er tot oder lebendig ist, und nun herrscht der Frostprinz über unser Land.«

»Der Frostprinz?«, wiederholte die silberne Königin. »Wer ist dieser Frostprinz? Ich habe noch nie von ihm gehört.«

»Das verwundert mich«, sagte das Kristallmädchen. »Denn der Frostprinz besitzt kein eigenes Reich, und weil sein Hunger nach Macht so groß ist, zieht er durch alle Lande, um sie nach und nach für sich zu erobern. Er lässt alle Menschen und Tiere zu Eis gefrieren, damit sich ihm niemand widersetzen kann.«

Eis. Das Kristallmädchen sprach von der Gefahr, vor der ihre dunklen Träume sie fortwährend warnten. Und obwohl die silberne Königin nur eine vage Ahnung von der Gestalt dieser Gefahr hatte, spürte sie Unruhe in sich wachsen.

»Das klingt schrecklich«, erwiderte die silberne Königin und schüttelte den Kopf.

»Das war es in der Tat!« Das Kristallmädchen klang so verzweifelt, dass die silberne Königin, deren Herz leicht zu erweichen war, Mitleid mit ihm bekam.

»Ihr seid in meinem Königreich willkommen, Kristallmädchen. Was immer Ihr braucht, um Euer Leid zu lindern, sollt Ihr bekommen. Nur bitte ich darum, mir die ganze Geschichte zu erzählen. Denn ich werde oft von dunklen Träumen gequält, die mir das Ende meines Reichs ankündigen, und ich fürchte, dass der Frostprinz die Bedrohung sein könnte, vor der mich meine Träume warnen.«

Das Kristallmädchen kämpfte tapfer alle Tränen nieder, denn es war nicht so weit gereist, um zu weinen. »Unser Königreich, Kristallweite wird es genannt, liegt weit entfernt, am Ende der Welt, wage ich zu behaupten; dort wo das Meer mit seinen Wellen das Uferland überspült und die Kristalle auf diese Weise immer blank putzt, bis jeder einzelne Stein im Sonnenlicht glitzert. So schimmert Kristallweite immer in den prächtigsten Farben, wenn die Sonne darauf scheint. Der Kristallkönig wohnte in einem diamantenen Schloss, das die Bewohner von Kristallweite mit viel Arbeit und Mühe auf einer Insel im Meer gebaut haben, und das uns alle mit Stolz erfüllte, denn jede Woche lud der Kristallkönig einen anderen seiner Untertanen ein, mit ihm im Schloss zu wohnen. ›Warum soll nur ein König in einem

Schloss wohnen, das andere Hände erschaffen haben?‹, pflegte der Kristallkönig zu sagen, und deswegen wurde er sehr verehrt.«

Die silberne Königin staunte. Dieser König musste wahrlich ein besonderer König sein; sie war noch nie auf die Idee gekommen, ihr Schloss mit ihren Untertanen zu teilen, und den Gedanken, jede Woche einen anderen Untertan zu beherbergen, fand sie höchst eigenartig, wenn auch faszinierend.

»Dann aber kam eines Tages ein junger Mann nach Kristallweite. Der junge Herr war nicht nur äußerst charmant und redegewandt, er war auch sehr schön. Er hatte Augen, die uns glauben ließen, er wäre direkt aus dem Meer gestiegen, und seine Haut war so rein wie die Oberfläche unserer Diamanten. Der Kristallkönig war derart erfreut, so vornehmen Besuch zu erhalten, dass er jenen Untertan, der in dieser Woche in seinem Schloss verweilte, fortschickte und stattdessen den fremden Besuch an seiner Seite willkommen hieß.« Die Stimme des Kristallmädchens zitterte ein wenig.

»Wer war dieser Fremde?«, fragte die silberne Königin. »Hatte dieser schöne Mann auch einen Namen oder hielt er ihn geheim?«

»Die Juwelierglaserin, die zu dieser Zeit im Schloss einen zerstörten Spiegel richtete, erzählte mir, der junge Mann habe sich als der Frostprinz vorgestellt. Von weit her sei er gereist, um die Welt zu erkunden. Aber – und das sagte mir die Juwelierglaserin mit ganz verzücktem Blick – kein Land habe ihn halten können; erst Kristallweite habe ihn mit seiner Schönheit gefangen genommen, und er gedenke, eine Weile zu bleiben und alle Wunder zu entdecken. Der Kristallkönig war furchtbar stolz, dass dieser ansehnliche Prinz, der ganz sicher aus einem mächtigen Königreich stammte, mit so viel Bewunderung über sein Reich sprach. Und während der Frostprinz ihm jeden Tag mehr schmeichelte, sodass der Kristallkönig seine Untertanen vergaß, rankten sich Eisblumen über das Land und legten es in die Ketten des Winters. Alle flohen ans Meeresufer und hofften, auf der

Insel des Kristallkönigs Schutz zu finden, aber der Frostprinz hatte dafür gesorgt, dass das Tor zum Schloss verschlossen blieb. Durch die diamantenen Wände konnten wir sehen, dass der Blick des Kristallkönigs noch immer verklärt auf dem Frostprinzen haftete, während ringsherum unser Land zu Eis gefror.«

Die silberne Königin hatte den Atem angehalten, so erschüttert war sie von den Worten des Kristallmädchens. »Wie konntet Ihr fliehen?«, fragte sie.

Das Kristallmädchen schlang die Arme um seinen Oberkörper, als wäre ihm die Kälte gefolgt, durch alle Länder, die es bereist hatte. Und wer wusste schon, ob das nicht sogar der Wahrheit entsprach? Die silberne Königin spürte eine Gänsehaut auf ihren Armen.

»Als ich sah«, fuhr das Kristallmädchen fort, »wie der Frostprinz herauskam, tosende Schneewehen hinter sich herziehend, hielt ich inne und war für einen Moment von seiner blendenden Schönheit ebenso verzaubert wie alle um mich herum. Er begrub die Menschen unter einer Decke aus Eis und Schnee, und niemand regte sich. Doch dann landete eine glühende Ascheflocke von der Fackel, die ich trug, auf meiner Hand, und ich erwachte aus meiner Erstarrung. Also warf ich die brennende Fackel nach ihm. Als das Feuer an seinem weißen Haar leckte, rannte ich um mein Leben und hoffte inständig, der Schneesturm würde meine Fußabdrücke verbergen. Und so entkam ich dem Frostprinzen und überquerte bald schon die Grenze in unser Nachbarland Rotblatt. Aber ich wusste, dass ich dort nicht sicher war, denn niemand glaubte meine Geschichte, und ich ahnte, dass der Frostprinz seine gierigen Hände auch nach diesem Land ausstrecken würde. Also lief ich weiter, immer weiter, bis ich Eure Grenzen passierte. Und hier bin ich nun.«

Die silberne Königin war erschüttert und beeindruckt zugleich. »Ich bewundere Euch, Kristallmädchen. Ich weiß nicht, ob ich an Eurer Stelle diesen Mut aufgebracht hätte.«

Das Kristallmädchen hob den Kopf, und der Blick ihrer strah-

lend blauen Augen ging der silbernen Königin durch Mark und Bein.

»Und dabei«, flüsterte das Kristallmädchen, »seid Ihr doch eine Königin.«

»Das arme Kristallmädchen«, murmelte Ophelia so leise, dass nur Emma sie verstehen konnte. Ein tiefer Schmerz klang in ihren Worten mit, aber bevor Emma fragen konnte, woher er stammte und was sie so quälte, fuhr die Madame fort.

Die silberne Königin konnte in dieser Nacht keinen Schlaf finden. Sie wälzte sich in ihrem Himmelbett hin und her, während das Mondlicht in fahlen Strahlen durch den Raum wanderte. Die Worte des Kristallmädchens wollten ihr nicht aus dem Kopf gehen. Wenn die Geschichte vom Frostprinzen wahr war – und daran hatte die silberne Königin keinen Zweifel –, dann konnte es möglich sein, dass er bald schon in ihr Königreich vordrang und es mit seinem Frost verfluchte, ganz so wie er es mit Kristallweite und den anderen Reichen getan hatte. Bei der Vorstellung, jemand würde all ihre Untertanen zu Eis erstarren lassen, gefror ihr wahrlich das Blut in den Adern.

So wurde die silberne Königin die ganze Nacht hindurch von schwarzen Visionen geplagt, eine schrecklicher als die andere, und als der Morgen graute und die Sonne in ihr Zimmer spähte, konnte sie sich nicht so sehr an ihrem Anblick erfreuen, wie sie es sonst tat.

Im Thronsaal war der Frühstückstisch anlässlich der Ankunft des Kristallmädchens schon reichlich gedeckt. Becher waren randvoll mit Fruchtsaft vom Silberapfel gefüllt, und auf den Tellern lagen alle Speisen, die das Land zu bieten hatte. Aber auch daran konnte sich die silberne Königin heute nicht erfreuen. Sie war so bekümmert, ihre Wangen so gespenstig bleich, dass ihre Bediensteten fürchteten, eine Krankheit hätte sie befallen.

Schließlich bat die silberne Königin, das Kristallmädchen herbeizurufen, damit es ihr beim Frühstück Gesellschaft leisten möge. Eilig wurde das Kristallmädchen aus seinem Gemach geholt, das ihm die silberne Königin zur Verfügung gestellt hatte, um seine wunden Füße auszuruhen. Als das Kristallmädchen den Thronsaal betrat, verneigte es sich respektvoll vor der Königin und nahm an ihrem Tisch Platz, ganz wie diese es gewünscht hatte.

»Ich hoffe, Ihr hattet eine erholsame Nacht«, sagte die silberne Königin freundlich.

Das Kristallmädchen lächelte, und die silberne Königin fand, dass dieses Lächeln nicht mehr mit so viel Schmerz behaftet war wie am Vorabend.

»Oh, das habe ich, Majestät. Wunderbar habe ich geschlafen. Das Federbett war himmlisch weich.«

»Das freut mich zu hören«, antwortete die silberne Königin, die ihren vollen Teller von sich schob. Hunger verspürte sie an diesem Morgen nicht.

»Nun«, fuhr sie zögernd fort. »Heute Nacht machte ich mir Gedanken darüber, was Ihr mir gestern erzähltet. Albträume warnen mich Nacht für Nacht vor einer schrecklichen Gefahr, vor einer unerbittlichen Kälte, die das Land bedrohen soll. Wisst Ihr, ob der Frostprinz seine gierigen Klauen nach allen Ländern der Welt auszustrecken gedenkt?«

Das Kristallmädchen wandte seine blauen Augen zur Königin, und der Ausdruck in ihnen war traurig, als es nickte. »Oh ja, Majestät. Sein Bestreben liegt darin, die ganze Welt zu beherrschen. Ich hörte, wie jemand davon sprach, er wäre von einem Fluch befallen, der sein Herz gegen jedes Gefühl unempfindlich macht. So kann ihm niemand etwas anhaben.«

Die silberne Königin sank auf ihrem silbernen Thron in sich zusammen. Vor dieser Antwort hatte sie sich gefürchtet, aber sie hatte sie auch erwartet.

»Und es gibt nichts, das man gegen ihn ausrichten kann?«, fragte sie. Sie konnte unmöglich still verharren, bis der Frost-

prinz vor ihrem Schloss auftauchen und es für sich beanspruchen würde. Es gab nichts Schlimmeres, als einfach aufzugeben.

»Wüsste ich etwas, so hätte ich Euch davon berichtet«, antwortete das Kristallmädchen. »Wenn nicht einmal unser König dazu fähig war, ihm zu widerstehen, wie sollte jemand anders ihn dann besiegen können?«

Die silberne Königin sagte nichts, obwohl sie glaubte, dass es gar keinen so großen Unterschied gab zwischen den Königen und den Untertanen.

»Es muss etwas geben«, sagte die silberne Königin schließlich fest. Sie weigerte sich, ihr Schicksal als besiegelt hinzunehmen. Sie wollte es selbst in die Hand nehmen.

»Ich werde nicht warten, bis der Frostprinz vor meiner Tür steht«, sagte sie, und ihre Augen funkelten dabei. »Ich werde mich auf die Suche machen. Es muss etwas geben, mit dem man ihn aufhalten kann, und ich werde es finden.«

»Wenn dies Euer Wunsch ist«, sagte das Kristallmädchen, in dessen Herzen die Hoffnung wieder aufglühte, »dann werde ich Euch begleiten.«

»So sei es«, sagte die silberne Königin, die froh war, nicht allein gegen die Kälte ausziehen zu müssen.

Und so bestaunten die Bewohner des namenlosen Königreichs, wie das ganze Schloss in Aufruhr geriet, als die silberne Königin ihre Reisetasche auf den Rücken ihres treuen Esels schnallte und verkündete, sie zöge aus, um die entfernten Grenzen zu besuchen.

Madame Weltfremd brach ab, und Stille senkte sich über den Raum. Nur das Feuer knackte im Kamin, als es Holz in Asche und Glut wandelte.

»Das genügt für heute«, sagte sie und starrte einen Augenblick abwesend in die Flammen, als gäbe es dort etwas, das nur sie sehen konnte und niemand sonst.

Emma schloss die Finger um ihre Tasse. Sie war noch mehr als halbvoll, so sehr hatte das Märchen sie gefangen genommen. Während ihre Gedanken um die Geschichte kreisten, trank sie langsam einen weiteren Schluck.

»Wird die silberne Königin den Frostprinzen finden?«, fragte Emma leise. Sie verspürte einen Kloß in ihrem Hals, der sie daran hinderte, klar und deutlich zu sprechen. Aus einem seltsamen Grund hatte das Märchen etwas in ihr berührt, etwas, von dem sie nicht gewusst hatte, dass es existierte. Ihre Großmutter hatte ihr vor langer Zeit auch Geschichten erzählt, aber keine hatte die Macht besessen, die das Märchen von der silbernen Königin auf sie ausübte.

»Was glaubt Ihr?«, fragte Madame Weltfremd ebenso leise.

Emma fiel auf, dass die Madame ihre zierlichen Finger in die Wolldecke gekrallt hatte, die auf ihren Knien lag. War sie selbst so mitgenommen von der Geschichte, die sie erzählt hatte?

»Vermutlich habe ich die falsche Frage gestellt.« Emma räusperte sich. »Gewiss wird sie ihn finden. Sonst hat das Märchen keinen Sinn. Aber dann? Wird sie ihn besiegen? Ihn vertreiben?« Emma beugte sich neugierig nach vorn. Fast wäre der Inhalt der Tasse über ihre Hose geschwappt.

»Es gibt ein ungeschriebenes Gesetz«, erwiderte die Madame. »Ein Gesetz, das besagt, dass man das Ende einer Geschichte niemals vorwegnehmen darf.«

Und plötzlich schlug sie die Decke zurück, faltete diese sorgfältig zusammen, sodass keine Kante über die andere hinausragte. In ihre Augen stahl sich der kühle, fast erstarrte Ausdruck zurück, den Emma heute schon einmal erhascht hatte, als die Madame ihren Anhänger betrachtet hatte.

»Es ist spät geworden«, sagte Madame Weltfremd und erhob sich. »Geht nach Hause. Der Morgen kommt schneller, als man denkt, und ihr solltet ausgeruht sein. Wir haben viel vor.«

Wortlos erhoben sich auch die beiden Frauen, und Emma holte ihren Mantel aus der Küche. Als sie die Chocolaterie verließ, sah sie sich nach Ophelia um, um mit ihr ein Stück des Weges gemeinsam zu gehen und den aufregenden Tag Revue passieren zu lassen.

Von Ophelia aber blieben nur die Spuren im Schnee.

Kapitel 6

Die Nacht hatte sich in seidige Schwärze gehüllt.

Zu dieser Jahreszeit war es bereits früh dunkel, und wenn die Glocken zur sechsten Abendstunde schlugen, hatte man immer das Gefühl, der Tag wäre schon lange zu Ende, selbst wenn man noch bis in die späten Stunden arbeitete.

Emmas Füße waren schwer, ebenso wie ihre Augenlider und ihre Gedanken. Aber sie war zufrieden. Als sie all die Plätzchen in vorbereitete Tütchen verteilt und sie mit Astzweigen, getrockneten Blüten und goldenen Schnürchen verbunden hatte, war ein Gefühl heißer Befriedigung durch ihre Adern geschossen, beim Anblick des Ergebnisses ihrer stundenlangen Arbeit. Sie glühte regelrecht von innen, denn sie hatte mit ihren eigenen Händen etwas erschaffen, auf das sie stolz war. Kein geflicktes Hemd, keinen geschnitzten Holzlöffel, keinen wässrig schmeckenden Eintopf, kein Silbererz, das sie abgeben musste, sondern etwas in ihren Augen ... Größeres.

Nachdem die Madame sie schließlich entlassen hatte, war Emma kurz vor Ladenschluss noch in ein Lebensmittelgeschäft geschlüpft, um einige Dinge für sich und ihren Vater einzukaufen. Der Leinenbeutel, den sie immer mit sich trug, war nun gefüllt mit Gemüse, einer Hand voll Kartoffeln und einem kleinen Stück Dörrfleisch.

Die Straßen waren mit Schneematsch überzogen, zu viele Schuhe, Stiefel und Räder hatten ihre Spuren auf ihnen hinterlassen. Sie hatten den Schnee niedergedrückt und ihn verdreckt, bis er eine glitschige Masse war, die Emma an schmutzige Seifenlauge erinnerte. Sie wich von der Marktstraße ab, die durch das Zentrum von Silberglanz führte, und schlüpfte in eine schmale Seitengasse namens Winterzeitallee, die, wenn man ihr nur lang genug folgte, in eine Straße mündete, die gerade wie ein Pfeil zum Zentrum der Stadt führte – dem Schloss. Laternen wiesen ihr mit flackerndem Licht den Weg, warfen lange Schatten an die hohen Häuser mit den spitzen Dächern, in denen vor allem wohlhabende Familien ihren Sitz hatten. Das Kopfsteinpflaster klackerte unter ihren Stiefeln, da die Schneedecke hier dünner war. Die Gasse war eng, und die Dächer ragten weit hervor, sodass die Straße etwas geschützt vor den Schneemassen war. Ein paar Mägde mit Hauben auf dem Kopf rannten an ihr vorbei, prall gefüllte Einkaufskörbe in den Armen, aus deren Inhalten sie ihren Dienstherren am nächsten Tag ein schmackhaftes Mahl kochen würden.

Emma schlenderte die Winterzeitallee herab, ohne darauf zu achten, wohin sie trat. In ihren Gedanken hing sie den Ereignissen des Tages nach, vor allem dem mystischen Märchen. Das Märchen von der silbernen Königin, so nannte sie es für sich, denn die Madame hatte ihm keinen Namen gegeben.

Als Emma das Ende der Allee erreichte, strauchelte sie plötzlich. Unter ihren Absätzen war der Schnee einer festgefrorenen Eisschicht gewichen, sodass sich das Pflaster in eine gefährliche, spiegelglatte Fläche verwandelte. Hektisch ruderte und fuchtelte sie mit den Armen, bis sie ihr Gleichgewicht wiedergefunden hatte. Erleichtert stieß sie den Atem aus, der vor ihrem Mund eine feine Wolke bildete. Erst jetzt fiel ihr auf, dass die Luft plötzlich dünner und frostiger geworden war. An den Fenstern der Häuser krochen hier Eiskristalle über das Glas, verzerrten die Sicht nach innen und ließen nur mattes Licht nach draußen entweichen. Von den Dächern hingen Eiszapfen, die länger als Emmas Unterarme waren und deren messerscharfe Spitzen sie mit Leichtigkeit verletzen konnten.

Natürlich … Emma war derart in Gedanken versunken gewesen, dass sie nicht darauf geachtet hatte, rechtzeitig abzubiegen. Nun hatte sie sich dem Schloss genähert. Dem Eisschloss.

Dem Schloss von Casper, dem jungen König, der gerade erst achtundzwanzig Jahre zählte und dennoch der meistgefürchtete Mann des Landes war. Emma hatte den König noch nie gesehen. Kaum jemand außer den Wachen und Schlossbediensteten hatte das. Er hielt sich in den Wänden seines Schlosses versteckt und kam nie heraus, niemals. Es hieß, er sei grausam. So grausam, dass alle Bewohner von Glanzvoll glücklich sein sollten, ihn nicht zu Gesicht zu bekommen, und so die Möglichkeit gering war, sich seinen Zorn zuzuziehen. Emma dachte an all die Gerüchte über ihn. Es war schwierig, jemanden derart zu verabscheuen, wenn man nicht einmal sein Gesicht kannte.

Dabei ist das Schloss wunderschön, fand Emma. Sie ließ mit angehaltenem Atem das letzte Stück der Winterzeitallee hinter sich und trat auf die Straße, an deren Ende das gewaltige Eisschloss in all seiner majestätischen Imposanz thronte.

Schön war es wirklich, auf eine atemberaubende, sprachlos machende und bedrückende Weise. Das Schloss war der strahlende Mittelpunkt der Stadt. In einem weiten Bogen waren ringsherum exquisite Häuser hochgezogen worden, und aus allen Richtungen führte eine Straße direkt zum äußeren Schlossplatz. Wie eine Sonne, deren Strahlen sich überallhin ausbreiten. Das Schloss selbst war milchigweiß, wie es sich für Eis geziemte, mit einem Hauch von Blau hier und da, als würde sich ein strahlender Himmel in dem Eis widerspiegeln. Es war verwinkelt und mit sieben schmalen Türmen versehen, die vermutlich mit Wendeltreppen ausgestattet waren und hoch in die Wolken stachen. So ähnlich musste auch das Schloss aussehen, von dem Madame Weltfremd heute erzählt hatte. Das silberne Schloss der silbernen Königin.

Etliche Fenster, mannshoch und mit dunklen Fensterrahmen, sollten vermutlich die Innenräume erhellen. Aber sie waren zu jeder Tages- und Nachtzeit mit Vorhängen abgedunkelt, sodass niemand einen Blick erhaschen konnte von dem, was im Inneren des Schlosses wohl vor sich gehen mochte. Die Mauern waren aus rechteckigen Eisklötzen gebaut; unzählige waren herangeschafft und aufeinandergewuchtet worden, um dieses gewaltige Schloss erbauen zu können. Emma selbst hatte den Bau nicht miterlebt. Das alles war lange, lange vor ihrer Geburt geschehen, und seither war das Schloss in seiner ursprünglichen Gestalt erhalten geblieben. Wie jemand in diesem Bau leben konnte, ohne innerhalb weniger Stunden jämmerlich zu erfrieren, war ihr unerklärlich.

Denn wegen dieser schier unendlichen Menge an Eis war es in der Nähe des Schlosses noch kälter als im Rest der Stadt. Kälter sogar als irgendwo sonst in Silberglanz, selbst auf den Spitzen der Berge. Aber Emma fragte sich, ob das wirklich am Schloss lag, oder nicht vielmehr an dem König, der darin lebte.

Eine Gänsehaut kroch ihre Arme herauf, obwohl ihr nicht kalt war. Es fröstelte sie innerlich bei der Vorstellung, dass der König nun nicht mehr fern war, sie vielleicht sogar erspähen könnte, wenn er einen Vorhang zur Seite schob. Sie fühlte sich beobachtet, obwohl niemand da war, außer den Wachen, die vor den imposanten Toren standen, die die um das Schloss gezogene Mauer durchbrachen. Sie ließen die wenigen Menschen ein, die wünschten, ins Schloss zu gelangen, und sie hatten starre Mienen und blaue Uniformen mit Fellabsatz. Regelmäßig patrouillierten sie durch die Stadt, um nach dem Rechten zu sehen. Um zu kontrollieren, ob alle Bürger brav ihrem Alltag nachgingen, ohne dunkle, rebellische Gedanken gegen den König zu hegen. Emma hielt sich, so gut es ging, von ihnen fern.

Als sie sich mit einer Hand an einer Laterne abstützte, fing sie den Blick eines der Wächter auf. Er fixierte sie unverhohlen. Wie einen Eindringling, dabei war sie noch weit vom Torbogen entfernt. Unbehaglich trat sie einen Schritt zurück. Ihr Herz pochte, obwohl sie versuchte, sich zu beruhigen. Was hatte sie schon von ihnen zu befürchten? Sie war eine unbescholtene Frau. Ungefährlich. Unwichtig. Es gab keinen Grund, sich vor den Wächtern oder irgendjemandem sonst zu ängstigen.

Für den König war sie nicht mehr als eine Schneeflocke unter tausenden. Sie würde bald schon verschwunden sein, geschmolzen im seichten Tageslicht, und nichts würde mehr an sie erinnern. Obgleich es hieß, dass kein Schneekristall dem anderen gleiche, landeten sie doch alle auf dem Boden und tauten zu Matsch oder wurden zu Eis festgetreten. Bis nichts mehr übrig blieb von dem, was sie einst so einzigartig gemacht hatte.

Die Kälte des metallenen Laternenpfahls kroch ihre Handfläche entlang und vertrieb Stück für Stück die Wärme, die sich den ganzen Tag über in Emma aufgestaut hatte. Sie wandte sich ab, um nach Hause zu gehen, denn die Kälte kroch ihr durch Mark und Bein und setzte sich in ihr fest. Etwas Stechendes schien sich ihr in ihren Rücken zu bohren, fast so schmerzhaft wie eine Nadel, und sie fuhr herum. Aber hinter ihr war niemand, nur Leere, nur eisige Luft und eisige Wächter, die sie nicht einmal mehr beachteten. Doch eine winzige Lichtreflexion an einem der Turmfenster bannte ihre Aufmerksamkeit.

Ihr Herz hämmerte von innen gegen ihren Brustkorb, als Emma ganz langsam den Kopf in den Nacken legte. Im ersten Stock des Schlosses war ein Vorhang zur Seite geschoben worden. Eine Gestalt stand aufgerichtet im Fensterrahmen. Obwohl viele Meter Entfernung zwischen ihnen lag, wusste Emma instinktiv, dass es der König war, der dort stand und sie beobachtete. Sie wusste es, weil seine Haltung die Sprache eines Herrschers sprach: arrogant, ungebeugt und steif. Er war auf eine Weise schön, die Emma Übelkeit bereitete. Schwarze Haare rahmten das Gesicht, das im Schatten lag. Wie eine eiskalte Hand fuhr der Blick des Königs an ihr entlang, bis sie sich fühlte, als läge ihr Innerstes offen und schutzlos auf der Gasse. Emma taumelte mehrere Schritte zurück. Die seltsame Verbindung brach ab und ließ sie schwer atmen.

Emma keuchte, doch sie wartete nicht ab, bis sie wieder zu Atem gekommen war. Sie drehte sich um und lief durch die Allee zurück, dann den Hügel zu ihrem Viertel hinauf, zurück nach Hause, hinter sichere Türen, wobei ihre Zähne unaufhörlich klapperten.

Warum sie Angst hatte, konnte sie sich selbst nicht erklären. Sie wusste nur, dass es so war.

Sie hatte Angst.

Schreckliche Angst.

Kapitel 7

Bevor Emma zu Bett ging, stattete sie ihrem Vater einen Besuch ab.

Zu ihrer Überraschung war es annähernd warm in seiner Stube. Der Geruch von Kartoffeln deutete zudem darauf hin, dass Cristan sich kurz zuvor etwas zu essen gekocht hatte.

»Wo kommst du so spät her?«, fragte er vorwurfsvoll. Dunkle Ringe lagen unter seinen Augen, gruben sich tief in seine Haut, die für sein Alter zu faltig war.

»Von der Arbeit, Vater«, erwiderte sie kühl. »Und danach war ich einkaufen. Und zwar nicht nur für *mich*.«

Sie legte einen Beutel mit einigen Lebensmitteln auf den Tisch. Cristan schien mit sich zu ringen, aber ein Danke kam ihm nicht über die Lippen. Zumindest einen Teller der übrig gebliebenen, lauwarmen Kartoffelsuppe bot er Emma an.

Sie aß schweigend, gedanklich weit fort. Wieder und wieder ging sie das verstörende Erlebnis am Schlossplatz durch. Caspers Blick schien noch immer an ihr zu haften, wie eine zweite Hautschicht, die sie nicht abschrubben konnte. Vermutlich verhielt sie sich albern, redete Emma sich ein. Im Schloss wimmelte es nur so von Bediensteten und Adeligen. Vielleicht hatte sie jemand anderen gesehen. Aber eine Stimme in ihr beharrte weiterhin darauf: Es war der König gewesen.

»Hast du den König jemals gesehen?«, fragte Emma in die Stille hinein und sah ihren Vater direkt an.

Dessen Miene verhärtete sich.

»Warum fragst du das?«, wollte er wissen.

»Ich bin heute am Schloss vorbeigekommen, und ich dachte …« Sie hielt kurz inne. Etwas in ihr zögerte, Caspers Namen in den Mund zu nehmen. »Ich dachte, ich hätte den König gesehen. Aber ich bin mir nicht sicher. Ich weiß ja nicht einmal, wie er aussieht.«

»Du bist am Schloss vorbeigekommen? Was hast du dort verloren?«, wiederholte Cristan entgeistert und ballte seine Hände vor Ärger zu Fäusten. Aber sein Gesicht erblasste. Emma glaubte, Angst in seinen Augen aufblitzen zu sehen.

Sie lehnte sich gegen die Stuhllehne. In ihrem Rücken zog es, weil das Holz der Tür nicht ganz abgedichtet war, aber bei der Erinnerung an die Kälte auf dem Schlossplatz spürte sie den Luftzug kaum. »Ich weiß nicht«, sagte sie leise. »Ich war abgelenkt, und plötzlich stand ich direkt davor, und das Schloss lachte mich an.«

»Das Schloss lacht niemanden an, Emma.« Cristan schüttelte den Kopf. »Schlag dir solche unsinnigen Gedanken aus dem Kopf. Du weißt, dass man sich vom König fernhalten soll. Er bringt nur Verderben.«

»Ja, natürlich weiß ich das.« Sie fuhr sich mit der Hand über die Stirn. Sie wusste, dass sie den Vorfall einfach vergessen sollte. Aber irgendwie konnte sie es nicht.

»Ich weiß es«, sagte sie erneut, »aber mich würde es dennoch interessieren. Hast du den König jemals gesehen? Wie ... ist er so?«

Cristan starrte trübsinnig in den schweren Kelch, den er mit Met gefüllt hatte, dem Geruch nach zu urteilen. »Ich habe König Casper nie gesehen, nein«, murmelte er zum Met. »Aber seinen Vater, den habe ich einmal gesehen. Es ist schon lange her, aber ich sag dir: Solch eine Begegnung vergisst man sein ganzes Leben nicht. Die geht einem durch Mark und Bein und brennt sich in deinem verdammten Gedächtnis fest.«

Angespanntes Schweigen legte sich über den Raum. Die Wände schienen manchmal Augen und Ohren in diesem Land zu haben, deshalb sprachen die Menschen selten über die Königsfamilie. Die Tür hatte Ritzen, durch die nicht nur die

Wärme entweichen konnte. Gefährliche Worte vermochten es auch. Man wusste nie, wer sich nachts durch die Gärten schlich und lauschte, wo ein Funken Verrat aufglomm, den man unter einer dichten Schneedecke ersticken musste.

»Erzähl es mir, Vater«, bat Emma leise. Einen Augenblick war sie versucht, Cristans Hand, die kraftlos auf dem Tisch lag, in ihre zu nehmen, um ihn zu ermutigen. Doch er fuhr fort, bevor sie sich entschieden hatte.

»Marcus Maledic kam vor vielen Jahren in die Silberschmiede, um eine Reitgerte aus Silber zu bestellen. Du kannst dir sicher vorstellen, dass ich fast gegen den Blasebalg gelaufen bin, als er durch die Tür kam. Eigentlich sollte man meinen, dass man einem Mann, den man noch nie gesehen hat, keinen Namen zuordnen kann, aber ich wusste sofort, wer dieser Mann war. Es war gar nicht *möglich*, das nicht zu wissen.«

Cristans Atem rasselte, als er tief Luft holte. Dunkle Schatten zogen über sein Gesicht. Emma tat es fast leid, ihn in die Vergangenheit geschickt zu haben. Er lebte ohnehin schon zu lange darin.

»Maledic ist ein Wort, das aus Zeiten kommt, in denen es laut Legenden noch Magie in dieser Welt gegeben haben soll. Es bedeutet *verflucht*. Und bei allem, was mir heilig ist, ich schwöre, dass dieser Name auf diesen Mann zutraf wie kein anderer. Er hatte rabenschwarzes Haar und Augen, so dunkel wie der Grund eines tückischen Sees. Es war wirklich gespenstig.«

»Wieso war er selbst da?«, fragte Emma. »Botengänge erledigen doch sicher Diener.«

»Ich weiß es nicht …« Cristan starrte aus dem Fenster in die Dunkelheit. »Er befahl mir, mit nach draußen zu kommen, wo sein Pferd stand. Der König blieb einige Meter von mir entfernt stehen, weil er die Nähe zu seinen Untertanen als beschmutzend empfand, und musterte mich mit regloser Miene. Ja, ich glaube, sein Gesichtsausdruck erinnerte mich damals an den eines Toten. Da war kein Gefühl, kein Leben, gar nichts. Jedenfalls zeigte er auf das Pferd, einen prächtigen Schimmelhengst, und sagte zu mir, er wolle eine Gerte aus Silber, die so hart, aber so hauchdünn zugleich war, dass man die Striemen nicht auf dem Fell des Tieres sehen würde, selbst dann nicht, wenn man es zu Tode prügeln wolle. Seine Vollkommenheit dürfe auf gar keinen Fall zerstört werden.«

Emma wusste nicht, was sie sagen sollte. Es war nicht die erste Geschichte, die sie über die Maledics hörte; aber diese hier fühlte sich nicht mehr nur wie ein bloßes Schauermärchen an, mit dem das Land in Angst und Schrecken versetzt wurde. Ihr Vater hatte dies wirklich erlebt.

»Danke«, sagte sie leise und nahm Cristans Hand nun doch zögerlich. »Danke, dass du mir davon erzählt hast. Das war sicherlich nicht leicht für dich.«

Cristan starrte sie einen Augenblick ausdruckslos an, dann entzog er ihr seine Hand.

»Wusstest du«, sagte er seufzend, »dass sie Heinrich vorhin tot am Wegesrand aufgefunden haben? Erbärmlich im Wald erfroren, weil er gestürzt war. Seine Söhne haben ihn erst am Abend gefunden, und da war schon längst alles vorbei.«

Emmas Kehle wurde trocken, und sie starrte ihren Vater fassungslos an. »Was?«, fragte sie. »Tot? Aber ... warum? Ich habe gestern noch mit Rosalinde gesprochen, und da war noch alles in Ordnung. Da war er noch ... am Leben.«

Sie musste an die herzensgute Bäckerin denken, die nun mit einer Bäckerei allein dastand. Jemanden zu verlieren, den man liebte, mehr als alles andere, mehr als sich selbst noch, brach einem nicht nur das Herz, sondern oft auch den Kampfgeist. Sie sah es an ihrem Vater. Und sie wusste es auch aus eigener Erfahrung, wenn sie an die letzten Jahre ohne ihre Großeltern dachte. Jahre, in denen sie sich stetig aus dem zähen Sumpf der Trauer gekämpft hatte, bis sie ohne fremde Hilfe wieder auf eigenen Beinen stehen konnte.

»Warum, warum«, wiederholte Cristan gereizt und schlug

mit der Faust auf den Tisch, sodass der Krug gefährlich ins Wanken geriet. »Seit wann fragt der Tod nach dem Warum? Er nimmt sich einfach, was er will. Ob es nun Sinn macht oder nicht, ist ihm gleich, diesem herrschsüchtigen Scheißkerl!«

Cristan zischte fast, als er weitersprach. Seine Finger zuckten gehetzt. »Würde sich dieser ungehobelte Jüngling, der sich König nennt, nur um seine Untertanen kümmern, statt sie verkommen, verhungern und erfrieren zu lassen, sähe die Welt besser aus. Aber da sitzt er in seinem verfluchten Schloss und lässt es sich gut gehen, während alle anderen ums blanke Überleben kämpfen.«

Emma teilte den ohnmächtigen Zorn ihres Vaters. Die Bewohner von Glanzvoll hatten sich zwar daran gewöhnt, dass immer wieder Menschen an der beißenden Kälte starben. Aber es war noch immer schockierend, wenn man das blau angelaufene Gesicht des Toten kannte, wenn es ein Freund gewesen war. Die Wut brachte einen manchmal fast zum Platzen. Aber es gab keinen Weg, sie freizulassen, sie in die Welt hinauszuschreien.

»Wir müssen etwas für Rosalinde tun«, presste Emma schließlich hervor. »Irgendetwas. Vielleicht etwas für die Trauerfeier zubereiten. Oder ihr Gesellschaft leisten. Oder mit ihr schweigen. Was immer sie braucht ... nicht wahr, Vater?«

Cristan reagierte nicht. Emma wartete, aber er beachtete sie nicht mehr, als wäre er plötzlich in seiner eigenen Welt verschwunden, in der es weder tote Freunde noch lebende Töchter gab. Er bemerkte nicht einmal, wie sie aufgab und sich an ihm vorbeischob, um das Haus zu verlassen und nach Hause zu gehen. Nicht einmal, als sie an der Tür stand, gab er ein Lebenszeichen von sich. Das kurze Aufflackern seines früheren Ichs, der Moment, in dem er das Schweigen gebrochen hatte ... beides war wieder vorüber.

Ohne sich aus ihrem Mantel zu schälen, ließ Emma sich zuhause aufs Bett fallen. Sie kauerte sich zusammen und vergrub das Gesicht in den Händen. Sie trauerte um den alten

Heinrich, der mit Rosalinde gleich um die Ecke gewohnt und manchmal den Schnee von ihrem Pfad zur Straße gefegt hatte, wenn Emma einmal verschlafen und dafür keine Zeit mehr hatte. Und sie fragte sich, wie viel Wahrheitsgehalt wohl in Cristans Worten lag, ob sie nun in Met getränkt waren oder nicht. Emma hatte sich nie um Politik und Königtum geschert, hatte sich aus allem herausgehalten, was andere hinter vorgehaltener Hand flüsterten, hatte sich aus dem Staub gemacht, wenn sie des Königs Wachen oder das Schloss erspähte. Aber heute fragte sie sich, ob es wirklich richtig war, all das zu übersehen. Das blanke Überleben war alles, woran sie gedacht hatte, sodass sie nie an den Grundfesten ihres Lebens gerüttelt, nichts hinterfragt hatte. Sie dachte an den Tag zurück, an dem Heinrich ihr vom Sohn des Metzgers erzählt hatte, der den Sommer gesucht hatte und daraufhin verschwunden war.

Und jetzt war Heinrich ebenfalls tot.

Als Emma ihre erste eigene Praline aus der Form kippte, schien die Last des Vorabends ein wenig leichter zu sein. Sie war nicht vergessen, aber für eine Weile vor der Tür der Chocolaterie deponiert. Diese Welt war noch immer so fremdartig für sie, dass alles andere wie von selbst in den Hintergrund rückte.

Zufrieden betrachtete sie die runde Kugel, die sie aus der Form gestürzt hatte. Nachdem Emma flüssige, heiße Schokoladenmasse darin eingefüllt und Marzipanplättchen und Nusssplitter hinzugefügt hatte, hatte sie mit vielen anderen Formen zusammen ein paar Stunden auf der Fensterbank gestanden, bis sie erkaltet waren. Die Praline war noch matt und schmucklos, aber Emma war geduldig. Es gab noch so viel zu lernen, dass sie ein oder zwei Leben damit füllen konnte. Sie musste sich nicht eilen. Das war nicht das, was die Chocolaterie so besonders machte. Die Hingabe der Menschen darin war es.

Ihr gegenüber mühte sich Ophelia mit Karamellsirup ab, der immer wieder auf den Tisch tropfte, während sie versuchte, akkurate Linien über die gezuckerten Früchte zu ziehen, die Madame Weltfremd auf dem Markt gekauft hatte. Eine Rarität, die ein neuer Händler mitgebracht haben musste.

»Das ist doch zum Haareraufen«, murrte sie, nachdem einige Tropfen auf den Boden gefallen waren und sie diese mit einem Tuch aufwischen musste. »Die Madame wirft mich raus, wenn sie diese Schweinerei sieht.«

Emma reihte die Pralinen auf einen Teller. Die Madame würde sich später um ihre Vollendung kümmern.

»Ach, du«, sagte Emma und lachte gedämpft. »Du bist mit deinen Gedanken woanders. Aber wo nur?«

»Ja, wo nur?«, wiederholte Ophelia gedämpft und strich sich mit dem Handballen unwirsch über die Augen. Einige vorwitzige Locken schoben sich immer wieder in ihr Sichtfeld, wo sie sie ganz offenbar bei ihrer Arbeit behinderten.

»Ich meine es ernst«, sagte Emma nach einer Weile. »Bedrückt dich etwas?«

Ophelia ließ den Spritzbeutel auf den Tisch fallen, ohne zu bemerken, wie sich einige hellbraune Karamellspritzer auf der Platte verteilten. Ihre Bewegungen waren fahrig, unbeherrscht.

»So ist es nicht«, sagte sie. »Also, irgendwie vielleicht auch schon, aber ... Es ist kompliziert.«

»Ach, komm. Es ist nur so kompliziert, wie man es macht«, antwortete Emma und lächelte.

Ophelia stieß ein frustriertes Seufzen aus, etwas, das so gar nicht zu ihr passen wollte.

»Weißt du«, sagte Ophelia schließlich so leise, dass Emma den Atem anhalten musste, denn selbst das Luftholen übertönte ihre Stimme, »dieses Märchen, das von gestern Abend. Es erinnert mich an Zuhause.«

»An Zuhause?«, fragte Emma mit einem schiefen Lächeln. »Lass mich raten: Du wohnst auch auf einem silbernen Schloss?«

Ophelia sah auf, und der Ausdruck in ihren Augen ließ Emma erschauern. »Natürlich nicht«, erwiderte sie. »Mein Zuhause gibt es nicht mehr. Es wurde von den Naturgewalten verschlungen, liegt unter Schneemassen begraben. Nicht einmal die Spitzen der Dächer ragen noch aus dem Schnee heraus. Es ist, als hätte es mein Zuhause nie gegeben. Nie, verstehst du?«

Emma trat zu Ophelia und legte ihr eine Hand auf die Schulter. Sie verstand sofort, worauf die junge Frau hinauswollte. Hin und wieder trafen Nachrichten ein, von Dörfern, die von Schneelawinen verschüttet worden waren. Oft gab es keine Überlebenden, und es dauerte Wochen oder Monate, bis die Städter davon Wind bekamen.

»Wo ist dein Zuhause?«, fragte sie und durchbrach eine Stille, die sich kalt im Raum ausbreitete.

»Ein Dorf in den Bergen. Drei, höchstens vier Tagesmärsche von hier entfernt. Der Schneefall war so heftig, dass eines Nachts die Häuser in sich zusammengebrochen sind. Nicht nur die Holzhütten, selbst die aus Lehm. Wäre ich in dieser Nacht daheim gewesen, als der Winter tobte, wie nie zuvor, wäre ich im Schlaf von Trümmerteilen erschlagen worden. Wie der Großteil meiner Familie.«

Ophelias Augen schienen riesig. Zwei Abgründe, in deren Tiefen man leicht ertrinken konnte. Emma sah in ihnen ihr eigenes Schicksal gespiegelt, ihren eigenen Schmerz.

»Ich verstehe dich«, sagte Emma. »Wir haben alle schon Verluste ertragen müssen, nicht wahr?«

Ophelia blickte auf. Ihre Finger legten sich auf Emmas, die immer noch auf ihrer Schulter ruhten. »Wer?«, fragte sie.

Emma holte tief Luft. Sie hatte keine Ahnung, wie das Gespräch sich in diese Richtung wenden und sich plötzlich so viel Dunkelheit in den Raum schleichen konnte. Sie hatte noch nie mit jemandem über Juliana gesprochen. Cristan wollte das nicht. Er hatte ihr verboten, auch nur ihren Namen zu erwähnen. Vor vielen Jahren hatte er Emma einmal geohrfeigt, als sie sich darüber hinweggesetzt hatte. Sie hatte es nicht mehr ausgehalten, so zu tun, als wäre ihre Mutter nicht nur tot, sondern hätte nie existiert.

»Zu viele ...«, begann sie, als plötzlich die Tür hinter ihr schwungvoll geöffnet wurde.

»Märchenstunde«, sagte Madame Weltfremd, als wäre nichts geschehen. Als sähe sie die Dunkelheit im Raum nicht.

Aber sie war da.

Sie war noch da.

Die Madame hielt die Augen geschlossen. Sie hatte bereits auf ihrem Ohrensessel Platz genommen, als Emma und Ophelia aus der Küche kamen und sich auf dem Sofa niederließen. Erst nach einer Minute müßigen Schweigens setzte sie zum Sprechen an. Als hätte sie nach den seidenen Fäden suchen müssen, um die Geschichte weiterzuspinnen.

Die silberne Königin hatte ihr Königreich schon einige Male mit ihrem Esel durchquert, manchmal unter dem Deckmantel einer Verkleidung. So brauchte sie niemanden, der ihr zeigte, welchen Weg man nehmen musste, um zu den äußeren Grenzen zu gelangen. Sie ritten also nur zu zweit; das Kristallmädchen und die silberne Königin, beide auf dem Rücken von zwei treuen Eseln, die vielleicht nicht so edel und anmutig waren wie die Rösser des Königreichs, dafür aber Herzen besaßen, die mindestens zweimal so mutig waren. Das Kristallmädchen hatte sich von den Mühen seiner Flucht erholt, und seine diamantenen Haare leuchteten im fallenden Licht der Abendsonne in einem rötlichen Glanz, der dann und wann auf die silberne Königin fiel und sich in ihren Silberhaaren verfing. Sie beide, dachte die silberne Königin, waren ein ungewöhnliches Gespann. Aus zwei verschiedenen Welten kommend, verband sie doch eine gemeinsame Absicht.

»Möchtet Ihr mir vom Land Rotblatt berichten, das Ihr auf Eurer Reise passiert habt?«, fragte die silberne Königin, um die langen Stunden des Weges zu verkürzen und das Kristallmädchen von seiner dunklen Stimmung abzulenken.

Das Kristallmädchen strich mit seinen zarten Fingern über den warmen Hals des Esels. »Nun«, antwortete sie, »Rotblatt ist ein seltsames Land; ein Land, das in seinen letzten Atemzügen liegt; ein Land voller warmer Farben, aber vom süßlichen Duft der Verwesung durchzogen. Man muss vorsichtig sein, wohin man seinen Fuß setzt, denn wenn man nicht achtgibt, kann man eine Rose zerstören, die nur noch von staubtrockenen Fasern zusammengehalten wird. Eine zerbrechliche Schönheit.«

»Gibt es dort einen Herrscher?«, fragte die silberne Königin neugierig, die sich gar nicht vorstellen konnte, wie ein Land aussah, das voller Farben war. Ob das nicht einengte und erdrückte? Sie blickte sich um und fand den silbrig glänzenden Ton, der auf jedem Blatt und jedem Stein in ihrem Königreich lag, wunderbar tröstlich.

»Nein«, sagte das Kristallmädchen, »dort gibt es eine ausgewählte Gruppe von Menschen, die alle Entscheidungen trifft.«

Die silberne Königin staunte. Davon hatte sie noch nie gehört. Während sie darüber grübelte, ob diese Art des Herrschens eine bessere sei als ihre, verließen sie die Stadt, und das Schloss hinter ihnen wurde kleiner und kleiner, bis es nur ein heller Punkt am Horizont war.

»Ich frage mich, ob der Frostprinz sein kaltes Begehren auch auf Rotblatt richtet«, sagte sie schließlich. »Wenn das Land so zerbrechlich ist, wie Ihr sagt, hat es seinem Eis sicher nicht viel entgegenzusetzen.«

»Ich fürchte, da habt Ihr recht. Es sind bereits einige Wochen vergangen, seit ich das Land durchreist habe. Vielleicht hat der Frostprinz es inzwischen für sich gewonnen. Vielleicht auch nicht. Jedenfalls schienen die Bewohner von Rotblatt so wankelmütig wie ein Blatt zu sein, das von seinem Ast zu Boden segelt.

Zerrt der Wind an ihm, gibt es nach. Und so halten es die Menschen dort. Sie gehen dorthin, wohin ihre Launen sie tragen.«

»Welche anderen Länder habt Ihr noch gesehen?«, fragte die silberne Königin, die sich solch fremde Gegenden kaum ausmalen konnte. Sie war nie über die Grenzen ihres eigenen Landes hinausgekommen. Dass es da draußen noch so viel mehr gab, war eine seltsame Vorstellung. Sie liebte ihr Königreich so sehr, dass es ihr völlig ausreichte, darin zu leben. Sie hatte nie etwas anderes sehen wollen.

»Viele«, antwortete das Kristallmädchen. »Ich bin durch Unterwassingen geflüchtet und habe eine Weile in der Rußstadt gelebt, aber es ist zu staubig dort für meinen Geschmack. Man ist immer verschmutzt.« Das Kristallmädchen rümpfte die Nase, bevor es traurig seufzte. »Aber wisst Ihr, Eure Hoheit, ich bin es müde; ich habe so viele Länder besucht, und keines davon war mein eigenes. Ich sehne mich nach meinem Land, so sehr, dass jeder Schritt, den ich von ihm weggehe, in mein Herz sticht. Ich möchte nach Hause. Ich möchte nur … nach Hause.«

»Ach, Kristallmädchen«, sagte die silberne Königin, »ich verspreche Euch, alles zu tun, was mir möglich ist, um unsere Welt vor dem Frostprinzen zu schützen.«

»Das weiß ich«, antwortete das Kristallmädchen. »Aus diesem Wissen schöpfe ich Kraft, und aus Euch, Majestät, Zuversicht.«

Die silberne Königin wusste nichts zu erwidern, denn sie war gerührt und beunruhigt zugleich. So viel Hoffnung ruhte nun auf ihren Schultern, dass sie gar nicht wusste, ob sie diese auch tragen konnte.

So ritten sie weiter, bis das Schloss nicht mehr nur ein Punkt, sondern gänzlich aus ihren Blicken verschwunden war. Es wurde dunkel, aber die Sterne am Himmel leuchteten ihnen den Weg über die verschlungenen Pfade des Waldes. Sie hörten das Pfeifen und Singen der Nachtigallen mit den silbernen Schnä-

beln, die mit ihren fröhlichen Liedern der Dunkelheit ihre Schatten nahmen.

Silbrig schimmernde Glühwürmchen gesellten sich am Wegesrand zu ihnen. »Folgt uns«, piepsten sie und schwirrten um die Köpfe der beiden Reisenden herum.

»Wohin gelangen wir denn, wenn wir das tun?«, fragte die silberne Königin, der dieser Teil des Waldes fremd war. Er grenzte an ein fremdes Königreich, und die Schatten der Bäume waren so dunkel, dass die silberne Königin sich allein noch nie hineingewagt hatte.

»Zu Speis' und Trank und einem Bett, auf dem es sich gut schlafen lässt.«

Die silberne Königin fühlte sich hungrig und müde. Also folgten sie dem Schwarm Glühwürmchen mit einigem Abstand durch den Wald, bis sie auf eine Lichtung gelangten, die von hohen, undurchsichtigen Bäumen umringt war. Darauf stand ein Haus aus weißem Marmor, in dessen Wänden sich das Mondlicht spiegelte.

»Wer wohnt hier?«, fragte die silberne Königin, die es nicht wagte, ohne Erlaubnis ein fremdes Haus zu betreten.

»Niemand und jeder«, sagten die Glühwürmchen. »Wer sich befindet in größter Not, erlangt köstlichen Wein und warmes Brot.«

Die silberne Königin warf dem Kristallmädchen einen Blick zu, ehe sie von ihrem Esel stieg und ihre Reisetasche vom Sattel schnallte.

»Geht nur voran«, sagte das Kristallmädchen. »Ich suche einen Platz für die Esel und etwas Wasser und Futter.«

Die silberne Königin bedankte sich mit einem Lächeln, dann schritt sie zur Tür. Erst als sie vor ihr stand, sah sie, dass die Tür nicht geschlossen war, sondern einen Spaltbreit offen stand. Auf Augenhöhe war ein kleines Schild angebracht:

Gasthaus zur gekrönten Stille – Notleidende, Weinende, Tunichtgute, Zauberwesen, Königinnen, Bauende, seid gegrüßt und tretet ein! Ein jeder sonst sollte die Schwelle nicht übertreten, wenn er nicht eines äußerst furchtbaren Todes sterben möchte. Herzlichst, Meister Unsichtbar.

Die silberne Königin starrte unschlüssig auf das Schild. Eines äußerst furchtbaren Todes wollte sie nicht sterben, aber sie war eine Königin. Was aber war mit dem Kristallmädchen? Ihre Begleiterin war eine Notleidende, vielleicht sogar eine Weinende. Aber dennoch beschlich die silberne Königin ein unbehagliches Gefühl. Sie hob einen Ast vom Boden auf und stieß damit gegen die Tür, die ohne den leisesten Laut aufschwang. Von innen drang ein würziger Geruch nach draußen, bei dem ihr das Wasser im Munde zusammenlief. Mitten in einem weißen Raum standen mehrere Tische, die bis zur äußersten Kante mit Speisen gefüllt waren. Ein weißes Feuer prasselte im Kamin, eine Treppe führte ins Dachgeschoss.

Aber die silberne Königin traute dem Frieden nicht. Sie war nicht umsonst eine Königin, sie wusste, dass es heimtückische Gefahren gab, sogar in ihrem eigenen Reich. Als sie den Ast über die Türschwelle warf, zischte er vernehmlich, ehe er in einer plötzlich auflodernden Flamme in Asche und Rauch aufging. Er war einen äußerst furchtbaren Tod gestorben, und die silberne Königin bedauerte ihn.

»Warum tretet Ihr nicht ein?«, fragte das Kristallmädchen, das neben sie getreten war.

Die silberne Königin deutete auf das Schild an der Tür. »Ihr seid eine Notleidende, nicht wahr? Aber ich habe dennoch Angst, dass das Haus Euch nicht erkennt.«

Das Kristallmädchen lugte an der silbernen Königin vorbei, um die Worte zu lesen. »Das wird es schon«, sagte es dann zuversichtlich. »Manchmal weine ich auch.«

Aber die silberne Königin war nicht überzeugt. Sie stieg über die Schwelle, mit angehaltenem Atem, dann drehte sie sich herum und streckte ihre Hände über die unsichtbare Grenze.

»Nehmt meine Hände«, sagte die silberne Königin. »Wenn Ihr verbrennt, brenne ich mit Euch.«

»Aber Ihr seid eine Königin!«, rief das Kristallmädchen erschrocken aus.

»Ja«, sagte die silberne Königin. »Welche Türschwelle kann schon von sich behaupten, eine Königin verbrannt zu haben? Vielleicht wird sie es deswegen nicht wagen.« Und sie packte das Kristallmädchen, um es über die gefürchtete Grenze zu ziehen.

Aber ganz offensichtlich fürchtete sich die Schwelle mehr vor der silbernen Königin als diese sich vor der Schwelle.

»Sie sind nicht verbrannt, oder?«, fragte Emma, als die Madame plötzlich abbrach und aus dem Fenster starrte. Es war spät geworden, die Nacht längst über sie hereingebrochen. »Natürlich nicht«, sagte Ophelia und verdrehte die Augen. »Was wäre das denn für ein Schluss? *Und sie brannten glücklich bis an ihr Lebensende?*«

»Woher willst du das wissen, Ophelia?«, fragte die Madame, die sich mühsam ein mit herzförmigen Blättern besticktes Kissen aus dem Rücken zog. »Eine Geschichte endet, wie sie enden will, ohne Rücksicht darauf zu nehmen, ob dieses Ende ihren Zuhörern gefällt. Wir erzählen Geschichten, um zu berühren. Und das gelingt mit Tränen manchmal besser als mit Lachen.«

Emma fragte sich, wen die Madame wohl meinte, wenn sie von *Wir* sprach. Aber sie hakte nicht nach. Sie hatte gelernt, dass es nichts brachte, die Madame zu drängen. Sie verriet nur, was sie verraten wollte, nicht ein einziges Wort mehr.

Als sich Madame Weltfremd erhob, stützte sie sich mit den Händen schwer auf den Lehnen des Sessels ab. Ihr Gesicht war leicht verzerrt, ein wenig erschöpft, als trage sie eine unsichtbare Bürde.

»Es reicht für heute«, sagte sie. Emma beschlich die dunkle Ahnung, dass die Madame erschöpfter war, als sie zugab. Ihre Arme zitterten vor Anstrengung, und ihre Stimme klang unnatürlich hoch.

»Geht nach Hause. Wir sehen uns morgen. Wir haben viel zu erledigen, kommt so früh, wie es geht.«

Ophelia sprang auf und lief, anmutig wie eine Eisfee, in die Küche, um Emmas und ihren Mantel zu holen. Sie schlüpften hinein und vermummten sich darin, bis man unter Schal, Mütze und Mantelkragen kaum mehr Gesichter erkennen konnte. Nachdem die Madame die Chocolaterie hinter ihnen verschlossen hatte, sah Emma noch einmal über ihre Schulter zurück, aus Zufall vielleicht oder weil sie dieses ungute Gefühl nicht verlassen wollte. Im selben Moment erlosch das Licht, aber Emma sah ihn noch, diesen gequälten Ausdruck in den Augen der alten Frau. Tiefe Falten gruben sich in ihre Stirn, und die zusammengepressten Lippen ließen sie um Jahre älter erscheinen. Und dann verbarg die Dunkelheit die Madame.

Beinahe kam es Emma vor, als würde das Vortragen des Märchens der Madame Schmerzen verursachen, seelisch wie körperlich. Dabei war es doch nur eine Geschichte.

Nur eine Geschichte …

Kapitel 8

Emmas Wangen fühlten sich taub an, als hätte man alles Leben aus ihrer Haut gesaugt und jedes Gefühl verbannt. Der Wind jagte eisig durch die Gassen, wirbelte den Schnee in glitzernden Wolken vom Boden auf, sodass er sich mit dem vom Himmel fallenden mischte. Er flog ihr in die Augen, bis sie davon tränten und die Tränen auf ihren Wangen gefroren.

»Die Kälte wird schlimmer, nicht wahr?«, fragte sie Ophelia, die genau wie Emma die Schultern bis zu den Ohren hochgezogen hatte. Ihre Mütze war weiß, und dort, wo die Körperhitze durch den Stoff gedrungen war und die dort gelandeten Schneeflocken zum Tauen gebracht hatte, funkelten Wassertropfen wie kleine Perlen.

»Meinst du? Ich weiß nicht. Ich finde es immer schrecklich kalt. Wir sollten zusehen, dass wir nach Hause kommen. Es ist schon wieder jemand erfroren, habe ich heute Mittag gehört. Die Leute vergessen ständig, achtsam zu sein. Aber was rede ich? Wir rennen auch zu unmenschlichen Zeiten durch diese widerliche Kälte.«

Ein Schauer durchfuhr Emma. *Schon wieder.* Es war doch nicht normal, dass es die Leute wie Fliegen dahinraffte.

»Ich weiß nicht. Ich habe das Gefühl, der Winter kommt. Ein *echter* Winter. Ein Winter, dem wir nicht gewachsen sein werden.« Emma legte den Kopf in den Nacken und starrte in den finsteren Himmel. Der Schnee fiel so dicht, dass es schien, als höre die Welt ein paar Meter über ihnen auf.

Ophelia zuckte die Schultern. »Winter ist schon unser ganzes verdammtes Leben lang. Möchtest du noch auf eine Tasse Tee mit in meine bescheidene Hütte kommen?«

Einen Augenblick war Emma versucht, das Angebot anzunehmen. Sie sehnte sich nach Wärme. Nicht nur nach der eines Feuers, sondern auch nach der eines Menschen, der eine angenehmere Gesellschaft als ihr Vater war. Aber ... was, wenn Cristan heute einen schlechten Tag hatte? Wenn er schon morgens mit dem Trinken begonnen hatte und jetzt bewusstlos in seiner eiskalten Hütte lag? Ihr Vater brauchte jemanden, der sicherstellte, dass er ein überlebenswichtiges Feuer und eine vernünftige Mahlzeit hatte, und selbst an guten Tagen sollte jemand da sein, der ihn zügelte, wenn er zum Humpen griff und dabei seine Selbstkontrolle über den Haufen warf.

»Heute nicht«, murmelte sie und lächelte. Ihre Wangenmuskeln protestierten bei dieser winzigen Bewegung und fühlten sich an, als würden sie reißen wollen. »Aber ich begleite dich nach Hause. Um sicherzugehen, dass du wohlbehalten ankommst.«

»Warum sollte ich nicht wohlbehalten ankommen?«, fragte Ophelia, die trotz ihres rotgefrorenen Gesichts lachen musste. »Ich bin schon groß, weißt du? Ich gehe diesen Weg jeden Tag, zweimal sogar.«

»Ich weiß«, murmelte Emma und musterte Ophelia verstohlen. Wie sie lachte und dem bissigen Wind trotzte, mit Haaren, die unter der Mütze hervorlugten und im samtenen Licht der wenigen Öllampen glitzerten. Als hätte sie Brillanten in den Haaren, keine Schneekristalle.

Kristallmädchen, dachte sie, ohne es laut auszusprechen. Mit einem Mal wurde ihr klar, wer Madame Weltfremd als Vorlage für diese Figur diente.

»Um die nächste Ecke, dann sind wir da«, rief Ophelia, und der Wind riss ihre Stimme mit sich, bevor Emma sie auffangen konnte. Nur einige Wortfetzen erreichten sie, aber genug, um zu verstehen.

Ophelia wohnte außerhalb des Zentrums, aber nicht ganz so weit davon entfernt wie Emma. Dort besaß sie ein kleines Häuschen aus Holz, mit einem verstärkten Dach, damit es nicht einstürzen konnte. Das hatte sie gleich als Erstes machen lassen, erklärte Ophelia gegen den Wind anschreiend. Damit sie ruhig schlafen könne.

Vor dem niedrigen Gartentor blieben sie stehen, und Ophelia zog sie in ihre Arme. Ihr warmer Atem berührte Emmas Wange und hinterließ ein stechendes Prickeln, wo er die taube Kälte auftaute.

»Scher dich nach Hause«, sagte Ophelia. »Wir sehen uns morgen in alter Frische.«

»Schlaf gut, Ophelia«, antwortete sie und wartete, bis die junge Frau hinter ihrer Tür verschwunden war. Emma drehte sich um und stapfte die Straße zu ihrem Haus hinauf, die heute trotz des heftigen Schneefalls niemand frei gekehrt hatte, kein Anwohner und kein Stadtarbeiter. Dahinter, jenseits der letzten Hütten, erhob sich der Berg Eisrutsch. Er war ein Berg, der Silberglanz seit jeher Kopfzerbrechen bereitete. Derzeit schlummerte er, aber man wusste nie, wann er aus seinem Schlaf hochfuhr und in einem wütenden Anfall eine Schneelawine ins Tal schickte, die das halbe Viertel, in dem sie wohnte, unter gewaltigen Massen begraben konnte.

Ihre Lippen waren rissig und spröde, als sie sich darüberleckte. Es half nichts. Der Wind saugte alle Feuchtigkeit aus Haut, Lippen, überall heraus. Ob es sich so anfühlte, zu erfrieren? Wenn man spürte, wie einem das Leben ausgesogen wurde, tödlich langsam und mit quälender Leichtigkeit? Wie nach und nach jedes Gefühl aus einem wich, bis man sich den Tod herbeisehnte, weil man diese Taubheit nicht mehr ertragen konnte? Wenn sie einem das Herz verschlang und es zwischen unnachgiebigen Fingern zu Eiskristallen zerdrückte?

Aus den Fenstern, an denen sie vorbeihuschte, flackerte durch Vorhänge abgedämpftes Licht, das Schatten an die Häuserwände auf der gegenüberliegenden Straßenseite warf. Je höher sie stieg, desto grimmiger pfiff ihr der Wind um die Ohren, bis sie nichts anderes mehr hören konnte als das stetige Tosen fremdartiger

Stimmen. Emma rieb ihre Hände aneinander, die trotz der Handschuhe brannten. Gleich, dachte sie, gleich war sie endlich daheim. Selbst eine ungeheizte Hütte war besser als dieses stürmische Wetter.

Sie war so sehr darin vertieft, einen Schritt vor den anderen zu setzen und sich immer höher zu kämpfen, dass das klirrende Geräusch zerbrechenden Eises, das selbst das Heulen des Windes durchbrach, sie wie aus einem Traum aufschreckte.

Emma fuhr herum – und sah ihn. Einen Schatten. Aber dieser Schatten war kein gewöhnlicher, er wuchs nicht aus den brennenden Kerzenlichtern in den Fenstern. Dieser Schatten war eine vermummte Gestalt, die durch den dunklen Gang zwischen zwei Häusern huschte und dabei mehrere Eiszapfen abgebrochen hatte. Der letzte fiel klirrend zu Boden, noch während Emma sich umdrehte. Als hätte die Gestalt begriffen, dass sie entdeckt worden war, blieb sie für zwei, drei Lidschläge stehen und fixierte Emma durch das Schneetreiben. Obwohl sie einige Längen voneinander trennten und es zu dunkel und der Niederschlag zu heftig war, um klar zu sehen, meinte Emma in zwei schwarze Augen zu blicken, die ihr so emotionslos begegneten, dass sie zurücktaumelte.

Plötzlich schlug ihr das Herz bis zum Hals. Sie sah blanke Feindseligkeit, einen stumpfen Hass, dessen Ursache sie nicht kannte, aber deren Ziel unmöglich *sie* sein konnte. Die Gestalt war so breit und hochgewachsen, dass Emma sie für einen Mann hielt. Eine schwarze Kapuze verdeckte einen Teil seines Gesichts, und sein ebenfalls schwarzer Mantel wehte in der Luft, wie in diesen unheimlichen Geschichten, die ihre Großmutter ihr früher erzählt hatte.

Dieser Moment war so unwirklich, so verzerrt, dass es ihr vorkam, als stünde die Zeit still, als würde der Sturm genau wie sie innehalten. Irgendwo hinter dem Mann barsten noch mehr Eiszapfen vom Dach und zerschellten am Boden. Und auch der Moment zerbrach.

»Hallo?«, rief Emma. »Braucht Ihr Hilfe?«

Der Schatten neigte den Kopf, und sie glaubte, ein Lächeln unter der schwarzen Kapuze zu sehen, ein bösartiges, grausames Lächeln. Emmas Kehle war wie ausgedörrt.

»Wer seid Ihr? Was wollt Ihr von mir?« Ihre Stimme zitterte und klang hohl in ihren Ohren. Sie räusperte sich, um fester und gelassener zu klingen. Jemand wollte ihr womöglich einen schlechten Scherz spielen, und sie wollte keine Angst zeigen. Sie straffte die Schultern und runzelte die Stirn. »Wer seid Ihr?«, wiederholte sie. »Zeigt Euch! Nur ein Feigling verbirgt sich in der Dunkelheit.«

Der Mann machte einen Schritt auf sie zu, und Emma trat fast zeitgleich zurück, obwohl noch immer ein Vorgarten mit seinem Lattenzaun zwischen ihnen lag. Ihre Hand glitt in ihre Manteltasche und umschloss ihren Geldbeutel mit den wenigen Münzen darin. Sie würde sich nicht bestehlen lassen!

»Kommt bloß nicht näher«, warnte sie.

Der Mann lachte. Er lachte auf eine Weise, wie sie es nie zuvor gehört hatte. Das Lachen übertönte den Sturm, schwoll zu ohrenbetäubendem Lärm an, dröhnte in Emmas Kopf, ließ sie schwindeln, und zugleich schien es niemand sonst zu hören. Niemand kam auf die Straße gerannt, kein Mensch, kein Hofhund, einfach niemand. Der Mann lachte und lachte, und dann sagte er etwas, und der Wind trug dieses Wort zu ihr, Ton für Ton, Nuance für Nuance, in all seinen grässlichen Einzelteilen.

Lauf.

Emma schrie auf und wollte genau das tun, doch ihre Füße klebten am Boden fest, als wären sie festgefroren. Für einen schrecklichen Moment lang fühlte sie sich so ohnmächtig wie noch nie in ihrem Leben zuvor. Der Schattenmann lachte erneut und drängte mit seiner Stimme den Wind zur Seite. Sein Stiefel schien kaum im Schnee zu versinken, als er einen Schritt auf sie zumachte. Dann noch einen. Und noch einen. Er näherte sich auf eine Weise, die mehr einem Raubtier glich als einem Menschen aus Fleisch und Blut.

Wieder schrie Emma auf. Kein einziger Muskel wollte ihr gehorchen, als sie ihrem Körper den Befehl gab, zu rennen, als sei eine Lawine hinter ihr her. Aber nichts geschah. Ihre Glieder versagten bei dem Versuch, auch nur eine einzige Bewegung auszuführen.

Plötzlich wurde eine Tür aufgestoßen, und nur einen Atemzug später kam ein Mann in einem cremefarbenen, fleckigen Schlafrock und einem eilig übergeworfenen Mantel aus einem der umliegenden Häuser gestürzt, in der Hand ein Küchenbeil. Er hatte wohl ihre Schreie bemerkt.

»Was ist los? Sind es wieder die verfluchten Schneewölfe?«, rief er aufgebracht. »Immer zu unmenschlichen Zeiten! Schleichen hier herum, als gäbe es Aas zu finden! Jämmerlich erfrieren sollen sie!«

Emma starrte auf die Stelle, wo der Schattenmann eben noch gestanden hatte. Sie wollte den Arm heben, um auf den schmalen Gang zwischen den beiden Häusern zu zeigen, der sich in der Dunkelheit verlor. Sie wollte, dass er dorthin geflohen war, sodass man ihm nachsetzen und ihn als den schlechten Scherz entlarven konnte, für den sie ihn gehalten hatte.

Doch die Stelle war leer.

Der Mann war verschwunden. Nein, nicht verschwunden. Er hatte sich in einen Schatten verwandelt, war eins mit der Dunkelheit geworden, als wäre er nie mehr als eine Täuschung ihrer Sinne gewesen. Emma löste sich aus ihrer Schockstarre und trat einen Schritt vor, aber er war wirklich fort.

Und nicht einmal Spuren im Schnee kündeten davon, dass er je hier gewesen war …

Kapitel 9

Emma war völlig außer Atem, als sie das *Schokoladengold* erreichte. Sie war viel zu spät dran.

Cristan hatte heute Morgen einen Anfall gehabt und das halbe Viertel zusammengebrüllt. Dass sie ihn nicht allein lassen sollte, dass sie Pflichten hatte, die sie trotz ihrer Arbeit erfüllen musste. Dass es gefährlich war, in die Nähe des Schlosses zu gehen, und dass sie gewiss nicht so enden wolle wie ihre Mutter. Emma hatte versucht, ihn zu beruhigen, ihn dazu zu bringen, sich wieder hinzulegen. Es hatte nichts genützt. Irgendwann hatte sie aufgeben und ihren betrunkenen, brüllenden Vater einfach zurücklassen müssen.

Und dabei war sie schon vor diesem Zwischenfall spät dran gewesen, weil sie die Nacht über kaum hatte schlafen können. Immer und immer wieder war sie die Begegnung mit dem Schattenmann durchgegangen, versuchte zu ergründen, was ihr entgangen war. Niemand verschwand einfach so, ohne Spuren zu hinterlassen. Sie musste etwas übersehen haben. Es musste eine logische Erklärung für das plötzliche Verschwinden geben. Obwohl sie sich das mehrfach gesagt hatte, obwohl sie sich ganz sicher war, dass ihre Sinne ihr einen Streich gespielt hatten, war es beinahe unmöglich gewesen, einzuschlafen. Zu gegenwärtig war die Angst gewesen, die sie in diesen Sekunden empfunden hatte. Die sie verfolgt hatte bis in unruhige Träume voller flackernder Schatten.

Als Emma die Tür der Chocolaterie hinter sich ins Schloss fallen ließ, spannte sie sich innerlich an. Sie traute sich nicht einmal, den Kopf zu heben oder weiter in den Raum zu treten. Jeden Moment erwartete sie, dass Madame Weltfremd sie schelten würde. Nicht nur für ihr Zuspätkommen, sondern auch für ihr Aussehen. Ihr Haar war feucht und hing in wirren Strähnen um ihren Kopf. Ihre Augen waren rot und verklebt, weil der Wind in der Nacht durch jede noch so kleine Ritze in ihrem Haus gezogen hatte. Sie fühlte sich fiebrig und erschöpft, völlig ausgelaugt. Auf ihrer Schürze prangten dunkle Schokoladentropfen, wo sie sich gestern bekleckert hatte. Sie hatte am Abend vergessen, die Flecken herauszuschrubben, und heute Morgen war keine Zeit mehr gewesen. Ihr Magen fühlte sich an wie ein klumpiger Stein, der in ihren Eingeweiden rumorte, denn sie wusste, dass die Madame Wert auf ein gepflegtes Äußeres legte.

Doch es war Ophelias Stimme, die sie schließlich aufblicken ließ. »Du siehst grässlich aus«, sagte sie. »Wirklich schauderhaft. Wie ein wahr gewordener Albtraum sozusagen.«

Emma sah sich erstaunt um. Obwohl die Stunde bereits fortgeschritten war, lag der Laden verlassen vor ihr. Ophelia stand am Tresen und schrubbte ihn mit einem Lappen, während sie Emma mit hochgezogenen Augenbrauen musterte.

»Danke«, sagte Emma. Und dann musste sie trotz Angst und Erschöpfung lachen. Bei Ophelia konnte man sich wirklich darauf verlassen, dass sie kein Blatt vor den Mund nahm. Emmas Augen glitten durch den Raum, aber von der Madame war weit und breit nichts zu sehen.

»Wo ist Madame Weltfremd?«

»Die ist in der Stadt.« Ophelia wrang den Lappen über einem Blecheimer aus. Schaumflocken stoben in die Luft, als schwere Tropfen auf die Wasseroberfläche trafen.

Emma stieß mit einem erleichterten Stoßgebet zum Himmel die Luft aus und begann sich ihrer festen Wintermontur zu entledigen. »Ist das Glück oder Schicksal?«

Emma hängte ihren Mantel schnell in die Küche und nahm sich dann ihrerseits ein Scheuertuch aus der Kommode neben der Küchentür, um damit die mahagonifarbenen Möbel zu putzen. Ein bleicher Sonnenstrahl fiel durch das Schaufenster, sodass man winzige Staubkörner bei ihrem absonderlichen Tanz beobachten konnte.

»Ich würde es eher als schwarzes Omen bezeichnen. Sie verlässt die Chocolaterie nicht sehr häufig«, sagte Ophelia.

Emma blickte zu der jungen Frau. Sie hatte auf ihre rhetorische Frage keine Antwort erwartet. Sie wischte noch einmal mit ruckhaften Bewegungen über den bereits sauberen Tresen. Erst jetzt fiel ihr auf, dass Ophelia die Kiefer aufeinanderpresste und die Stirn gerunzelt hatte. War sie wütend?

»Ich weiß, ich hätte pünktlich sein sollen. Ich war…« Für einen Atemzug zog Emma es tatsächlich in Erwägung, Ophelia alles zu erzählen. Von ihrem gestrigen Heimweg, von dem Mann, der ihr dabei über den Weg gelaufen war. Von der Bedrohlichkeit, die er aus allen Poren ausgestrahlt hatte. Von seinem seltsamen Verschwinden, das sie sich immer noch nicht erklären konnte. Sie *wollte* darüber reden. Aber sie konnte nicht. Es war, als hätte etwas ihre Lippen versiegelt. Sie hatte Angst, dass Ophelia sie für verrückt halten würde, dass sie glauben könnte, die anstrengende Arbeit wäre zu viel für Emma.

»Ich war verhindert«, fuhr sie fort. »Es tut mir leid. Es wird nicht wieder vorkommen, das verspr…«

»Ach, hör schon auf«, unterbrach Ophelia sie und fuchtelte ungeduldig mit dem Wischtuch in der Luft herum, sodass sich feine Wassertropfen wie Nieselregen auf dem Boden verteilten und nach einem Moment im Holzboden versanken. Sie hinterließen dunkle Flecken auf den Dielen. »Der Schnee fällt weiter, auch wenn mal jemand nicht pünktlich zur Arbeit erscheint. Ich glaube, wir haben bald ganz andere Sorgen.«

»Andere Sorgen? Was meinst du?«, fragte Emma. Ein ungutes Gefühl beschlich sie, als sie sich an die Madame erinnerte, wie sie am Vorabend den Laden mit diesem seltsamen Schmerz im Gesicht verschlossen hatte.

»Hast du nicht davon gehört?«, fragte Ophelia und warf ihr einen entsetzten Blick zu. »Das kann doch nicht sein. Die ganze

Stadt spricht von nichts anderem mehr! Der Rat hat für heute Mittag eine Versammlung einberufen. Es heißt, sogar der König soll benachrichtigt worden sein, um daran teilzunehmen. Auch wenn ich bezweifle, dass er das tun wird. Ich bezweifle, dass er überhaupt *irgendetwas* tun wird …«

»Ophelia, bitte. Was ist los?«

Ophelia starrte Emma an. Dann schloss sie die Augen und atmete tief ein. »Die Handelsstraße ist zerstört«, sagte sie mit bebender Stimme. »Wir werden elendig verhungern.«

Emma öffnete ihren Mund, klappte ihn dann wieder zu. Nichts als ein verzerrter Laut, ein erschrockenes Echo ihrer Gefühle, entwich ihr.

»Wie bitte?«, fragte sie schließlich betont langsam. Sie musste sich verhört haben.

»Die Handelsstraße ist zerstört.«

Die Worte und deren Bedeutung blieben dieselben. Emma holte tief Luft. Dann noch einmal. Gedanken rasten durch ihren Kopf, wirbelten durcheinander. »Was? Wie ist das möglich? Was ist passiert?«

Ophelia ließ das Scheuertuch mit einem Klatschen in den Eimer fallen. Wasser spritzte in alle Richtungen. »Eine Lawine«, wisperte sie. »Die Straße wurde von einer Lawine überrollt. Keiner kommt mehr durch, heißt es. Wir sind abgeschnitten. Ein paar Schneeschieber, die gerade dort gearbeitet haben, sind ebenfalls verschüttet. Da ist kein Durchkommen mehr, nicht einmal, um sie zu retten oder um ihre Leichen zu bergen.«

Emma ließ sich auf die Couch fallen, als ihre Knie so weich wurden, dass sie ihr Gewicht nicht mehr tragen wollten. Ihr Verstand versuchte, sich auszumalen, was das für sie bedeuten würde, für die Stadt, für die umliegenden Dörfer, die von Silberglanz abhängig waren. Die Handelsstraße war der einzige Weg ins Land, auf dem die Reisenden nicht Gefahr liefen, den ringsherum gelegenen Gebirgen und ihren Lawinen zum Opfer zu fallen. In den Bergen war niemand vor den Tücken des Winters sicher, nicht einmal die Siedlungen, die an geschützten Abhängen entstanden waren, wie Ophelias Dorf. Geriet eine Schneeflocke erst einmal ins Rollen, war sie schon bald eine Lawine, deren gewaltige Wucht niemand mehr aufhalten konnte.

Die Händler, die in der weit entfernten Hafenstadt Felsenriff mit ihren Schiffen anlandeten, nahmen den weiten, aber bisher zumindest sicheren Weg in die verschneite Gegend nur aus einem einzigen Grunde auf sich: Sie verkauften hier so viel Ware wie an keinem anderen Ort, denn die Bewohner von Silberglanz hatten nur das zur Hand, was im Laufe der Zeit gelernt hatte, sich der grausamen Natur anzupassen. Ein paar Herden Schafe, ein paar zähe Kühe, eine seltsame Baumart, die trotz der Kälte die abgeschlagenen Stämme ersetzte. Aber Äcker und Felder waren nutzlos geworden, und frisches Gemüse, Getreide und alles, was das Herz der Städter sonst begehrte, kam nur durch Hilfe von außen ins Land. Aber jetzt würden die Händler nicht mehr kommen. Selbst wenn einige für genug Silber bereit wären, ihr Leben zu riskieren, dann konnten sie Glanzvoll nicht mehr erreichen. Wenn Ophelia recht hatte, dann war die Straße unpassierbar geworden.

Emma wusste nicht, was sie sagen sollte. Wie würde es nun weitergehen? Würden die Männer des Rates, die allesamt aus wohlhabenden Familien stammten, eine Lösung finden? Aber wie sollte die aussehen? Und würde der König tätig werden? Würde er seinem Volk helfen?

»Und nun?«, fragte Emma in die Stille hinein, die sie jetzt verstand. An solch einem Tag kam niemand, um Schokolade zu kaufen. Vielleicht würde das nun nie wieder jemand tun. Zu überleben war wichtiger, als sich verzaubern zu lassen.

»Wir müssen abwarten. Etwas anderes können wir kaum tun. Die Madame wird zurückkehren, wenn es Neuigkeiten gibt.«

»Ich mache uns einen Tee«, sagte Emma. »Ein heißer Tee klärt die Gedanken.«

Schwerfällig rappelte sie sich aus den Polstern des Sofas auf, klopfte die Kissen zurecht und blieb dann neben Ophelia stehen, um ihr eine Hand auf die Schulter zu legen.

»Mach dir keine Sorgen, in Ordnung?«, sagte sie leise. »Es wird schon alles gut werden. Sie werden uns nicht verhungern lassen. Das können sie einfach nicht.«

Emma dachte an die unterschwellige Resignation am Tag des letzten Unfalls im Silberbergwerk zurück. Angst und Verzweiflung gingen derzeit noch Hand in Hand, und mit jedem Tag und jedem Unglück kamen die Leute dem Abgrund einen Schritt näher. Emma befürchtete, dass die Situation bald so lebensbedrohlich sein würde, dass die Angst der Bewohner in Zorn umschlug.

Nehmt den Menschen die letzte Hoffnung, dachte Emma, und sie stürmen das Schloss, um den König bei lebendigem Leib auseinanderzureißen.

Der Abend war bereits angebrochen, als die Madame aus der Stadt zurückkehrte.

Ihr Hut war mit Schnee bedeckt, als hätte man Puderzucker über ihn gestäubt. Niemand sonst hatte an diesem Tag einen Fuß über die Türschwelle des Ladens gesetzt, deshalb hatten Emma und Ophelia die ungewohnt freie Zeit genutzt, um jede Ecke zu fegen, jeden noch so entlegenen Winkel von zarten Spinnweben zu befreien und alle Flaschen und Behälter gründlich auszuwaschen. Der scharfe Geruch von Seifenlauge zog sich penetrant durch den gesamten Raum, aber die Arbeit hielt ihren Verstand beisammen.

Emma blickte von dem Backbuch hoch, das aufgeschlagen auf ihren Knien lag und Rezepte enthielt, die Madame Weltfremd selbst zusammengetragen hatte. Manche waren in Sprachen verfasst, von denen Emma noch nie gehört hatte. Nun schlug sie das Buch zu und legte es ins Regal zurück. Ihre Kehle war wie zugeschnürt, weil zu viele Fragen gleichzeitig hinauswollten. Ophelia näherte sich aus der Küche, eine Kanne mit frischem Holundertee in den Händen.

Die Madame ließ sich in ihren Sessel fallen, als hätten ihr die letzten Stunden eine unerträgliche Last auf die Schultern gesetzt. Ihr schmales Gesicht war ausgezehrt, gezeichnet von schmerzhaften Begegnungen.

»Es besteht kein Grund zur Sorge«, sagte sie müde.

Emma dachte sich, dass ihr Gesicht aber ganz andere Bände sprach. Sie richtete sich kerzengerade auf und spürte, wie Ophelia neben ihr krampfhaft einatmete, als sie die rote Teekanne abstellte und sich setzte.

»Der Stadtrat wurde zu einer Audienz mit dem König vorgelassen. Sie schicken Männer aus, die die Straße wieder freischaufeln sollen. Viele Männer, eine halbe Armee. Jeder, der nicht gebraucht wird, soll abgezogen werden, um an dieser Front zu helfen.«

»Und wenn ihnen das nicht gelingt?«, fragte Emma. »Oder wenn sie Monate brauchen?«

Madame Weltfremd nahm den Hut ab. Ihr strenger Zopf hatte sich gelöst, und das Haar kringelte sich um ihren Kopf. »Es gibt ausreichende Vorräte, sagt der Rat. Im Notfall könnte der König mit Lebensmitteln aus seinen eigenen Kellern aushelfen. Wir müssen achtsam mit allem umgehen. Niemand soll sich sorgen, sagen sie. Bloß keine Panik. Eine Panik ist das Letzte, was wir jetzt gebrauchen können.«

»Schenkt Ihr all dem Glauben?«, fragte Emma zweifelnd. »Was ist, wenn der König seine Versprechen nicht einlöst? Hat er das je? Hat er je jemandem geholfen, der in Not war? Hat er …«

Die Madame warf ihr einen verärgerten Blick zu. »So reden wir in meinem Geschäft nicht.«

Emma sah zu Ophelia hinüber, die angespannt auf der Kante

des Sofas saß und unruhig mit dem Fußballen wippte. Emma dachte daran, was die junge Frau, die sich in nur ein paar Tagen in ihr Herz geschlichen hatte, schon alles durchgemacht hatte und wie allein sie war. Und vielleicht hatte die Madame recht, und sie mussten einfach abwarten und hoffen. Auch wenn Emma gelernt hatte, dass man erfror, wenn man verletzt am Wegesrand lag und auf Hilfe wartete.

»Entschuldigt«, murmelte sie.

Sofort verschwand die Härte aus den Augen der Madame und wurde ersetzt durch etwas, das Emma nicht deuten konnte. War es Resignation? War es Furcht? Oder war es … Mitleid?

»Ich möchte ehrlich zu euch sein. Ich weiß nicht, ob der König und der Rat uns in falscher Sicherheit wiegen. Vielleicht, vielleicht auch nicht. Fürs Erste müssen wir ihnen Glauben schenken.«

Emma streichelte Ophelias Hand, unauffällig und leicht wie der Flügelschlag jenes Fabelwesens, das man Schmetterling nannte. Es käme mit dem Sommer, hieß es, und sei ein Bote des Neubeginns.

»Wollt Ihr uns vielleicht erzählen, ob die silberne Königin und das Kristallmädchen nun auf der Türschwelle verbrannt sind?«, fragte Emma, denn sie wollte, dass jemand die wieder hineinkriechende Stille vertrieb. Sie wollte einen Moment vergessen, wollte in die tröstliche Welt der silbernen Königin versinken, wollte in den Bann gezogen und von der Wirklichkeit fortgerissen werden.

»Natürlich sind sie nicht verbrannt«, sagte die Madame tadelnd. »Was wäre das auch für ein Ende?«

Ophelia lachte glockenhell.

Somit betraten beide unbehelligt den Raum, die silberne Königin und das Kristallmädchen. Beide waren erstaunt, wie reichhaltig der Tisch gedeckt war, mit allem, was das Herz begehrte. Es gab Speisen, die selbst die silberne Königin noch nicht gesehen hatte, und Weine, deren Beeren aus einem anderen Land stammen mussten. Alles war betörend bis ins letzte Detail, denn in der Luft flirrten Töne einer Harfe, die so feinfühlig waren, dass man sie sich ans Herz drücken und nie wieder loslassen wollte.

»Wie wunderbar!«, rief das Kristallmädchen aus und lief zu einem der Tische, um dort auf einem gläsernen Stuhl Platz zu nehmen. Glas war selten im Reich der silbernen Königin, seltener noch als weißer Marmor, und auf einem gläsernen Stuhl zu sitzen war eine Ehre, die nur wenigen Menschen zuteilwurde.

»Dieser Ort ist sonderbar«, stellte die silberne Königin fest. Sie näherte sich dem Tisch nur zögerlich, während das Kristallmädchen mit viel Begeisterung aus jedem Töpfchen etwas auf seinen Teller häufte.

»Vielleicht hatte jemand einfach nur ein gutes Herz, als er all dies erschuf«, sagte das Kristallmädchen. »Vielleicht wollte er den Hilflosen helfen.«

Die silberne Königin nickte unschlüssig, aber insgeheim dachte sie, dass sich ein gutes Herz selten aus solchen Kostbarkeiten erschloss.

Sie überließ das Kristallmädchen seinem Hunger und strich mit den Fingerspitzen über den Kaminsims, unter dem die weiße Flamme züngelte. Er war kühl, als wäre das Feuer darin gar kein richtiges Feuer, sondern nur Schmuck, der einem Raum Wärme schenken sollte, wo keine Wärme nötig war.

»Kalt, nicht?«, krächzte eine mürrische Stimme aus einer Ecke des Raumes, die die silberne Königin noch nicht erkundet hatte. Erschrocken wirbelte sie herum, wobei ihr silberner Rock, den sie unter dem Reisemantel trug, wie ein glitzernder Reif funkelte.

In der hintersten Ecke, an einem besonders kleinen Tisch, der wohl nur für eine einzige Person gedacht war, kauerte ein Mann. Er hatte schlohweißes Haar und einen wilden Bart, aber seine Augen waren so grau wie der Nebel in den Morgenstunden. Um die Schultern hatte er sich ein Schaffell gelegt. Die silberne Köni-

gin wusste nicht warum, aber etwas an diesem Mann kam ihr vertraut vor.

»Wie heißt Ihr?«, fragte sie zeremoniell, denn auch hier, an diesem weißen Ort, war sie die Königin. »Und woher kommt Ihr?«

»Ich bin Wendel und komme von überall«, sagte der Mann und verzog das Gesicht. »Ich bin Schneekugelbauer.«

»Ein Schneekugelbauer!«, rief die silberne Königin. »Bedauerlicherweise gibt es nicht mehr viele in meinem Land. Sagt mir, Wendel, kenne ich Euch bereits?«

»Natürlich kennt Ihr mich«, sagte Wendel erbost. »Ich habe Eure Sternenstaubkugeln gebaut, da wart Ihr noch ein Kind, kaum größer als meine Hand.«

»Verzeiht, dass ich mich nicht mehr daran erinnere. Das ist schon so lange her«, antwortete die silberne Königin und warf einen Blick zum Kristallmädchen herüber, das in seiner Hingabe zu den Speisen nichts von alldem mitbekam.

Wendel brummte nur und starrte auf seinen eigenen Tisch. Nein, nicht auf den Tisch, bemerkte die silberne Königin, als sie noch näher kam, so nah, wie es sich für eine Königin gerade noch geziemte. Er starrte in eine Schneekugel, in der die Flocken wild um den Kopf eines Fohlens stürmten, obwohl sie sich sicher war, dass er die Kugel nicht geschüttelt hatte.

Die silberne Königin verharrte für einen Moment, aber der Sturm in der Kugel kam nicht zur Ruhe.

»Das Fohlen … hat es keine Mutter?«, fragte sie schließlich, denn die abweisende Miene des Schneekugelbauers war nur schwer zu ertragen.

»Doch«, antwortete er einsilbig. »Sie ist fort.«

»Fort?«, fragte die silberne Königin. »Wohin denn?«

»Fort«, sagte Wendel wieder.

»Ist dieses Fort sehr weit weg?«, wollte die silberne Königin wissen.

»Unerreichbar weit fort«, sagte er.

So recht verstand die silberne Königin nicht, was er meinte. Ihre Untertanen lebten fern von ihr, manche sehr fern, wenn sie am Rande des Königreichs wohnten. Und das Kristallmädchen kam von noch viel weiter her. Doch all diese Entfernungen ließen sich überwinden, wenn man sich auf die Reise machte. Sie konnte sich nicht vorstellen, welcher Ort unerreichbar sein sollte.

»Das ist sehr bedauerlich«, sagte sie nach einer nachdenklichen Pause. »Niemand sollte von seiner Familie getrennt sein.«

Der Schneekugelbauer schnaubte. »Das kann man so und so sehen. Wenn man allein ist, wird man stärker. Wer weiß, wozu das gut ist.«

Die silberne Königin wusste wieder nicht, was sie darauf antworten sollte. Diese Moral schien schief zu sein, eckig und kantig. Aber sie schwieg und beobachtete den Schneekugelbauer, der wiederum seine Schneekugel beobachtete.

»Habt Ihr denn eine Familie?«, fragte sie schließlich.

»Nein«, sagte Wendel und verzog das Gesicht. »Nicht mehr.« Vielleicht log er. Vielleicht auch nicht. Die silberne Königin konnte es nicht mit Sicherheit sagen. Sie wagte es auch nicht, weiter nach seiner Familie zu fragen. Etwas in seiner Stimme hielt sie davon ab.

»Und was macht Ihr an diesem weißen Ort? Seid Ihr auch ein Reisender, so wie das Kristallmädchen und ich?«

»Ich reise nicht«, sagte Wendel. »Ich laufe davon.«

»Ihr lauft davon?«, fragte die silberne Königin. »Aber wovor denn?«

»Wisst Ihr das denn nicht?«, fragte Wendel, und die Schneeflocken in seiner Kugel fielen mit einem Mal zu Boden.

Sie glitzerten wie der weiße Marmor, der sie alle umgab.

Emma starrte die Madame an, als diese innehielt. Ihr war bis zu diesem Moment nicht bewusst gewesen, dass sie den Atem angehalten hatte, und ließ ihn nun mit einem leisen Seufzen entweichen.

»Wovor läuft er denn weg, dieser Schneekugelbauer?«, fragte sie, denn die Madame machte keine Anstalten, den Faden wieder aufzunehmen.

»Das werden wir heute nicht mehr erfahren. Die Stadt kommt allmählich zur Ruhe. Geht nach Hause.«

Emma schüttelte enttäuscht den Kopf, und mehr brauchte es nicht, um den Zauber des Märchens abzuschütteln, sodass all die echten Sorgen wieder über ihr hineinstürzten. Die Angst, wie es weitergehen sollte. Die Angst, dass der Rat und der König sie belogen. Dieselbe Angst, die sie auch in den Gesichtern der Leute erkannt hatte, die hin und wieder draußen vor dem Schaufenster entlangeilten.

Die Madame erhob sich aus ihrem Sessel. »Morgen bin ich außer Haus, also wirst du dich darum kümmern, dass alles reibungslos abläuft, Ophelia. Und Ihr, Emma, werdet bitte das Päckchen mit der Schokoladenbestellung zum Schloss bringen. Es ist der einzige Auftrag, den wir gerade haben, das Personal des Königs muss also unbedingt zufrieden mit unserer Ware sein.«

Emma erstarrte. Zum Schloss? *Sie?* Sie wollte dagegen aufbegehren, protestieren, dass sie nicht dorthin gehen konnte, dass es nicht möglich war, weil ... Aber es gab keinen vernünftigen Grund. Sie wollte einfach nicht zum Schloss, nicht einmal in seine Nähe. Seit dem unheimlichen Vorfall am Vortag war sie so angespannt, dass sie sich nicht aus vertrautem Terrain entfernen wollte. Die Furcht, die sie seit letzter Nacht umklammert hielt und die sie niemandem anvertrauen konnte, weil sie an der Klarheit ihres Verstandes zweifelte, war allgegenwärtig. Aber ihre Angst spielte sich nur in ihrem Kopf ab, drang nur in ihre Gedanken ein, um sie zu beherrschen, wenn Emma es zuließ.

Also würde sie es nicht zulassen!

Sie würde zum Schloss gehen.

Kapitel 10

Das Gerücht über den Ball rauschte wie eine Eilmeldung durch die Stadt. Und bald schon war es mehr als nur ein Gerücht: Die Soldaten des Schlosses marschierten durch die Straßen und verkündeten in monotonen Stimmen eine Einladung an das ganze Volk. Es klang nicht wie eine frohe Kunde, sondern vielmehr wie eine Trauermeldung, wie eine tragische Botschaft.

In zwei Tagen, am Abend der Winteranbruchsfeier, sollte auf Geheiß des Königs ein Maskenball stattfinden, zu dem jeder Bürger, der kommen wollte, eingeladen war. Der Ball würde in einem Saal des Schlosses selbst zelebriert werden. Aber warum jetzt ein rauschendes Fest feiern, wenn sich niemand gewiss sein konnte, ob man den eigenen Kindern im nächsten Monat noch etwas Essbares auftischen konnte?

Die Menschen auf den Gassen waren geteilter Meinung. Einerseits herrschte Hoffnung, dass der König mit diesem Maskenball einen Schritt auf sie zugehen wollte, dass es ein Zeichen guten Willens war, zu mehr Miteinander. Andere sahen es als Beweis, dass die eigentlichen Probleme vertuscht werden sollten. Allen gemein war die Anspannung, die wie ein schaler Geschmack in der Luft lag. Als lauerte die Angst der Städter allgegenwärtig und bitter unter der Oberfläche und wartete nur auf eine Gelegenheit, erneut auszubrechen und Panik zu verbreiten.

Auch Emma musste zugeben, dass sie angespannt war, als sie die Tür zur Chocolaterie aufstieß. Allerdings war der Grund dafür ebenso sehr die allgemeine Verunsicherung wie der Gang zum Schloss, den sie heute für die Madame tätigen sollte. Die Angst davor lag ihr wie ein Klumpen im Magen.

Obwohl es schon spät war – die Madame hatte ihnen erlaubt, erst zur Ladenöffnung zu kommen, da heute keine neuen Waren angefertigt werden sollten –, war es noch immer leer im *Schokoladengold*, als hätte die Nachricht der zerstörten Straße wie ein Sturm alles Leben aus dem Geschäft geweht. Ophelia saß auf der Sofakante und band sich unschlüssig ein samtrotes Band ins Haar, um es zu bändigen. Bei Emmas Eintreten sah sie auf.

»Ich habe dir schon alles eingepackt, was auf der Bestellliste stand«, begrüßte sie Emma. »Und ich sag dir, die ist ewig lang. Stell dir vor, der König isst am liebsten Bitterschokolade. Wie passend, nicht wahr? Ich hätte ihn mir auch kaum mit einer Praline aus weißer Schokolade und Himbeerfüllung vorstellen können.«

»Ich kann mir nicht vorstellen, dass er überhaupt Schokolade mag. Ich hätte vermutet, dass er Eiszapfen zum Frühstück verspeist«, murmelte Emma.

»Oh, man munkelt, er habe ein Herz aus Eis«, flüsterte Ophelia so leise, dass ihre Stimme kaum zu Emma hinüberklang. »Kannst du dir das vorstellen? Wahrlich aus Eis? Wie fürchterlich das Leben sein muss, wenn man nur von Kälte umgeben ist. Aber ich glaube nicht daran. Das klingt mehr nach etwas aus einem Märchen.«

Emma zuckte mit den Schultern. »Wer weiß schon, was es da draußen wirklich gibt und was nicht ... Und vielleicht ist ein Eisherz nicht so schlimm, wenn man nichts anderes kennt. Vielleicht ist der König schon so auf die Welt gekommen.« Ihr kam Cristans Geschichte über Caspers Vater in den Sinn, dem sein Sohn offenbar alle Ehre machte.

Ophelia schüttelte vehement den Kopf. »Es gibt Dinge, an die kann man sich nie gewöhnen. Es wäre doch scheußlich, wenn man das tun würde.« Sie holte einen Leinenbeutel hinter dem Tresen hervor und reichte ihn Emma. »Hier, da ist alles drin. Sag den Wachen, dass du aus der Chocolaterie kommst, dann wissen sie Bescheid. Sie sind immer sehr streng mit ihren Sicherheitsmaßnahmen.« Sie warf einen letzten Kontrollblick auf die Liste und nickte dann. »Du wirst vermutlich eine neue Bestellung bekommen, größer als sonst. Du weißt schon, wegen des Balls. Schreib dir auf, was wir bis dahin fertigstellen müssen. Ich schätze, da wird noch eine Menge Arbeit auf uns zukommen. Aber so ist es besser, als unnütz herumzusitzen.«

Mit einem unbehaglichen Ziehen im Magen nahm Emma den Beutel entgegen. Eigentlich hatte sie gehofft, sie müsste ihn lediglich am Torbogen abgeben und könnte dann wieder umkehren. Aber es war trotzdem nur ein schlichter Botengang. Nichts Besonderes, nichts, das sie nicht schaffen könnte. Sie atmete tief durch und straffte die Schultern.

Sollte der König sich sein Herz doch einfrieren lassen oder gleich aus der Brust reißen, es wäre ihr gleich.

Es war seltsam, einen Weg einzuschlagen, den man sein Leben lang gemieden hatte. Ihn bewusst zu gehen, Schritt für Schritt, wenn man sonst einen Bogen um ihn schlug, wenn man längere Strecken in Kauf nahm oder sogar neue Pfade erkundete, nur um diesem einen Weg nicht folgen zu müssen.

Das Eisschloss erhob sich über den viel niedrigeren Dächern der Stadthäuser, sodass Emma die Turmspitzen und verwinkelten Treppenaufgänge schon von Weitem sehen konnte. Es schimmerte im Sonnenschein, der hier und dort durch die mit Neuschnee geschwängerten Wolken fiel. Wenn sie sich Mühe gab und lange genug einen einzigen Punkt fixierte, glaubte Emma, sie könne durch das Eis hindurchsehen, auf das, was dahinterlag. Aber das Eis war zu dick, um wirklich den Blick auf das freizugeben, was sich im Inneren des Schlosses verbergen mochte. Es war nichts weiter als ein verzerrtes Abbild der Wirklichkeit, das man zu Gesicht bekam.

Die Stadt selbst ruhte trotz des späten Morgens ebenso lautlos in sich wie das Schloss. Kaum eine Menschenseele trieb sich in den Gassen herum, eilte über den Marktplatz oder befreite seine Dächer von den Lasten der Schneemassen. Es war, als hätte sich die schlechte Nachricht vom Vortag über das ganze Land verteilt und es für eine Weile stillgelegt.

Als Emma Rosalindes Bäckerei passierte, blieb sie für einen Augenblick stehen, aber die hölzernen Fensterklappen verdeckten die Dunkelheit, die sie darin vermutete. Niemand konnte arbeiten, wenn er von einem so grausigen Verlust überrannt worden war.

Emma trödelte durch die Straßen. Sie ging betont langsam. Hin und wieder klirrten die Gläser, die mit Schokoladenaufstrich und verschiedenen Pralinensorten gefüllt waren, in ihrer Tasche aneinander.

Aber irgendwann erreichte sie doch die Winterzeitallee, die wie ein funkelndes Versprechen vor ihr lag, denn die dünne, fast unberührte Schneeschicht glitzerte in der plötzlich hell aufleuchtenden Sonne. Das Licht war so grell und die Schatten unter den Häusern so dunkel, dass es Emma fast vorkam, als hätte sie eine Schwarzweißzeichnung vor sich. Sie zögerte einen Moment, dann betrat sie dieses von der Natur gemalte Kunstwerk.

Am Ende der Allee blieb sie stehen und rückte den Beutel zurecht, der so schwer war, dass er ihr immer wieder über die Schulter rutschte. Die Riemen gruben sich schmerzhaft durch den Mantel in ihre Haut.

Es kostete sie all ihre Willenskraft, die Straße zu betreten und auf die Männer in den Uniformen zuzugehen, deren Schwerter ebenso in der Sonne glänzten wie der reine Schnee. Ihre Gesichter waren so leer und nichtssagend, dass sie sich fragte, wie viel Überwindung es sie wohl kosten mochte, diese Miene den ganzen Tag zu tragen, ohne die leiseste Regung, ohne sich auch nur eine einzige Emotion zu erlauben.

Der kreisrunde Platz besaß mehrere Eingänge. Man konnte das Schloss von jeder Seite der Stadt betreten, und jedes der gewaltigen Tore wurde von mehreren Männern bewacht. Die Häuser blieben schließlich hinter Emma zurück, die Straße wurde auf dem letzten Stück von Figuren aus Eis flankiert. Zu Emmas Seiten ragten Ritter in die Höhe, deren Gesichter von Helmen verdeckt waren. Dort, wo die Augen sein sollten, lagen nur dunkle Höhlen unter dem Eis. In ihren eisigen Händen hielten sie Degen, deren Spitzen genauso wie die der echten Schwerter funkelten.

Dann stieg der Weg an. Schließlich stand Emma vor dem Südtor und seinen Wachen. Die Tore, die Gitterstäbe und die Mauer rund um das Gelände waren das Einzige, das nicht aus Eis gefertigt war. Vielleicht war die Angst doch zu groß gewesen, dass das Eis nicht ewig halten würde.

Aber das Tor war trotzdem kein einfaches Tor: Es war ein Tor, das jeden Besucher das Fürchten lehren sollte. Es sollte Eindruck schinden, Macht beweisen. Wer schlechte Absichten hegte, verlor spätestens bei diesem Anblick seinen Mut. Emma musste sich zusammenreißen, nicht auf der Stelle kehrtzumachen, als sie in das Antlitz des Berglöwen aus Eisen starrte, der das Maul weit geöffnet hielt und sein entsetzliches Gebiss zur Schau trug. Seine Läufe flankierten das bewachte Tor, während sich der geschmeidige Körper über den Torbogen erstreckte. Emma traute sich kaum, den letzten Schritt darauf zuzugehen, damit die Wachen sie einlassen konnten.

»Was willst du?«, fragte der Mann respektlos.

»Ich … ich bin von der Chocolaterie *Schokoladengold*«, sagte sie und hustete, weil ihre Stimme vor Kälte und Angst rau klang. »Madame Weltfremd schickt mich. Ich soll eine Bestellung abgeben. Für … für den König.«

»Natürlich für den König, du dummes Ding«, bellte der Mann. »Was glaubst du denn? Dass hier sonst jemand Schokolade essen würde?«

Emma zuckte bei diesen scharfen Worten zusammen. Am liebsten wäre sie weggerannt. Sollte der König doch sehen, wie er an seine Schokolade kam. Aber das ging nicht, sie war hier als Vertreterin von Madame Weltfremd und musste sich auch so verhalten. Deshalb bemühte sie sich trotz ihrer zitternden Stimme um einen freundlichen Tonfall. »Kann ich das hier abgeben?«, fragte sie. Sie zog die Tasche von ihrer Schulter und hielt sie dem Wachmann hin, der kerzengerade vor dem Tor stand.

Der Wachmann schlug ihre Hand fort, so fest, dass sie fast alles fallengelassen hätte, weil ein stechender Schmerz ihren Arm heraufjagte. Reflexartig taumelte sie einen Schritt zurück.

»Uns wurde aufgetragen, die Dienstmädchen von Madame Weltfremd zur königlichen Kochmeisterin vorzulassen, um die neue Bestellung zu besprechen«, bellte der Wachmann wieder. »Folge mir.«

Alles in ihr wehrte sich dagegen, auch nur einen Fuß in diesen Eisschlund zu setzen. Sie hatte so viel gehört, so viel Gespenstiges, so viel Schreckliches. Sie hatte gehört, dass manchmal zu nächtlichen Stunden Schreie aus den Tiefen des Schlosses erklangen, die durch Mark und Bein gingen, weil so viel Leid in ihnen lag. Die Rede war von Folter, von grausamen Spielen zur Unterhaltung des Königs. Emma wollte nicht dorthinein, unter keinen Umständen. Aber hatte sie eine Wahl? Sie presste den Beutel gegen ihre Brust, damit er ihr nicht entglitt, weil ihre Hände zitterten.

Die Wachen zogen mit geballter Kraft das schwer ratternde Tor auf, damit sie es passieren konnte. Als es sich hinter ihr wieder schloss, wagte sie nicht, zurückzusehen. Stattdessen heftete sie den Blick auf den Rücken der Soldaten, die sie zum Schloss führten. Der Schnee war hinter dem Tor tiefer, klebte an ihr, als wolle er sie am Erdboden festhalten und keinen Schritt weiterlassen. Das Schloss wehrte sich gegen sie. Genauso fühlte es sich an. Mühsam stolperte sie hinter den Wachen her und konzentrierte sich auf die Schokolade in ihren Armen, klammerte sich an ihr fest. Sie war das einzig Schöne an diesem Ort, das Einzige, das keine bösartigen Hintergedanken zu haben schien.

Sie stiegen nun die wenigen Stufen zum Eingang hoch. Die Treppe war, wie alles andere, aus purem Eis und gefährlich glatt. Emma brach der Schweiß aus, als sie beinahe ausgerutscht wäre. Umso erleichterter war sie, als der Wachmann einen schweren goldenen Schlüssel zückte und damit das nach oben spitz zulaufende Eistor am Ende der Treppe öffnete, dessen Flügel ein blau schimmernder Halbmond zierte. Es klickte, als das Schloss seine Verriegelung löste.

Dann öffnete sich die Tür wie von Geisterhand.

»Die Küche befindet sich im Keller«, sagte der Wachmann, als er voranging, um sie dorthin zu führen. »Direkt neben den Verliesen. Wenn jemand Essen stiehlt, kann man ihn direkt einkerkern. Oder ihm die Hände abhacken. Je nachdem.«

»Oh. Wie praktisch«, erwiderte Emma. Trotz ihrer Angst gelang es ihr nicht ganz, die Ironie aus ihrem Ton zu verbannen. »Da hatte der Bauherr einen fantastischen Einfall.«

Der Wachmann nickte teilnahmslos, und Emma fragte sich, ob er die Ironie nicht verstehen wollte oder es ganz einfach nicht konnte. Sie stakste hinter ihm durch einen menschenleeren Korridor mit glattpoliertem Boden. Es war noch kälter als draußen, als würde man hier die Kälte mit aller Gewalt zusammenhalten und ihr verbieten zu entweichen. In regelmäßigen Abständen befanden sich an der linken Wand Fenster, die allesamt mit dunklem Samt verhangen waren. Die Finsternis, die sich deshalb über den Hauptflur des Schlosses ausbreitete, wurde auch durch die träge flackernden Kerzen an der gegenüberliegenden Wand nicht ausreichend erhellt. Alles war dämmrig, in Zwielicht getaucht.

Das unsichere Tapsen von Emmas Schuhen und das dröhnende Geräusch der mit Eisen beschlagenen Stiefel des Wächters, der sie begleitete, hallten über den Boden. Emma versuchte verbissen, mit der Mühelosigkeit, mit der der Mann über den vereisten Boden lief, mitzuhalten. Sie musste so sehr aufpassen, nicht auszurutschen, dass sie kaum etwas von den detailreichen Verzierungen an den Wänden und Türen mitbekam, die an ihr vorbeiflogen und manchmal in ihren Augenwinkeln seltsame Formen annahmen.

Sie hielt den Blick so konzentriert auf ihre Füße und den Rücken des Wachmannes gerichtet, dass sie nur bemerkte, wie zu ihrer Rechten plötzlich eine gewaltige Flügeltür aufschwang, weil der Wächter wie angewurzelt stehen blieb. Ein Windstoß wehte über den klirrend kalten Korridor und blies alle Kerzen auf einen Schlag aus. Grauer Rauch stieg von den verglühenden Dochten auf und wurde vom Wind ebenso erbarmungslos ins Nichts zerrissen wie das Licht.

»Eure Majestät«, sagte der Wachmann unterwürfig und beugte sein Haupt.

Eure Majestät?, dachte Emma verwirrt. Ihr Herzschlag setzte für einen Takt aus, und sie benötigte einen Moment, die Bedeutung dieser zwei winzigen Wörter zu erfassen, so überrascht war sie. Eine Hand packte sie im Nacken und zwang ihren Körper brutal nieder, als sie vor Verwirrung vergaß, sich zu verbeugen. Unter dem harten Druck krümmte sich ihr Rücken, und der Schmerz ließ sie zusammenzucken. Ein Teil von ihr schrie, dass sie den Blick abwenden, die Augen unterwürfig senken sollte. Aber sie konnte es einfach nicht.

Im Türrahmen stand, von einem weiteren Wachmann flankiert, tatsächlich der erst vor kurzem gekrönte König.

Es war wirklich Casper.

Der Eiskönig, wie ihn manche nannten. Der unsichtbare König, wie ihn andere nannten. Er war irgendwie … beides. Emma hatte noch nie einen Menschen gesehen, der eine so helle Haut besaß. Auch wenn einige Meter sie voneinander trennten, nahm sie die bläulichen Adern wahr, die sich über seinen Unterarm und seinen Hals schlängelten. Seine gänzlich schwarze Kleidung hob die blasse Haut nur noch hervor. Sein Gesicht war schmal, mit markanten Wangenknochen, die seine Züge verhärteten und grausam erscheinen ließen. Und seine Augen waren dunkel und kalt, wie das Eis, in dem er wohnte und das er nie, niemals verließ. Selbst das schwarze, ungeordnete Haar war nicht wirklich schwarz … Es schien ausgeblichen zu sein, als hätte die Kälte allen Glanz aus ihm herausgesogen. Casper war die Kälte in Person; er trug sie in sich, trug sie zur Schau, trug das Eis wie eine zweite Haut.

Erst jetzt wurde Emma richtig bewusst, dass sie dem König gegenüberstand, die surreale Situation wurde zu bedrohlicher Realität. Hastig senkte sie den Blick und verbeugte sich noch tiefer. Doch diese eine fahrige Bewegung auf dem glatten Eisboden reichte. Eins von Emmas Beinen rutschte unter ihr weg, und nur einen Atemzug später fand sie sich auf dem Boden wieder, bevor sie recht verstanden hatte, dass sie fiel. Die grässliche Stille, die über dem gesamten Schloss lag wie über einem Friedhof, wurde zerbrochen, als ihre Tasche auf dem Eisboden aufschlug. Einige Gläser sprangen entzwei, Scherben wurden aus dem Beutel herausgeschleudert. Sie verteilten sich über den Flur und blieben wie ein scharfkantiges Omen liegen. Schokoladenduft zog in die Luft und wirkte völlig fehl am Platz.

Niemand sagte ein Wort, aber als Casper seinen Blick auf sie richtete, las sie Ekel darin. Als wäre sie ein wertloses Insekt, das er unter normalen Umständen mit seinem Stiefelabsatz zerquetschte; als wäre sie nichts wert, nicht einmal seinen Blick, nicht einmal einen Sekundenbruchteil seiner Zeit. Andere hatten schon für weniger als ein Ungeschick mit dem Leben bezahlt. Seine Augen wanderten über das aufgestickte Emblem der Chocolaterie auf dem Beutel. Dieser Blick, der sie auf dem Boden festkettete, kehrte zu ihrem Gesicht zurück, wanderte über ihre Augen, ihren Mund, ihre blonden Haare. Zu dem Ekel kam etwas anderes dazu, etwas, das sie nicht definieren konnte. Etwas, das sie als verzweifelte Sehnsucht beschrieben hätte, wenn es länger als einen Atemzug angedauert hätte, aber es verflog so schnell, wie es gekommen war. Die Zeit zwischen den Sekunden dehnte sich zu einer Unendlichkeit aus, wurde dunkel und so still, dass Emma ihr Herz wie eine tickende Uhr hören konnte.

Casper machte einen einzigen Schritt auf sie zu, und ihr Herz geriet aus dem Takt. Etwas lag zwischen ihnen, etwas zwischen unausgesprochenen Worten, etwas Fragendes.

»Schafft dieses ... diese Frau aus meinen Augen«, befahl er seinem Begleiter. Und obwohl seine Stimme kaum mehr als ein kühles Flüstern war, sprang der Wachmann los und riss Emma vom Boden hoch, ohne Rücksicht darauf zu nehmen, dass er ihr wehtat. Es gelang ihr gerade noch, den Beutel vom Boden aufzuklauben, dann wurde sie den Gang entlang tiefer ins Schloss gezerrt, kaum in der Lage, mit der Wache Schritt zu halten. Ein weiterer Windstoß attackierte sie, die Kerzen, sie alle. Er wehte durch das Schloss und seine Gänge, wie ein Poltergeist bestrebt danach, Angst und Schrecken zu verbreiten.

»Wie kannst du es wagen, den Pöbel vor meine Augen treten zu lassen?«, hörte sie den König hinter sich. Er hatte die Lautstärke seiner Stimme um keinen Deut erhöht, aber sie besaß die Macht, die Luft zu zerschneiden. Die Antwort des Wachmannes konnte Emma nicht mehr verstehen, aber den Ton hörte sie. Dieser flehende, zutiefst verzweifelte Unterton ... er verfolgte sie.

Sie wusste nicht einmal, wohin der Wachmann sie führte. In die Küche, um ihren missglückten Botengang zu beenden? Oder direkt ins Verlies, weil sie sich in Anwesenheit des Königs ungebührlich verhalten hatte?

Emma zitterte, während sie dem Wachmann durch ein endloses Labyrinth nach unten folgte. Sie wusste nicht, ob es die Kälte war, die sie so frieren ließ, oder das gerade Erlebte oder die Angst. Aber sie fror wie noch nie in ihrem Leben zuvor. Sie stiegen eine schwindelerregende Wendeltreppe hinab und traten schließlich in mehrere große Kellergewölbe, in denen viele Menschen emsig, aber schweigsam arbeiteten.

Die Küche. Er hatte sie in die Küche gebracht. Emma atmete erleichtert aus. Endlich ließ das furchtbare Zittern ein wenig nach, die Gerüche und die Behaglichkeit einer Küche fraßen die Kälte auf, selbst wenn es die Küche des Schlosses war.

Die Köchin war eine Frau, die tiefe Furchen im Gesicht hatte und vermutlich deutlich jünger war, als sie wirkte. Sie schien ausgezehrt, wie eine Frau, die ihre Arbeit an einem solchen Ort nur verrichtete, weil ihre Familie sonst verhungerte. Emma entschuldigte sich stotternd für die zerbrochenen Gläser und versprach, sie durch neue Ware zu ersetzen und mit der nächsten Lieferung vorbeizubringen. Auf einen Zettel notierte sie alles, was die Köchin für die Bewirtung der Ballgäste benötigte.

Dann geleitete der Wachmann sie nach draußen und bis vor das Löwenportal, ohne ein Wort mit ihr zu wechseln. Als das Tor scheppernd hinter ihr zufiel, war es, als hätte jemand einen eisernen Anker von Emmas Brust genommen. Sie konnte wieder frei atmen, konnte denken, ohne in Angst zu ertrinken, und gehen, ohne auf jeden einzelnen Schritt achten zu müssen.

Als Emma wieder diesen brennenden Blick wie Feuer im Rücken spürte, drehte sie sich nicht um.

Sie rannte.

Kapitel 11

Schlimme Kopfschmerzen quälten Emma in dieser Nacht.

Immer wieder schreckte sie mit dem Gefühl aus dem Schlaf empor, Dolche würden in ihren Schädel dringen und ihre Gedanken spalten. In ihren verworrenen Träumen sah sie ein weißes Gesicht über sich aufragen, dessen Atem Schneestürme entfachte und in dessen Augen Schatten tanzten. Erst war es das Antlitz des Königs, dann wandelte es sich in das vermummte Gesicht des Schattens.

Als Emma mitten in der Nacht blinzelnd die Augen aufschlug, brauchte sie eine Weile, um den Traum abzuschütteln und zu begreifen, dass das Dröhnen in ihrem Kopf nicht von ihren Schmerzen, sondern von dem beharrlichen Klopfen an ihrer Tür stammte. Emma mühte sich aus dem Bett und warf sich ihren Mantel über die Schultern, ehe sie zur Tür ging. Die Asche im Kamin glomm noch schwach, und sie zündete mit der Hitze des erloschenen Feuers eine dicke Kerze an. Wer wollte nur um diese Uhrzeit zu ihr? Die Sonne war noch nicht aufgegangen, der Horizont zeigte nicht einmal den Ansatz des roten Leuchtens, das am Morgen den Himmel zierte.

Emma legte ihre Handfläche gegen die kühle Innenseite der Tür und spürte den seichten Luftzug, der durch die feinen Ritzen des maroden Holzes ins Innere des Hauses gelangte. Ihr kam der abstruse Gedanke, dass der König vor der Tür stand und … ja, und was? Was würde er tun? Was sollte er hier zu schaffen haben? Und was würde *sie* tun?

Emma konnte die Begegnung, die sie zugleich zu Tode geängstigt und fasziniert hatte, nicht vergessen, ganz gleich, wie sehr sie sich darum bemühte. Casper hatte sie nicht nur in ihre

Albträume verfolgt; er schwebte auch jetzt noch wie ein unsichtbarer Schatten über ihr.

Emma holte tief Luft und schob den Riegel zur Seite. Gefasst öffnete sie die Tür. Ihre Augen brauchten einige Sekunden, um die Dunkelheit zu durchdringen und die Umrisse der Person, die vor ihr stand, zu erkennen.

»Madame Weltfremd!«, rief sie überrascht aus. Die Madame stand mit einem Korb und äußerst adrett gekleidet im Vorgarten. Ihre Miene war ernst, und sie warf einen beunruhigten Blick über die Schulter zurück, ehe sie auf die Türschwelle trat.

»Verzeiht mir die Störung zu dieser ungewöhnlich frühen Stunde, Emma«, sagte sie leise. »Ich muss heute geschäftlich außer Haus und werde eine Weile fort sein.« Sie schwieg für einen Augenblick, als müsste sie den Wert ihrer nächsten Worte mit ebenso viel Sorgfalt bemessen wie ihre Pralinen. »Ich habe Euch etwas mitgebracht, Emma. Etwas Wichtiges, etwas, das Ihr auf jeden Fall noch lesen müsst, ehe Ihr zur Arbeit geht.«

Die Madame reichte Emma ein gerolltes und mit einer Schnur zusammengebundenes Stück Papier, nicht ohne einen weiteren Blick hinter sich zu werfen. Ihr Blick flackerte unruhig und wanderte immer wieder prüfend über die Straße und in die Schatten der Häuser, als lauerte irgendwo eine namenlose Gefahr.

Emma nahm das Papier an sich und runzelte die Stirn. Sie wollte gerade fragen, worum es sich handelte, was der Inhalt der Schrift war, die sie in der Hand hielt, als die Madame eindringlich weitersprach. »Versprecht es, Emma. Versprecht, dass Ihr es sofort lesen werden, wenn ich Euch den Rücken kehre! Ich kann ohne dieses Versprechen nicht gehen, versteht Ihr?«

Emma verstand nicht, aber sie nickte dennoch. Die Madame schloss kurz die Augen, als fiele etwas von ihr ab, das sie bedrückt hatte, und sie wirbelte herum. Sie verschwand im Schneegestöber und der Finsternis, bevor Emma ihr nachrufen konnte, dass sie die nächste Lieferung ins Schloss nicht übernehmen würde.

Sie zog die Tür zu und lehnte sich von innen dagegen, die

Kälte stoisch ignorierend. Behutsam öffnete sie die Schnur und rollte das Papier auseinander. Dann starrte sie auf das dünne, ausgeblichene Blatt nieder, auf das die Madame mit nachtschwarzer Tinte einen Abschnitt des Märchens geschrieben hatte. Emma hielt die Kerze dichter an die Schrift und achtete dabei darauf, nicht aus Versehen Wachs auf das fragile Papier tropfen zu lassen.

Warum hatte die Madame ihr extra diese Niederschrift gebracht? Hätte es nicht gereicht, bis morgen zu warten, damit Ophelia die Fortsetzung ebenfalls miterleben konnte?

Aber was, wenn dieser Teil nur für dich bestimmt ist?, fragte eine leise Stimme in ihrem Kopf. Wenn ihn niemand anderes sehen darf?

Hinter Emmas Schläfen pochte es hartnäckig. Sie wollte nicht weiter darüber nachdenken, aber wie so oft fragten die Gedanken nicht nach ihrem Willen. Immer wieder baute sich das Bildnis des Königs vor Emma auf: zerbrechlich, aber mächtig. Unnahbar und eisig und innerlich brodelnd zugleich. In ihm schienen Eis und Feuer um die Vorherrschaft zu kämpfen.

Emma ging näher zum Fenster, um hinauszublicken. Früher hatte sie das Schloss, das bläulich durch die Nacht schimmerte und das Sternenlicht zurückwarf, nie beachtet. Es war, als wäre ihr Blick wie selbstverständlich daran abgeprallt, als gäbe es einen natürlichen Instinkt, der sie vor ihm schützen wollte. Aber jetzt zog es sie an, nicht mehr nur als der Mittelpunkt der Stadt, der bedrohliche Schatten auf sie warf, sondern auch als ihr eigener Mittelpunkt. Wurde sie verrückt? Raubte ihr die Begegnung mit dem König und dem unermesslichen Abscheu in seinen Augen, den sie nicht beschreiben und nicht erklären und erst recht nicht verstehen konnte, den Verstand? Wie überlebten dann andere ein Treffen mit ihm, wenn sie schon nach wenigen Atemzügen ihre Fassung verlor? Waren die Wachmänner deswegen so … abgestumpft? Weil sie Casper anders nicht ertragen konnten? Wie konnte sich jemand auch lebendig fühlen, wenn solch ein König über ihm stand? Wie konnte man leben, wenn man jemanden umkreiste, der dem Tod ähnlicher schien als alles andere?

Emma verbannte all diese Fragen, die sie ohnehin nicht beantworten konnte, aus ihrem Kopf. Stattdessen las sie. Und während sie las, flüchtete sie. Sie flüchtete in eine Welt, in der es noch Hoffnung zu geben schien.

Der Schneekugelbauer hatte stundenlang in seine Kugel gestarrt, während die silberne Königin und das Kristallmädchen sich dem Essen gewidmet hatten. Je mehr sie aßen, desto mehr füllten sich die Teller. Wundersamerweise schien das Essen nie auszugehen.

»Habt Ihr keinen Hunger?«, hatte die silberne Königin mehrmals quer durch den Raum gefragt, ohne jemals eine Antwort darauf zu erhalten. Wendel hüllte sich in eisernes Schweigen und tat dies mit grimmiger Miene.

Schließlich wurde es Nacht, und sie legten sich in der oberen Etage in zwei Betten, die so weich waren wie gesponnenes Silberheu. Meister Unsichtbar, so sagte das Kristallmädchen, hatte wirklich an alles gedacht.

Doch die silberne Königin dachte bei sich, dass das Wichtigste eigentlich fehlte: ein Rat, wie dieses weiße Haus vor dem Frostprinzen geschützt werden konnte, und das Königreich gleich mit ihm.

Die Nacht ging rasch vorbei, und der Morgen erwartete sie mit einem Frühstück, welches das Abendessen noch einmal übertraf. Es gab gezuckerte Früchte und Brot, das innen noch warm war und den ganzen Raum mit seinem Duft erfüllte. Aber während das Kristallmädchen ganz verzaubert war, wurde die silberne Königin unruhig. So viel Pracht gab es nicht einmal in ihrem Schloss. Sie drängte das Kristallmädchen, sich zu beeilen, und packte Äpfel und frisches Brot in ihre beiden Taschen, bis kein Platz mehr darin war.

Ein letztes Mal wandte sie sich an den Schneekugelbauer. »Möchtet Ihr uns nicht begleiten, Wendel?«, fragte sie freundlich. »Wir haben eine beschwerliche, gefährliche Reise vor uns, aber vielleicht möchtet Ihr Euch uns dennoch anschließen, um nicht allein zu sein.«

»Wenn ich mich nach Gesellschaft sehnen würde, wäre ich nicht hier«, sagte Wendel. »Dann wäre ich meiner Familie gefolgt.«

Die silberne Königin war betroffen. »Aber wie kann es sein, dass Ihr das Alleinsein Eurer Familie vorzieht? Ist nicht jeder am liebsten bei seiner Familie?«

»Ach, Ihr versteht das nicht«, fauchte Wendel. »Wenn man jemandem ganz nah ist, kann er einem auch furchtbar wehtun. Aber ich bin stärker als das. Ich lasse mich nicht verletzen.«

»Das verstehe ich wirklich nicht«, sagte die silberne Königin, die all die Bewohner ihres namenlosen Königreichs als ihre Familie ansah. Und keinen von ihnen würde sie missen wollen, für nichts in der Welt und erst recht nicht für die Einsamkeit, die Wendel vorzog und die einen doch am meisten verletzte.

»Und sowas nennt sich Königin«, schimpfte Wendel vor sich hin. »Die müssten doch am besten wissen, was Einsamkeit ist und wie sie einen schützt.«

»Ach, Majestät, lasst ihn reden!«, rief das Kristallmädchen, das schon nach draußen gelaufen war, um die Esel aufzusatteln. »Wir müssen los, um den Frostprinzen zu suchen. Lasst Euch von diesem starrsinnigen Mann nicht all Eure Zeit stehlen. Dazu ist sie zu kostbar.«

Die silberne Königin nickte, auch wenn sie glaubte, dass jeder ein wenig Zeit verdiente. Zeit war so wertvoll, sie war das größte Geschenk, zu dem man fähig war. Jemandem seine Zeit zu schenken bedeutete, ihm einen Teil seiner Selbst zu widmen, den man nicht zurücknehmen konnte. Aber Wendel wollte ihre Zeit nicht, und auch wenn sie darüber traurig war, lächelte sie ihn an.

»Das Kristallmädchen und ich suchen den Frostprinzen«, sagte sie fest. »Er kommt, um alle Königreiche in eine Eiswelt zu verwandeln, und das kann ich nicht zulassen. Wenn Euch Eure Einsamkeit so wichtig ist, werde ich versuchen, sie und Euch zu retten. Und Eure Familie ebenfalls, die ohne Euch leben muss.«

Es schien ihr, als wolle der Schneekugelbauer noch etwas sagen, aber dann presste er die Lippen zusammen, was seinem Gesicht etwas ganz und gar Verkniffenes verlieh.

Die silberne Königin verabschiedete sich von ihm. Das weiße Haus verließ sie mit einem Gefühl, das sie nicht beschreiben konnte; sie war froh, all die hell leuchtende Pracht hinter sich zu lassen, aber ein Teil von ihr wusste auch, dass sie gerade die Tür hinter dem angenehmsten Teil ihrer Reise geschlossen hatte. Die Sicherheit in diesen vier Wänden war nur eine Sicherheit auf Zeit gewesen.

Sie ritten weiter in die Richtung, aus der das Kristallmädchen zu ihr ins Schloss gekommen war. Richtung Rotblatt, Rußstadt, Unterwassingen und nicht zuletzt Kristallweite. Das war der Weg, der das Kristallmädchen ins namenlose Königreich geführt hatte, und die silberne Königin war sich sicher, dass der Frostprinz denselben Weg nehmen würde. Er würde ihnen mit Schnee und Eis entgegenkommen.

Eine Weile wurden sie von den Glühwürmchen begleitet, aber die höher steigende Sonne, die mit ihrem eigenen Licht konkurrierte, war ihnen unangenehm, und so verschwanden sie schließlich im Dunkel des Waldes. Die silberne Königin und das Kristallmädchen waren wieder auf sich allein gestellt.

»Ich frage mich noch immer, was wir tun, wenn wir dem Frostprinzen begegnen«, sagte das Kristallmädchen und duckte sich unter einen tiefhängenden Ast hinweg. »Wäre es nicht sinnvoller gewesen, im Schloss zu bleiben? Das Schloss ist gewiss der sicherste Ort im ganzen Land.«

»Oder auch der Ort, an dem man besonders lange gefangen gehalten werden kann, Kristallmädchen«, erwiderte die silberne

Königin. »Am Ende fallen auch die sichersten Orte, wenn die Gefahr zu übermächtig ist. Sie halten nur länger stand. Außerdem hätte ich dort hilflos mit ansehen müssen, wie er sich an meinem Volk vergreift, und das ist etwas, das ich als Königin nie tun könnte.«

Vor ihnen wurde der Pfad enger und wand sich in verschlungenen Kurven über Lichtungen und durch das Unterholz des Waldes. Hier und da regneten silberne Tannennadeln von oben herab, die sich in den Haaren der silbernen Königin verfingen. Sie hielt sich immer dichter über den Hals des Esels geduckt, je tiefer sie ins Dickicht vordrangen. Mehr als einmal glaubte die silberne Königin, sich verirrt zu haben, aber das Kristallmädchen war sich sicher, auf ebendiesem Weg den dunklen Wald durchquert zu haben. Eine eintönige Stille hatte sich über den Forst gelegt, die nur von gelegentlichem Vogelgezwitscher gestört wurde.

Und von … Die silberne Königin zügelte ihren Esel und lauschte angestrengt in das friedliche Schweigen der Natur. Ein leises, weit entferntes Geräusch durchbrach deren Harmonie, ließ den Frieden des Waldes schief klingen wie ein falsch gespieltes Musikstück.

»Hört Ihr das auch?«, fragte sie das Kristallmädchen, das ebenfalls angehalten hatte.

Das Kristallmädchen horchte einen Moment, ehe es nickte. »Da weint jemand. Oh weh, wie traurig es klingt. Es zerreißt mir das Herz.«

Die silberne Königin trieb ihren Esel an und galoppierte in tollkühnem Tempo durch den Wald. Über ihnen schien die Sonne, aber trotzdem wurde es kälter, je näher sie dem leisen Wimmern kamen. Mit jedem Hufschlag kühlte die Luft ab, bis der sandige Boden unter ihnen hart und unwegsam wurde und ihr Atem dampfte. Sie erreichten eine Lichtung. Über die Rinden der silbrigen Bäume zog sich hier eine dünne Eisschicht. So etwas hatte die silberne Königin noch nie gesehen. Die Bäume waren ganz und gar von Eis bedeckt, und es war so kalt, dass ihre Finger brannten, als sie mit den Fingerspitzen über die vereisten Stämme strich.

Die silberne Königin kannte solch eine Kälte nicht, wie sie ihr aus den dichten Bäumen entgegenschlug.

Hinter ihr war das Kristallmädchen erstarrt. Seine Augen blickten voller Entsetzen zu den Bäumen und auf etwas, das dahinterlag. Die silberne Königin folgte seinem Blick und sah es; eine merkwürdige Gestalt, die zusammengekrümmt auf dem Boden lag, nur mit einer dünnen Lage Seide bedeckt. Eine Frau, wenn sie die Silhouette richtig deutete. Ihre Beine lugten unter dem Stoff hervor. Ihre Zehen waren blau angelaufen.

Die silberne Königin stieg von ihrem Esel.

»Majestät«, rief das Kristallmädchen. »Geht nicht zu nahe heran! Was, wenn es eine Falle ist?«

»Wir können das arme Geschöpf doch nicht hier liegen lassen«, sagte die silberne Königin entschieden und wagte sich vorsichtig näher heran. Die Frau hatte langes, wallendes schwarzes Haar, das sich wie ein Fächer über den Waldboden ausbreitete und einen Teil ihres Gesichts verbarg. Ihr Atem war so flach, dass die silberne Königin sich über sie beugen und ein Ohr an ihren Brustkorb pressen musste, um ihn zu spüren. Flach, mehr wie eine dunkle Ahnung strömte Luft in die Lungen der Frau. In ihren Haaren hatten sich Dornen verfangen. Überall stachen sie zwischen den Strähnen hervor. Ein braunes Blatt, das an einem der Dornen hing, wurde von einer Brise sanft in die Luft gehoben, und trotz ihrer Milde zerstäubte es sich zu spröden Fetzen.

»Hört Ihr mich?«, fragte die silberne Königin und legte ihre Hand sanft auf die Stirn der Frau. Sie war eiskalt. Das Leben wich aus ihr, mit jedem Atemzug mehr, und furchtbare Angst kroch in der silbernen Königin auf. Sie hatte ihn noch nie gesehen, den Tod, ihm noch nie direkt ins Gesicht geblickt.

»Ich fühle Euch. Ich fühle Eure Wärme«, flüsterte die Frau. Ihre langen Wimpern flatterten, als sie versuchte, die Augen zu öffnen.

»Oh nein«, hauchte das Kristallmädchen, das sich neben die silberne Königin kniete. »Seht nur. Das ist ein Dornenkind. Ein Dornenkind aus Rotblatt.«

»Ein Dornenkind? Aber wie kommt es hierher?«

Das Dornenkind hob seine Hand, die fast durchsichtig war, so durchsichtig und hell, wie die silberne Königin es noch nie zuvor gesehen hatte. Die Kälte hatte die Haut des Dornenkindes vollkommen durchdrungen.

»Sie kommen, Zwerge«, wisperte das Dornenkind. Seine Hand klammerte sich an eine unauffällige Kette, die es um den Hals trug. Mühsam riss die Frau den Anhänger ab und drückte ihn der silbernen Königin in die Hand.

»Nehmt das«, hauchte sie. »Ich werde bald keine Verwendung mehr dafür haben.«

»Aber nicht doch ...«, wollte die silberne Königin abwehren.

»Bitte nehmt diese Kette, damit mein Vermächtnis in dieser Welt bestehen bleibt.« Das Dornenkind schien die Worte mit letzter Kraft hervorzupressen. »Nehmt sie als Erinnerung, nehmt sie als Symbol der Hoffnung. Die Kette ist etwas Besonderes ... Ihr seid etwas Besonderes. Wir konnten unser Land nicht retten, aber vielleicht könnt Ihr es tun! Der Frostprinz ... Er hat meinen König und mein Land getötet ... Oh ... Er kommt. Er ist fast da. Lauft. Flieht, wenn es noch einen Ort auf dieser Welt gibt, an dem Ihr sicher sein könnt.«

Die silberne Königin wollte die Frau in die Arme nehmen, trotz all der Kälte, die das Dornenkind gefangen hielt, aber sie konnte sich nicht regen. Sie konnte ihm nur in seine sterbenden Augen sehen, mit all der Verzweiflung darin. Bis ein letztes Licht in den Augen des Dornenkindes brach.

Das Dornenkind atmete nicht mehr. Und auch sein Herzschlag war verklungen, mit einer letzten Melodie, die nur es selbst zu hören vermocht hatte.

Zum ersten Mal in ihrem Leben war die silberne Königin wahrhaft unglücklich. Sie hatte so viel vom Frostprinzen gehört, dass sie etwas derartig Abscheuliches hätte erwarten sollen. Aber das hatte sie nicht. Sie hatte wirklich nicht damit gerechnet, ihm in ihrem eigenen Königreich zu begegnen, auch wenn es noch nicht von Angesicht zu Angesicht war. Ihr Herz war, tief in seinem Inneren, noch immer davon ausgegangen, alles wäre ein schrecklicher Irrtum. Dass der Frostprinz nicht wirklich böse war, sondern nur fehlgeleitet.

Doch nun hatte er ihr den Tod als Willkommensgeschenk vorausgeschickt. Und sie stand vor dem welken Dornenmädchen mit dem gebrochenen Licht in den Augen und fragte sich, wie sie ihrer Trauer Ausdruck verleihen sollte.

Irgendwann legte das Kristallmädchen seine Hand auf die Schulter der silbernen Königin.

»Königin, das Dornenkind wollte Euch warnen. Vielleicht war es sogar auf dem Weg zu Euch. Dieses Opfer darf nicht umsonst sein, denn es bedeutet, dass die Gefahr näher ist, als wir angenommen haben.«

Die silberne Königin wusste, dass das Kristallmädchen recht hatte. Aber dennoch konnte sie nicht weiterreiten, als sei nichts geschehen. Sie beugte sich über das Haupt des Dornenkindes und hauchte ihm einen Kuss auf die Stirn. Auch wenn die silberne Königin oft glaubte, sie sei nichts Besseres als der Rest ihrer kleinen Welt, so war sie dennoch von einem wahrhaftigen Stern gesegnet, und dies verlieh ihr zu besonderen Zeiten auch besondere Kräfte. Als ihr Atem die Haut des Dornenkindes streifte, senkte sich Schweigen über die Lichtung. Die Vögel unterbrachen ihren Gesang und die Bäume ihr Rauschen. Mit geschlossenen Augen strich die silberne Königin über das wallende Haar des Dornenkindes, ohne auf die Stacheln zu achten, die in ihre Hand stachen. Nach wenigen Atemzügen verwandelte sich die Haut des Dornenkindes. Eine silbrige Schicht überzog sein Gesicht und ließ es im Sonnenschein funkeln. Der silberne Glanz breitete sich aus, bis er seinen ganzen Körper, das dunkle Haar und das seidene Gewand bedeckt hatte. Und noch weiter zog er, vom Dornenkind weg, über den Waldweg, bis das umliegende Gras und der Baum, unter dem es ruhte, vom Silber erfasst waren.

Die silberne Königin hatte der Frau ein Grab geschaffen. Eines, das niemand zerstören könnte, nicht einmal der Frostprinz mit seinem Eis. Denn ihr Silber war mächtiger. Aber so mächtig es war, so selten trat es auch in Erscheinung.

Erschöpft richtete sich die silberne Königin auf. Sogleich eilte das Kristallmädchen an ihre Seite, um ihr auf die Beine zu helfen und sie zu stützen. Das Grab hatte sie viel Herzblut gekostet, aber obwohl die silberne Königin müde war, hatte sich ihr Wille gefestigt. Auch wenn sie bedauerte, dass solch ein Ereignis notwendig gewesen war, um ihren Blick für die Wahrheit zu schärfen.

»Und nun?«, fragte das Kristallmädchen, welches das silberne Grab mit atemloser Bewunderung anblickte.

»Nun«, antwortete die silberne Königin, »begegnen wir dem Frostprinzen.«

Sie hob die Hand, um auf den Waldboden zu deuten. Vom Dornenkind, das nun im ewigen Silber eingebettet war, führte eine Spur fort. Winzige Füßchen hatten ihre Abdrücke in den Boden eingegraben. Fußspuren aus Eis, die sich den Waldboden entlangschlängelten.

»Eiszwerge«, flüsterte das Kristallmädchen. »Die Schergen des Frostprinzen. Sie erledigen seine schmutzige Arbeit.«

»Und wir werden ihnen folgen«, sagte die silberne Königin. Zum ersten Mal zeigten sich Schatten in ihrem Gesicht, als sie es in die Richtung drehte, in die sich die Spuren entfernten.

»Und wenn es eine Falle ist?«, fragte das Kristallmädchen beunruhigt.

»Ganz sicher ist es eine Falle. Aber wir werden mit Feuer im Herzen in sie hineintreten. Ich bin es leid zu warten.«

Eine seltsame Ruhe erfasste die silberne Königin. Nun endlich fühlte sie sich wirklich bereit dazu, dem Frostprinzen in die

Augen zu sehen, das erste Mal sein Antlitz zu betrachten und das Wort an ihn zu richten. Sie würde keinen Tag länger warten. Keinen Tag, an dem es mehr Sterben und Schmerz geben würde. Obwohl der Wald friedlich zu schlummern schien, wusste sie nun, dass diese zerbrechliche Harmonie täuschte und der Frostprinz sich längst in ihr Land eingeschlichen hatte. Er war da, und sie würde ihm furchtlos entgegentreten.

Die Kälte, von der sie so lange geträumt hatte, war zu einer Wahrheit geworden, die ihr nicht mehr nur in nächtlichen Träumen begegnete.

Sie war hier.

Emma atmete schwer, als sie die letzten Zeilen gelesen hatte. Ihre Augen glitten über das Papier und blieben wieder und wieder an dem Absatz hängen, in dem die Kette des Dornenkindes erwähnt wurde. Das konnte unmöglich ein Zufall sein. Oder doch? Waren all die Parallelen zufällig oder bewusst gewählt? Waren sie ein Spiel der Madame? Was bezweckte sie damit?

Als sich Emmas Finger zu Fäusten ballten, knisterten die Papierseiten, die sie noch immer umfasst hielt. Sie dachte über Ophelia nach und über die Verbindung, die sie zwischen ihr und dem Kristallmädchen gesehen hatte. Ophelia, die ihr Zuhause und ihre Familie verloren hatte und auf der Flucht vor dem Winter gewesen war. Und dann war da noch Wendel, dieser schroffe Schneekugelbauer, der ihrem Vater so ähnlich war. Emma wagte es nicht, den Schneekugeln auf ihrer Fensterbank auch nur den Hauch von Aufmerksamkeit zu schenken, um nicht an die Verbindung zwischen Wendel und ihrem Vater zu denken. Aber es gelang ihr nicht, die Ähnlichkeiten waren einfach zu frappierend. Nur wie hatte die Madame von den Schneekugeln wissen können? Es war ein grausamer Schachzug von Madame Weltfremd, ihren Vater ins Märchen einzubeziehen. Hatte Emma nicht schon genug mit ihm zu kämpfen, mit seiner Gleichgültigkeit ebenso wie mit seinem Zorn, die jeden Tag mehr die Kontrolle übernehmen wollten? Sie konnte keine Geschichte gebrauchen, die ihr Leben nacherzählte. Das kannte sie zur Genüge.

Emma räusperte sich, als ihr die Stille in ihrem eigenen Haus zu laut wurde. Normalerweise hätte sie sie begrüßt, aber sie war nervös, so furchtbar nervös. Wären das Kristallmädchen und Wendel die einzige Gemeinsamkeit zwischen ihrem Leben und den Worten, die jeden Tag aus Madame Weltfremds Fantasie strömten, hätte Emma die Seiten in den Ofen gefeuert. Papier brannte gut. Lichterloh. Aber sie erinnerte sich an die seltsame Art, mit der die Madame ihren Anhänger betrachtet hatte, als sie ihn ihr an ihrem ersten Tag gegeben hatte. Kannte sie vielleicht ihre Mutter?

Das ist unmöglich, dachte Emma. Doch ihre Gedanken waren aufgescheucht, wollten nach den Schrecken der letzten Tage nicht mehr ruhen, sodass sie nun immer und immer wieder mit der Kuppe ihres Zeigefingers über die schwarzen Buchstaben auf dem Papier fuhr. Sie fühlte jede Vertiefung, wo der Stift fester aufgedrückt hatte, fühlte sie wie ein verbotenes Geheimnis. Sie spürte, dass da etwas zwischen den Zeilen stand, unsichtbar und gut verborgen. Da stand etwas, das für sie bestimmt war, nur für sie, und sie musste es entschlüsseln. Aber was war es? Was war das Geheimnis, das dieses Papier trug, das durch das Märchen in Emmas eigene Welt floss?

Ganz gleich, wie oft sie die Zeilen las und das Papier wendete und wieder wendete, die Buchstaben blieben, wie sie waren. Eng aneinanderliegend, unmerklich nach rechts geneigt und mit feinen Bögen geschwungen. Emma konnte den Blick nicht davon abwenden. Wenn das alles nur ein Märchen war, mit eigenartigen Anlehnungen an die Wahrheit, warum nur erinnerte sie der Frostprinz dann so sehr an den König, dem sie gestern gegenübergestanden hatte? Hatte die Madame sie deshalb zum Schloss geschickt? Damit sie auch diese Parallele durchschaute? Wollte sie damit andeuten, dass der König die Kälte ebenso über Glanzvoll gebracht hatte, wie der Frostprinz es in der Welt der silbernen Königin getan hatte?

Ich werde verrückt, dachte Emma. Komplett und außerordentlich verrückt.

Doch bevor sie das Blatt Papier, das nichts für den Inhalt konnte, den man ihm aufgezwungen hatte, in Fetzen riss, blieb sie noch einmal an dessen Ende hängen.

Lauft, hatte das Dornenkind vor seinem Dahinscheiden gesagt. Eine Erinnerung drängte sich hervor, bis sie jeden anderen Gedanken zur Seite schob. Der Mann mit der schwarzen Kapuze. *Lauf*, hatte auch er gesagt. Sein grausames Lachen hallte durch das Zimmer, ein Lachen, das nur noch in ihrem Kopf lebte.

Aber wenn die Madame sie wirklich vor dem König warnen wollte, wenn er wirklich etwas mit dem ewigen Winter zu tun hatte und sie selbst eine Rolle in diesem Märchen spielte, die sie noch nicht kannte ... Warum versteckte die Madame etwas von solcher Wichtigkeit hinter einer simplen Geschichte?

Emma legte sich schließlich wieder hin und schlief sogar ein, aber sie fand keine Erholung. Die restliche Nacht quälte sie sich mit Albträumen von Eisblumen mit Dornen, von einer weiten Ebene, über die sie rannte, weil sie verfolgt wurde. Sie spürte einen eisigen Atem im Nacken und schneeweiße Hände, die sie umklammerten und auf die vereiste Erde warfen. Dann wandelte sich der Boden in ein wogendes, blutrotes Meer, in dem sie ertrank. Über alldem schwebte Casper, ein erbarmungsloses Lächeln auf den Lippen, während schäumendes Wasser sie immer tiefer zum Meeresgrund zerrte. Der König trug eine silberne Maske, die den Großteil seines Gesichts verbarg, aber seine Augen brannten hinter der Maske. Sein Blick bohrte sich selbst auf dem Boden des Meeres in Emma. Und dann war da die Madame, die in endloser Ferne am Ufer stand und nach Emma rief, bis ihr Name sich im Rauschen der Wellen verlor.

Beim ersten Sonnenstrahl kämpfte Emma sich aus dem sumpfigen Abgrund des Schlafs heraus, der zäh und bitter an ihr haftete. Die Bilder der Träume beschäftigten sie, während sie sich wusch, anzog und etwas aß, und vermischten sich bald mit den Bruchstücken des Märchens und ihren Begegnungen mit dem Schattenmann und dem König, bis sie kaum noch wusste, was Traum und was Wirklichkeit war.

Doch all die Träume und all das Nachdenken brachten Emma schließlich zu einem Entschluss.

Kapitel 12

»Du willst *was*?«, fragte Ophelia und starrte Emma entgeistert an.

Emma hob den Kopf. Ihre Hände waren bis zum Gelenk in klebrigem Teig versunken. »Du hast das schon richtig verstanden«, sagte sie ruhig.

»Das ist nicht dein Ernst!« Ophelia seufzte theatralisch und schien mit sich zu ringen, als wüsste sie nicht, ob sie verärgert oder fasziniert sein sollte.

»Das ist mein völliger Ernst. Ich denke, es ist gut fürs Geschäft, wenn jemand von der Chocolaterie dabei ist und …«

»Aber doch nicht du! Das wäre Madame Weltfremds Aufgabe. Wo steckt sie überhaupt? Sie hat sich den ganzen Tag nicht blicken lassen. Das sieht ihr überhaupt nicht ähnlich, einfach unangekündigt fernzubleiben.« Ophelia wedelte frustriert den Dampf zur Seite, als sie den Ofen öffnete und ein Blech mit Schokoladenküchlein hervorholte. »Egal, zurück zu dir: Emma, du kannst nicht zum Ball gehen. Wir wissen doch beide, dass der König keine Wohltätigkeitsveranstaltung gibt. Er will das Volk nur einlullen und uns den Wind aus den Segeln nehmen. Und im schlimmsten Fall nutzt er die Veranstaltung für irgendeine perverse Machtdemonstration. Wieso willst du dich diesem Risiko aussetzen?«

Emma hatte lange überlegt, auch nachdem sie den Entschluss gefasst hatte, auf den Maskenball zu gehen. Sie war am frühen Morgen schon vor Arbeitsbeginn durch ihr Haus gefegt und hatte es auf Hochglanz gebracht, hatte die Vorräte neu sortiert und nach ihrem Vater gesehen, der allerdings nicht da gewesen war. All dies hatte sie gemacht, um ihre Gedanken zu klären.

Und sie wusste nun, dass sie eine zweite Meinung brauchte, jemanden, der ihr zuhörte und dabei half, die Mosaikteilchen zu einem Gesamtbild zusammenzusetzen, das Sinn ergab.

Also verschloss sie die Küchentür, obwohl sie vermutete, dass die Madame in nächster Zeit ohnehin nicht kommen würde, und erzählte Ophelia alles. Sie erzählte von sich selbst, von ihrer Kindheit, von ihrer Mutter, die bei Emmas Geburt in irgendeinem abgelegenen Dorf gestorben war, von ihrem Vater, der daran zugrunde gegangen war, von ihren Großeltern, die versucht hatten, zu retten, was noch zu retten war. Sie erzählte von dem Unfall im Bergwerk, von ihrer lang währenden Faszination für die Chocolaterie und dem Traum, der durch ihre Einstellung so unverhofft in Erfüllung gegangen war. Sie erzählte von den Problemen des Alltags und ihrer Vergangenheit, von den Geldsorgen und dem Alkohol und der Stille. Und obwohl es schwierig war, erzählte sie von dem unheimlichen Mann in Schwarz und ihrer ebenso unheimlichen Begegnung mit dem König. Schlussendlich berichtete sie von Madame Weltfremds nächtlichem Besuch und dem weiteren Bruchstück des Märchens, das sie ihr mitgebracht hatte. Emma fand, dass Ophelia ein Anrecht darauf hatte, denn auch sie war ein Teil davon.

Ihre Angst, dass Ophelia sie für völlig verrückt halten könnte, bewahrheitete sich glücklicherweise nicht. Ophelia hörte ihr die meiste Zeit schweigend zu, stellte nur hier und dort eine Nachfrage. Als Emma schließlich fertig war, stand ihre Freundin auf und schürte das Feuer im Kamin. Sie brauchte offensichtlich einen Moment, um das alles zu verarbeiten. Aber schließlich wandte sie sich Emma zu. »Dieser Mann, von dem du erzählt hast … der, der sich in Schatten hüllt. Ich glaube, ich weiß, wer das war. Hast du jemals die Gerüchte um die rechte Hand des Königs gehört?«

Emma runzelte die Stirn, während sie versuchte, sich an die geflüsterten Geschichten zu erinnern, die sie über das Schloss und seine Einwohner gehört hatte. »Meinst du ... den Schatten? Der Scherge des Königs? Ich bin immer davon ausgegangen, dass er nur eine Sagengestalt ist, etwas, mit dem der König Angst und Schrecken verbreiten wollte.«

»Nun, das ist ihm gelungen«, stellte Ophelia trocken fest. Dann aber wurde ihr Blick unruhig, und sie senkte ihre Stimme zu einem Flüstern. »Ich dachte auch, der Schatten sei lediglich eine alte Legende ... Was aber, wenn die Geschichten wahr sind? Wenn es ihn wirklich gibt? Es heißt, er sei ein Untoter, der jedem Befehl der Maledic-Könige willenlos gehorcht. Er mordet, er foltert, er lässt Menschen verschwinden, ohne dass man mehr als einen Schatten von ihm sieht. Ihm zu begegnen ist ein böses Omen, Emma. Es bedeutet nichts Gutes, und es kann erst recht nicht bedeuten, dass du auf diesen Ball gehen solltest. Wenn sich der Schatten irgendwo herumtreibt, dann ganz sicher dort, in der unmittelbaren Nähe des Königs.«

Emma rieb sich mit dem Arm über die Stirn. Ihre Hände waren immer noch mit Teig verklebt. Ophelia konnte recht haben, das wusste sie. Es wäre sicherer, nicht zu gehen und dem Märchen keine Bedeutung beizumessen. Aber sie hatte das Gefühl, dass sie den Punkt, an dem sie ihre Entscheidung noch rückgängig machen konnte, bereits überschritten hatte. Sie konnte nur noch weitergehen. Stehenbleiben war keine Option mehr.

»Sieh mal: Ich glaube, die Madame hat uns dieses Märchen nicht erzählt, um uns zu unterhalten. Sie hat seit Jahren keine Nacht der Geschichten mehr abgehalten, und plötzlich erzählt sie uns etwas, das sie anderen vorenthält. Hat dich das nicht verwundert?«, fragte Emma.

»Doch, aber ich habe mir nichts dabei gedacht. Madame Weltfremd war schon immer anders als alle Menschen, die ich kenne.«

Emma schüttelte den Kopf. »Ich glaube dennoch nicht, dass es ein Zufall ist. Das Märchen muss etwas bedeuten. Sind dir all die Parallelen nicht aufgefallen? Die Welt, in der die silberne Königin lebt, die Bedrohung durch den Winter und den Frostprinzen … Selbst die Figuren wirken vertraut.«

Ophelia atmete tief durch. Ihre Gedanken schienen genauso zu rasen und sich im Kreis zu drehen wie Emmas in der letzten Nacht. »Aber warum kann sie das, worauf sie hinauswill, dann nicht ohne Umschweife sagen?«

Emma formte den inzwischen fertigen Teig zu einer Kugel, die sie mit Mehl bestäubte und dann vorsichtig ausrollte. »Der Schatten ist aufgetaucht, kurz nachdem ich angefangen habe, in der Chocolaterie zu arbeiten. Vielleicht wusste die Madame, dass er sich hier herumtreibt? Vielleicht steckt in ihrem Märchen eine Botschaft, die nicht für seine Ohren bestimmt ist?«

Ophelia dachte einen Augenblick nach. »Ich glaube, ich verstehe langsam, was du meinst«, sagte sie dann. »Du glaubst, das Märchen ist mehr, es ist … echt?«

»Ich glaube zumindest, dass die Madame uns damit etwas sagen will.«

Ophelia warf die Arme in die Luft. »Eine einfachere Methode hätte sie sich nicht ausdenken können, oder?«, fragte sie in beißendem Tonfall. »Warum in Form eines Märchens? Und vor allem: *Was* will sie sagen?«

Emma wurde ruhig. »Eigentlich ist die Botschaft sehr eindeutig. Der Frostprinz bringt den Winter, wohin er auch geht. Er bringt Tod und Verdammnis. Er ist der Grund für all das. Und wenn der Frostprinz für den König steht …« Sie ließ den Satz unvollendet.

»Du meinst …«

»Ich meine, sie will auf eine Bedrohung aufmerksam machen. Auf eine Bedrohung durch den …«

Ophelia hob einen Finger an ihre Lippen und schüttelte den Kopf. »Sprich es nicht laut aus, nicht hier.«

Emma lächelte schief. »Du verstehst also, warum ich dorthin muss.«

»Du kannst da unmöglich herumschnüffeln, Emma. Sie werden dich finden und ... weiß der Himmel, was sie dann mit dir anstellen.« Ophelia seufzte tief. Der Gedanke, Emma in die Höhle des Löwen ziehen zu lassen, schien ihr gar nicht zu gefallen, aber sie hatte wohl verstanden, dass sie Emma nicht von ihrem Entschluss abbringen konnte.

Ophelia stemmte die Arme in die Hüften und betrachtete Emma von oben bis unten. »Eins steht fest: Ob das Märchen nun wahr ist oder nicht«, sagte sie gedehnt, »*so* kannst du auf gar keinen Fall gehen. Die lassen dich höchstens bis in die Küche vor.«

Emma sah an sich herunter. Sie musste zugeben, dass Ophelia recht hatte. Ihre Kleidung hatte schon bessere Zeiten erlebt, sie war übersät von Flecken und ausgebesserten Stellen, wo Hemd und Hose schon einmal gerissen waren.

»Oh, ich habe eine Idee!«, rief Ophelia aus. Dann senkte sie verschwörerisch die Stimme. »Da die Madame ja heute fort ist ... Was hältst du davon, wenn wir den Laden schließen und dir etwas Vernünftiges zum Anziehen besorgen? Etwas, mit dem du dich auf der Tanzfläche zeigen kannst und mit dem du im Getümmel weniger auffällst als mit der Arbeitskleidung?«

Einen Augenblick lang war die Vorstellung, einmal etwas anderes als die alten Lumpen zu tragen, einmal echte, sinnliche Seide auf ihrer bloßen Haut zu fühlen, einfach zu verlockend. Sogar so verlockend, dass Emma sie tatsächlich in Erwägung zog. Aber dann schüttelte sie energisch den Kopf.

»Das kann ich mir nicht leisten.«

Ophelia wedelte wegwerfend mit der Hand. »Ach was ... Ich kenne da jemanden, der dir ein Kleid gegen kleines Geld ausleihen würde, wenn du es pfleglich behandelst. Und dafür würde ich bürgen.« Sie sah Emma forschend ins Gesicht. »Was sagst du?«

Emma holte tief Luft, aber Ophelia unterbrach sie, bevor sie antworten konnte: »... und wenn du denkst, dass du das allein durchziehen kannst, dann liegst du falsch! Also komm!«

Und damit war auch diese Entscheidung getroffen.

Kurze Zeit später waren Emma und Ophelia auf dem Weg zur Schneiderei, nachdem sie einen Umweg zu Emmas Haus in Kauf genommen hatten, um einige Münzen zu holen.

Als sie den Berg herabstiegen, wurde Emma bewusst, wie oft sie diesen Weg in den letzten Jahren zurückgelegt hatte. Manchmal mehrmals am Tag, wenn sie vor oder nach der Arbeit im Bergwerk noch etwas in der Stadt erledigen musste. Sie hatte nur selten Augen für das gehabt, was um sie herum geschah, war kaum einmal angehalten, um mit alten Bekannten ein Gespräch über das Wetter zu halten oder sich einfach etwas Zeit für sich zu gönnen. Sie hatte nur dafür gelebt, durchzuhalten, etwas zu essen auf den Tisch zu bekommen, ein wenig Geld zu verdienen, damit sie nicht am Hungertuch nagten.

Ihre Hand fuhr unter den Saum ihres Mantels. Dort klingelte der Geldbeutel mit den Münzen für die Schneiderin leise singend, als würde er sich freuen, dass Emma nun, zum ersten Mal nach langer Zeit, wieder etwas plante, das sie nur für sich selbst und niemand anderen tat. Dabei war ihre Kehle vor Aufregung staubtrocken. Bevor sie gegangen war, hatte sie sich in der matten Oberfläche ihres Spiegels betrachtet und festgestellt, wie erbärmlich sie aussah. Ihre blonden Haare hatten ihren Glanz verloren und waren stumpf geworden. Ihre Haut war so blass, dass sie beinahe so unnatürlich aussah wie die des Königs. Aus dieser hellen Bleiche stachen ihre grauen Augen heraus wie zwei bodenlose, mit Nebel gefüllte Brunnen.

Sie packte den Beutel fester und warf einen Blick zurück, als die schäbigen Häuserreihen allmählich dem graziösen Stadtkern wichen, der mit seinen spitzen Dächern, hübschen Laternen und wohlgesetzten Bögen ein Bild aus einer anderen Zeit malte. Der Schnee fiel heute träge vom Himmel, als habe er es nicht besonders eilig, die Menschen in die Einsamkeit ihrer eigenen vier Wände zu jagen.

Emma und Ophelia hingen auf dem Weg beide ihren Gedanken nach. Nun, da Emma begann, das Muster, nach dem die Madame ihr Märchen aufbaute, zu verstehen, grübelte sie immer wieder darüber nach, was die einzelnen Teile bedeuteten und wie sich die jeweiligen Mosaikplättchen, von denen sie glaubte, sie entschlüsselt zu haben, zu einem großen Kunstwerk zusammenfügen ließen. Aber noch immer gab es leere Löcher in diesem Bild, ohne die sie nicht begreifen würde, welche Bedeutung wirklich in der Geschichte steckte.

Und dennoch: Es musste einfach eine Botschaft gewesen sein, dass das Dornenkind gestorben war und dass die silberne Königin sich dem Frostprinzen nun stellen wollte, obgleich sie wusste, dass nichts als Tod und Eis sie dort erwarteten. Vielleicht sollte auch Emma alle Angst vor dem König ablegen und es dem Beispiel dieser Königin, die sich so bewundernswert furchtlos verhielt, gleichtun.

Aber was würde sie auf dem Maskenball erwarten? Welche Antworten würde sie finden, wenn sie nicht einmal genau wusste, welche Fragen sie stellen musste?

Die dünne Schneeschicht knirschte, als Emma mit weit ausholenden Schritten über sie hinwegstapfte und sie zu einer schmierigen Masse zertrat. Während sie und Ophelia die Straßenseite wechselten, blieben sie für einen Augenblick stehen, um einen Fuhrmann passieren zu lassen. Das Klappern der unbeschlagenen Hufe des Esels, der den Wagen zog, hallte an den hohen Mauern der dunklen Häuser wider.

Auf der anderen Seite blieben die beiden Frauen schließlich vor einem eher unauffälligen Gebäude stehen. Das Glas des Schaufensters war etwas trüb, als hätte sich über die Jahre eine dichte Eisschicht auf ihm gebildet, ohne dass es dabei zerbrochen war. Es versperrte jeden neugierigen Blick ins Innere des Hauses. Emma wusste allerdings, was hinter dem Glas verborgen lag. Sie war früher einige Male mit ihrer Großmutter hier gewesen. Das Geschäft gehörte einer Familie, die früher im selben Viertel wie sie gewohnt hatte, ehe der Laden bessere Gewinne abgeworfen hatte und sie ins Herz der Stadt gezogen war. Sie waren die begabtesten Schneider der ganzen Stadt, und die Leute raunten, dass selbst der König seine hoheitliche Kleidung bei ihnen bestellte.

Ophelia drückte die Tür auf, und Emma trat hinter ihr ins Innere des Hauses. Der Duft von Veilchenblüten strömte in ihre Nase, als sie die Kälte hinter sich ließ. Das Blumenaroma überlagerte jedoch nur notdürftig all die anderen Gerüche; gegerbtes Leder für Bergarbeiterjacken, Schafwolle für Mäntel und Pullover, stechende Färbemittel und parfümierte Seide. Der Verkaufsraum der Schneiderei war eindrucksvoll anzusehen, an den hohen Wänden blieb kein Platz ungenutzt. Zu ihrer linken Seite reihte sich Regal an Regal, und jedes war mit Hemden, Hosen oder Unterkleidung gefüllt. Auf der anderen Seite zogen sich Haken über die ganze Wand, an denen unzählige Kleider hingen. Am Ende des Raumes befanden sich zwei abgetrennte, mit Goldfarbe bemalte Kabinen, die man zur Anprobe nutzen konnte. Ein bordeauxroter Läufer unter Emmas Stiefeln führte zur Zimmermitte, wo sich ein Tresen befand, der dem in der Chocolaterie ähnelte.

Dort stand eine Frau in den späten Dreißigern und schnitt mit einer langen, messerscharf geschliffenen Schere einen schmalen Streifen himmelblau eingefärbten Brokats sauber vom Ballen. Ein leises Ratschen klang gedämpft zu Emma, während die Schneiderin sauber eine Stoffbahn abtrennte.

»Guten Morgen, Amelie«, sagte Ophelia und trat interessiert einen Schritt näher. Die Angesprochene legte die Schere auf die Arbeitsplatte und schlug den Stoff behutsam übereinander. Sie hatte feingliedrige Hände, die für die Arbeit, Kleider mit der notwendigen Detailverliebtheit herzustellen, wie geschaffen zu sein schienen.

»Ophelia, wie schön, dich zu sehen! Und wie ich sehe, hast du jemanden mitgebracht?«

»Ja, ich möchte dir gern eine Freundin vorstellen. Das ist Emma. Sie arbeitet mit mir gemeinsam in der Chocolaterie.«

Emma streckte Amelie ihre Hand hin, die ihren Griff flüchtig, aber mit einem angenehm festen Druck erwiderte. »Es freut mich, dich kennenzulernen, Amelie. Ophelia hat mir schon erzählt, dass du in etwa dieselben Wunder in dieser Schneiderei vollbringst wie sie in der Chocolaterie. Und da Ophelia große Stücke auf ihre Fertigkeiten hält, gehe ich davon aus, dass man bei dir dasselbe erwarten kann.« Ophelia lachte hell auf, während Emma ihr Anliegen vorbrachte: »Ich bin auf der Suche nach einem passenden Kleid. Für den Maskenball.«

Amelie fixierte sie, als suche sie in ihrem Gesicht etwas, das sie in ihren Worten nicht erkennen konnte. Aber wie sollte Emma etwas in Worte fassen, das sie selbst nicht recht begriff?

»Für den Ball also«, murmelte die Schneiderin leise und fuhr mit dem Zeigefinger über das makellos glänzende Metall der Schneiderschere. »Ich frage mich, warum du dorthin willst. Wegen des aufgesetzten Lachens, hinter dem doch niemand seine Ängste verstecken kann? Oder wegen der Musik, die jeder verinnerlichen will, weil niemand weiß, ob er jemals wieder den Klang einer Harfe hören wird? Oder wegen der Speisen, die niemand anrühren wird, weil dann alles, was wir noch essen können, fort ist?«

Emma wusste, dass sie Amelie die Wahrheit sagen musste, wenn sie deren Hilfe wollte. Oder zumindest eine geschönte, sichere Version der Wahrheit.

»Ich will dorthin, weil ich nicht einfach abwarten kann«, sagte sie. »Weil ich nicht darauf vertrauen kann, dass der König alles tut, um uns aus diesem Grab aus Schnee zu befreien. Vielleicht ... vielleicht ist der Maskenball die letzte Möglichkeit, an sein Gewissen zu appellieren. Er hat nie sein Volk oder überhaupt Menschen um sich gehabt. Vielleicht kennt er nur Einsamkeit. Vielleicht ändert es etwas, wenn er sein Volk zu schätzen lernt. Vielleicht hilft er dann.«

Amelie lachte. Es klang so hart und knirschte in Emmas Ohren, als würde die Schneiderin ihre Schere schleifen. Rasiermesserscharf kroch dieses Lachen über ihre Haut, bis es in sie hineintauchte und sie kalt ausfüllte.

»Das glaubst du doch selbst nicht.«

Emma stockte. Dann trat sie so dicht an Amelie heran, dass sie kaum eine Handbreit von ihr entfernt stand. Sie spürte Ophelias Kleidung hinter sich rascheln, hielt ihre Freundin aber mit einer Handbewegung dazu an, Abstand zu halten.

»Nein«, sagte sie fest, und ihre Augen funkelten unnachgiebig. Sie war es allmählich leid, überall auf Resignation und Verbitterung zu treffen, als könnte man an seinem Schicksal nichts ändern. Niemand versuchte, etwas zu unternehmen, *irgendetwas* zumindest. »Ich glaube es nicht. Ich glaube nicht, dass es irgendjemand vermag, das Gewissen des Königs zu erwecken, dass er überhaupt zulässt, dass jemand an ihn herankommt. Vielleicht ist er wirklich das Monster, das wir in ihm sehen, ja, sehr wahrscheinlich sogar. Ich weiß nicht, ob er uns alle umbringen will oder was immer sonst er beabsichtigt. Mag sein, dass wir alle elendig sterben. Aber wenn es eine Möglichkeit gibt, einen Ausweg … Ich könnte nicht mehr in den Spiegel sehen, wenn ich nicht einmal versuchen würde, ihn zu finden.« Emma atmete tief ein, füllte ihren Brustkorb mit so viel warmer, blumig duftender Luft, bis sie die Kälte vertrieb. »Ich werde nicht einfach aufgeben und auf das Ende warten.«

Amelie sagte nichts.

Dann aber nahm sie Emmas Hand. Nicht zur Begrüßung wie eben, diesmal verschränkte sie ihre Finger. Erst jetzt bemerkte Emma, wie zart die Haut der Schneiderin war, nicht wie ihre eigene rissig und schwielig von der harten Arbeit im Bergwerk. Damit würde sie all den feinen Stoff hier zerstören.

»Ich will auch nicht warten.«

Emma spürte einen tröstlichen Druck. Dann ließ Amelie ihre Hand los, und ihre schwarzen Lackschuhe klackerten, als sie auf die rechte Seite des Ladens eilte und auf eine Leiter kletterte. Sie reckte ihren Arm, um etwas vom Haken zu nehmen, das in Seidenpapier verhüllt war. Behutsam stieg sie damit die Sprossen hinab. Als hielte sie etwas, das zwischen all den prächtigen Stoffen herausstach wie ein seltenes Schmuckstück. Etwas, das es nur ein einziges Mal auf der ganzen Welt gab. Auf dem Tisch breitete sie ihren Schatz aus. Das sanfte Knistern des Papiers vertrieb die Stille, während Amelie die Lagen zur Seite schlug.

Emma kam langsam näher an die Tischplatte heran.

»Unglaublich«, keuchte Ophelia neben ihr und streckte sehnsüchtig die Hand nach dem Kleid aus.

Emma starrte lange auf die Stofffalten, die sich über den Tresen und bis zu ihren Füßen auf dem Boden ergossen. »Das wird kaum zu mir passen«, sagte sie leise. Sie fühlte sich wie erschlagen von einer Schönheit, die sie nicht in Worte fassen konnte.

Vor ihr war das Meer. Wellen, die miteinander tanzten, sich übereinander auftürmten. Sterne, die sich im unendlichen Blau spiegelten. Emma konnte sich zum ersten Mal in ihrem Leben vorstellen, wie blau solch ein Meer in der Ferne wohl war. »Ich … ich …«, Emma deutete hilflos auf das atemberaubende Kleid vor sich. »Ich kann das unmöglich anziehen.«

Amelie lächelte nur.

Und Ophelia lachte. »Wollen wir wetten?«

Kapitel 13

Als Emma im fahlen Licht der Abendsonne ihre Einkäufe den steilen Berg hinauftrug, war sie müde. Sie hatte auf dem Markt lange um ein paar Lauchstangen feilschen müssen, die bereits braune Flecken aufwiesen. Außerdem hatte sie vorsorglich ein paar Kartoffeln, Eier, Karotten und etwas Brot besorgt. Aus dem Lauch und einigen Gemüseresten wollte sie ihrem Vater und sich zum Essen eine heiße Brühe kochen.

Als sie mit dem Fuß versuchte, die störrische Haustür aufzudrücken, während sie die bis an den Rand gefüllte Tasche mit beiden Händen festhielt, rumpelte es im Inneren des Hauses. Emma vernahm schwere Schritte, die auf die Tür zukamen. Beunruhigt blieb sie stehen. Plötzlich riss jemand die klemmende Tür auf, und Emma sprang geistesgegenwärtig einen Schritt zurück. Der pralle Beutel rutschte aus ihren Armen, und der Inhalt ergoss sich über den Boden. Kartoffeln kullerten in den Schnee, Eier zersprangen und hinterließen hässliche Flecken auf der Türschwelle.

Emma stieß einen Fluch aus, als sich Cristans Gesicht in ihr Blickfeld schob.

»Seit wann bist du so schreckhaft?«, fragte er mit hochgezogener Augenbraue.

»Seitdem du dich wie ein Räuber in mein Haus schleichst, während ich nicht da bin«, sagte Emma kühl und ging in die Knie, um die Lebensmittel vom Boden aufzulesen. Cristan machte keine Anstalten, ihr zu helfen.

Schließlich raffte sie ihre Einkäufe zusammen und legte sie drinnen auf dem Tisch ab. Es war warm in der Stube, stellte sie dann überrascht fest. Ihr Vater hatte sich um ein Feuer bemüht.

Als sie Cristan einen Blick zuwarf und ihn somit das erste Mal richtig ansah, spürte sie ein merkwürdiges Ziehen in der Magengegend. Er wirkte anders als sonst. Genauso zerfurcht, verbraucht und gealtert wie sonst auch, aber da war noch mehr. Er hatte seine fleckige Kleidung durch saubere ersetzt und seinen wärmsten Mantel hervorgeholt. Braune Fellstiefel bedeckten seine Beine bis zu den Waden, eine neue Wildlederhose war ordentlich hineingesteckt. Von welchem Geld konnte er sich eine neue Hose leisten? Schneereste tauten unter seinen Stiefeln zu einer Pfütze, die im Holz versickerte.

Dieser seltsame Aufzug irritierte Emma. Sie kannte ihren Vater so nicht mehr. So gepflegt und um seinen äußeren Eindruck bemüht. Was war geschehen, das etwas bewirkt hatte, was sie in den letzten Jahren vergeblich versucht hatte?

»Wie siehst du denn aus?«, fragte sie. »Hast du etwas vor?«

Cristan erwiderte ihren Blick. Sie glaubte, Traurigkeit in den dunklen Augen ihres Vaters zu erkennen. Nicht jedoch den zerstörerischen Schmerz der letzten Jahre, der ihn zum Alkohol getrieben und der Vater und Tochter stetig entzweit hatte. Es war vielmehr eine Traurigkeit, die Emmas Herz hektisch schneller schlagen ließ. Sie spürte, wie ihre Hände zu schwitzen begannen. Ihr schien, als hätte sich über ihrem Kopf ein Unwetter zusammengebraut, das sie erst jetzt bemerkte, unmittelbar bevor es über sie hereinbrach. Sie spürte den Donner bereits, ehe er die Welt für eine Sekunde in tosenden Lärm tauchte.

»Was ist los?« Ihre Stimme wurde unweigerlich lauter.

Cristan machte einen Schritt auf sie zu und umfasste ihre schmalen Schultern mit seinen Händen. Wie lange hatte er sie schon nicht mehr auf diese Weise festgehalten? Sie musste noch ein kleines Kind gewesen sein. Diese schlichte Geste ängstigte sie mehr, als jeder Trunkenheitsanfall, jede Raserei, jedes Brüllen es vermocht hätten. Es war wie das Rumoren der Berge, wenn sie sich nicht entscheiden konnten, ob sie eine Lawine ins Tal jagen oder noch eine Weile Ruhe geben sollten. Seine Augen waren klar wie ein See, ein bodenlos tiefer See. Sie hatte diesen Anblick schon fast vergessen. Sie hatte vergessen, wie es aussah, wenn Cristan bei Verstand war, wenn er Sinne und Willen beisammenhatte.

»Wir gehen raus. Zur Straße. Jemand muss sich darum kümmern, verstehst du?«

Emma verstand nichts. Sie wollte auch nicht verstehen. Alles in ihr krampfte sich zusammen. Ihre Finger krallten sich in Cristans kratzigen Mantel, während sie das Kinn hob, um ihn wütend anzufunkeln. »Ich weiß nicht, warum du glaubst, zur Handelsstraße zu müssen. Es ist gefährlich dort. Der Rat hat versprochen, sich darum zu kümmern. Der König hat ... Ach, es ist auch gleich. Weshalb kommst du auf solch wahnwitzige Ideen? Du wirst dir den Tod holen!«

Cristans Miene wurde so unwirsch, dass Emma beinahe erleichtert war. So kannte sie ihn. So konnte sie mit ihrem Vater umgehen.

»Sie haben alles versprochen, aber niemand hat etwas getan. Niemand! Hast du eine Ahnung, was es bedeutet, wenn die Tage ins Land gehen, ohne dass jemand mit den Arbeiten da draußen beginnt? Der Weg, der *einzige* Pass, der uns am Leben hält, wird mit jeder Stunde nur noch mehr mit Schnee zugeschüttet. Bald sind alle Aussichten, jemals wieder einen Gang hindurchzubrechen, dahin. Und dann sind wir verloren. Willst du das? Dass die ganze Stadt verhungern oder erfrieren muss?«

»Na... natürlich will ich das nicht.« Ihre Stimme brach, war kaum mehr als ein gedämpftes Flüstern. Unermessliche Angst schnürte ihr die Kehle zu.

Cristans Wut verflog sofort, sanft strich er ihr über das Haar. »Du bist stark, Emma. Das hast du all die Jahre bewiesen. Du schaffst das hier eine Weile ohne mich. Wenn wir ehrlich sind, bist du ohne mich besser dran.«

Möglicherweise hatte ihr Vater mit diesen Worten recht, aber es schmerzte zu sehr, das zuzugeben.

»Warum du? Warum können nicht andere gehen? Warum ausgerechnet du?« Emma hielt einen Moment inne, aber sie durfte ihren Vater nicht schonen. »*Du* bist nicht stark genug.« Nicht nur sein Gemüt war für solch ein gefährliches Unterfangen zu labil. Auch sein Körper hatte unter all den Jahren des Alkohols gelitten. Er würde keine Meile schaffen, bis seine Glieder nach der nächsten Flasche schrien.

»Ich kann nicht mehr still herumsitzen, Emma. Du brauchst keine Angst um mich zu haben, wirklich nicht. Ich werde da draußen nicht allein sein. Viele Männer machen sich auf den Weg. Wir können nicht untätig warten, das verstehst du doch, oder?«

Emma strauchelte innerlich. Sie war hin- und hergerissen. Wie konnte sie das nicht nachempfinden? Sie war schließlich diejenige, die sich an eine verzweifelte Hoffnung, an einen pompösen Maskenball hielt, weil sie glaubte, dort irgendetwas bewirken zu können. Aber ihr Vater war das Einzige, was ihr noch an Familie geblieben war. Sie verabscheuten und liebten sich, beides auf eine verzweifelte Weise. Sie konnte ihn nicht verlieren.

»Du musst mir versprechen, dass du auf dich aufpasst. Die Wächter sind irgendwo da draußen. Sie werden es nicht gern sehen, wenn ihr euch einmischt. Womöglich sperren sie euch ein, wenn sie euch finden. Wenn der König den Befehl zur Rettung der Handelsstraße nicht gibt, wird er es gewiss nicht dulden, dass es jemand anders tut.«

»Wir werden vorsichtig sein.« Er drückte ihre Finger und wirkte schmerzlich einmal mehr wie früher. »Wir kennen eine Hütte in der Nähe des Passes, in der wir schlafen können. Und wir werden einen Bogen um die Wachmänner schlagen.«

Emma konnte nichts sagen. Jedes Wort wäre falsch gewesen. Sie wollte den zerbrechlichen Frieden, den sie gerade, endlich nach so langer Zeit, miteinander geschlossen hatten, nicht zerstören. Es wäre so leicht gewesen, sich an die schwelende Wut zu erinnern, die sie immer für ihren Vater empfunden hatte. Doch sie wollte den Augenblick nicht vergiften. Sie wollte ihn auseinanderziehen wie einen Wollfaden, so weit, bis er kurz davor war zu reißen. Sie wollte jede Sekunde, die ihnen blieb, zu einem sicheren Gefilde spinnen. Damit es sie beide zusammenhielt. Auch in der Zeit danach, falls es eine geben würde.

Stumm füllte sie seinen Beutel mit Vorräten: eine Feldflasche mit Wasser, einige Streifen Pökelfleisch und Trockenobst, das sie in Papier einwickelte.

Dann gingen sie nach draußen. Im Garten warteten bereits zwei andere Männer, die Emma von der Schmiede kannte, ehemalige Kollegen ihres Vaters. Sie arbeiteten immer noch dort, hatten Familie und hungrige Mäuler zu stopfen. Sie hielten dies ebenfalls für den letzten, den einzigen Weg, das las sie an ihren Gesichtern ab. Sie zeigten dieselbe grausige Mischung aus Verzweiflung und wilder Entschlossenheit wie Cristan. Ihre Körperhaltung war so angespannt, dass Emma begriff, dass sie bereit waren, bis zum Äußersten zu gehen, um ihre Familien zu retten.

Ihr Vater beugte sich zu ihr herab. Sein Atem roch klar, ohne die sonstigen Ausdünstungen nach Met oder Wein.

»Geh jedem Ärger aus dem Weg, Emma. Ich muss dich in Sicherheit wissen.«

Sie nickte wortlos, weil jedes Wort eine Lüge gewesen wäre. *Wenn man allein ist, wird man stärker. Wer weiß, wozu das gut ist.* Das hatte Wendel gesagt. Die Madame hatte ihr damit etwas sagen wollen. Vielleicht war es gut, dass Cristan fort sein würde, wenn sie morgen auf den Maskenball ging. Denn wer wusste schon, was diese Nacht, die sie fürchtete und zugleich herbeisehnte, schon bringen würde?

»Ich gebe auf mich acht. Tu du bitte dasselbe«, brachte Emma erstickt hervor.

Für einen Moment vergrub Cristan sein Gesicht in ihrem Haar. Dann löste er sich von ihr und folgte den anderen Männern auf die Straße, mit nicht mehr als einer Schaufel in der Hand und einem wackeren Herz in der Brust als Waffe gegen die Naturgewalten.

Er drehte sich nicht mehr um, doch Emma kehrte der Straße erst den Rücken zu, als ihr Vater schon lange nicht mehr zu sehen war. Sie musste all ihre Disziplin aufbringen, um ihm nicht nachzurennen und ihn ins Haus zurückzuzerren.

Und sie fragte sich, ob der Schneekugelbauer Wendel tatsächlich ausgezogen war, um die Einsamkeit zu suchen. Oder ob er sich nicht hinter diesem düsteren Vorwand versteckte, um seine Familie zu retten. Vor einer Gefahr, die ihn zu überwältigen drohte. War nicht vielleicht er selbst die Gefahr gewesen? Etwas, das in seinem Inneren lauerte und sein Herz vergiftete?

Emma legte die Hand auf die Holztür, um sie aufzuschieben. Dann lehnte sie sich jedoch nur dagegen. Sie wollte gleichzeitig schreien und lächeln. Schreien, weil sie solche Angst hatte, und lächeln, weil sich Stolz in ihrer Brust regte. Ihr Vater war zurück, und er hatte Mut bewiesen. Er weilte wieder unter den Lebenden. Die Hoffnung darauf hatte sie schon so lange aufgegeben, dass sich ihr Stolz ganz fremd anfühlte.

Sie hob den Kopf, als ein Schatten über sie fiel. Eine dunkle Wolke hatte sich vor die untergehende Sonne geschoben, fast der ganze Himmel war von einer dicken grauen Wolkenschicht bedeckt. Mit dem Schwinden des letzten Lichts fielen auch sofort die Temperaturen, und ein Schauer erfasste Emma. Sie warf einen Blick auf die Straße, in die Richtung, in der Cristan und die Männer entschwunden waren. Dicke Schneeflocken begannen zu fallen und die Spuren, welche ihre Stiefel hinterlassen hatten, zu verdecken. Wunderbar, dachte Emma. Der Schnee würde den Pfad der Männer verbergen und eine Verfolgung deutlich erschweren. Sie lachte auf. Es war ein befreites Lachen. Sie würde um Cristan zittern und bangen, aber wenn er durch die Ereignisse aufgerüttelt worden war und er seinen Kampfgeist wiedererlangt hatte, war es das wert.

Ihre Hand schloss sich um die kalte Türklinke. Das Metall saugte die Kälte förmlich auf, speicherte sie in seinem Herzen, als könne es nie genug von ihr bekommen. Deswegen mochte

Emma Metall und Eisen nicht. Sie schienen die Kälte zu genießen, sie einzuatmen wie ein gefräßiges Getier. Schnell schlüpfte sie ins Haus, um die Wärme aus dem Inneren nicht entfliehen zu lassen. Aber bevor sie die Klinke ganz nach unten drücken und den Riegel vorschieben konnte, wurde ihr die Tür plötzlich aus der Hand gerissen. Ein jäher Windstoß zerrte an ihren Haaren, an ihrer Kleidung, bohrte sich mit abertausend Nadelstichen in ihre Lungen, als sie erschrocken nach Luft schnappte – und erstarrte.

Vor ihr stand der Schattenmann. Verhüllt von schwarzem Stoff, der flatterte wie die abgehackten Flügelschläge einer unheilvoll kreischenden Krähe, blickte er sie an. Sie konnte nur seine Augen sehen, denn der Rest seines Gesichts war mit einem dunklen Seidentuch vermummt.

Lauf, hatte er gesagt. Doch wohin sollte sie jetzt laufen? Er versperrte ihren einzigen Fluchtweg.

Er wiederholte es nicht, dieses eine Wort, das sie tagelang verfolgt hatte, bis in ihre Träume hinein. Er drängte Emma zurück, bis sie mit dem Rücken an der Wand stand und er dicht vor ihr. Der Stoff seines Mantels berührte ihre Wange, als ein Windstoß ihn aufwirbeln ließ. Sie roch Dunkelheit, roch den Geruch der Nacht, eine Mischung aus metallischem Blut, kaltem Schnee und bittersüßer Verwesung.

Emma wollte schreien, wollte kämpfen, wollte fliehen. Doch die Panik hielt sie fest im Griff, schnürte ihr die Kehle zu, ließ ihre Knie so sehr zittern, dass sie sich kaum aufrecht halten konnte. Sie war umzingelt wie ein Tier bei einer Treibjagd. Der Schattenmann nahm den ganzen Raum ein, ließ ihr keinen Platz, keinen Ausweg, keine Luft zum Atmen. Sie fühlte, wie Panik jeden Gedanken verdrängte, bis nichts blieb außer ihr. Jener Panik, die sich in einem verbiss, wenn man ahnte, was einem bevorstand, ohne es abwenden zu können.

Und dann öffnete der Schattenmann den Mund. Das Seidentuch bewegte sich, als er den Atem ausstieß. Seine Stimme war so rau, dass Emma sie kaum verstand. Als hätte ihm jemand Säure durch die Kehle geschüttet. Ein Wort sprudelte hart und holprig hervor, und dabei heftete er die schwarzen Augen auf ihre Brust, auf ebenjene Stelle, wo ihr Anhänger unter den Kleiderschichten verborgen lag.

»Sturmtanz.«

Kapitel 14

»Du siehst aus, als wärst du dem Tod persönlich über den Weg gelaufen.«

Ophelia musterte Emma prüfend, nachdem sie den letzten Beutel mit erlesener Schokolade für den Ball fertig gepackt hatte. »Eigentlich wollte ich ja nichts sagen, aber ein wenig Schlaf hätte deinem Gesicht gutgetan. Selbst ein Blinder erkennt, wie müde du aussiehst.«

»Nun ja, mit der Begegnung mit dem Tod liegst du nicht ganz falsch ...«, begann Emma stockend.

Nachdem sie den ganzen Vormittag hektisch an der Fertigstellung der für den Maskenball bestellten Waren gearbeitet hatten, kamen sie nun das erste Mal zum Durchatmen. Sie hatten stundenlang durchgearbeitet. Es waren lange, zähe Stunden gewesen, in denen Emma hundert Mal kurz davor gewesen war, Ophelia von gestern Abend zu erzählen. Aber immer wieder zögerte sie. Sie sagte sich, dass es daran lag, dass sie keine Zeit für eine Plauderei hatten, bevor die Bestellungen nicht fertig waren. Aber sie wusste, dass das nur eine Ausrede war. Ein Teil von ihr erwartete, dass Ophelia sie für verrückt erklärte. Sie hielt sich ja selbst beinahe dafür.

Aber die Zeit für Ausreden war vorbei. Also berichtete Emma von den Erlebnissen des Vorabends; wie ihr Vater sich mit einigen anderen Männern auf den Weg gemacht hatte, die Handelsstraße freizuschaufeln, und wie der Schattenmann kurz nach deren Abreise vor ihrer Tür gestanden hatte. Wie er sie in Panik versetzt hatte und dann einfach verschwunden war. Emma konnte es immer noch nicht fassen.

Auch Ophelia schüttelte immer wieder ungläubig den Kopf,

aber sie zweifelte Emmas Geschichte nicht für einen Moment an. »Was findet dieser schwarze Mann nur an dir?«, fragte sie sichtlich beunruhigt. »Bei deiner ersten Begegnung mit ihm dachte ich an einen Zufall. Vielleicht wollte er jemandem einen Schrecken einjagen, und du warst gerade zur falschen Zeit am falschen Ort. Aber dieser zweite Vorfall schließt einen Zufall aus. Das ist wirklich merkwürdig. Emma, ich denke, es ist besser, wir lassen von unserem Vorhaben ab. Diese Idee mit dem Ball ist zu gefährlich.«

Emma schüttelte entschieden den Kopf. Sie war zwar verunsichert und ängstlich, aber wenn sie jetzt aufgab, wenn sie jetzt der Mut verließ und sie nicht ging, wusste sie, dass sie sich das zu einem späteren Zeitpunkt nicht verzeihen würde.

»Das kommt nicht infrage«, sagte sie fest. Dann wurde ihre Stimme sanfter. »Ich weiß, dass du dir Sorgen machst. Das täte ich an deiner Stelle auch. Wenn dir das zu gefährlich ist, dann verstehe ich vollkommen, wenn du nicht mitkommen möchtest. Das musst du wirklich nicht!«

Ophelia seufzte laut. »Mir bleibt ja nichts anderes übrig, oder? Als ob ich dich allein zu diesem ... König gehen lassen würde.«

Emma lächelte dankbar und wies mit dem Kinn auf die Tür zur Vorratskammer neben der Küche, wo ihr Kleid unter einer schützenden Papierschicht hing und darauf wartete, getragen zu werden. »Hilfst du mir beim Anziehen? Das schaffe ich auf gar keinen Fall allein.«

Ophelia nickte. »Na, dann machen wir uns mal schön!«

Sie räumten die letzten Arbeitsutensilien weg, dann ging Emma zur Tür der Chocolaterie, um sie zu verschließen. Draußen auf der Straße herrschte Hochbetrieb. Es waren nicht nur bekannte Gesichter, die über das Kopfsteinpflaster liefen. Viele Menschen aus den umliegenden Dörfern waren angereist, sei es, um auf dem Ball ihren Hunger zu stillen, der Neugierde willen oder um Unruhe zu stiften. Die Soldaten des Königs marschierten schweigend durch die Straßen, um mögliche Aufrührer aufzuspüren und jedwede Ausschreitung im Keim zu ersticken. Viele Bewohner der Stadt hatten sich in ihren Häusern verbarrikadiert und spähten besorgt aus dem Fenster.

Wie Emma selbst es gerade tat. Sie schüttelte den Kopf und zog Vorhänge vor die Glasscheiben, während Ophelia das Kleid aus dem Vorratsraum holte. Emma hängte es an der Garderobe auf und entfernte behutsam das schützende Papier von dem edlen Stoff. Vorsichtig stieg sie in das Kleid und setzte sich dann auf das Sofa, damit Ophelia die mit funkelnden Silberperlen besetzte Korsage verschnüren konnte.

Es dauerte einige Zeit, bis das Kleid sich an Emmas Körper schmiegte. Vorsichtig erhob sie sich. Das Gewicht des Kleides war schwerer, als sie erwartet hatte. Vor allem der aus mehreren Schichten bestehende, bauschige Rock war ungewohnt.

Doch Ophelia drückte sie gleich wieder auf das Sofa, um sich an ihren Haaren und ihrem Gesicht zu schaffen zu machen und ihr zum Schluss noch ein paar Silberketten um das Handgelenk zu winden. Erst danach nahm sie strahlend Emmas Hand und führte sie zum Spiegel. Dort standen sie eine Weile wortlos nebeneinander.

Das Kleid war atemberaubend. Ein Traum aus graublauer Seide, wie ein helles Meer, das Wellen schlug, wenn der Wind über die Oberfläche tobte. Durchwebt mit Silberfaden, als würden sich Sterne in diesem Meer spiegeln. Es passte, als wäre es eigens für sie gemacht, und umspielte ihren Körper, hob hervor, wo er weiblich und verlockend war. Silberne Perlen schmückten die Vorderseite in einem exotischen Muster. Sie fühlte jeden einzelnen Luftzug wie eine zarte Berührung über ihre nackten Schultern streicheln. Ophelia hatte mit einem Kohlestift ihren grauen Augen eine Tiefe gegeben, die verborgene Geheimnisse versprach. Sie hatte zudem zarten Puder verwendet, der ihren Wangen einen rosigen Schimmer verlieh, und ihr Locken gebrannt, die sie in kunstvollen Strähnen um ihr Gesicht drapiert hatte. Ihre Lippen schimmerten verlockend. Ophelia hatte aus Emma etwas gezaubert, *jemanden* gezaubert. Jemanden, den sie im Spiegel kaum erkannte, jemanden, den sie atemlos musterte, wie eine faszinierende Fremde, der sie zum ersten Mal begegnete.

Ophelia zog eine Schublade auf und holte eine verschnörkelte silberne Maske heraus, die Emmas Augenpartie bedecken würde. Darauf bedacht, die Lockenpracht nicht zu zerstören, setzte sie Emma die Maske auf.

»So erkennt er dich hoffentlich nicht«, sagte Ophelia belegt. In ihren Augen schimmerte es verräterisch. »Warte nur ab, bis du im Ballsaal stehst und die Eisfarben mit dir spielen. Das ist nichts im Vergleich zu jetzt. Gar nichts, verstehst du? Du wirst die vollkommene Eisprinzessin sein. Aber innen wirst du im Gegensatz zu all den anderen brennen. Du wirst so sehr brennen, dass du dieses verfluchte Schloss endlich zum Tauen bringen wirst.«

Emma sah Hoffnung hinter dem Tränenvorhang in den Augen ihrer Freundin, und sie spürte plötzlich schwer die Verantwortung auf ihren Schultern lasten. Ihr stiegen ebenfalls Tränen in die Augen, als sie daran dachte, was sie alles dafür geben würde, wenn Juliana oder ihre Großeltern sie nur ein einziges Mal so sehen könnten. Wenn sie doch nur dieses eine Mal die Zeit zurückdrehen könnte ...

Mühsam kämpfte sie die Erinnerungen und Sehnsüchte nieder. Für sie war heute, jetzt, kein Platz mehr. Morgen vielleicht. Die Wirklichkeit war drängender, die Gefahr, die buchstäblich an ihrer Tür kratzte und hämmerte.

Da Ophelia sie zum Schloss begleiten würde, machte auch sie sich nun bereit. Sie schlüpfte in ein schlichtes, schwarzes Kleid, das am Ausschnitt mit einigen Perlen geschmückt war. Ophelia brauchte nicht viel, um wunderschön auszusehen, fand Emma und musste lächeln. Sie beugte sich spontan vor und schlang ihre Arme um Ophelia. Zwischen ihnen raschelten viele Lagen

Seide, aber Emma scherte sich nicht darum. Sie spürte, wie Ophelia ihre Umarmung erwiderte. Sie versanken ineinander. Obwohl sie sich erst seit so kurzer Zeit kannten, hatte Emma bei ihr immer das Gefühl gehabt, sich nicht verstellen zu müssen. Sie durfte traurig sein, wenn sie traurig war. Sie durfte verletzlich sein, wenn sie verletzt war. Sie dufte schwach sein, wenn sie sich elendig fühlte. Sie durfte stark sein, wenn es gefährlich war. Und sie durfte lachen, aus vollem Herzen und tiefster Seele, und niemand warf ihr dabei einen gereizten Blick zu. Es widerstrebte ihr so sehr, ihre Freundin loszulassen, dass Emma einige Augenblicke verstreichen ließ. In der Ferne schellten die Glocken des höchsten Schlossturms.

Mühsam löste Emma sich von Ophelia und ging zur Garderobe, um etwas aus ihrer Leinentasche hervorzuholen. Aus ihrem Inneren zauberte sie etwas ans Tageslicht, das wie ein heller Stern funkelte.

Ophelias Augen weiteten sich. »Du bist doch verrückt, Emma!«, rief sie. »Wirklich, das kann ich nicht …«

»Pst«, unterbrach Emma sie. »Bitte. Meine Großmutter hat es mir vererbt, und ich möchte, dass du es heute trägst. Zu niemandem passt es so gut wie zu dir.«

Ehe Ophelia Widerstand leisten konnte, stellte Emma sich auf die Zehenspitzen, um das hauchdünne, schwarze Diadem mit winzigen Kristallen über die dunkle Pracht zu stülpen, zu der ihre Freundin ihr Haar aufgetürmt hatte. Das Schwarz fügte sich harmonisch in den natürlichen Ton ihrer Haare ein. Umso stärker traten die zierlichen, funkelnden Kristalle hervor, die wie von Feuer erfüllt aufloderten, wann immer Ophelia sich bewegte. Es passte zu dem Kleid, das Ophelia umschmeichelte. Sie sah aus wie eine Porzellanpuppe. Jeder würde sie mit Samthandschuhen anfassen und sie mit bewundernden Blicken beschenken.

Sie war es; das Kristallmädchen.

Emmas Herz schlug hart gegen ihren Brustkorb. Sie fühlte

sich glücklich und beunruhigt zugleich, und während sie beide so friedlich vor dem Spiegel standen und die zerbrechliche, kurzweilige Schönheit ihres Anblicks darin betrachteten, wuchs in Emma die Gewissheit, dass heute Nacht etwas Schreckliches geschehen würde. Würde sie bei all dem Prunk der Versuchung widerstehen können, für einen Augenblick alles zu vergessen? Würde ein solcher Augenblick in die Katastrophe führen?

»Haben wir alles?«, fragte Ophelia, und Emma nickte, während ihr Blick über die Beutel und Kisten mit den vorbereiteten Bestellungen schweifte. Alles war bereit und wartete darauf, zum Schloss getragen zu werden.

Doch etwas von all der Schokolade, aus der Ophelia und sie in den letzten beiden Tagen meisterhafte Kunstwerke geschaffen hatten, hatte Emma sich aufgehoben. Etwas, das gemeinsam mit der Kette ihrer Mutter schwer in der winzigen Tasche wog, die die Schneiderin ihr passend zum Kleid mitgegeben hatte und die nun um ihr Handgelenk geschlungen war, so schwer wie ein zehrendes Gewicht.

Etwas, das für den König bestimmt war.

Für den König ganz allein.

Kapitel 15

Emma schloss sich einer Menschengruppe an, die durch den Hauptgang des Schlosses ins Innere des Ballsaals strömte. Zuvor hatten Ophelia und sie die Bestellung bei der völlig überlasteten Köchin abgegeben. Da die Köchin nicht sofort Zeit hatte, die Lieferung zu überprüfen, entschied Emma, sich oben schon einmal umzusehen, während Ophelia in der Küche wartete.

Obwohl Emma bereits im Kellergewölbe und den überhitzten Küchenräumen gewesen war, hatte sie schon bald die Orientierung in dem Labyrinth aus Gängen und Türen verloren, sodass ihr nichts anderes übrig blieb, als einen der Wächter nach dem Weg zu fragen.

Stumm führte er sie nach oben, nicht ohne ihr das Gefühl zu vermitteln, in diesem Augenblick lieber tausend andere Dinge tun zu wollen. Als sie den Hauptflur erreichten, drehte er sich ohne ein Wort auf dem Absatz um und verließ sie. Am Ende des Flures öffneten und schlossen drei Männer die hohen Flügeltüren, die zum Ballsaal führten. Ein weiteres Dutzend hatte sich entlang der Türen und Abzweigungen aufgereiht und starrte mit leerer Miene und einem Schwert in der Hand geradeaus, damit niemand unbefugt in einen anderen Trakt eindrang.

Als Emmas Gruppe sich den Flügeltüren näherte, schwangen sie steif auf. Die dumpfe Geräuschkulisse, die sich bisher wie ein leises Vibrieren durch die Türspalte gewunden hatte, plärrte Emma nun mit aller Gewalt entgegen: Musikklänge von Streichinstrumenten vermischten sich mit dem lauten Stimmengewirr der versammelten Menschen und dem Klirren von Gläsern.

Emma, die bislang nur den Haupteingang und die Abzweigung zu den Kellerräumen gesehen hatte, musste sich dazu zwingen, nicht staunend wie ein kleines Kind durch den riesigen Ballsaal zu wandeln. Die Kälte war auch hier allgegenwärtig und kroch unter den Saum ihres Kleides, aber zugleich war die Halle an Anmut und Baukunst kaum zu überbieten. In die Wände des Eissaals, in welcher der Ball stattfand, waren unzählige Nischen geschlagen worden, in denen Skulpturen die Geschichte von Glanzvoll erzählten. Die Königsfamilie hatte vor langer Zeit einige Bildhauer damit beauftragt, ein zeitloses Kunstwerk zu erschaffen, damit die Geschichte des Landes nicht in Vergessenheit geriet. Den Sagen nach hieß es, Glanzvoll habe sich vor tausenden Jahren aus einem Meer von silbernen Wellen erhoben. An einem stillen Tag war ein Sturm heraufgezogen und hatte die zähen, widerspenstigen Meeresströme so gewaltig durcheinandergewirbelt, dass aus ihnen Berge und Land gewachsen waren. So märchenhaft soll das neue Land gewesen sein, dass viele blutige Kriege darum gefochten wurden, bis die Sieger es besiedeln durften. Und so hieß es, dass die Bewohner von Glanzvoll die mächtigsten Menschen von allen gewesen waren, bis ihnen ihr Hochmut eines Tages zum Verhängnis wurde, als der Schnee kam und das Ende des glorreichen silbernen Zeitalters einläutete. So war das Land also gefallen und siechte nun unter der Last des weißen Schnees dahin. Woher das Eis aber gekommen war ... Dazu gab es verschiedene Legenden und Märchen. Emmas Großmutter hatte ihr einmal von der alten Zauberin Lavender erzählt, die eine riesige Lawine ins Rollen gebracht und ganz Glanzvoll mit Schnee bedeckt hatte, um die Bewohnern Demut zu lehren.

Obwohl Emma diese Geschichten als Sagen abtat, spürte sie dennoch ihren Zauber, der hier im Schloss fast greifbar in der Luft hing. Dieser Saal barg so viel Vergangenheit und Geschichte in sich, dass Emma kaum verstand, dass sie die Einzige zu sein schien, die von diesem Zauber gebannt wurde. Sie ließ sich von den Menschen, die hinter ihr in den Raum drängten, an den Rand des Saals schieben und atmete ein paar Mal tief ein. Ihr Atem bildete Dampfwolken in der Luft, aber merkwürdigerweise fror sie kaum.

Die Umstehenden starrten sie ungeniert an, und Emma bemerkte, dass sie mit ihrem blauen Kleid aus dem glamourösen Farbengemisch herausstach, das all die anderen Frauen trugen, als wäre das ihre Art des Protestes; der Versuch, diese winterliche Welt in einen idyllischen Frühling zu verhexen.

Die Mägde, die noch immer geschäftig umherliefen, hatten überall Fackeln und Feuerschalen aufgestellt, welche die Dunkelheit vertreiben und ein wenig Wärme spenden sollten, zumindest für diese eine Nacht. Außerdem hatten sie Tische herangekarrt, die sie zu langen Reihen in Form eines Hufeisens aufgebaut hatten. Teller aus Glas spiegelten die Deckenlichter wider, und Emma sah in den mit Juwelen besetzten Kelchen das Funkeln von unzähligen gierigen Augenpaaren, deren Besitzer es nach Nahrung oder anderen Kostbarkeiten gelüstete.

Neben Emma befand sich eine der zahlreichen Skulpturen aus Eis, die erste in einer langen Reihe von Ebenbildern vergangener Herrscher. Ihr Erschaffer hatte so filigrane Arbeit geleistet, dass jedes Detail des Gesichts getreu ausgearbeitet war. Irgendetwas kam Emma an den Zügen des alten Mannes vertraut vor, aber sie konnte nicht fassen, was es war. Mit den Fingerspitzen strich sie vorsichtig über die Inschrift, die in den Block eingeritzt und zu Emmas Bedauern kaum noch leserlich war. Sie schien sich seltsamerweise dem Zerfall durch die Zeit gebeugt zu haben, während alles andere wirkte, als hätten die Künstler ihre Arbeit gerade erst beendet. Vielleicht hatte sie auch jemand absichtlich zerstört, mutmaßte Emma.

Ein leises Raunen ging durch die Menge, brachte sie durcheinander, bis ein unruhiges Vibrieren den Raum erfasste. Die Flügeltüren öffnete sich ein weiteres Mal, Eis kratzte auf Eis.

Casper betrat den Raum.

Es wurde totenstill, als vergaßen die Menschen bei seinem

Anblick zu atmen, und jeder einzelne, selbst wenn er zuvor noch auf den Straßen geschimpft oder im vertrauten Familienkreis über Aufruhr gesprochen hatte, sank ausnahmslos auf die Knie, ohne dass der König sie dazu auffordern musste. Scheppernd fielen die Türen wieder zu. Emmas Herz raste, und ihre Gedanken überschlugen sich. Dies war der Moment, vielleicht der *einzige* Moment, in dem sie die ungeteilte Aufmerksamkeit des Königs auf sich lenken konnte. Dieser Gedanke hielt sie davon ab, dem Beispiel der übrigen Menschen zu folgen und niederzuknien. Er brachte sie vielmehr dazu, dem König ins Gesicht zu lächeln. Alle Augenpaare wanderten vom König zu ihr. Zu einer Salzsäule erstarrt, musterte Casper sie mit demselben Abscheu, ganz wie bei ihrer ersten unheilvollen Begegnung. Emma spürte, wie ihre Haare vom Wind getragen wurden, obwohl sich im geschlossenen Raum keine einzige Brise regte. Sie machte einen Schritt nach vorn, wobei ihr graublaues Kleid, das ihre Schultern nur unzureichend bedeckte, raschelte. Ihre Haut war hell, beinahe so hell wie der Neuschnee, wenn er seine Wolkendecke verließ und dem Erdboden entgegensegelte. Die Silberfäden in ihrem Kleid glitzerten wie Eiskristalle, als fiele jener frische Schnee direkt auf Emmas Gestalt. Ein, zwei endlose Atemzüge vergingen, in denen Stille den riesigen Ballsaal erfüllte.

Emma begriff, dass dieser kurze Moment genug gewesen war, um sich die Aufmerksamkeit des Königs zu sichern. Dann endlich beugte sie das Knie und sank in die gleiche Position, in der auch der Rest der Gesellschaft verharrte. In den maskierten Gesichtern der anderen Menschen las sie eine Mischung aus Bewunderung und erschrockener Angst.

Obwohl sie den Kopf gesenkt hielt, spürte sie Caspers eisigen Blick auf sich. Sie hatte ihn herausgefordert, indem sie ihm so schonungslos ein Lächeln entgegengeschleudert hatte; indem sie sich geweigert hatte, sofort das Knie vor ihm zu beugen. Sie wusste nicht einmal, wieso sie es getan hatte. In diesem Augenblick hatte sie nur an die silberne Königin gedacht, die sich von nichts und niemandem bezwingen lassen würde.

»Herzlich willkommen, ihr lieben Menschen von Silberglanz«, sagte Casper, und obwohl der Saal sich scheinbar endlos in die Länge streckte, füllte seine Stimme den hallenden Raum mühelos aus. Niemand erwiderte seinen Gruß, weil er nicht als solcher gemeint war. Er war reine Formalität. Während Casper sprach, schritt er durch die Reihen, und die Menschen machten ihm bereitwillig Platz. Keiner von ihnen wollte eine Berührung oder einen direkten Blick riskieren.

»Heute feiern wir gemeinsam den traditionellen Winteranbruch. Damit besinnen wir uns der traurigen Zeit, in der die Menschen noch mit ausgetrockneten Feldern und gärender Hitze geschlagen waren. Qualvoll war die Zeit, die unsere Geschichtsschreiber als die dunkelste überhaupt bezeichnen. Aus diesem Grunde ist es nur recht und billig, den Tag, an dem friedliche Kälte das Land erlöste, mit einem Feiertag zu gedenken.«

Emma fühlte einen Luftzug über ihre Wange streifen, als Casper ein paar Meter von ihr entfernt stehen blieb. Seine Stimme war sanft, nicht so harsch und bösartig wie an dem Tag, an dem sie sich das erste und einzige Mal begegnet waren. Und Emma dachte, wenn der König nur seine Stimme hätte und sonst nichts ... Wenn er die Worte, die er damit sprach, mit mehr Bedacht wählen würde und die Macht darin nicht ausnutzen würde ... Dann hätte sie sich vielleicht auch von ihm verzaubern lassen.

»Aus demselben Grunde findet in diesem Jahr auch ein Maskenball in diesem Schloss statt. In Zeiten wie diesen müssen wir alle, finde ich, noch enger zusammenrücken. Wir müssen zusammenhalten und uns gegenseitig stärken, um die Krise, in der unser Land steckt, gemeinsam bewältigen zu können.«

Es war so still, dass Emma kaum wagte, zu atmen. Etwas schwelte in der Menge, ließ sie wogen wie ein unsichtbares Erdbeben. Sie hatte den wachsenden, unterschwelligen Zorn der

Menschen noch nie annähernd so intensiv gespürt wie in diesem Moment, in dem Casper ihnen diese offensichtlichen Lügen auftischte. Dabei trug er ein Lächeln zur Schau, als wolle er mit diesem Lächeln die Luft zerschneiden. Er wusste genau, dass ihm niemand auch nur ein einziges Wort glaubte; und er wusste ebenso gut, dass es niemand wagen würde, ihn auch nur kritisch anzusehen.

»Lasst uns das Fest genießen, essen und tanzen. Lasst Glück und Freude walten und den Tag unvergesslich werden.«

Mit der Hand bedeutete Casper seinen Untertanen, sich zu erheben, und zusammen mit dem Rest des Saals streckte sich Emma aus der kauernden Haltung. Auf einer Empore am Ende einer Tischreihe begannen einige Musiker, ihre Instrumente zurechtzurücken und die ersten Noten anzuschlagen. Melancholische Klänge breiteten sich im Raum aus, die bis in die letzten Winkel mit schroffen, herzzerreißenden Tönen den Untergang der Welt zu verkünden schienen.

Emma raffte ihr Kleid und ließ sich vom Gefühl der kühlen Seide unter ihren Fingern beruhigen. Zartgliedrige Silberbänder klirrten an ihren Handgelenken, als sie sich einen Weg durch die Menschen bahnte, die zur Tanzfläche schwärmten. Diejenigen, die nicht tanzen wollten, stürmten zum langen Tisch mit den Gerichten, welche die Mägde nun bereitwillig auf Teller schichteten. Die Menschen schienen geradezu nach Ablenkung von ihrer Wut über die Lügen und Ungerechtigkeiten zu lechzen.

Emma presste die Lippen aufeinander, um nicht laut zu schreien. Sie wollte aus der Ansammlung von Leibern heraus. Sie wollte das Schloss erkunden, in seine Tiefen vordringen, um ihm all seine Geheimnisse zu stehlen. Als sie sich jedoch an den Rand der Tanzfläche vorgekämpft hatte, hielt sie inne, um ihren Herzschlag unter Kontrolle zu bekommen. Die anmutige Maske kratzte auf ihrer Haut, aber zumindest bewahrte diese sie davor, erkannt zu werden. Eine der Dienerinnen lief mit starrem Blick und einem Tablett an ihr vorbei, und Emma griff geistesgegenwärtig nach einem Glas Wein. In einem Zug leerte sie es und stellte es direkt auf dem Tablett der nächsten vorbeieilenden Magd ab. Die Flüssigkeit brannte in ihrem Hals und die Frustration weg. Emma trank selten Alkohol, dazu war Cristan zu sehr lebendes Beispiel, was passierte, wenn man sich nicht kontrollieren konnte.

Hinter ihr ertönte ein abfälliges Schnauben. »Neuerdings ist es sogar dem Abschaum erlaubt, Bälle zu besuchen«, sagte eine Stimme ganz nah an ihrem Ohr, und Emma wirbelte herum, die Hände abwehrend erhoben …

Casper fing ihre Hand ab und bedachte sie mit einem überheblichen Grinsen, das seine Miene hässlich entstellte. Er konnte ihre Hand mühelos mit seiner umfassen, und dort, wo sich ihre Haut berührte, brannte sie vor Kälte. »Ich hätte vielleicht doch eine Gästeliste aufsetzen sollen, statt freien Einlass zu gewähren. Aber so ist das eben mit der Wohltätigkeit …«

»Eure Majestät«, presste Emma heraus und wäre beinahe an diesen beiden simplen Worten erstickt. Sie knickste, wobei sich ihr Ellenbogen unangenehm verdrehte, denn der König gab ihre Hand nicht frei. Sein Griff war unerträglich. Nicht fest genug, um ihr wehzutun, aber sie glaubte, eine Drohung in ihm zu lesen.

»Ihr gestattet mir einen Tanz?« Er fixierte sie kalt. Seine Bemerkung war nur den Worten nach eine Frage.

»Der Abschaum wäre hocherfreut.« Sie starrte zurück. Seine Augen waren seltsam, nun, da sie sie zum ersten Mal aus nächster Nähe betrachten konnte. So viel Schatten lag darin, als hätte die Nacht sich gefürchtet und wäre in seine Augen geflüchtet. Aber darunter, dachte Emma, darunter könnte eine Farbe zum Vorschein kommen, wenn nur etwas Licht in diese Nacht treten würde.

Der König ließ ihre Hand los, und ihre Haut kribbelte dort, wo seine Kälte sie berührt hatte. Das Blut in ihren Adern begann nur langsam wieder zu zirkulieren. Stattdessen hielt Casper ihr den Arm hin, und sie legte ihre Handfläche darauf, so leicht wie ein Flügelschlag. Er ging voran, bestimmend und so selbstverständlich, wie nur ein König dazu imstande war, und steuerte die Mitte der Tanzfläche an. Wieder teilte sich das Getümmel vor ihm. Die Menschen, die Emma eben noch eine gewisse Bewunderung gezollt hatten, hoben nun verachtend ihre Augenbrauen, als sie sie zusammen sahen. Emma reckte herausfordernd das Kinn.

Die Tanzfläche bestand aus hölzernem Parkett, das man in einem großen Kreis auf dem Eisboden verlegt hatte. In der Mitte angekommen, drehte Casper sich zu ihr um und grinste spöttisch. Emma war froh, dass ihre Großmutter ihr ein paar Tanzschritte beigebracht hatte und sie sich somit nicht blamieren würde, denn es war offensichtlich, dass der König eben davon ausging.

Er verbeugte sich und bot ihr seine Hand, als die Musik mit einem neuen Stück einsetzte. Eine langsame Melodie, die die Tänzer in die Arme des anderen zwang. Wollten die Instrumentenspieler, dass sie erfror? Emma zögerte nur für einen Atemzug und nahm dann die dargebotene Hand. Wie erwartet war sie kalt. Emma dachte unwillkürlich, dass Casper mit dieser Kälte in sich nur leben konnte, weil dunkle Magie in ihm wohnte. Anders war das ganz und gar unmöglich.

»Könnt Ihr tanzen?«, fragte Casper, als er einen Arm kaum merklich um ihre Taille legte. Die Kälte schlich durch den Stoff in ihre Haut.

»Nicht gut genug für Euch, Eure Majestät«, antwortete sie kühl. »Aber für meinesgleichen würde es wohl reichen.«

Der König lachte ohne jede Gefühlsregung. Ob er wohl gelernt hatte, an welchen Stellen ein Lachen passend war? Emma sah an ihm vorbei, konzentrierte sich auf die adeligen Paare, die in sicherem Abstand zu ihnen über das Parkett rauschten. Und dann begann Casper, sich zu bewegen. Es war erstaunlich leicht seiner Führung zu folgen. Die vor langer Zeit gelernten Schritt

Für einen Augenblick flackerte etwas in Caspers Blick, verlor sich in der Ferne, obwohl es, eingeschlossen in diesen Eiswänden, keine Ferne gab. Sie fragte sich, woran er wohl dachte, als ein kaum merklicher Ruck durch seinen Körper ging. Er schien sich gefangen zu haben.

»Vermutlich weniger, als wir denken.«

Wie oft man einem König wohl widersprechen durfte, bevor man sein Kontingent erschöpft hatte? »Oder mehr, als wir denken. Habt Ihr Euch je gefragt, woher der Winter kommt?«

»Wisst Ihr das nicht?« Caspers Stimme wurde leiser, und er zog Emma näher an sich. Sie atmete flach, um seinen Duft nicht riechen zu müssen, ein frischer, herber Geruch, wie ihn die eisigen Winde, die von den Bergen kamen, mit sich brachten. Wie war es nur möglich, dass jemand sogar nach Kälte roch?

»Es gibt Legenden darüber«, fuhr er fort. »Ihr könnt sie im ganzen Raum sehen.«

»Ich kenne die Geschichte vom Hochmut unseres Volkes. Aber sie erklären nicht viel, oder? Nur warum uns der Fluch traf, nicht woher er kommt. Und selbst wenn sie es täten ... Wer kann schon wissen, was sich wirklich zu jener Zeit zugetragen haben mag? Diese Geschichten klingen viel mehr nach Märchen als nach der Wahrheit.«

»Denkt Ihr, die alten Überlieferungen lügen? Glaubt mir, Emma, ich weiß, dass sie wahr sind. Und es gibt noch so viel mehr, als hier ausgestellt wird, so viel, was *nie* in Skulpturen verewigt werden wird. Ich habe so viele Chroniken in meinem Archiv, die von unserer Vergangenheit berichten, dass ein ganzes Leben nicht ausreichte, um sie alle zu lesen.«

Emmas Interesse war schlagartig geweckt. Ein Archiv? Das war womöglich der erste Anhaltspunkt auf ihrer Suche.

»Faszinierend. Ich wollte schon immer ein Archiv sehen.« Emma lächelte, aber sie spürte, wie Caspers Körper sich anspannte. Seine Hand an ihrer Taille presste sie noch enger an sich.

»Ihr solltet froh sein, dass Ihr einen Fuß in diesen Ballsaal setzen dürft. Reizt Euer Glück nicht zu sehr«, knurrte er flüsternd.

Seine Augen hielten ihre fest, als wolle er sie beschwören, keine einzige Frage mehr zu stellen. Wie würde er reagieren, wenn sie es doch tat? Würde er ihr antworten? Würde er sich von ihr abwenden? Würde er sie bestrafen, wie sie es seit ihrer ersten Begegnung erwartete? Der König erschien ihr noch undurchschaubarer als je zuvor. Aus einem Impuls heraus, vielleicht aus dem Wunsch, diesen grausamen, harten Mann zu verstehen, glitt ihre Hand, die auf der Schulter des Königs ruhte, tiefer, bis sie an der Stelle zum Liegen kam, an der sich sein Herz befand. Aber da war nichts. Kein natürliches Schlagen, kein Pulsieren, kein aufgeregtes Pochen oder Hüpfen oder Innehalten. Nichts außer einem dunklen Echo dessen, was einmal ein Herz gewesen war. Nun schien dieser Ort die Quelle der Kälte zu sein, die ihre Finger binnen weniger Atemzüge blau und unbeweglich werden ließ. Sie riss ihre Hand zurück, bevor der König selbst es tun konnte.

»Ihr seid ...«, begann Emma, aber der Schock hielt ihre Zunge gefangen. Sie brachte keinen Ton heraus.

»Was?«, fragte Casper. Sie wollte sich aus seinem Griff winden, aber er hielt sie unbarmherzig fest. In ihr schwoll die schreckliche Angst an, dass sie erfrieren würde, wenn sie ihm auch nur einen Moment weiterhin so nah war; dass er sie in eine Statue aus Eis verwandeln würde, nur ein weiterer winziger Teil der Geschichte ihres Landes.

»Sprecht es aus!«

Etwas Lauerndes saß zwischen den Worten. Spürte er, was sie vorhatte? Ihre verzweifelte Suche nach Antworten über das Märchen, über den Schattenmann, über ihn?

»Habt Ihr jemals vom Frostprinzen gehört?«, brach es aus ihr heraus, bevor sie auch nur darüber nachgedacht hatte. Vielleicht war dieser abstruse Tanz der einzige Weg, herauszufinden, ob das Märchen nur eine ausgedachte Geschichte ohne Bezug zur Wirklichkeit oder mehr war.

Caspers Schritte wurden langsamer. Das Stück klang aus, seine letzten Töne erfroren in der Luft. Er ließ sie so unvermittelt los, dass Emma beinahe gegen das Tanzpaar hinter ihnen getaumelt wäre. Als sie keuchend den Blick hob, war Caspers Gesicht bleich vor stummem Zorn.

»Nein, habe ich nicht. Und Ihr solltet Eure Zunge besser hüten, wenn Ihr Wert auf sie legt.«

Seine Hand schoss in die Höhe, und Emma wollte sich ducken, um dem Schlag auszuweichen, aber er war schneller. Doch Casper schlug sie nicht. Er riss ihr die Maske vom Gesicht. Obwohl ihr bewusst war, dass er sie vorher schon erkannt hatte, fühlte sie sich plötzlich nackt und schutzlos. Hinter ihm näherte sich eine dunkle Gestalt, die ebenfalls eine Maske trug, mit schwarzen Federn und Krähenschnabel und vertraut wehendem Umhang.

Der Schattenmann blieb in gebührendem Abstand hinter dem König stehen. Er starrte Emma unverhohlen ins Gesicht. Seine Körperhaltung wirkte unruhig. Schließlich beugte er sich nach vorn und flüsterte dem König etwas zu, dessen Miene daraufhin ausdruckslos wurde.

»Wie Ihr wünscht, Eure Majestät«, unterbrach Emma ihr Gespräch. Sie wollte nur noch weg. Weg von diesem grässlichen Mann. Und weg von seinem ebenso grässlichen Schergen.

Casper sah auf. Er streckte langsam die Hand aus, als wolle er ihr Gelegenheit geben, zurückzuweichen. Als sie starr stehen blieb, fuhr er mit dem Zeigefinger ihre Wange entlang. Seine Berührung hinterließ eine unangenehm brennende Spur auf ihrer Haut. »Was sagtet Ihr?«, fragte er gedehnt.

»Wie Ihr wünscht, Eure Majestät«, wiederholte sie lauter. Die Worte klebten in ihrer Kehle, süßlich und bitter zugleich, und am liebsten hätte sie ihm diese vor die Füße gespien. Aber sie verbeugte sich demütig, ohne jedes Lächeln. Sie senkte den Blick, damit er die lodernde Wut darin nicht bemerkte. Jedes einzelne Wort hätte heute Abend ihr Todesurteil sein können, und in einem hatte er recht: Sie sollte ihr Glück nicht noch mehr reizen.

Dann wandte sie sich ab und wurde eins mit der fröhlich kreischenden Menge, die sich wild zu einem neuen, schnellen Lied drehte.

Zu spät bemerkte sie, dass ihre Tasche mitsamt ihrer Kette und der Praline für den König verschwunden war.

Kapitel 16

Emma lehnte auf dem Flur ihre Stirn für ein, zwei Sekunden gegen die Eiswand, um wieder klare Gedanken fassen zu können. Sie stand so dicht an dem Mauerwerk, dass sie die feinen weißen Adern sehen konnte, die sich durch die matten Steine zogen.

Sie zitterte hier draußen, fern von der Wärme hunderter Menschenleiber. Vor allem, da ihre eigene Körperwärme nicht ausreichte, um gegen Caspers Kälte anzukämpfen, die bis in ihr Innerstes vorgedrungen war. Perlen kalten Schweißes traten ihr auf die Stirn.

Mit einer Gruppe kichernder, junger Frauen war sie aus dem Saal geschlichen, nachdem sie vergeblich nach ihrer Tasche gesucht hatte. Von Weitem hatte sie Ophelia gesehen, die mit einer älteren Dame, die Emma als Kundin der Chocolaterie wiedererkannte, in ein Gespräch vertieft war. Von ihr konnte sie keine Hilfe erwarten.

Schließlich löste sich Emma von der Wand, als sie das Gefühl hatte, sich sonst nie mehr davon loseisen zu können. Die Wachen waren damit beschäftigt, die Frauen aus dem Schloss zu geleiten, und hatten sie scheinbar übersehen. Sie nutzte diesen unbeobachteten Moment, um in eine der entfernten Nischen zu schlüpfen, die in geordneten Abständen in den Gang eingemauert waren. Spitze Eiszacken hingen hier über Emmas Kopf, und sie hoffte, dass sie tief genug im Eismauerwerk verankert waren und nicht plötzlich auf sie herabstürzten. Sie versuchte, nicht daran zu denken, dass sie mit der Tasche auch das einzige Überbleibsel ihrer Mutter verloren hatte, und lenkte ihre Gedanken auf die wenigen Worte, die sie mit dem König gewechselt hatte.

Casper hatte von einem Archiv gesprochen. Und Chroniken. Was darin wohl alles niedergeschrieben wurde? Wie weit reichten sie in die Vergangenheit zurück? Gab es vielleicht Aufzeichnungen über die Bewohner des Landes? Oder gar etwas, das den ewigen Winter erklären würde, den Emma bis vor kurzem als natürlich angesehen hatte?

Insgeheim hatte sie noch gezweifelt, bis sie einen Fuß in das Schloss gesetzt hatte. Sie hatte an sich gezweifelt, an ihren wilden Theorien, an Madame Weltfremd und ihrem Märchen. Und letztlich war es auch nicht dieses Märchen gewesen, das sie überzeugt hatte, dass ein Fluch über ihrem Land hing. Es war Casper selbst gewesen. Emma hatte seine Kälte gespürt, die niemanden am Leben lassen konnte, der nicht über unmenschliche Kräfte verfügte, über dunkle, unheimliche Kräfte. Sie hatte die Stelle gespürt, an der sein Herz schlagen sollte, und dort nur eine dunkle Ahnung eines Herzschlags wahrgenommen. Wer auch immer Casper einst gewesen war, nun war er nur noch ein Gefäß für Schnee und Eis und Finsternis.

Nun schienen die Annahmen, die Ophelia und sie um das Märchen der Madame gesponnen hatten, gar nicht mehr so abwegig zu sein. Was, wenn das ewige Eis, das Glanzvoll über Jahrhunderte hinweg allmählich unter einer weißen Decke begrub, keine üble Laune der Natur war? Was, wenn ein dunkler Zauber schuld am Elend des Landes war? Wenn die Madame etwas darüber wusste und sie dem König die Rolle des Frostprinzen zugeschrieben hatte, dann konnte es nur bedeuten, dass er Anteil an Glanzvolls Schicksal hatte. So, wie Emma ihn bei diesen beiden Begegnungen erlebt hatte ... Er war wirklich ein Monster. Sie musste unbedingt herausfinden, wie sie ihr Land und die Menschen, die ihr am Herzen lagen, vor Caspers Einfluss beschützen konnte.

Plötzlich wünschte sie, sie hätte mit Cristan darüber sprechen können. Jetzt, wo ihr Vater langsam zu ihr zurückkehrte, wo er ihr vielleicht mit Unterstützung und Rat zur Seite stehen konnte, war er außer Ophelia der Einzige, mit dem sie gefahrlos reden konnte.

Gedankenverloren streckte sie ihre Hand nach einem sich windenden Zapfen aus, dessen Spitze messerscharf glitzerte. Sie fragte sich, wie lange er hier schon hing. Oder wie alt das Schloss wohl war und wer es erbaut hatte. Wie kam es, dass sich niemand darüber wunderte? Das Schloss war ein einziges Mysterium und barg so viele Geheimnisse, dass Emma nicht wusste, wo sie anfangen sollte, nach Antworten zu suchen. Es war wie ein schwarzer Schlund mitten in der Stadt; ein Ort, der existierte, aber über den man nicht sprach, außer um ihn mit Gruselgeschichten nur noch mehr zu verschleiern. Und sie fragte sich auch, ob Caspers Herz so kalt war, weil er es nie aus den Wänden des Schlosses herausgeschafft hatte. Vielleicht lauerte Bösartigkeit in diesen Mauern, wie ein undurchsichtiger Fleck in dem äußerlich reinen Eis. Wenn man hier aufwuchs, gab es vielleicht keine andere Möglichkeit, als so zu werden, wie er nun war.

Emma schüttelte den Kopf und rief sich selbst zur Ordnung. Es gab Grenzen für alles. Und in ihrem Fall war eine dieser Grenzen, Mitleid für einen gefühllosen Tyrannen zu haben. Am Ende lag es doch an jedem selbst, was er aus sich und seinem Leben machte, ganz gleich, was die Vergangenheit versuchte, aus einem zu formen. Emma starrte nach oben und tippte mit der Fingerspitze gegen den Eiszapfen. Sie hätte es wissen müssen, dennoch war sie überrascht, als sich die Spitze in ihren Finger bohrte und Blut herausquoll. Ihre Hand zuckte zurück, und sie warf dem Eiszapfen einen bösen Blick zu – und keuchte auf. Der Blutstropfen, der an seiner Spitze hing, fiel nicht auf die Erde, sondern verschwand im Eis, wurde von ihm aufgesaugt. Plötzlich erzitterte der Boden unter ihr, leicht nur, aber doch merklich. Die Wände bebten im Einklang mit ihm, und die restlichen Zapfen zitterten so heftig, dass Emma einige Schritte zurückwich, weil sie Angst hatte, von ihnen erdolcht zu werden. Von weit her hörte sie Schritte über den Boden peitschen.

Die Soldaten des Königs kamen rasch näher, immer näher, und wenn sie Emma hier fanden, würden sie Fragen stellen. Sie rutschte in die Wandvertiefung zurück, zog die Beine eng an ihren Körper und betete inständig, dass die Zapfen über ihr standhalten würden.

»Hallo? Wer ist da?« Die Stimmen waren dichter, als Emma vermutet hatte. Sie hielt den Atem an. Ihre Muskeln spannten sich an. Sie wünschte, Casper hätte ihr die Maske nicht vom Gesicht gerissen, dann hätte sie versucht, in den Ballsaal zurückzulaufen und in der Menge unterzutauchen.

Plötzlich brach das Zittern des Bodens und der Wände ab. Für einen kurzen Augenblick war es so still, dass sie ihr eigenes Herz schlagen hören konnte. Es war wie die Ruhe vor dem Sturm, ein täuschender Augenblick, in dem der Atem sich beruhigte, in dem die Anspannung nachließ und das Herz in den normalen Takt zurücksprang.

Dann knackte es in ihrem Rücken, und mit einem ohrenbetäubenden Donnern riss die Wand, an der Emma lehnte, in der Mitte entzwei. Das Eis zerbarst, und scharfkantige Scherben stoben in alle Richtungen. Und Emma fiel. Sie fiel rücklings in die Dunkelheit. Sie schrie. Ihre Hände suchten wild rudernd nach Halt und fanden nichts als leere Luft. Dann ein wilder Schmerz, als sie mit einem harten Aufprall auf dem Rücken landete.

Und über ihr schlossen sich die Wände wie Käfiggitter und schnitten Emma von der Außenwelt ab.

Kapitel 17

Emma war in einem Gang gelandet. Er war kreisrund und so niedrig, dass man in ihm nicht aufrecht stehen konnte. Es gab keine Fackeln, keine Lichtquelle, nur ein dämmriges blaues Leuchten, dessen Quelle das Eis selbst zu sein schien. Es hüllte Emma ein und färbte ihren Atem. Selbst ihre Haut schien von einem seltsamen bläulichen Glimmen überzogen zu sein. Und ganz weit hinten, am Ende des Tunnels aus engen Eisblöcken, öffnete dieser sich anscheinend in einen weiten Raum.

Nachdem sie sich davon überzeugt hatte, dass alle Knochen ganz geblieben waren und sie mit einigen leichten Blessuren davongekommen war, stieß Emma sich vom Boden ab und kam auf die Beine. Sie hatte nicht die geringste Ahnung, in welchen Teil des Schlosses es sie verschlagen hatte. Sie wusste nicht einmal, wie sie hierhergekommen war. Hatte sie aus Versehen eine Falltür aktiviert? Hatte Casper einen dunklen Zauber gewirkt, um sie gefangen zu nehmen? Oder war es etwas ganz anderes, das sie sich nicht einmal vorstellen konnte? Wenn Casper sie hätte einsperren wollen, hätte es allerdings leichtere Methoden gegeben. Sie hatte eher das Gefühl, dass dies ein Ort war, zu dem der Zutritt niemandem außer dem König selbst erlaubt war.

So leise sie konnte, setzte sie sich in Bewegung und schlich auf den Raum am Ende des Ganges zu. Immer wieder warf sie misstrauische Blicke über die Schulter, denn sie erwartete, dass jeden Moment Wachen von hinten kommen und sie packen würden. Oder dass die Wände andere Gefahren in den Tunnel schickten, so wie sie Emma hierhergeschickt hatten. Oder … Emma schüttelte den Kopf. Es machte keinen Sinn, sich ihr Schicksal auszumalen, solange sie nichts Genaues wusste. Sie sollte sich aufs Hier und Jetzt konzentrieren.

Je näher sie dem Raum kam, desto heller wurde das Strahlen. Aber es verlor seinen blauen Dunst. Es wurde klarer, kühler, aber auf eine angenehme Art. Das ewige Eisblau, das sie nicht mehr ertragen konnte, wich einem silbrigen Licht, das Emmas rasendes Herz beruhigte. Sie ließ den Tunnel schließlich hinter sich und trat durch einen Torbogen ins Innere eines gewaltigen Raumes.

Er war nicht annähernd so groß wie der Ballsaal, dafür aber tausendmal schöner. Es gab kein Eis, keine Kälte. Die Wände waren mit Silber beschlagen, und auch jedes der sorgfältig arrangierten Möbelstücke war aus diesem Metall gefertigt. Unzählige Regale, mindestens zehnmal so hoch wie Emma es war, standen an den Außenseiten des Zimmers, prall gefüllt mit uralten, ausgeblichenen Büchern, die aussahen, als könnte man sie kaum anfassen, ohne dass sie zu Staub zerfielen. Ein kleiner Tisch befand sich in der Mitte des Raumes, mit einem gepolsterten Stuhl davor. Eine altertümliche Wanduhr, an der sich eine Dornenranke emporschlängelte, drängte sich zwischen die Regale. Sie tickte träge, als hätte die Zeit es hier nicht sonderlich eilig, zu verstreichen. Nur an der gegenüberliegenden Wand standen keine Regale. Dort hatte ein Künstler etwas in die Wand gehauen, das aussah wie ein Baum in der Blüte seines Lebens.

Der Raum war das, was Emma sich immer unter einer Bibliothek vorgestellt hatte – ein Wort, das sie nur aus Geschichten kannte, denn in ganz Silberglanz gab es kaum genug Bücher, um einen Raum wie diesen zu füllen. Die größte Büchersammlung der Stadt war das einzelne Bücherregal in der Schule. Aber dieses Zimmer war noch viel mehr als nur eine Bibliothek: Es schien Geschichte nicht nur zu bergen, sondern die Luft, die Emma atmete, damit zu füllen. Es fühlte sich beinahe an, als würde sie nach Hause kommen. Erst jetzt wurde ihr bewusst, dass sie den Atem angehalten hatte.

»Wo bin ich hier nur?«, murmelte sie. Ihre Stimme wurde von einer friedlichen Stille verschluckt, ohne dass ein verzehrtes Echo widerhallte. Am liebsten hätte sie sich eine Weile ausgeruht, aber die Neugier trieb Emma vorwärts. Als sie einige Meter vorangeschritten war, auf die Wand mit dem Gemälde zu, bemerkte sie, dass der silberne Baum gar kein Baum war. Vielmehr schien er einen Stammbaum darzustellen; einen komplizierten Stammbaum, mit vielen Verästelungen. Manche der aufgelisteten Personen hatten sogar Gesichter, kaum größer als ein Mosaiksteinchen. Doch irgendjemand, der Kunst anscheinend nicht zu schätzen wusste, hatte beinahe alle Namen mit groben Messerstichen zerstört.

Emma trat so nahe an die Wand heran, dass sie mit den Fingern über die Erhebungen der silbernen Zeichnungen fahren konnte. Neben ihr stand eine Leiter, mit der man auch die älteren Generationen erreichen konnte. Sie legte den Kopf in den Nacken, und dort, ganz oben, über dem allerersten Namen, Richard, stand noch etwas anderes. Etwas Größeres, das beinahe von einem Winkel der Wand zum anderen führte:

Die silberne Blutlinie.

Emma runzelte die Stirn. Davon hatte sie noch nie gehört. Was sollte das sein? Eine Adelsfamilie, ausgestorben und ohne Hinterlassenschaften? Ein Teil der Geschichte, der Vergangenheit des Landes? Ein Teil, den niemand kannte, der hier unten vermoderte, verstaubte und in Vergessenheit geriet? War es das, was der König vorhin während des gemeinsamen Tanzes angedeutet hatte? Ein Stück Legende, das der Allgemeinheit verschlossen war und im Geheimen schlief?

Was verbarg der König nur?

Mit der Fingerspitze malte Emma die feingliedrigen Linien nach. So viele Namen, die meisten von ihnen fremd klingend auf ihren Lippen und mit Symbolen dahinter. Und so viele durchgestrichen. Was bedeutete das? Wer hatte sich die Mühe gemacht, all diese Namen auszulöschen und sich damit an diesem

Kunstwerk zu vergehen? Sie kniete sich hin, um die jüngsten Generationen genauer zu betrachten. Die Schrift war so klein und zierlich, dass Emma die Augen zusammenkniff, um sie zu entschlüsseln. Sie musste die ganze Wand entlangkrabbeln, bis sie sich einen Überblick verschafft hatte. Immer wieder fiel ihr Blick auf das Symbol hinter den Namen. Die Form kam Emma vertraut vor, aber sie war beinahe schon am Ende der Reihe angekommen, als ihr plötzlich aufging, woher sie das Zeichen kannte. Es war ein Wort in der alten Sprache, dasselbe Wort, das auch auf dem Anhänger ihrer Mutter eingraviert worden war.

Und dann fiel ihr Blick auf die nächsten Namen, die letzten zwei. Sie erstarrte.

»Nein«, flüsterte sie. »Nein, nein, nein!«

Emmas Hände versuchten sich in den Boden zu krallen, aber er war zu hart. Ihre Fingernägel rissen ein. Sie spürte es kaum.

Die Tinte, mit welcher die letzten beiden Namen an die Wand geschrieben worden war, war noch nicht einmal getrocknet. Zarte Tropfen glänzten noch feucht auf den Buchstaben.

Juliana.

Und darunter:

Emma.

Und dort, mit diesem Namen, der so unscheinbar wirkte, endete der Stammbaum. Ihr Name war der letzte, der dort makellos prangte. Emmas Fingerkuppen wurden mit Tinte verschmiert, als sie über den Schriftzug strich.

Was bedeutete das? Wie konnte es sein, dass ihre Mutter und sie selbst in einem Stammbaum in einer geheimen Bibliothek mitten im Schloss verewigt waren? War es ein Zufall? Gab es eine andere Juliana und eine andere Emma, die nichts mit ihr zu tun hatten?

Aber sie kannte die Antwort bereits. Nichts hiervon war ein Zufall. Die Erkenntnis, die Emma durchrieselte, war so schrecklich, dass sie sich einen Augenblick weigerte, sie anzunehmen.

Aber sie ließ sich nicht verdrängen. Casper und der Schatten machten Jagd auf diese silberne Blutlinie.

Und wenn sie Teil davon war ... Dann würde der König sie töten.

Aber was war diese Blutlinie, was war so besonders an ihr? Emmas Brust hob sich in flachen hektischen Atemzügen, als sie herumwirbelte und zum nächsten Regal eilte. Die Bücher darin waren so alt und eingestaubt, dass Emma husten musste, als sie eines mit dem geheimnisvoll klingenden Titel *Alte Blutlinien* herauszog. Der Einband war mit dunkelrotem Samt bezogen, die goldene Schrift bröckelte bereits ab. Goldene Fragmente blieben an ihren Fingern kleben, als sie den Buchdeckel öffnete. Sie blätterte das eng beschriebene Buch durch, jede Seite war mit hunderten von Namen gefüllt. Es zählte alle Familien der letzten Jahrhunderte auf, Namen, von denen Emma die meisten nicht kannte, zum Teil in einer Sprache, die sie ebenso wenig kannte.

»Ich würde das Buch jetzt weglegen.«

Emma wirbelte herum.

Casper stand im Eingang des Raumes. Als Emma das Buch unwillkürlich an sich presste, lachte er laut auf. Im Gegensatz zu ihrer eigenen Stimme wurde seine tausendfach verzerrt von den Wänden zurückgestoßen, als wollten sie ihn misstönend klingen lassen.

Emmas Kleid schleifte über den Boden, als sie hastig zurückwich. Sie stolperte, als sie auf den Saum trat und der schillernde Stoff bis zu ihrem Knie aufriss.

»Was ist das alles hier?«, fragte sie erstickt.

»Das ist nicht wichtig.« Casper näherte sich langsam, trieb Emma in eine Ecke, bevor sie wusste, wie ihr geschah. Sie umfasste das Buch fester. Sie wollte es nicht als Waffe nutzen, weil es ein Überbleibsel einer längst vergangenen Zeit war, aber wenn es nötig sein sollte, würde sie es tun.

»Doch, das ist es«, widersprach sie flüsternd.

Der König hatte etwas von der blauen Eisluft mitgebracht. Sie umhüllte ihn wie eine Aura, wie eine zweite Haut. Emma wünschte sich, in diese Aura hineinzugreifen und sie abzuziehen, um zu sehen, was daruntersteckte, wenn er nicht von dieser eisigen Macht umgeben war.

»Ihr wisst, dass Ihr hier nicht sein dürftet, nicht wahr?« Caspers Stimme senkte sich, strich sanft über die bloße Haut ihrer Arme.

Sie konnte sich kaum zu einem einfachen Nicken durchringen. Sie konnte sich nicht bewegen, nicht einmal atmen. Ihre Gedanken überschlugen sich. »Ich weiß«, brachte sie schließlich hervor.

Casper starrte sie mit unergründbarer Miene an. Er war allein, ohne seinen Schatten, ohne Wachen. Warum war er allein? Wollte er sie töten? Mit seinen eigenen Händen? Für einen Moment überschwemmte sie ein Gefühl von Trauer; um ihren Vater, um ihre Zukunft und vor allem um sich selbst. Um verpasste Chancen. Sie hätte jede einzelne Sekunde auskosten sollen, bis ihr schwindelig war. Nun war es zu spät. Nun war sie der letzte Name in einem Spiel, das sie noch immer nicht durchschaut hatte.

»Und Ihr wisst auch, was mit denen passiert, die unerlaubtes Terrain betreten?«

»Ich weiß nicht … Küchendienst?« Ihre Stimme klang gepresst, aber sie war froh, dass sie wenigstens nicht zitterte.

Casper schüttelte aufreizend langsam den Kopf.

»Wie bin ich hierhergekommen?« Emma wollte ihre trockene Kehle befeuchten, aber sie konnte nicht schlucken. Sie hustete.

»Ein unglücklicher Zufall, fürchte ich«, antwortete Casper. »Ihr habt eine der ältesten Falltüren des Schlosses erwischt. Eine, die sich nur mit einem Tropfen Blut öffnen lässt.«

Deshalb hatte sich also der Boden unter ihren Füßen geöffnet, als sie ihren Finger an einem Eiszapfen verletzt hatte.

»Wusstet Ihr deshalb, dass Ihr mich hier finden würdet?«, fragte sie.

»Ja, auch. Aber … ich konnte Euch spüren«, sagte der König leise. »Ich weiß, wie Ihr Euch anfühlt. Ich weiß, wie Ihr riecht, nach Sonne und sengender Hitze. Es verfolgt mich jede Nacht. Und jetzt ist es bald so weit.«

»Was?«, fragte Emma. »Ich verstehe nicht. Was ist bald so weit?«

»Ihr werdet es sehen.«

Caspers dunkle Augen wanderten über den silbernen Stammbaum. Abgrundtiefe Abscheu stahl sich in seinen Blick. Sein Hemd hatte er hochgekrempelt, und die Muskeln seiner Unterarme waren angespannt, als wartete er nur darauf, sich jeden Moment auf sie zu stürzen.

»Es war einmal vor langer Zeit …«, wisperte er und kam noch viel näher, so unerträglich nah. Emma presste sich gegen die Wand, aber sie konnte nicht weiter zurückweichen, sie stand bereits in der Ecke des Raumes. Seine Hände schlossen sich zärtlich um ihre eigenen, um ihre verkrampften Finger zu öffnen und ihr das Buch bedächtig aus der Hand zu nehmen.

»Es war einmal vor langer Zeit ein Königreich, das seit Menschengedenken von ein und derselben Familie beherrscht wurde.« Emma spürte seinen Atem auf der Wange, sanft und kalt wie die Berührung von Schneeflocken. »Diese Familie gab sich selbst den Namen Sturmtanz, und nach vielen Jahrhunderten der Herrschaft waren ihre Mitglieder hochmütig geworden. Das eigene Wohl wurde ihnen wichtiger als das Wohl ihres Volkes, sodass eine andere mächtige Familie namens Maledic den König samt seiner Sippe vom Thron stürzte. Der neue König vernichtete das Geschlecht Sturmtanz, doch er konnte nicht alle finden. Einige flohen in ferne Städte, andere verbargen sich im Untergrund. Um seine Untertanen zu schützen und das Reich zu stabilisieren, schwor fortan jeder nachfolgende König, diese Familie auszumerzen, bis auch der letzte Erbe von dieser Erde verschwunden war.«

Emma schüttelte den Kopf, aber mit Caspers Worten fiel ein weiteres Mosaiksteinchen an seinen Platz. Die silberne Königin. Die silberne Blutlinie. Madame Weltfremd hatte ihr nicht nur vom Fluch des Landes berichten wollen. Sie hatte eine zweite Botschaft in das Märchen verwoben. Eine, die von ihrer Herkunft erzählte, davon, wer Emma wirklich war.

»Ihr versteht nun, warum Ihr mir Ungemach bereitet, nicht wahr?«, murmelte der König an ihrem Ohr.

»Nein«, murmelte Emma atemlos. Sie wollte nicht verstehen, kein einziges Wort von dem, was er gesagt hatte. Es schien die Geschichte einer anderen zu sein, aber nicht die ihre. Wie hätten ihre Vorfahren königlichen Blutes sein können, ohne dass sie davon wusste? Das war unmöglich. Oder ... war es doch möglich? Sie dachte an all die Fragen, die sie an ihren Vater gestellt hatte, ohne jemals Antworten zu erhalten. Allmählich ergab sein jahrelanges Schweigen einen Sinn. Das vage Bild, das Emma von ihrer Mutter hatte, begann sich mit Inhalt zu füllen.

Aber es durfte nicht wahr sein. Denn wenn es wirklich stimmte, was der König sagte und was Emma selbst an dieser Wand sah, dann würde er sie töten. Jetzt. Auf der Stelle.

»Ihr irrt Euch«, stieß Emma aus. Ihre Stimme zitterte. »Ihr liegt falsch, Eure Majestät. Die Person, für die Ihr mich haltet ... Die bin ich nicht. Ihr müsst mich mit jemandem verwechseln.«

Der König schüttelte den Kopf und trat einen Schritt zurück. Er steckte seine Hand in eine Tasche seines Hemds und zog etwas heraus. Langsam öffnete er die Faust, bis sichtbar wurde, was auf seiner Handfläche ruhte. Emmas Kette, das Schmuckstück ihrer Mutter.

»Euer Familienname steht auf diesem Anhänger«, sagte er leise und klang dabei angewidert. Mit der Fingerspitze fuhr er die eingravierten Linien nach und zog dann seine Hand zurück, als habe er sich daran verbrannt. »In einer Sprache, die schon sehr lange nicht mehr verwendet wird. Hat Euch das nie zu denken gegeben, Emma?«

Emma schüttelte heftig den Kopf. »Ihr irrt Euch!«, wiederholte sie laut. Ihre Worte hallten von den Wänden zurück. »Dass ich diesen Anhänger besitze, lässt keinen Rückschluss darauf zu, wie meine Familie in dessen Besitz gekommen ist. Vielleicht ist er verloren gegangen und von meiner Familie gefunden oder gekauft worden. Ihr könnt nicht wissen, ob …«

»Oh, ich weiß es, Emma«, unterbrach der König sie schneidend. »Ich weiß es ohne Zweifel. Es gibt jemanden, der Euch wiedererkannt hat. Jemanden, der Eure Familie seit Jahrhunderten kennt. Der beinahe jedem einzelnen Mitglied Eurer Familie ins Angesicht gesehen hat. Die Ähnlichkeit mit Euren Vorfahren ist verblüffend, sagt er.«

Augenblicklich wusste Emma, wen er meinte: den Schatten. Der sie mehrmals verfolgt und beobachtet hatte.

»Eure Majestät, ich bitte Euch inständig …«

»Schsch«, sagte Casper und lächelte sanft.

Dann schlug er sie nieder.

Kapitel 18

Das Erste, woran Emma dachte, als sie aufwachte, war das Kleid. Sie hatte der Schneiderin versprochen, es heil nach Hause zu bringen. Und jetzt lag sie mit der feinen Seide auf einem feuchten Steinboden. Die geliehenen Schuhe waren ganz verschwunden.

Es war stockfinster, als sie sich mühsam aufrichtete. Ihre Schläfe schmerzte dort, wo Caspers Faust sie getroffen hatte. Spitzer Fels bohrte sich in ihren Rücken, als sie sich zurücklehnte. Hatte Casper sie ins Verlies geworfen? Wenn ja, dann bestand der Kerker des Schlosses offensichtlich nicht aus Eis. Vielleicht waren diese Verliese älter als der Winter, Ruinen eines Schlosses, das vor langer Zeit hier gestanden hatte, bevor das Eis gekommen war.

In der Finsternis konnte sie vage Umrisse ausmachen. Enge Gitterstäbe, die aus einer Nische im Fels ein Gefängnis machten. Hinter der Dunkelheit ahnte sie mehr die Existenz weiterer Verliese, als dass sie sie wirklich sehen konnte. Emma zuckte zusammen, als ein weit entfernter Schrei ihre Ohren erreichte. Jemand schrie nach seiner Mutter. Die Stimme war so jung, so kindlich, dass Emma spürte, wie Übelkeit in ihr wuchs. Immer wieder wurde die Stille des Kerkers von Schreien oder schmerzerfülltem Wimmern unterbrochen.

Bleib ruhig, dachte Emma. Sie durfte jetzt bloß nicht den Kopf verlieren. Stattdessen musste sie sich umsehen, ihre Umgebung kennenlernen, auf eine Möglichkeit zur Flucht warten. Da Casper sie nicht sofort getötet hatte, gab es vielleicht noch Hoffnung. Auch wenn sie sich nicht erklären konnte, warum sie noch am Leben war. In Glanzvoll waren schon Leute für weniger als die Respektlosigkeit hingerichtet worden, die Emma dem König gegenüber gezeigt hatte. Und er hätte sogar einen Grund, sie umzubringen, selbst wenn sie eine mustergültige Untertanin wäre. Aber darüber wollte – konnte – sie jetzt nicht nachdenken.

Emma fröstelte. Auch wenn der Boden unter ihr kein Eis war, war die Luft kalt und feucht. Mit dem Kleid, das sie trug, war sie nur notdürftig geschützt. Sie hoffte, dass Casper bald tun würde, was immer er auch mit ihr vorhatte. Sonst würde sie ihm unter den Händen erfrieren.

Vergebens durchsuchte sie ihr finsteres Verlies, das gerade geräumig genug war, um einmal die Arme auszubreiten, nach einer Decke oder etwas Nahrung, nach ihren Schuhen, doch sie fand nichts, nicht einmal einen Nachttopf, in den sie sich erleichtern konnte. Zumindest ihre kleine Tasche hatten sie ihr zurückgegeben. Die Kette allerdings war fort, einzig die Schokolade für den König war übrig.

Emma zog ihre Beine eng an den Körper, um sich ein wenig zu wärmen. Sie wusste nicht, wie viel Zeit verging, Minuten oder Stunden, doch irgendwann wurde sie von einem neuen Geräusch aufgeschreckt. Schritte näherten sich. Neben ihr klirrten Schlüssel, als jemand ein Verlies zu ihrer rechten Seite öffnete. Dann ein spitzer Schrei und ein dumpfer Aufschlag, als eine Frau hineingestoßen wurde. Stumm wartete Emma, bis die Wache sich entfernte, dann schob sie sich zu der Stelle, wo die Gitterstäbe auf die Felswand trafen.

»Hallo«, flüsterte sie. »Könnt Ihr mich hören?«

Stille antwortete ihr.

»Mein Name ist Emma«, sprach sie weiter. Sie vernahm ein gedämpftes Rascheln, als würde die Frau von ihr wegrutschen. Als würde von ihr eine Gefahr ausgehen.

»Habt keine Angst«, fügte sie hinzu. »Bitte.«

Die Stille war unerträglich. Sie sehnte sich so sehr nach Wärme, nach einem Hauch Menschlichkeit, dass ihre Stimme beinahe brach. »Bitte. Sprecht mit mir. Ich weiß, dass Ihr Angst habt, die habe ich auch. Vielleicht können wir einander helfen? Uns Gesellschaft in der Dunkelheit leisten?« Sie rüttelte an den Gitterstäben, ohne dass sie sich bewegen ließen.

Das eiserne Schweigen der Frau hielt an. Sie gab keinen Laut von sich. Emma sank an die Wand neben ihr, wobei sich eine scharfe Kante in ihre Schulter bohrte. Sie biss die Zähne zusammen.

»Es tut mir leid. Ich wollte Euch nicht bedrängen«, wisperte sie. Vielleicht war die Frau stumm vor Angst. Vielleicht hatte Casper sie bis an den Rand des Wahnsinns gequält.

»Wenn Ihr mich versteht ... Ich fühle mit Euch. Habt Ihr gehört? Ich bin hier. Ich bin hier, wenn Ihr jemanden braucht, der Euch zuhört.«

Emma horchte nicht in die Grabesstille hinein, die darauf folgte. Stattdessen rollte sie sich auf die Seite und bettete den Kopf auf ihrem Arm. Nach einer Weile stellte sich eine dumpfe Taubheit ein, die ihren Körper Stunde um Stunde mehr in seine Gewalt brachte. Bevor sie, zitternd vor Kälte und Erschöpfung, einschlief, glaubte sie, Musik zu hören. Vielleicht bildete sie es sich nur ein, vielleicht waren es aber auch die Klänge des Balls, der seinen Höhepunkt erreichte. Bevor die Stille von seinem Ende künden würde und den Beginn einer Zeit der Entbehrung einläutete, einer Zeit des Hungers und des Überlebenskampfes. Bald würde sich das Schloss leeren. Alles Leben würde aus ihm weichen, bis nichts mehr übrig war als die bleiche, boshafte Schönheit, die tödlich im Mondlicht glühte.

»He, Weib, aufstehen!«

Mit einem Schlüsselbund hieb der Wachmann auf die Eisenstäbe, und ohrenbetäubender Lärm erschütterte Emmas winzige Zelle. Verwirrt schreckte sie auf und stieß mit der Stirn gegen einen Felsvorsprung. Sie blinzelte im Licht einer hellen

Fackel. Einen Augenblick wusste sie nicht, wo sie war, und die Erinnerung kehrte nur widerwillig zu ihr zurück; als wüsste ihr Gedächtnis, dass die Erkenntnis, was mit ihr geschehen war, sie aufs Neue bitter treffen würde.

Mit einem Knirschen öffnete der Wachmann die Tür zu ihrer Zelle. In seiner Hand rasselten Ketten wie gewetzte Messer. Es war kein Traum. Kein Albtraum. Sie befand sich noch immer im Schlund des Schlosses.

Ihre Glieder waren vor Kälte so steif geworden, dass sie sich kaum aufsetzen konnte.

»Was …?«, fragte sie. Mehr brachte sie nicht heraus. Ihre Stimme krächzte, weil ihre Kehle staubtrocken war. Es dürstete sie nach klarem Wasser, um den schrecklichen Durst zu stillen, der in ihr brannte.

»Audienz beim König.«

Der Mann verlor offensichtlich die Geduld. Er duckte sich, um Emma am Arm zu packen und in die Höhe zu zerren. Ihre Knie knickten unter ihr weg, weil sie ihr Gewicht so plötzlich nicht halten konnten. Jeder einzelne Teil ihres Körpers fühlte sich fremd und taub an, als würde er nicht zu ihr gehören. Emma schlang die Arme um ihre Brust, um das Kleid zu halten, das die Strapazen der letzten Nacht nicht gut überstanden hatte. Es saß locker. Zu locker. Sie hatte Angst, dass es bei einer unbedachten Bewegung ganz herunterrutschen würde.

Der Wachmann zog sie aus der Zelle, ließ ihr dann aber wenigstens zwei, drei Atemzüge, um ihr Gleichgewicht zu finden. Emma nutzte diesen viel zu flüchtigen Moment, um einen Blick in ihre Nachbarzelle zu werfen. Die Frau darin kauerte in einer Ecke und blickte mit stumpfen Augen ins Leere. Sie schien in etwa so alt wie Madame Weltfremd zu sein, vielleicht etwas älter. Ihr hüftlanges, graues Haar musste seit Monaten nicht mehr gekämmt worden sein, so struppig und stumpf war es. Das fleckige Hemd, das sie trug, war zerschlissen, die ursprüngliche Farbe nicht mehr erkennbar.

Emma wollte etwas sagen, wollte noch einmal versuchen, zu der Frau durchzudringen, der sie sich seltsamerweise so nahe fühlte, obwohl sie sie nicht kannte. Obwohl sie noch kein Wort miteinander gewechselt hatten. Aber der Wachmann zog sie weiter, durch den Gang hindurch an einer endlos scheinenden Reihe von Verliesen vorbei. Jedes hatte eine andere Form, als wären sie in Eile aus nacktem Stein gehauen worden.

»Nicht trödeln«, befahl der Mann vor ihr. Seine Uniform schien ihm nicht recht zu passen, und seine Gesichtszüge schienen zu weich, um zu den Gräueltaten zu passen, von denen man hörte. Auch er war noch jung, nicht viel älter als Emma selbst.

Da sämtliches Gefühl in ihre Glieder zurückgekehrt war, löste Emma sich mit einem Ruck aus seinem Griff. Wenn sie schon zu ihrer Exekution geführt wurde – oder was immer der König mit ihr vorhatte –, dann wollte sie wenigstens aus eigener Kraft gehen. Mit geradem Rücken und erhobenem Kinn, um einen ungebrochenen Eindruck zu erwecken.

Denn innerlich sah es anders aus. Die Ungewissheit grub ihre Klauen in Emma. Es kostete sie übermenschliche Überwindung, nicht in unkontrolliertes Zittern auszubrechen. Unter ihrer Haut vibrierte die Furcht, und sie ahnte, dass sie nicht mehr würde aufhören können, wenn sie diesem Zittern nur ein einziges Mal nachgeben würde. Und dann wären sie und ihre Stärke verloren.

»Wohin gehen wir?«, fragte sie den Wachmann.

Er schritt schweigend weiter durch den Gang und gab keinen Laut von sich.

»Wohin gehen wir?« Sie erhob die Stimme. Am liebsten hätte sie ihn angebrüllt. Warum schweigen hier alle? Wenn jeder seine Stimme aufgab, ging doch auch der letzte Funken Leben verloren, der einen in der Dunkelheit aufrecht hielt. Der letzte Funken Freiheit, den man noch hatte, wenn man eingesperrt war.

»In den Raum der Eisseelen«, antwortete der Wachmann unbeteiligt.

»Der Raum der Eisseelen? Was ist das? Ich habe noch nie davon gehört.«

»Das gemeine Volk erfährt nichts darüber. Es könnte ein falsches Bild vermitteln.«

»Ein falsches Bild?« Fast hätte Emma gelacht. Laut, hart und voller Häme. Von welchem falschen Bild sprach er? Glaubte der König tatsächlich, die Menschen blickten von draußen auf sein Märchenschloss und hielten ihn für einen Märchenprinzen? Oh ja, es gab ein Märchen über ihn ... aber darin war er nicht der Held.

Der Mann, der selbst fast noch ein Junge war, drehte sich zu ihr um und legte seine linke Hand unter ihren Ellenbogen. In der anderen klimperte ein breiter Schlüsselbund aus Eisenringen. Damit schloss er eine Tür auf, die sich trotzdem gegen das Öffnen wehrte. Erst mit einigem Stemmen konnte er sie aufdrücken. Jetzt erkannte Emma auch, warum. Die Tür war aus Stahl gefertigt und breiter als ihre geballte Hand.

»Weil manche Dinge noch entsetzlicher sind, als man sie sich ausmalen könnte«, sagte er und stieß sie durch die Tür.

Emma stolperte in einen weiteren Gang aus unregelmäßig gehauenem Fels, der mit Fackeln erhellt wurde. Sie blickte sich nicht um, als er ihr folgte und die Tür wieder verschloss. Stattdessen atmete sie tief durch und ballte ihre Hände zusammen, bis sich ihre Fingernägel in die weiche Innenfläche gruben und halbmondartige Abdrücke hinterließen. »Du wärst überrascht, wie fantasievoll manche Menschen sind«, zischte sie. »Oder was sie schon durchgemacht haben. Dafür müssen sie nicht eingesperrt sein. Oder gefoltert werden. Das Leben da draußen – das Leben, das wir führen –, das ist manchmal schwieriger als dieses Schloss mit seinen furchtbaren Geheimnissen.« Mit den letzten Worten drehte sie sich zu dem Mann um.

Der Wachmann lächelte. In diesem Moment sah er nicht aus wie ein Junge in ihrem Alter. Seine Augen leuchteten in blauer Kälte, als wäre er in einen Eissee gefallen und zu spät gerettet worden.

»Halt dich ruhig an diesem Glauben fest, solange du kannst. Früher oder später wirst du erkennen, dass es durchaus Schrecklicheres gibt als das Leben oder das Sterben, wie du es kennst.«

Mit festem Griff führte er sie durch den Gang und schließlich auf eine weitere Stahltür zu. Als sie sah, dass sich unter dem Türspalt trübweiße Dämpfe herausaalten, stemmte sie die Füße in den Boden und blieb wie angewurzelt stehen. Was immer sich hinter dieser Tür befand, sie wollte es nicht sehen, nicht kennenlernen.

»Hast du jemals außerhalb dieses Schlosses gelebt?«, fragte sie in einer Mischung aus Verzweiflung und dem Wunsch nach Verzögerung, selbst wenn es nur wenige wertvolle Sekunden waren. Sie drehte sich zu dem Wachmann um.

Er starrte sie einen Augenblick an. Etwas schien in ihm in Bewegung zu geraten und die eisblaue Leere in seinen Augen zu vertreiben. »Ich glaube ... schon.« Seine Stimme war unsicher, als müsse er eine Erinnerung in den Tiefen seines Gedächtnisses suchen, die beinahe verschwunden oder von etwas Mächtigerem überdeckt war.

Emma leckte sich über die spröden Lippen. Der Durst entwickelte sich zu einem ernsten Problem. Er ließ ihre Stimme versagen. Und mehr hatte sie nicht.

»Wer sind deine Eltern?«, fragte sie.

Der Wachmann ließ ihren Ellenbogen los und fasste sich an die Stirn, als würde er seine Gedanken so leichter ordnen können.

»Deinen Namen«, flüsterte sie. »Kennst du deinen Namen? Weißt du, wer du bist?«

Er runzelte die Stirn. Sein Mund verzog sich in einer Grimasse. Vielleicht hatte er Schmerzen. Vielleicht tat es weh, Vergessenes wieder aufzuwühlen, wenn man es nicht durfte.

»Hat er dir deine Erinnerung genommen?« Sie versuchte, sanft zu sprechen, um den Wächter nicht unter Druck zu setzen. Womöglich war er die einzige Chance, hier einen Verbündeten zu finden. Sie musste nur zu ihm durchdringen.

»Immer diese Vorurteile.«

Emma wirbelte herum. Sie hatte nicht bemerkt, dass sich die zweite Tür geöffnet hatte. Casper lehnte entspannt an der Wand, die Arme vor der Brust verschränkt, und lächelte. Die Tür hinter ihm stand nur einen Spaltbreit offen, aus dem weißer Dampf waberte. »Ich meine«, fuhr er mit blitzenden Augen fort, »warum immer gleich vom Schlimmsten ausgehen?«

Die Hand des Wachmannes fuhr augenblicklich an ihren Ellenbogen und umklammerte ihren Arm mit stärkerem Griff als zuvor. Emma unterdrückte ein resigniertes Seufzen. »Um böse Überraschungen zu vermeiden?«, murmelte sie schließlich.

Casper neigte den Kopf. Das amüsierte Lächeln auf seinen Lippen hätte charmant wirken können, wenn dieses Blitzen in seinen Augen nicht wäre. Es war der Ausdruck eines Raubtiers, das mit seiner Beute spielte.

»Das ist ganz und gar unmöglich.« Der König trat auf sie zu. Er sprach den Wachmann an, ohne den Blick von ihr zu wenden. »Ich nehme sie. Du kannst gehen!«

Der Wachmann vollführte eine Verbeugung und entfernte sich rückwärtsgehend von ihnen. Am liebsten hätte Emma ihn angefleht, sie mitzunehmen. Lieber wollte sie in ihrem Loch sitzen, als hier bei Casper zu sein. Doch sie wusste, dass sie ihre Chance verloren hatte.

»Komm her«, sagte er in einem Ton, dem man entnehmen konnte, dass er sich nicht wiederholen würde. Emma krallte ihre Finger in die fleckige, blaue Seide, als sie einen Schritt auf ihn zu machte. Dann noch einen. Bis sie vor ihm hielt. Er trug eine schwarze Stoffhose und ein dunkelrotes Hemd. Die obersten Knöpfe waren offen.

Welche Ironie, dachte Emma bitter. Der Eiskönig trug die Farbe des Feuers. Eine Farbe, die für das pure Leben stand, für den Sommer mit leuchtenden Blüten. Wenn diese Farbe jemand *nicht* tragen durfte, dann war es der König.

Caspers dunkle Augen wanderten über ihr erschöpftes Gesicht, über ihre ausgedörrten Lippen, die sich anfühlten, als würden sie aus nichts als Rissen bestehen. Wortlos stieß er mit der Stiefelspitze die Tür hinter sich weiter auf, als wäre sie aus Federn gebaut und nicht aus Eisen.

Emma musste husten, als die weißen Ausdünstungen, die sich schon zuvor in dünnen Fäden in den Gang geschlängelt hatten, nun in einer Schwade in den Korridor qualmten. Als sie einatmete, war es, als würde ihr jemand armlange Nadeln in den Brustkorb hauen. Sie wollte zurückweichen, aber die Hand des Königs schoss vor und zog sie erbarmungslos an sich. Sein Körper war im Gegensatz zu dem Zeug, das ungehindert aus dem Raum der Eisseelen floss, warm. Ihre nackten Füße verschwanden in weißen Nebelschwaden. Der Nebel stach in ihre Haut, aber als es auch nach einiger Zeit nicht schlimmer wurde, wollte Emma schon erleichtert aufatmen. Da spürte sie, wie das Gefühl aus ihren Füßen wich. Feine Ranken wanden sich um ihre Fesseln. Und dann wich die Taubheit einem stechenden Schmerz, schlimmer als zuvor. Abermals versuchte Emma, sich aus dem Griff des Königs zu befreien. Es war zwecklos.

Casper trat einen Schritt zurück, näher zum Raum der Eisseelen, bis die Helligkeit des Raumes die Sicht erschwerte. Wieder wehrte sie sich mit aller Kraft.

»Du musst still stehen«, sagte der König sanft. »Dann schmerzt es weniger.«

Emma öffnete den Mund, um ihm zu sagen, dass sie lieber Schmerzen ertrug, als sich zu ergeben. Doch ihrem Mund entwich stattdessen ein gellender Schrei. Plötzlich glaubte sie, in offenes Feuer zu treten, obwohl es Kälte war, eine Kälte, wie sie sie noch nie zuvor gespürt hatte. Emma konnte ihre Zehen nicht mehr spüren. Sie waren völlig taub. Der Rest ihres Körpers brannte. Angst schlich in ihr hoch, weil sie nicht wusste, wogegen sie hier kämpfen musste. Was war das nur? Flüssiges Eis? Eis, das aus Nebel oder Dampf bestand? Sie wollte wieder zurückweichen, aber Casper zog sie noch enger an sich, schlang seine Arme um ihre Hüften. Über seine Schulter sah sie in das Innere des weißen Raumes. Sie konnte nur dunkle Schatten in dem mit hellem Nebel getränkten Zimmer sehen. Schatten, die reglos am Boden lagen. Schatten, von denen manche noch zuckten. Mittlerweile war nicht nur das Gefühl aus ihren Füßen gewichen, sie konnte sie auch nicht mehr bewegen.

Emma schrie, als eine Welle der Hysterie in ihr aufwallte. Menschen. Das waren Menschen, da war sie sich ganz sicher. Aber sie mussten erfroren sein oder kurz davor. Emma begann, sich verzweifelt gegen Casper zu wehren, doch er hielt sie problemlos fest. Und dann drängte er sie in den Türrahmen. Emma würgte. Die Luft hier war zu fest, zu schwer, zu kalt, um sie in ihre Lungen pressen zu können.

»Es ist eine Ehre«, flüsterte Casper in ihr Ohr. Er hielt Emma aufrecht, als ihre tauben Beine unter ihr nachgaben. Ein unsäglicher Schmerz fraß sich durch ihre Beine. Bodenlose Panik trübte jeden einzelnen ihrer Sinne. Sie hätte nie gedacht, dass der Überlebensinstinkt so mächtig war. Dass er alles andere gnadenlos verdrängen würde, jeden vernünftigen Gedanken. Während die sengende Pein sich durch ihren Körper fraß, strich Casper ihr beruhigend über das Haar. »Es ist wirklich eine Ehre, verstehst du?« Sein Atem war heiß auf ihrer Haut. »Nicht jeder bekommt solch einen edlen Tod zum Geschenk. Gewöhnliche Menschen werden erschlagen oder erhängt. Oder sie verschwinden im Eis. Aber das weißt du, nicht wahr? Du hingegen … Ich kann mich nicht überwinden, dich so zu töten. Das Blut in deinen Adern ist zu edel dafür. Du wirst stattdessen für immer bei mir bleiben. Wie in meinen Träumen. Tot und doch da. Du solltest dieses Geschenk zu würdigen wissen.«

Wenn es Emma möglich gewesen wäre, wenn sie sich nur irgendwie hätte bewegen können, hätte sie mit aller Kraft nach ihm geschlagen. Ihr Atem ging stoßweise und flach.

Das Eis drang bis in ihre Knochen vor. Wenn Emma fallen

würde, würden ihre Füße splittern. Sie wären für immer zerstört, nie wieder zusammensetzbar.

»Ich will nicht sterben.« Sie wollte nicht flehentlich klingen. Aber das Eis zerriss ihren Körper, wütete durch ihn hindurch wie das Feuer einer Sonne. Der Schmerz nahm sie in Besitz, er ließ sie betteln und flehen wie ein kleines Kind. Caspers Arm schloss sich fester um ihre Taille, als sie tiefer rutschte.

»Hast du noch einen letzten Wunsch?«, fragte Casper.

Emmas Arme und Beine zuckten unkontrolliert. Ihre Zähne schlugen heftig aufeinander. Wilde Gedanken rasten durch ihren Kopf. Sie fühlte, wie ihr Herz langsamer wurde, wie es nur noch mühselig Blut durch ihre Adern pumpte. Sie wusste, dass sie nur noch Sekunden hatte. Sekunden, die länger schienen als ein ganzes Leben.

»Vielleicht erfülle ich ihn dir. Ich bin heute so seltsam melancholisch ... Immerhin bist du die Letzte von ihnen. Die Allerletzte.«

Er meint die Blutlinie, dachte Emma. Vor ihren Augen stand das Rot von Caspers Hemd. Den Raum der Eisseelen konnte sie schon lange nicht mehr sehen. Was auch immer sich darin befand, würde sie nie herausfinden. Sie starb, obwohl sie nur davorstand.

»Ja«, hauchte sie. Es kostete sie alle Kraft, auch nur eine Silbe hervorzupressen. »Ich will Euch eine Geschichte erzählen. Danach könnt Ihr tun, was Euch ... was Euch beliebt.«

Caspers Finger verharrten an ihrem Haar. Er zog sanft ihren Kopf zurück, um ihr in die Augen zu blicken. »Eine Geschichte?«, wiederholte er gedehnt. Sie las Skepsis in seinem Blick.

»Nur eine Geschichte. Nicht mehr.« Sie zwang sich zu nicken, auch wenn sie das Gefühl hatte, sie würde bei der winzigsten Bewegung auseinanderbrechen. »Ich verlange ... nichts anderes von Euch. Nur ... einen Augenblick Eurer Zeit ... einen einzigen, letzten Augenblick?«

Schweigen senkte sich zwischen ihnen. Emma hatte ohnehin

keine Kraft mehr für weitere Worte. Dann lehnte sich der König nach vorn, kam ihr so nah, dass sie seinen Atem auf ihren Lippen spürte und nichts sah außer seinen kalten Augen.

»Also gut«, sagte er leise. »Eine Geschichte. Eine einzige Geschichte. Danach musst du sterben.«

Emmas Finger waren steifgefroren, aber sie schaffte es, ihre rechte Faust zu öffnen, die sie fest geschlossen gehalten hatte, seit der junge Wachmann sie aus ihrem Verlies geholt hatte. Als sich ihre Finger lösten, fiel eine Kugel in Silberpapier zu Boden.

»Für Euch«, wisperte sie. Dann ließ sie ihre Augen zufallen, damit er ihre Erleichterung nicht sah. Und weil sie keine Kraft mehr hatte, sie offen zu halten.

Casper griff an ihr vorbei, um die Tür zuzuschlagen und den Nebel, der ihre Füße in Eis verwandelt hatte, somit zum Rückzug zu zwingen. Dass Casper sie hochhob und mit ihr auf den Armen den Gang aus Felsen durchquerte, bemerkte Emma kaum mehr. Auch nicht, dass er sie zuvor absetzte, um die Silberkugel vom Boden aufzusammeln und das Papier, mit dem sie die Praline eingewickelt hatte, auseinanderzuschlagen. Zartbitter.

Die Pein der Kälte beherrschte ihren Körper, ihren Verstand, alles. Nur ein einziger Gedanke hatte Platz darin. Ein einziger Gedanke, an den sie sich klammern konnte, während alles andere sie im Stich ließ: Der König wusste ja nicht, wie lang ihre Geschichte war.

Der König kannte die silberne Königin nicht.

Kapitel 19

Emma schlug die Augen auf.

Über ihrem Kopf schwebte weißer Nebel. Erinnerungen fluteten ihre Gedanken, ließen die Tür zum Raum der Eisseelen noch einmal lebendig werden.

Ich bin noch immer dort, dachte sie. Casper hat mich nicht gehen lassen. Er hat die Tür hinter mir verschlossen und ist gegangen. Und jetzt ... jetzt bin ich tot.

Aber das, was über ihr schwebte, war kein tödlicher Nebel, sondern nur die durchsichtigen Vorhänge eines Himmelbetts.

Sie stützte sich auf die Ellenbogen, um ihren Körper aufzurichten. Jemand hatte eine schwarze Decke über sie gelegt, und sie spürte, dass um ihre Füße eine weitere Lage Wolle gewickelt war. Sie fühlten sich taub an. Jedes Gefühl war aus ihnen gewichen. Wie schlimm die Erfrierungen wohl waren?

Emma schob die Decke fort, auch wenn ein Teil von ihr es sofort bereute, als die darunter angestaute Wärme entwich. Zwar brannte ein Feuer in diesem kleinen, schmucklosen Raum, aber es hielt die Kälte nur notdürftig fern. Auch die zahlreichen blauen Teppiche, mit denen Boden und Wände ausgelegt waren, konnten nicht viel gegen sie ausrichten.

Das Ballkleid hatte man durch ein schlichtes, weißes Leinenhemd ersetzt, das ihr bis zu den Knien reichte. Emma versuchte, nicht darüber nachzudenken, wer es ihr angezogen haben mochte. Dass Casper ihren Körper berührte, an Stellen, die er nicht einmal erblicken durfte, war eine Vorstellung, bei der ihr übel wurde.

Ihr Blick wanderte zu ihren umwickelten Füßen, die wie zwei unförmige Klumpen auf dem Laken lagen. Mit spitzen Fingern schlug sie die Tücher, die ihre Füße zusätzlich mit Wärme versorgen sollten, zur Seite.

Für einen Augenblick glaubte Emma, nie wieder frei atmen zu können. Sie hatte gedacht, ihre Füße würden heilen. Dass genügend Wärme sie wieder auftauen könnte. Sie kannte Erfrierungen, sie waren in Silberglanz nichts Seltenes. Sie war darauf vorbereitet, ein paar Zehen zu verliehen. Aber ... aber das, was sie vor sich sah, war unmöglich.

Dort, wo ihre Füße sein sollten, war undurchsichtiger weißer Kristall, zwei filigrane, aber gefühllose Skulpturen aus kaltem Glas. Der Nebel hatte ihre Füße verwandelt. Emma beugte sich keuchend vor und strich mit den Fingerspitzen über ihre Knöchel, die nicht mehr von menschlicher Haut, sondern von mattem, eisigem Glas überspannt wurden. Oder war es Eis? Ewiges Eis? Würden ihre Füße tauen, wenn sie zum Kamin humpeln würde? Wenn sie sie direkt ins offene Feuer halten würde? Würden darunter ihre echten Füße zum Vorschein kommen oder würden sie sich gänzlich auflösen, bis nichts mehr von ihnen übrig war?

Während Emma eine Hand auf ihren Mund presste, um einen Schrei zu unterdrücken, zerrte sie mit der anderen die Decke bis zum Kinn. Sie hatte plötzlich panische Angst, dass das Eis sich ausbreiten würde, wenn sie sich nicht warm hielt. Dass es von ihren Füßen aus ihren ganzen Körper überziehen würde. Sie ließ sich zurückfallen und vergrub das Gesicht in den Händen. Obwohl all die Kissen und Decken so weich waren wie noch kein Bett zuvor, konnte sie es nicht würdigen. Jeder einzelne ihrer Gedanken kreiste darum, wie es nun weitergehen würde. Wollte der König sie nun quälend langsam einfrieren lassen, statt ihr einen schnellen Todesstoß in dieser Kammer des Grauens zu versetzen? Würde er sich an das Versprechen halten, das er ihr gegeben hatte? Die einzige längere Geschichte, die Emma kannte, war das Märchen von der silbernen Königin, und von diesem hatte sie nur den Anfang gehört. Sie wusste nicht, ob sie fähig war, die Geschichte weiter und weiter zu spinnen, sie endlos lang zu ziehen, damit sie am Leben bleiben konnte. Und vor allem wusste sie nicht, ob der König sie überhaupt interessant genug fand, ob er sie hören *wollte*. Vielleicht beschleunigte Emma nur ihren Tod, wenn sie ihm seine eigenen Unzulänglichkeiten in Form des Frostprinzen vorhielt.

In ihrem Leben hatte Emma noch nie eine Entscheidung treffen müssen, von der ihr Überleben abhing. Und sie hatte noch immer nicht verstanden, warum sie eigentlich hier war, warum Casper sie gerettet hatte. Spielte er nur mit ihr? War er noch viel schlimmer, als sie es sich vorgestellt hatte? Oder gab es tatsächlich einen Teil in ihm, der sie nicht töten wollte und sich deshalb auf ihre Bitte eingelassen hatte?

»Warum bin ich hier?«, fragte sie den kalten Raum, aber er antwortete nicht.

Die Tür knackte leise, als ein Schlüssel in ihrem Schloss herumgedreht wurde. Sie öffnete sich, und der König trat ein. Er trug ein Tablett mit einem Becher und einem Teller mit einigen erlesenen Speisen. Hätte Emma sich nicht so elend gefühlt, hätte sie bei diesem Anblick laut lachen können. Ein König, der die Arbeiten eines Dieners verrichtete ... das verdarb Caspers Ruf. War er sich nicht zu gut dafür, sich derart die Hände schmutzig zu machen?

»Du hast lange geschlafen, Emma. Zwei volle Tage. Wie fühlst du dich?«

Wieder überkam sie dieser bizarre Drang zu lachen. Er erkundigte sich nach ihrem Befinden, wie es ein Freund täte. Nicht wie der Mann, der sie beinahe umgebracht hätte und das auch immer noch plante.

Der König hatte das Rot abgelegt und trug wieder das vertraute Nachtschwarz, das ihn wirken ließ, als hätte er seine Haut mit Schnee eingerieben. Und in diesem Nachtschwarz brachte er ihr nun Essen. Er stellte das Tablett auf einen Tisch neben ihr und setzte sich auf die Bettkante. Emma war hin- und hergerissen zwischen dem Wunsch, zurückzuweichen, und dem Verlangen, sich auf das Tablett zu stürzen. Sie hatte solchen Hunger, und ihre Kehle war so trocken, als habe sie karrenweise Bergstaub geschluckt.

Aber sollte sie wirklich etwas zu sich nehmen, was Casper ihr brachte? Persönlich? Misstrauisch starrte sie das frische Obst an, das in leuchtenden Farben und in fein säuberliche Streifen geschnitten auf dem Teller lag. In dem Becher befand sich eine dunkelrote Flüssigkeit, die intensiv roch. Verdünnter Wein.

»Vergiftet Ihr mich nun?«, fragte sie und zog eine Augenbraue hoch. Es kam nicht halb so zynisch heraus, wie sie wollte. Vermutlich merkte er ihrer Stimme an, wie zerbrechlich und erschöpft sie sich fühlte.

Der König hielt ihr den Becher entgegen. »Das wäre zu einfach, oder? Gift ist keine Herausforderung. Außerdem musst du bei Kräften bleiben.«

Zögernd nahm Emma den Becher an und umklammerte ihn fest. Sie wollte keinen Tropfen aus Unachtsamkeit verschütten. Wer wusste schon, wann sie noch einmal etwas bekommen würde?

»Muss ich das?« Auch wenn ihre Füße bedeckt waren, war sie sich ihrer sehr wohl bewusst. Dort, wo ihr alles Gefühl abhandengekommen war.

»Vielleicht. Vielleicht auch nicht. Ich habe nachgedacht. Heute Nacht kam mir die Erkenntnis, dass ich beinahe die Gelegenheit verschenkt hätte, herauszufinden, was du in meinen Träumen verloren hast. Seit dem Abend, in dem ich dich vor dem Schloss gesehen habe …« Er stockte, sah sie auffordernd an, als hätte er eine Frage gestellt. Aber sie wusste nicht, welche Frage er unausgesprochen gelassen hatte.

Emma erinnerte sich an den Abend zurück, der ihr vorkam, als sei er bereits Jahre her. Es war der Abend gewesen, an dem ihre Füße sie zum Schloss getragen und sie Caspers Blicke aus dem Fenster gespürt hatte. Gänsehaut zog sich über ihre Haut.

Sie zögerte den Moment, in dem sie ihm eine Antwort geben musste, hinaus, indem sie einen ersten Schluck zu sich nahm. Erst brannte es in ihrem Hals, und ihr Magen protestierte grummelnd, weil sie seit drei Tagen nichts mehr zu sich genommen hatte. Aber dann beruhigte ihr Bauch sich. Der Wein war wohl stärker, als sie angenommen hatte.

Caspers Worte überraschten sie. Sie hätte nicht gedacht, dass er überhaupt träumen konnte. Um zu träumen, musste man fühlen, Wünsche und Hoffnungen haben. Und dafür war der Platz an seinem Herzen einfach zu kalt. Darin konnte nichts wachsen.

»Ihr ... habt mich erkannt?«, fragte Emma beklommen. Dass er wusste, dass sie das an diesem Abend gewesen war, beunruhigte sie.

»Ja«, antwortete der König, doch seine Miene wurde verschlossener. »Und nein. Du kamst mir bekannt vor, und in der ersten Sekunde dachte ich, dass wir uns kennen müssen. Dann fielen mir die Träume ein. Aber wie sollte man von einem Menschen träumen, den man nicht kennt?«

Hätte Emma es nicht besser gewusst, hätte sie gesagt, in der Miene des Königs läge Unsicherheit. Aber als sie blinzelte, war der Ausdruck wieder fort.

»Ich kann jedenfalls guten Gewissens behaupten, dass ich mich niemals nachts heimlich aus dem Haus und in Euren Kopf geschlichen habe, Eure Majestät. Ich glaube nicht, dass ich Euch jemals begegnet bin. Das ... das würde ich sicher noch wissen.« Emma lehnte sich zur Seite und griff nach einer Scheibe dick mit Schokoladencreme bestrichenem Weißbrot. Für solch eine Köstlichkeit würden viele Bewohner, die am heruntergekommenen Rand der Stadt lebten, töten, vor allem in Zeiten wie diesen.

Casper sagte nichts. Obwohl sie einige Minuten brauchte, um alles aufzuessen, beobachtete er Emma schweigend. Als sie fertig war, war sie so erschöpft, dass sie am liebsten gleich weitergeschlafen hätte. Sie sank ins Kissen zurück und starrte für einen Augenblick an die Decke.

Caspers Blick lag wie ein Gewicht auf ihr. Seine Miene war ausdruckslos, und doch glaubte Emma, dass es in ihm arbeitete.

»Was ist mit meinen Füßen?«, fragte sie schließlich leise. Sie musste nicht auf ihre verkrüppelten Eisfüße zeigen, damit der König verstand, worauf sie hinauswollte. Er war schließlich dafür verantwortlich. »Werden sie je wieder normal sein? Werde ich wieder laufen können?«

Casper streckte die Hand aus, und Emma gelang es nur mit Mühe, nicht zurückzuzucken. Aber er zog nur die Decke ein Stück höher, bis auch Emmas Schultern verhüllt waren.

Man könnte fast glauben, er würde sich um mich sorgen, dachte sie. An ihm ist ein Schausteller verloren gegangen.

»Willst du die Antwort wirklich hören? Wir wissen beide, wie endlich dein Leben ist. Vielleicht solltest du die Zeit nutzen, dich mit deinen Füßen anzufreunden. Was sie sind, wirst du bald gänzlich sein. Unsterblich.« Er lächelte kaum merklich. »Außerdem sehen sie wunderschön aus, findest du nicht?«

Als er das sagte, blickte er gedankenverloren aus dem Fenster, das vergittert war. Emma fragte sich, ob das Gitter verhindern sollte, dass sie sich hinausstürzte. Da sie nichts außer dem Himmel sah, musste das hier ein Turmzimmer sein. Es wäre ein langer Fall nach unten.

Schließlich wandte Casper den Kopf zu ihr zurück. Sein Blick glitt an ihrem Körper entlang und blieb an ihren Füßen hängen. Er schien etwas sagen zu wollen, aber stattdessen hob er die Hand, und Emma erstarrte.

Casper schlug die Bettdecke sowie die Tücher, die Emmas Füße einhüllten, zurück. Nun hielt sie auch noch den Atem an. Sie hatte ihre Kristallfüße kurz zuvor erst gesehen, und dennoch war der Anblick noch immer ein Schock. So wunderschön und schrecklich zugleich. Ihre Füße waren ein Kunstwerk. Und sie waren ein Fremdkörper, der nicht mehr zu ihr zu gehören schien. Da war nichts mehr, kein Gefühl, keine Kontrolle über ihre Bewegung, nichts.

Der König ließ seine Hand über ihren Knöcheln schweben, sie sah, wie er federleicht über die kristallene Oberfläche strich.

Für den Bruchteil einer Sekunde huschte der Ausdruck von Verwirrung über Caspers Gesicht; dieselbe Verwirrung, die auch Emma verspürte. Hatte sie gerade wirklich Wärme gespürt? Caspers Wärme? Die zarte Berührung seiner Fingerspitzen? Ruckartig zog sie ihre Knie an.

Caspers Gesicht verdunkelte sich. Zorn verzerrte seine leblosen Gesichtszüge zu einer grausamen Maske. Seine Stimme war schneidend wie ein Eissplitter. »Ruh dich aus. Wenn ich das nächste Mal komme, will ich deine Geschichte hören. Und bete besser dafür, dass sie mir gefallen wird. Sonst ist die Unsterblichkeit näher, als du glauben magst.«

»Ihr habt es mir versprochen, Eure Majestät.«

Es war gefährlich, einen skrupellosen König an seine eigenen Versprechen zu erinnern. Versprechen, die ihm morgen vielleicht schon nichts mehr bedeuten würden, die er übermorgen in sein Gegenteil kehrte. Aber sie musste es wagen. Es war der einzige Weg, am Leben zu bleiben. Es war der einzige Weg, einen Zugang zur Gedankenwelt des Königs zu erlangen.

»Verlass dich nicht zu sehr darauf. Alles hat Grenzen. Auch ein Versprechen. *Gerade* ein Versprechen.«

Der König erhob sich so abrupt, dass das Bett wackelte und die Erschütterung eine Welle von Schmerzen in Emmas Beinen auslöste. Aber sie gab keinen Ton von sich, nicht ein einziges Wort.

Sie drehte nur den Kopf weg, damit er ihr Lächeln nicht sah.

Die Nacht hatte sich schon lange in ihr Zimmer geschlichen und hüllte sie erstaunlich friedlich ein. Vielleicht lernte man, die Schwärze der Nacht zu genießen, wenn man die Schwärze menschlicher Seelen kannte.

Casper kam, während Emma schlief. Ihre Träume hatten sie ins Silberbergwerk zurückversetzt. Das Hämmern der Werkzeuge verwandelte sich in den Klang von Caspers Schritten, die Emma aus dem Schlaf rissen.

Als sie die Augen öffnete, stand er hinter einem Sessel neben dem Bett, ohne dass sie sein Eintreten überhaupt bemerkt hatte. Kam und ging er nun immer, wie es ihm beliebte? Ohne sich anzukündigen, ohne zu klopfen, ohne auch nur eine einzige Anstandsregel einzuhalten? Wie sollte Emma jemals durchatmen können, wenn sie immer damit rechnen musste, dass er im nächsten Atemzug in einer Ecke des Zimmers lauern konnte?

Sein Gesicht war von Schatten verhüllt, doch als er mit angewiderter Miene das Feuer neu auflodern ließ und einige Wachskerzen entzündete, glaubte Emma, auch Müdigkeit darin zu lesen.

Sie trank einen Schluck Wasser, das in einem Glas auf dem Tisch neben dem Bett stand. Dann tränkte sie ein Tuch in der Waschschüssel daneben, um sich zu erfrischen. Mit einem sauberen Leinentuch tupfte sie sich das Gesicht trocken, während Casper sie dabei beobachtete.

»Fang an«, sagte er dann.

»Mit dem Märchen?«, fragte Emma, und der König nickte wortlos.

Ihr Herz setzte für einen Takt aus. Nun war der Moment also da. Der Moment, in dem alles von ihren Worten abhing. Mit zitternden Händen legte Emma das Tuch auf den Tisch zurück. Sie befeuchtete ihre Lippen, bevor sie anfing, das Märchen von der silbernen Königin von Beginn an zu rezitieren, wie es ihr aus den Erzählungen der Madame in Erinnerung geblieben war. Sie erzählte die Nachtstunden hindurch, folgte dem vertrauten Pfad, den die silberne Königin vor ihr durch das Königreich genommen hatte, und trat in ihre Fußspuren.

Aber schließlich ... schließlich erreichte Emma den Punkt, an dem ihre Worte holprig wurden, an dem sie ihre Stimme verlor, weil sie das weitere Schicksal der silbernen Königin nicht kannte. Wie sollte sie ein Märchen erzählen, dessen Ende sie nicht einmal erahnte? Wie sollte sie die Fäden der Madame aufnehmen und daraus etwas spinnen, das der silbernen Königin würdig war?

Casper räusperte sich vernehmlich, als Emmas Stimme erstarb. Am Horizont zeigte sich ein erster rostroter Streifen. Würde sie heute ihren letzten Sonnenaufgang sehen?

»Weiter«, befahl Casper tonlos. Dieses kurze, eigentlich bedeutungslose Wort war für Emma Erleichterung und Bürde sogleich.

Sie schloss die Augen und blendete den König und das Eis und die blaue Welt um sich herum aus. Von nun an folgte die silberne Königin einem Pfad, den nur Emma und niemand sonst kannte.

Die silberne Königin und das Kristallmädchen folgten der Spur der Eiszwerge, die vom Dornenkind in seinem Silbergrab wegführte. Es war ein gefährlicher Pfad, einer, der sie vielleicht direkt dem Tod in die Arme treiben würde.

Die Äste der Bäume wurden dichter und der Wald somit dunkler, bis bald fast alles Licht vergangen war. Helle Flecken tanzten hier und da über den Boden, wo es der fahlen Sonne gelang, durch das düstere Astwerk zu dringen.

»Seht nur, Majestät«, murmelte das Kristallmädchen und beugte sich tiefer über den Hals des Esels. »Das Eis breitet sich aus.«

Im Wald war es kälter geworden. Die Eiskristalle, die zunächst nicht mehr als eine weiß schimmernde Spur auf der Erde gewesen waren, verzweigten sich nun in alle Richtungen, kletterten an den Bäumen hoch und schlossen sie in ihre Kälte ein. Die silbernen Blätter waren mit einer hellen Schicht überzogen und zitterten im Wind.

»So sah die Landschaft bei uns daheim ebenfalls aus«, sagte das Kristallmädchen so leise, dass die silberne Königin es kaum

verstand. »Alles war mit Eiskristallen überzogen. Nichts und niemand konnte mehr atmen, weil man mit jedem Luftholen Kälte einatmete. Es war grauenhaft.«

»Das tut mir leid für Euch, Kristallmädchen. Wenn Euch wohler ist, dann kehrt um. Ich würde es verstehen. Ihr könnt noch fliehen, wenn Ihr wollt.«

Doch das Kristallmädchen schüttelte entschlossen den Kopf. Es wollte nicht wieder davonlaufen.

Die silberne Königin lächelte. »Ich bin froh, dass Ihr mit mir kommt.«

Die Kälte wurde mit jedem Schritt beißender. Es konnte nicht mehr weit sein. Die silberne Königin stieg von ihrem Esel ab und löste die Riemen der Zäumung. Wo immer der Weg sie nun hinführen würde, es war kein Ort für Esel.

Das Kristallmädchen tat es ihr gleich und befreite den zweiten Esel von seinen Lederschnallen. Die Zäumung verbargen sie in einem hohlen Baum, damit sie so schnell niemand finden würde. Dann streichelten sie die Esel und bedankten sich für ihre innige Freundschaft, ehe sie weitergingen.

Mit wachsender Beunruhigung bemerkte die silberne Königin, wie das Licht der Sonne verblasste. Es schien, als hätte selbst sie hier, im Reich des Frostprinzen, keine Macht.

»Habt Ihr Angst?«, flüsterte das Kristallmädchen neben ihr in die ungewöhnlich starre Stille hinein.

»Ja«, sagte die silberne Königin leise. Ihre Stimme schallte in einem gebrochenen Echo von den vereisten Bäumen zurück. »Aber wenn ich zulasse, dass sie mich besiegt, wird sie das ganze Königreich besiegen. Ich würde es mir niemals verzeihen, dass unter meiner Schwäche das ganze Land leiden muss.«

»Ich verstehe«, erwiderte das Kristallmädchen nachdenklich. »Als in unserem Land der Kristallkönig dem Frostprinzen erlag, brachen auch alle anderen ein. Vielleicht wäre es anders gekommen, hätte der König nicht nachgegeben.«

Die silberne Königin wollte nichts sagen, was die Hoffnung des Kristallmädchens noch mehr schüren würde; aber vielleicht würde das Eis in allen Welten schmelzen, wenn es nur irgendjemandem gelang, den Frostprinzen zu besiegen. Zumindest klammerte sie sich daran. Der Gedanke, es könnte nichts geben, das man dem Frostprinzen entgegenzusetzen hatte, war zu erschreckend.

Sie gingen weiter. Die Nacht brach schließlich an, doch kein Stern zeigte sich am Himmel. Einzig das helle Eis erschuf ein seltsames Licht. Wie Nebelschwaden, die sich aus der Erde erhoben, schimmerte es am Boden und an den Rinden der hohen Bäume.

Da bemerkten sie einen schwarzen Fleck in der Ferne. Ein Schatten, der zusammengekauert vor einem Baum lag, als wolle er sich vor dem vordringenden Eis schützen.

»Oh nein!«, rief das Kristallmädchen erschrocken aus. »Hoffentlich nicht noch ein Opfer des Frostprinzen!«

Die silberne Königin ermahnte sich, ruhig zu bleiben. Sie legte dem Kristallmädchen eine Hand auf den Arm und bedeutete ihm, auf sie zu warten. Dem Tod ein weiteres Mal ins Gesicht zu blicken, das wollte sie ihm nicht zumuten. Sie setzte einen Fuß vor den anderen. Die Kälte bedrängte sie. Von unten durch ihre dünnen Schühchen. Von den Seiten durch ihren Mantel, dessen edle Silberseide keinen Schutz gegen das Eis bot. Aber sie wollte nach diesem armen Wesen sehen, das dort in der Finsternis lag. Vielleicht konnte sie ihm helfen. Vielleicht war es noch nicht so schlimm wie bei dem Dornenkind.

Als sie nur noch ein Dutzend Schritte von der Gestalt entfernt war, hörte die silberne Königin ein ersticktes Husten. Die Stimme eines jungen Mannes, die wegen der Kälte zitterte. Aber trotz des Zitterns war diese Stimme so zauberhaft, dass die silberne Königin die letzten Meter rannte und sich neben ihm auf die Knie fallen ließ. Das Eislicht reichte nicht, um sein Antlitz zu erhellen, aber die silberne Königin konnte die Konturen seines Gesichts erkennen. Sie waren schmerzverzerrt.

»Könnt Ihr mich hören?«, fragte sie leise und legte ihre Hand

auf seine Stirn. Sie zuckte zurück, als ihre Finger von seiner Kälte verbrannt wurden. Er schien noch kälter zu sein als das Dornenkind. Die silberne Königin konnte sich kaum vorstellen, wie schmerzhaft das sein musste.

»Ich höre Euch«, brach es aus dem Mann heraus.

Die silberne Königin musste sich über ihn beugen, um ihn zu verstehen. »Könnt Ihr mir sagen, was mit Euch passiert ist?«

Der Fremde zog rasselnd die Luft ein. In seinem Brustkorb schienen metallene Zahnräder zu knirschen. »Ich wurde verfolgt. Verfolgt und verflucht. Ich spüre nichts mehr. Die Kälte verschlingt mich.«

Als er gequält stöhnte, wusste die silberne Königin, dass der Frostprinz wieder zugeschlagen haben musste. Anders konnte sie sich diese Haut, die kälter als die eines Toten war, nicht erklären. Sie winkte das Kristallmädchen heran, um es zu fragen, ob es den jungen Mann vielleicht kannte. Oder ob es nach seinen langen Reisen wusste, aus welchem Land er kam. Das Kristallmädchen aber hatte keine Antwort auf diese Fragen.

»Könnt Ihr mir helfen?«, wisperte er da und griff nach der Hand der silbernen Königin. Sie, die die Berührung eines Fremden nicht kannte, war so überrumpelt, dass sie die Kälte für einen Moment vergaß.

Dann lächelte sie und legte ihre eigene Hand auf seine. »Ich werde es versuchen. Das verspreche ich Euch.«

Die silberne Königin wandte sich von ihm ab. Wie sehr er wohl leiden musste. Ihr Herz schmerzte und pochte wild, weil es von Mitgefühl für den jungen Mann zerrissen wurde. So sah sie sein Lächeln nicht.

Es war kälter als alles Eis der Welt.

Emma musste zum Wasserglas greifen, denn ihre Stimme war ausgedörrt und rau. Jedes Wort schmerzte, und ihr Hals fühlte sich so wund an, als hätte sie Sand gegurgelt.

Der König musterte sie erwartungsvoll. Er schien ihren Schmerz nicht zu bemerken, oder er scherte sich schlichtweg nicht um ihn. Bislang hatte er sie nicht ein einziges Mal unterbrochen. Nur einmal war er aufgestanden, um sich auf der Kante ihres Bettes niederzulassen, zu nahe, aber doch nicht so nahe, dass sie sich berührten.

Emma wagte einen direkten, forschen Blick in sein Gesicht, doch der König sah zum Fenster. Sein Profil leuchtete blass im Einfall des Morgenlichts. Emma fragte sich, ob er eingefangen worden war; ob es ein gutes Zeichen war, dass er ihr seit Stunden zuhörte. Oder ob er sie nun einfach zwingen würde, das Märchen von der silbernen Königin zu Ende zu erzählen; an einem Stück und rasend schnell, damit endlich alles vorbei war.

»Sprich weiter«, sagte Casper schließlich und wandte sich ihr wieder zu.«Ich will sehen, ob ich recht habe.«

»Recht?«, fragte Emma. »Recht womit?«

»Ich könnte die Geschichte an deiner statt zu einem Ende bringen. Es liegt auf der Hand. Die silberne Königin wird einen Weg finden, den Frostprinzen zu besiegen. Das Gute triumphiert über das Böse. So enden alle Geschichten. Und genau aus diesem Grunde lieben die Menschen sie. Sie können das haben, was ihnen im Leben fehlt. Gerechtigkeit, Mut und Ehre und all das, worauf die Heldenepen ein Loblied singen. Aber damit macht man es sich zu leicht, findest du nicht?«

Emma wandte den Blick von ihm ab. Sie schüttelte den Kopf.

Casper lachte nur. »Irgendwann wirst du es merken. Genug ist den Menschen immer noch zu wenig. Nun sprich weiter. Ich kann nicht auch noch den ganzen Tag hier sitzen.«

Emma gönnte sich noch zwei, drei Atemzüge der Stille, bevor sie fortfuhr. Eher würde sie riskieren, ihre Stimme zu verlieren, als dem König den Triumph zu gönnen, sie zum Schweigen gebracht zu haben.

Die silberne Königin hatte sein Lächeln nicht gesehen; das Lächeln, das siegesgewiss den Untergang ihres Königreichs pro-

phezeite. Vielleicht hatte sie es auch nicht erkennen können, weil sie sich ein solches Lächeln nicht vorstellen konnte. Sie hatte Grausamkeit nie kennengelernt.

Gemeinsam mit dem Kristallmädchen stützte die silberne Königin den jungen Mann und führte ihn in einem langen Tagesmarsch zu dem weißen Haus. Dort, so dachte die silberne Königin, gäbe es genug Wärme und Essen, um ihn vor dem sicheren Kältetod zu retten. Er sollte nicht so enden wie das Dornenkind, das schwor sie sich. Sie konnte dem Tod nicht noch einmal erlauben, ihr Reich zu betreten.

Doch vor dem weißen Haus wartete bereits jemand auf die kleine Gruppe, die noch im Wald verborgen war. In Reih und Glied stand vor dem Eingang ein Dutzend Zwerge mit blauen Zipfelmützen, grimmigen Mündern und scharf blitzenden Äxten.

»Oh nein!«, keuchte das Kristallmädchen und hätte den jungen Mann beinahe fallengelassen. »Seht nur, Eure Majestät! Eiszwerge! Sie warten auf uns!«

Die silberne Königin war bestürzt. Sie hatte die Gefahr in ihrem Rücken vermutet, nicht aber vor sich.

Die silberne Königin sah zu dem jungen Mann. Sie schaute in eine gequälte Miene, und sie glaubte, er würde nicht mehr lange durchhalten. Achtsam spähte sie zu den kleinen Eismännchen, die aufgebracht miteinander tuschelten und immer wieder auf die Bäume zeigten, hinter denen die Gruppe sich versteckt hielt. Sie hatten anscheinend etwas bemerkt.

»Wir müssen in das Haus hinein«, flüsterte das Kristallmädchen. »Dort sind wir sicher. Gewiss können sie nicht herein.«

Die silberne Königin nickte. Sprechen konnte sie nicht, denn der Mann lastete schwer auf ihrer Schulter. Er zog sie nach unten, obwohl er doch so schrecklich schmächtig war. Und die Kälte war so grausig; sie griff mittlerweile nach ihr selbst. Hatte das Eis ihn bereits unwiderruflich gefangen genommen?

Sie mussten bald die Schwelle überqueren. Im Inneren des Hauses gab es einen Kamin, daran erinnerte sie sich. Es gab Feuer und Essen und Schlafmöglichkeiten. All das war Heilung für den jungen Mann und auch ein wenig für die silberne Königin selbst.

Das Kristallmädchen zerrte die silberne Königin und den jungen Mann hinter den schützenden Stamm eines Silberbaumes.

»Schafft Ihr es, ihn allein ins Haus zu tragen?«, flüsterte es. Die silberne Königin wollte erneut nicken, aber diese plötzliche, wilde Entschlossenheit in den Augen ihrer Begleiterin machte sie stutzig.

»Wieso fragt Ihr?«

»Wenn ich … Wenn ich die Zwerge ablenke, könntet Ihr es schaffen. Ihr könntet rennen, und bevor sie sich versehen, seid Ihr schon durch die Tür hindurch.«

Die silberne Königin schnappte nach Luft. »Nein! Das versucht Ihr nicht! Nicht hier und nicht mit diesen Gestalten, die nur Böses im Sinn haben! Was denkt Ihr nur von mir? Dass ich Euch allein lassen würde?«

Das Kristallmädchen schluckte. Etwas schimmerte in seinen Augen, auch wenn es dieses Glänzen tapfer fortblinzelte. »Ihr müsst mich allein lassen, um dasselbe nicht mit Eurem Königreich zu tun.«

Wieder schüttelte die silberne Königin den Kopf. »Das kann nicht der Ausweg sein«, widersprach sie heftig. »Ein Opfer ist niemals ein Ausweg.«

Das Kristallmädchen verbeugte sich vor der silbernen Königin und lächelte. Es war ein zittriges Lächeln, aber gerade in seiner Zerbrechlichkeit lag so viel Mut, wie es die silberne Königin noch nie gesehen hatte.

Bevor sie dem Kristallmädchen befehlen konnte, von ihrem Entschluss abzulassen, stürzte es sich mit lautstarkem Gebrüll auf die Lichtung, direkt in die Menge der Eiszwerge hinein. Für einen Augenblick herrschte heilloses Durcheinander. Die Zwerge waren zahlenmäßig überlegen, aber offenbar nicht sonderlich klug. Sie rannten hin und her und sich selbst über den Haufen.

Der junge Mann an ihrer Seite erwachte zum Leben.

»Jetzt«, flüsterte er drängend, und gemeinsam rannten sie los, bis sie zur Schwelle kamen. Die Tür schwang wie beim letzten Mal wie von Zauberhand auf, und an ihr hing das vertraute Schild von Meister Unsichtbar. Mit einem Satz sprang die silberne Königin über die Schwelle und drehte sich um, um dem jungen Mann hineinzuhelfen.

Aber er schrie gellend auf. Dampfwolken stiegen von seinen Armen auf, die er nach vorn gestreckt hatte und nun zurückriss. Dunkle Wut verzerrte sein schönes Gesicht.

»Warum komme ich nicht rein?«, brüllte er, und seine Stimme klang plötzlich gar nicht mehr gewinnend, gar nicht mehr schön und sanft. Irgendwo dort draußen hörte die silberne Königin das Kristallmädchen schreien.

Endlich dämmerte es ihr. Der junge Mann konnte die Schwelle nicht übertreten. Aber Notleidende wurden ins Haus eingelassen. Hieß das … er litt gar nicht?

Die silberne Königin erschrak. Dieser junge Mann …

Jemand rauschte von hinten an ihr vorbei und stieß die Tür so fest zu, dass das ganze Haus wackelte, obwohl es aus Marmor war.

»Habt Ihr es auch endlich verstanden, ja?«, fragte Wendel böse. »Wie fein, dass Ihr den Frostprinzen gleich an die gedeckte Tafel einladen wolltet, Eure Hoheit.«

Die silberne Königin blickte noch für einen Moment verstört auf die geschlossene Tür, hinter der die vor Wut verzerrte Miene des jungen Mannes verschwunden war. Als sie sich umdrehte, saß Wendel bereits wieder in seiner Ecke an dem Tisch, der nur für ihn geschaffen zu sein schien, und starrte trübsinnig in seinen Becher, als würde sich die Weisheit in den Tiefen des Weins verbergen.

»Wir sind umringt, Herr Schneekugelbauer!«, rief die silberne Königin aus, doch Wendel reagierte nicht. Lag ihm denn so wenig an seinem Leben?

Die silberne Königin eilte von Fenster zu Fenster, um zu sehen, was dort draußen vor sich ging, aber sie konnte weder das Kristallmädchen noch den Frostprinzen entdecken, nur ein paar Eiszwerge. Am liebsten wäre sie wieder herausgerannt, aber wie konnte sie das, ohne einen Plan, ohne eine Idee?

»Er hat sich so viel genommen und ist doch kein König. Versteht Ihr? Das Haus erkennt ihn nicht an. Trotz all seiner Siege«, murmelte Wendel.

Die silberne Königin starrte vom Schneekugelbauer zur Tür und wieder zurück. Ihre Stirn war gerunzelt, als hätten sich alle Sorgen der Welt in ihre Haut gegraben.

»Siege erheben einen nicht gleich zum König.« Wendel lachte bitter. »Aber selbst wenn sich das Haus ihm nicht unterwirft, der Rest des Reichs wird es tun. Und wir? Wir beide bleiben dann für immer zwischen diesen Wänden. Alles, was es zum Leben braucht, finden wir hier.«

»Ihr vielleicht«, sagte die silberne Königin. »Aber zum Leben gehört mehr als ein Dach über dem Kopf, Essen und Wein. Das reicht nicht.«

»Ihr würdet Euch wundern«, antwortete Wendel, »was Euch reicht, wenn nur eine gewisse Zeit ins Land geht. Wenn man mit jedem Winter mehr vergisst, dass es früher einmal den Sommer gab. Glaubt Ihr, die Menschen in hundert oder tausend Jahren werden sich noch daran erinnern, wie friedlich silbern dieses Königreich war? Wenn erst alles mit Eis überzogen ist, wird niemand mehr der Vergangenheit gedenken.«

Die silberne Königin hob den Kopf, den Erschöpfung und Angst nach unten drücken wollten. Direkt vor der Tür lauerte der Frostprinz, und das Kristallmädchen befand sich in seiner Gewalt. Sie wusste, dass die Möglichkeit des Versagens bestand. Aber nicht jetzt. Nicht so früh. Und nicht auf diese Weise.

»So weit wird es nicht kommen«, flüsterte sie. »So weit darf *es nicht kommen.«*

»Findet Euch besser damit ab, Königin. Ihr habt verloren. So

ist das nun einmal im Leben. Manchmal gewinnt man, und manchmal verliert man.«

Wendel stand auf. Obwohl er sich eben noch flink wie ein Wiesel bewegt hatte, wirkte er nun so schwerfällig, als hätte er sich jahrelang nicht mehr von seinem Platz erhoben. Als wäre er schon mit dem Haus verwachsen.

Dann verbeugte er sich.

»Willkommen in der Wirklichkeit, Eure Majestät. Nun hat sie also auch in Euer Königreich Einzug gehalten.«

»Ich mag ihn.«

Emmas Stimme geriet ins Stocken, als Casper sie unterbrach. Sie versuchte, ihr Gewicht zu verlagern; nach den langen Stunden des Erzählens waren ihre Muskeln steif. Aber ihre Beine lagen schwer auf dem Bett und ließen sich kaum bewegen.

»Warum?«, fragte sie. »Weil er auch so an seinem Haus hängt, wie Ihr es tut?«

Casper lachte. Als würden sie nur ein freundliches Gespräch führen. Als wäre er ein normaler Mann. Aber sie würde sich davon nicht täuschen lassen. Vielleicht wollte er sie einwickeln, sie weich werden lassen. Vielleicht wäre sie so ein noch schönerer Eiskristall, wenn er erst einmal mit ihr fertig war. Wer wusste schon, was in seinem kalten Kopf vor sich ging?

»Nein. Aber er hat verstanden, worum es im Leben geht. Und wie einfach die Menschen glücklich zu machen wären, wenn sie ihre Erwartungen nicht so hoch ansetzen würden.«

Für einen Atemzug starrte Emma den König an. Es war das erste Mal, dass er sie wirklich sprachlos machte. Hatte er ihr gerade unterschwellig sagen wollen, dass das Glück in den kleinen Dingen lag? Innerlich schüttelte sie den Kopf. Sicher hatte sie ihn falsch verstanden. Was verstand er auch schon von Glück?

Sie stieß den Atem aus und dachte darüber nach, wie sie fortfahren sollte. Es war nicht so einfach, wie sie gedacht hatte.

Geschichten zu erzählen. Geschichten, die fesselten, die einen in den Bann zogen und von denen man nicht mehr ablassen wollte. Geschichten, die man mit in seine Träume nehmen und deren Ende man nicht hören wollte, weil es dann kein Zurück mehr gab. Emma war keine Märchenerzählerin. Andere brauchten Jahre oder sogar Jahrzehnte, um diese Kunst vollkommen zu beherrschen. Sie hatte nur die Todesangst, die sie vorantrieb, und die Fantasie, die in ihr schlummerte.

Aber offenbar hatte Casper für heute genug. Womöglich brauchte auch er Schlaf, irgendwann einmal. Er sprang so plötzlich vom Bett auf, dass Emma sich vor Schreck den Kopf an der Wand hinter ihr anstieß.

»Wo wollt Ihr hin?«, fragte sie. Diese Stelle war nicht gut genug für eine Unterbrechung. Sie war vielmehr gefährlich, weil sie die falsche Aussage im Raum stehen ließ.

»In die Wirklichkeit hinaus«, sagte Casper und verneigte sich spöttisch. Dann rauschte er davon und ließ Emma allein zurück.

Kapitel 20

Emma verschlief den ganzen Tag, obwohl sie vorgehabt hatte, sich den Fortgang des Märchens zu überlegen. Aber ihr Körper war erschöpft, und vielleicht floss alle restliche Energie in ihre Füße, selbst wenn kein Gefühl mehr in ihnen war.

Ihr Schlaf endete abrupt, als jemand ein Tablett krachend auf dem Tisch abstellte. Emma fuhr abwehrbereit in die Höhe. Ihr Orientierungssinn ließ sie dieses Mal nicht im Stich, und sie wusste sofort, in welchem Bett sie lag.

Der Schatten stand neben ihr und strich mit den Fingerspitzen über das Bettlaken. Emma stockte der Atem. Ohne seinen wallenden Mantel, der heute fehlte, wirkte er zwar mehr wie ein Mensch, aber ihm fehlte es an Substanz. Es war, als würde seine Gestalt verschwimmen, wenn man die Augen zusammenkniff und versuchte, ihn eingehender zu betrachten.

»Was wollt Ihr hier?«, brachte Emma heraus, als der Schatten nichts sagte. Sie befürchtete, dass Casper sich nun doch nicht an ihre Abmachung halten würde. Dass er genug von ihr hatte und sich nicht selbst die Hände schmutzig machen wollte. Das taten Könige nie. Sie machten sich nur ihre Herzen schmutzig, aber das konnte schließlich niemand auf den ersten Blick erkennen.

»Euer Vater«, krächzte der Schatten. Er wirkte irgendwie zerstreut, aber Emma machte nicht den Fehler, ihn deswegen zu unterschätzen.

»Was ist mit ihm?«

Seine Kleidung raschelte nicht, als er einen Schritt zur Seite trat. Er sah aus dem vergitterten Fenster hinaus.

»Wir haben ihn.«

Für einen Augenblick hörte Emmas Welt auf, sich zu drehen.

Sie blieb einfach stehen, verharrte in ihrer Bewegung, und Emma konnte sich nicht vorstellen, dass sie es jemals wieder wagen würde, sich weiterzudrehen. Die letzten beiden Tage hatte sie ihren Vater aus ihren Gedanken verbannt, um nicht verrückt zu werden; um sich nicht an Zuhause zu erinnern.

»Das ... das kann nicht sein.«

Natürlich konnte es sein. Sie hatten beide gewusst, dass dort draußen Gefahren warteten. Aber Emma hatte so sehr gehofft, dass die Männer den Wachen entgehen würden. Sie kannten das Land rings um die Stadt seit Jahren, wussten, welche Gebiete man meiden sollte und welche sicher waren. Die Männer begingen doch keine Verbrechen. Sie hatten nur helfen wollen. Wie konnte das auch nur einem einzigen Menschen ein Dorn im Auge sein? Unter der Bettdecke ballte Emma die Hände zu Fäusten. Am liebsten hätte sie dem Schatten ihre verdammten Füße um die Ohren gehauen, bis er keinen Ton mehr von sich gab.

»Es war nicht schwer, ihn und die anderen zu finden.« Der Schatten zuckte mit den Schultern, eine seltsam menschliche Geste für dieses unnatürliche Geschöpf, während seine Stimme im ganzen Raum ein dunkles Echo warf.

In diesem Moment wünschte Emma sich nichts mehr, als kräftig genug zu sein, um gegen ihn antreten zu können. Ihn niederzustrecken, irgendwie.

»Wo?« Ihre Stimme war vom nächtlichen Erzählen rau und kämpfte nun um jede Silbe.

»Begraben«, sagte der Schatten.

»Begraben?«, wiederholte Emma verstört. »Wie meint Ihr das?«

Der Schatten hob wieder die Schultern, als wären ihm ihre Fragen unangenehm. Aber das war nicht möglich. Er genoss diese Unterhaltung.

»Unter dem Tunnel, den sie frei graben wollten. Er ist eingestürzt. Niemand hat überlebt.«

Eingestürzt.

Niemand. Hat. Überlebt.

Stille.

Blut rauschte in ihren Ohren.

Ein nicht zu unterdrückender Würgereiz kroch in Emma herauf. Sie legte die Hände an ihre Kehle, aber es half nichts. Ihr Körper verarbeitete diese Botschaft schneller als ihr Kopf. Sie ließ sich zur Seite fallen und spuckte bittere Galle auf den Boden, während sich ihr Magen zusammenzog. Krämpfe schüttelten sie, bis sie nur noch trocken würgte. So viel Bitterkeit konnte sie nicht aus ihrem Körper herauspressen, wie sie in diesem Augenblick empfand.

»Habt keine Angst.« Die dunkle Stimme hallte in Emmas Kopf wider. »Ihr werdet nicht lange allein bleiben. Ihr werdet Eurem Vater bald folgen.«

Mühsam hob sie den Kopf, aber der Platz am Fenster war leer. Auf dem Boden lag nur noch eine geknickte schwarze Feder.

Er lügt dich an, flüsterte eine weit entfernte Stimme in ihren Gedanken. Er lügt dich an, um dich zu brechen. Der König will dich brechen.

War das möglich? Dass Casper ein Spielchen mit ihr trieb, damit sie aufgab? Damit er sein Versprechen nicht halten musste? Aber er war ... Er war der König. Er musste es sowieso nicht halten. Niemand würde ihn für das Brechen eines Versprechens zur Rechenschaft ziehen. Es wusste nicht einmal jemand um dieses Versprechen.

Emma wischte sich mit dem Handrücken über den Mund und griff nach dem Wasserglas auf dem Tablett mit Essen, das der Schatten gebracht hatte. Sie schluckte ein paar Mal angestrengt, aber der fahle Nachgeschmack wollte nicht verschwinden. Ihre Hand zitterte, als sie das Glas zurückstellen wollte, und so verfehlte sie den Tisch. Das Glas zerschellte auf dem Boden. Das Wasser versickerte im Teppich neben dem Bett und perlte über das Eis dahinter, um bald schon Teil dessen zu werden. Die Glasscherben waren so durchsichtig, dass sie sich nicht von dem eisigen Untergrund unterscheiden ließen.

Aber der verschmutzte, mit Glas übersäte Boden war Emma egal. Sie robbte zum Bettrand und stellte ihre eingefrorenen Füße auf den Boden. Vielleicht log der Schatten. Vielleicht auch nicht. Aber allein die Aussicht darauf, nun bis zu ihrem eigenen Tode mit dieser Ungewissheit leben zu müssen, brachte Emma schier um den Verstand. Sie kämpfte sich auf die Beine, wobei sie sich mit den Händen am Bettpfosten festhalten musste. Ihre ungelenken Füße trugen zwar ihre Last, fanden aber kein Gleichgewicht. Sie hangelte sich an der Wand entlang bis zur Tür. Tränen verschleierten ihre Sicht, als es diesem kurzen, zerstörerischen Satz wieder gelang, ihre innere Mauer zu durchbrechen.

Niemand hat überlebt.

Es ist eine Lüge, nur eine Lüge!, wollte Emma schreien, doch kein Laut entwich ihren Lippen. Sie musste all ihre Mühen darauf verwenden, einen Fuß vor den anderen zu setzen, der Tür immer näher. Sie versuchte, sie zu öffnen, drückte sich mit aller Kraft dagegen, aber das dicke Eis widerstand ihr. Mit den Fäusten hieb sie schließlich dagegen. Immer und immer wieder. Sie sagte kein Wort, bis ihre Hände blutig geschlagen waren und ihre Eiskristallfüße aus dem Takt gerieten.

Emma fiel, und dabei dachte sie, wie angenehm es doch gewesen wäre, wenn ihr ganzer Körper aus Kristall bestehen würde und beim Aufprall in tausend Teile zerspringen würde.

Dann gäbe es den Schmerz nicht mehr.

Kapitel 21

Ein kühles Tuch auf ihrer Stirn dämpfte den Kopfschmerz.

Ophelia ist da, dachte Emma erleichtert, während ihre Gedanken noch in einem Moor aus zähen, klebrigen Träumen festsaßen. Der weiche Stoff unter ihren Handflächen fühlte sich vertraut an. Sie sah das alte, eingesessene Polstersofa in der Chocolaterie vor sich, auf dem sie Platz genommen hatten … als Madame Weltfremd noch Märchen erzählt hatte. Als Emma nur zuhören musste, als sie die Last des Erzählens noch nicht selbst getragen hatte. Es schien eine Ewigkeit her zu sein, ein Leben lang.

Als Emma sich zwang, die Augenlider zu öffnen, kehrte die Wirklichkeit schlagartig zurück. Natürlich war Ophelia nicht da. Und sie selbst lag auch nicht in der Chocolaterie, selbst wenn sie glaubte, den Duft von geschmolzener Schokolade wahrzunehmen. Es war nur ein Traum ihres verwirrten, sich nach ihrem Zuhause sehnenden Geistes. Vielleicht kamen die Halluzinationen, wenn die Seele keinen anderen Weg mehr wusste, sich dem Elend zu entziehen.

Ihr Kopf lag nicht auf einem Kissen, sondern auf Caspers Knien. Sein Gesicht schob sich in ihr Blickfeld, als sie blinzelte, und vertrieb somit die Eintönigkeit der Eisdecke über ihr.

»Guten Morgen«, sagte er sanft. Seine Stimme legte sich wohltuend auf ihre geschundene Seele, in der der Gedanke an ihren Vater bereits voller Schadenfreude lauerte, um sie umzuwerfen.

Emma starrte den König sprachlos an. Ihre Arme fühlten sich an, als hätte sie jemand mit Blei begossen. Doch in ihren Fingern kribbelte es. Am liebsten hätte sie ihre Fingernägel in Caspers

Wangen gekrallt, bis Blut spritzte. Sie drehte sich zur Seite, runter von ihm, und weil sie sich so hastig bewegte, klirrten ihre Füße, als sie gegeneinanderschlugen.

»Sachte. Es soll doch nichts zu Bruch gehen, oder?«

»Es ist bereits genug zu Bruch gegangen«, erwiderte Emma tonlos. »Schlimmer kann es nicht mehr kommen.«

Der König lachte. Und sie, die von irgendjemandem wieder unter den Deckenberg gesteckt worden war, fror wieder – oder vielmehr: immer noch. Gleichzeitig glühte ihre Stirn. Sie schien Fieber zu haben. Der Schmerz in ihr wollte sich nach draußen brennen.

»Das glaubt man immer. Und jedes Mal liegt man wieder falsch in der Annahme, dass es nicht mehr schlimmer kommen könnte.«

Emma blickte aus dem Turmfenster, um Casper nicht ansehen zu müssen, der viel zu nah neben ihr im Bett saß. Dort draußen gab es nichts als weiße Wolken und Schneefall. In diesem Moment verirrte sich ein schwarzer Vogel auf die Fensterbank. Aber er hielt es nicht länger als einen Flügelschlag aus. Emma konnte ihn verstehen. Wenn sie die Freiheit besäße zu fliegen, wäre sie nun weit fort.

»Wenn ich niemanden mehr habe, um den ich mich sorgen muss, gibt es nichts mehr, womit Ihr mir wehtun könnt.«

Es war ihr gleich, wie der König nun darauf reagieren würde, dass sie ihm jeglichen Respekt verweigerte. Er hatte ihn noch nie verdient und jetzt noch weniger. Wenn er oder seine Handlanger Cristan auch nur ein einziges Haar gekrümmt hatten, dann würde Emma ihr kurzes Leben darauf verwenden, ihm sein eigenes zur Hölle zu machen. Sie würde es wenigstens versuchen.

»Und was ist mit dir selbst?«, fragte Casper. Sie hörte das Rascheln von Stoff, dann fühlte sie seine Finger an ihrer Schläfe. Angenehm und kühl. Sie erkannte, dass es beim Aufwachen kein Tuch gewesen war, sondern Caspers Finger, die über ihre

Stirn strichen. Emma ließ die Berührung zu. Sie war trügerisch beruhigend, so wohltuend und schmerzlindernd. Gleichzeitig fühlte es sich wie Verrat an, sie zuzulassen.

»Was soll mit mir sein?«

»Sorgst du dich nicht um dich?«

Emma drehte den Kopf weg, aber Caspers Hand verweilte auf ihrem Haar, zart wie ein Windhauch. Kaum spürbar, aber da. »Was ist man selbst denn ohne die Menschen, die man liebt?«, fragte sie. »Nur ein leeres Gefäß ohne Leben.«

Fast hätte sie gesagt: *Sieh dich an. Leerer kann ein Herz nicht sein. Leerer kann ein Mensch nicht sein.*

»Niemand wird so geboren«, sagte Casper.

Emma runzelte die Stirn, weil sie den Zusammenhang seiner Antwort nicht nachvollziehen konnte. Wieder klimperten ihre Füße, als sie sich von ihm wegschieben wollte und seine Hände sie nicht loslassen wollten.

»Niemand wird *wie* geboren?«, fragte sie, als sie aufgab und sich mit herausforderndem Blick zu ihm umdrehte. Sie legte möglichst viel Spott und Verachtung in ihre Stimme. Sie wollte ihn verletzen, wie er sie verletzte. Aber es war schwer, Casper zu verletzen. Sein Stolz war vielleicht verwundbar, aber seine Gefühle ...

Als die Finger an ihrem Gesicht erstarrten und ein Schatten über sein Gesicht huschte, bereute sie ihren Ausbruch beinahe. Zorn war die einzige Regung, zu der er sich hin und wieder herabließ. Aber sein Zorn war gewaltig. Das hatte er ihre Füße spüren lassen, ihren Vater, die anderen Männer. Emma verbot sich, daran zu denken. Noch lebte sie. In dieser Zeit durfte sie nicht an Cristan denken, oder sie würde auf der Stelle zerbrechen. Hier und jetzt, irreparabel.

»Das Märchen. Erzähl es weiter«, befahl der König und zog seine Hand endlich fort. Obwohl Emma sich nicht an seine Berührungen gewöhnen konnte, fühlte sie sich plötzlich verlassen, und das Glühen in ihrem Kopf kehrte zurück.

Noch stärker als zuvor.

Sie schüttelte den Kopf, um das Gefühl zu vertreiben, und setzte sich auf, sodass sie neben Casper am Kopfteil des Bettes lehnte. Dann nahm sie den Faden wieder auf …

»Und nun?«, fragte Wendel bereits zum dritten Mal. Bei ihrer ersten Begegnung hatte der Schneekugelbauer fast gar nicht gesprochen, aber jetzt, wo die silberne Königin eisern nachdenken musste, konnte er offenbar nicht damit aufhören.

»Ich denke nach«, antwortete die silberne Königin.

»Soso«, sagte Wendel. »Denken Königinnen also nach? Ich dachte immer, sie schnipsen mit den Fingern, um die Welt in Ordnung zu bringen.«

»Nun, damit liegt Ihr offenbar falsch«, entgegnete die silberne Königin. »Im Gegensatz zu Euch habe ich mich nicht an einem sicheren Ort versteckt.«

»Nicht?« Wendel lächelte grimmig. »Und warum sitzt Ihr dann hier, während Eure Begleiterin draußen in Gefangenschaft geraten ist?«

Weil ich wichtiger bin, wollte die silberne Königin sagen, aber sie schwieg erschrocken. Wie konnte ihr nur solch ein furchtbarer Gedanke kommen? Sie war doch nicht besser als das Kristallmädchen, als jeder einzelne Bewohner ihres Königreichs oder als jeder Mensch außerhalb der ihr bekannten Grenzen.

Aber hatte sie nicht die größte Macht von allen? Sie hatte ein silbernes Grab für das Dornenkind geschaffen. Wer wusste schon, zu was sie noch fähig war? Die silberne Königin starrte auf ihre Handflächen. Vielleicht war es tatsächlich wichtiger, dass sie am Leben blieb. Und vielleicht hatte das Kristallmädchen das gewusst, so viel früher als sie selbst.

Diese Überlegung biss sich wie eine hinterhältige Schlange in ihrem Herzen fest. Es war so leicht, sich allen Menschen gegenüber als gleichgestellt zu empfinden, wenn Friede herrschte. Aber jetzt ruhte die Verantwortung in ihren Händen. In ihren allein. Vielleicht konnte sie sich ihre früheren Tugenden nun nicht mehr leisten.

Die silberne Königin schüttelte den Kopf. Ein Gewissenskonflikt war das Letzte, das sie nun gebrauchen konnte. Sie warf einen Blick auf den Schneekugelbauer, der in seinem Stuhl zusammengesunken war und mit leerem Blick aus dem Fenster sah.

»Seid Ihr dem Frostprinzen vor dem heutigen Tag je begegnet?«

Wendels Finger legten sich wie ein Schraubstock um seinen Kelch, der vermutlich bis zum Rand mit rotem Wein gefüllt war. Seine Augen waren von dunklen Schatten umrandet.

»Und ob ich das bin«, sagte er. »Habt Ihr seine dunkle Präsenz nie gespürt? Sie war schon lange da. Lange bevor Ihr Euch auf den Weg gemacht habt.«

»Wie meint Ihr das?«, fragte die silberne Königin verwirrt. Sie hatte Albträume gehabt, dass eine Bedrohung kommen würde. Aber sie hatte diese Träume als Vorboten betrachtet. Hätte sie ihnen mehr Beachtung schenken müssen?

»Wie ich das meine?« Wendel lachte hart. »Er hat eines Nachts an unsere Tür geklopft. Um Einlass gebeten. Kalt sei es, hat er gesagt. Vor allem dort, wo er herkommt. Ob er eine Nacht bei uns ruhen dürfe.«

Die silberne Königin rutschte unbehaglich auf ihrem Stuhl hin und her. Sehr wohl waren ihr noch die Worte im Ohr, mit denen der Schneekugelbauer über seine Familie gesprochen hatte. Dass er ohne sie besser dran wäre. Dass Alleinsein weniger schmerzte. Sie hatte ihn damals nicht verstanden. Und sie fürchtete sich davor, dass seine folgenden Worte das Dunkel seines Herzens für sie erleuchten würden.

»Als ich am nächsten Tag aufwachte, waren meine Glieder taub. Ich spürte nichts mehr, nicht einmal meinen Herzschlag. Ich dachte, ich sei tot. Aber der Tod muss barmherziger sein, denn über mir lachte der Frostprinz. Es war so kalt, dass ich

glaubte, Eisscherben zu atmen. Dann verschwand er. Dachte, ich würde sterben. Aber ich starb nicht. Er war zu nachlässig, und das Eis in mir taute. Als ich nach endlosen Stunden aus dem Bett fallen und über den Boden krabbeln konnte wie ein Kind, fand ich meine Frau und meine Kinder. Ihre Augen starrten leer an die Decke, und da wusste ich, dass sie nicht so stark gewesen waren wie ich. Ich verließ meine Heimat und fand dieses Haus. Und hier lebe ich nun. Denn hier hat der Frostprinz keinen Zutritt. Hier werde ich warten, bis alle tot sind. Alle außer mir.«

Lange wusste die silberne Königin nicht, was sie darauf erwidern sollte. Es gab nichts, mit dem man solch einen grausamen Verlust leichter machen konnte. Deshalb versuchte sie es gar nicht erst.

»Warum?«, fragte sie stattdessen. »Warum wollt Ihr übrig bleiben?« Sie hatte nicht vor, ihr Königreich vom Frostprinzen mit seinem Eis niederbrennen zu lassen, aber sie fühlte, dass sie eine Antwort auf die Frage brauchte, um Wendel zu verstehen.

»Ironie«, sagte Wendel leise. »Wenn der zuletzt stirbt, der als Erster hätte sterben sollen, versalzt es ihm die Suppe. Und wenn die Suppe des Prinzen schon niemand auslöffeln kann, so will ich sie ihm zumindest versalzen. Vielleicht erstickt er daran.«

»Vielleicht«, stimmte die silberne Königin ihm zu.

»Was ist mit dem Frostprinzen?« Casper drehte sich zu ihr und kam Emma so nah, dass sie seinen kalten Atem spürte.

»Was soll mit ihm sein?«, fragte sie.

»Was ist mit seiner Sicht der Dinge? Erzählt sie niemand?«

Emma schwieg und starrte auf einen Punkt an der Wand hinter dem König. »Tyrannen haben keine Sicht«, sagte sie.

»Du machst es dir ziemlich einfach, findest du nicht?«

»Nein, finde ich nicht. Dieses ganze Gerede davon, dass es kein Gut oder Böse gibt … Ihr habt mir das Gegenteil bewiesen, Eure Majestät.«

Casper lächelte traurig. Emma drehte den Kopf zur Seite, weil sie dieses Lächeln nicht sehen wollte. Es verlieh dem König etwas ... etwas, das fast menschlich war.

»Du kennst mich nicht, Emma. Du kennst mich nicht.«

Wütend presste sie ihre Lippen aufeinander. Oh, wie sehr er irrte. Sie war ihm vielleicht erst vor ein paar Tagen begegnet, aber sie hatte die Geschichten gehört. Die gewisperten Warnungen, die ihre Großmutter ihr schon als kleines Kind zugeflüstert hatte, immer kurz bevor sie eingeschlafen war, damit es besonders einprägsam war.

»Manchmal muss man jemanden nicht persönlich getroffen haben, um ihn zu kennen.« Ihr Ton war scharf. »Manchmal reicht es, wenn man sieht, welche Auswirkung ein Mensch auf andere hat. Wenn man sieht, wie er sie ins Verderben stürzt. In Eurem Fall eine ganze Bevölkerung, Eure Majestät.«

Seine Kleidung raschelte, und Emma schloss instinktiv die Augen, weil sie Gewalt erwartete. Sie hatte es zu weit getrieben. Aber Casper schlug sie nicht. Stattdessen spürte sie seine eisigen Finger an ihrem Kinn, mit denen er ihr Gesicht zurück in seine Richtung drehte. Wieder schlug sein Atem an ihre Haut, an ihre Lippen, aber Emma hatte dieses Mal nicht das Gefühl, er wäre kalt. Lag es an ihren Füßen, die bereits zu Eis erstarrt waren? Wurde sie selbst schleichend langsam genauso kalt wie der König, nur dass sie es nicht einmal merkte? Vielleicht hörte ihr Herz dann auch irgendwann auf zu schlagen so wie seines. Und sie würde zur Eiskönigin, ebenso grausam wie Casper.

Emma versuchte, sich ihre Beunruhigung nicht anmerken zu lassen. Sie durfte sich nicht einschüchtern lassen, um nichts in der Welt. Sie war sich sicher, dass sie die Tatsache, dass sie noch am Leben war, zumindest in Teilen ihrer Unerschrockenheit verdankte. Ob es noch jemanden in diesem Land gab, der vor seiner Berührung nicht zurückzuckte? Also bemühte sie sich, ruhig zu atmen. Ihre Brust hob und senkte sich in einem gleichmäßigen, fast schläfrigen Rhythmus.

Schließlich öffnete sie die Augen, begegnete ruhig seinem Blick. Sie wartete, aber er sprach nicht.

»Also?«, fragte sie. »Wenn wir schon über das Verderben sprechen ... Wann werdet Ihr meines sein?« Ihre Stimme war so leise, dass sie sich selbst kaum verstand, aber Casper tat es.

»Wächst Dein Drang zu sterben bereits?« Seine Finger glitten an ihrem Hals hinab, und seine Hand legte sich ganz leicht auf ihre ungeschützte Kehle. »Bist du es nicht gewesen, die mich um Aufschub gebeten hat?«

»Und seid Ihr es nicht gewesen, der die Geschichte aus einer anderen Sicht hören wollte?« Emma schluckte, aber Caspers Hand regte sich nicht. Das Einzige, das sie tat, war, beständig Kälte auszustrahlen und sie darin einzuhüllen.

»Ich schätze, du könntest sie ohnehin nicht angemessen erzählen«, murmelte Casper. Seine Hand glitt noch tiefer, sodass Emma unwillkürlich den Atem anhielt. Sie ruhte nun einige Finger breit über ihrem Herzen, und Emma hatte Angst, dass, wenn seine Finger noch ein Stück tiefer glitten, er einfach in sie hineingreifen und es aus ihrer Brust zerren könnte.

»Nicht?«, presste sie hervor.

»Nein. Du bist verblendet. Du siehst nicht hin. Nicht genau genug. Du siehst nicht das, was nötig ist, um alles zu verstehen.«

In Emma wuchs der Impuls, hysterisch zu lachen. *Sie* war verblendet? Manchmal wunderte sie sich, ob der König ihre Rollen vertauscht sah; dass er das Opfer war und sie, oder das ganze Volk, die Tyrannen.

»Wenn Ihr meint. Dann erleuchtet mich doch mit Eurer Weisheit.«

Ihre Worte waren von einem leisen Gift getränkt, das bei Casper wirkungslos blieb, denn er deutete nur ein müdes Lächeln an. Mit seinem Finger strich er hauchzart über ihr Schlüsselbein. Schaudernd lehnte Emma sich zurück und wich ihm somit aus. Am liebsten hätte sie Casper angeschrien und aus dem Bett geschubst, damit er nicht ständig so präsent war. Sie konnte ihn nicht mit Körper und Geist zugleich bekämpfen. Das Märchenerzählen war schon kräftezehrend genug.

»Der Frostprinz ist vielleicht nicht aus eigenem Antrieb durchs Land gezogen und hat eine Spur aus Tod und Eis hinterlassen«, sagte Casper, und insgeheim war Emma erleichtert, den altbekannten eiskalten Tonfall in seiner Stimme zu hören. Der wahre König war zurück, jener König, der sie nicht mit seltsamen Stimmungsschwankungen verwirrte, der nicht sanft und schrecklich zugleich sein konnte.

»Vielleicht ist der Frostprinz mit einem Fluch belegt, der schlimmer ist als alles, was ein Mensch sich vorstellen kann. Er ist lebendig und tot zugleich. Sein Herz ist kalt und still, und jeden Tag stirbt er ein bisschen mehr.«

Casper hielt inne, und einen Augenblick schien es, als würde er darüber nachdenken, wie er weitersprechen sollte. Und dann wandte er sich ab und begann tatsächlich zu erzählen, mit dunkler Stimme, die sich wie die Decke der Nacht über Emma legte.

Die Welt, in die der Frostprinz hineingeboren wurde, war dunkel und still. Eine Welt aus scharfkantigen Papierblumen, mit Sternen aus Aschestaub und Wolken aus Glassplittern. Der Himmel über ihm war aus nebelgrauem Blei und sperrte jeden Lichtstrahl aus. In dieser Welt wuchs der Frostprinz auf, und das einzig Kostbare, das er besaß, war eine rote Rose, die seiner schwarzweißen Welt ein wenig Glanz und Farbe einhauchte. Diese Rose war sein größtes Geheimnis, und er versteckte sie gut, denn Farbe durfte in dieser Welt keinen Bestand haben. Farbe fiel der Zerstörung anheim, immer und unumgänglich. So hatte es sein Vater, der Frostkönig, festgesetzt.

Manchmal sprach die Rose zu ihm.

»Ich bin ganz allein hier«, stellte sie einmal fest und klang ganz bekümmert. »Wo sind all die anderen Rosen?«

»Fort«, antwortete der Frostprinz, denn er hatte noch nie eine andere Rose als seine erblickt. »Bist du denn nicht glücklich mit

mir? Jeden Tag komme ich dich besuchen, erzähle dir von der Welt oder lese dir Geschichten vor. Ist das nicht genug?«

»Es ist angenehm«, sagte die Rose. »Aber du bist keine Rose.«

»Vielleicht kannst du so tun, als wäre ich eine Rose«, schlug der Frostprinz vor. Er hatte immer gern jemand anders sein wollen. Jemand mit mehr Glanz und Farbe.

Und die Rose war einverstanden. Ihre Freundschaft wuchs im Laufe der Jahre. Während sich um ihn herum die Dunkelheit tiefer in die Herzen der Menschen grub, bewahrte er sich in seinem ein Stück Menschlichkeit, das ihm die Rose schenkte.

Eines Morgens aber kam der Frostprinz zum Versteck seiner Rose, und alles, was er vorfand, waren zertretene schwarze Blütenblätter. Sein Vater stand neben den Überresten seiner einstmals roten Rose.

»Siehst du, wie es schmerzt? Etwas zu lieben bedeutet schwach zu sein und Schmerz zu erleiden. Und beides kann sich ein Prinz, der einmal König werden soll, nicht leisten.«

Wie sein Vater vorausgesagt hatte, wand sich der Frostprinz lange unter den Schmerzen des Verlustes. Aber eines hatte der Frostprinz auch gelernt; eine Erkenntnis, die sich tief in sein Herz einfraß und es schließlich zum Schweigen brachte.

Dass Liebe einen verwundbar machte. Dass das, was man liebte, einem entsetzlich wehtun konnte, wenn man es verlor. Und dass es für diese Art von Schmerz nur Heilung gab: sein eigenes Herz schwarz werden zu lassen.

Casper schwieg. Nach einer Weile stand er auf, um den weißen, durchsichtigen Vorhang rund um das Bett zuzuziehen, bevor er sich wieder ans Kopfende neben Emma setzte. Sie fühlte sich ihm so zu nahe, obwohl sie sich nicht berührten. Emma zog ihre Kristallfüße an den Körper.

»Was für eine schreckliche Geschichte«, sagte sie schließlich, als die Minuten des Schweigens sich unangenehm ausdehnten.

Irgendwie spürte sie, dass Casper eine Reaktion von ihr erwartete. »Liebe macht einen nicht schwach.«

»Nicht?« Sie fühlte, wie Caspers höhnischer Blick sich durch die Decke und in ihre Kristallfüße bohrte. »Dann sieh nur, wohin sie dich gebracht hat.«

Emma lächelte. Etwas von jener Emma, die sich geweigert hatte, vor dem König in die Knie zu gehen, die sich geweigert hatte, ihr Haupt zu beugen, flammte in ihr auf.

»Dann endet mein Weg eben hier«, sagte sie. »Und? Dieser Weg war hell und voller schöner Erinnerungen. Ich bereue keinen einzigen Schritt. Es kommt nicht darauf an, wie lange man lebt. Nur wie sehr. Versteht Ihr? Wie sehr. Von Euch sagt man, Ihr würdet, wie Eure Vorfahren zuvor, länger leben als gewöhnliche Menschen. Aber was bringen Euch zusätzliche Jahre schon ohne echtes Leben, ohne Liebe, immer zur Einsamkeit verdammt? Solch ein Leben kann man nur mit dem Herzen überstehen, das Ihr in Eurer Brust tragt ... Und solch ein Leben würde ich nicht wollen.«

»Vorsicht«, zischte er. »Du magst dir eine Schonfrist ausgehandelt haben, aber du vergisst, mit wem du sprichst. Ich bin dein König!«

»Natürlich, Eure Majestät.« Emma senkte ihr Haupt, aber das Lächeln würde Casper ihr schon von den Lippen schlagen müssen. »Wie könntet Ihr mich das jemals vergessen lassen?«

In diesem Moment klopfte es vernehmlich an der Tür, die Sekunden später von dem Mann, der dort anscheinend Wache hielt, aufgerissen wurde.

Der Schatten trat ein. Seine Stiefel gaben keinen Laut von sich, und so, wie mit dem König die Kälte Einzug hielt, tat es die Dunkelheit mit dem Schatten.

Er würdigte Emma keines Blickes, aber das war auch nicht nötig. Er musste nichts sagen, damit er ihr Herz dazu brachte, unregelmäßig gegen ihre Rippen zu hämmern. Es gelang ihm ganz ohne Worte.

»Eure Majestät«, sagte der Schatten rau. Seine Stimme schien im gesamten Raum zu ertönen, aus jeder Richtung prasselte sie auf Emma ein. »Ihr werdet gebraucht.«

»Ich bin beschäftigt, wie Ihr seht«, sagte der König.

»Eure Majestät.« Die Worte waren tonlos, weder Aufforderung noch Akzeptanz von Caspers abweisender Antwort. Der Schatten rührte sich nicht. Er machte keine Anstalten, sich aus dem Zimmer zu entfernen. Eine angespannte Stimmung baute sich auf. Wie unsichtbare Fäden waberte sie durch den Raum. Wie ein wortloses Gefecht.

Schließlich senkte der Schatten den Kopf, jedoch ohne sich vom Fleck zu bewegen.

»Es geht um den Rat, Eure Majestät. Er wünscht Euch zu sprechen. Jetzt.«

Eine zornige Stirnfalte erschien auf Caspers Stirn und verdunkelte sein Gesicht. Er riss den Vorhang des Bettes beinahe aus der Aufhängung, als er aufsprang. Die Bettpfosten zitterten noch, als er wutentbrannt das Zimmer verließ. Mit einem lauten Donnerschlag fiel hinter den beiden die Tür ins Schloss.

Sprachlos starrte Emma auf die geschlossene Tür und fragte sich, wie viel Macht der Schatten haben musste, dass der König ihm gehorcht hatte, zornig zwar, aber er war dennoch gegangen.

Und Emma fragte sich, was dem jungen König vor langer Zeit wohl so sehr das Herz gebrochen haben musste. Das herauszufinden war vielleicht die einzige Möglichkeit, am Leben zu bleiben.

Wenn sie das denn wollte: am Leben bleiben, ganz allein und ohne einen Menschen, den sie noch lieben konnte. Und ein ganz kleiner Teil in ihr fragte sich, ob Casper nicht recht hatte: dass Liebe und Verlust einen manchmal so sehr brechen konnten, dass nichts mehr einen Sinn machte.

Selbst das Leben nicht.

Kapitel 22

In der Nacht kam das Fieber und wütete in Emmas Körper, bis sie kaum noch zwischen Traum und Wirklichkeit unterscheiden konnte. Inmitten dieses Fieberwahns gab es nichts, woran sie sich noch klammern konnte, woran sie glauben und worauf sie hoffen konnte. Nichts, was ihr die Kraft verlieh, gegen das Fieber anzukämpfen. Das Einzige, was ihr blieb, waren die Augenblicke, in denen sie aus dem Schlaf aufwachte und in der Dunkelheit die Silhouette des Königs erblickte, wie er auf einem Sessel gegenüber ihrem Bett saß und schlief und in diesem Schlaf merkwürdig friedlich aussah; in denen sie schwitzend aus Albträumen aufwachte und seine kühlen Finger das Wüten des Fiebers, das ihre Eisfüße bekämpfte, linderten; in denen seine klangvolle Stimme von alten Mythen erzählte, die Emma sich in ihrem unruhigen Schlaf zu wundersamen Träumen zusammenspann.

Es waren diese Augenblicke, die Emma festhielt und in ihr Gedächtnis einbrannte, wenn der Schatten durch ihr Zimmer schlich und nun demütig die Befehle des Königs entgegennahm: Befehle, die von Tod, Hunger und dem Zerfall des Landes handelten.

Irgendwann war das Fieber fort. Die Zeit, an die Emma sich später kaum erinnern konnte, kam ihr wie eine Ewigkeit vor, doch eine der schweigsamen Dienerinnen sagte ihr, dass sie drei Tage krank gewesen war. Und sie sagte auch, dass der König selbst es gewesen war, der sich um ihre Versorgung gekümmert hatte.

Emma war sich nicht sicher, ob sie der Frau Glauben schenken konnte. Die Vorstellung, dass Casper sich höchstpersönlich um eine Kranke kümmerte, wollte nicht zu dem Bild passen, dass sie sich von ihm gemacht hatte.

Und dennoch ... immer wieder zuckten blasse, nicht greifbare Erinnerungen an kühlende Finger und beruhigende Worte auf. Was, wenn sie allmählich verrückt wurde und ihr Verstand ihr einen Streich spielte?

Emma richtete sich mühsam auf und schob sich ein Kissen in den Rücken. Die Tür schwang auf, und ein junges Mädchen stand vor Emma, das kaum mehr als elf Jahre zählen konnte. Es steckte in einem grauen Kleid und hatte sich eine karierte Schürze um die Taille gebunden. Sein geflochtenes Haar war pechschwarz, während seine Haut, die sich in einem zu dünnen Gesicht straff über seine Wangenknochen spannte, sehr blass wirkte.

Was geht hier nur vor sich?, fragte Emma sich stumm. Sah man so aus, wenn man zu lange in diesem Schloss lebte? Wie ein wandelnder Geist?

»Hallo?«, fragte Emma vorsichtig.

Das Mädchen sagte nichts, während es auf das Bett zutrat. Auf dem Arm trug es eine Schüssel, die zur Hälfte mit klarem, dampfendem Wasser gefüllt war. Das Wasser roch nach Lavendelblüten.

»Wer bist du?« Emma hob abwehrend ihre Hände, als das Mädchen nach ihrer Bettdecke griff, um sie zur Seite zu schlagen und Emma somit die spärliche Wärme zu rauben.

Das Mädchen schüttelte den Kopf.

»Magst du nicht mit mir sprechen?«

Es schüttelte erneut den Kopf und riss ihr mit erstaunlicher Kraft die Daunendecke aus der Hand. Dann stellte es die Schale ab und fischte einen Lappen heraus, den es sorgsam auswrang. Mit der freien Hand schob es Emmas zerknittertes Hemd hoch.

»Ich kann das selbst«, murmelte Emma und streckte die Hand aus. »Gib mir das Tuch.«

Das Mädchen zuckte zurück, als wolle Emma es schlagen, so als würde es Schmerzen und Bestrafung kennen.

»Ich tu dir nichts. Verstehst du? Vor mir brauchst du keine Angst zu haben.«

Emma griff sanft nach der geballten Faust des Mädchens und öffnete behutsam ihre verkrampften Finger, um das Tuch aus ihnen zu lösen. Die Haut an den Händen des Kindes war rot und aufgescheuert, die Gelenkknochen angeschwollen.

»Wirklich, von mir hast du nichts zu fürchten, in Ordnung?«, flüsterte sie besänftigend.

Das Mädchen neigte den Kopf, offensichtlich unschlüssig darüber, ob sie Emma Glauben schenken sollte.

»Du darfst mir helfen, in Ordnung?« Emma hielt ihr aufmunternd lächelnd den Lappen entgegen, um ihrem Gegenüber zu zeigen, dass sie nichts Böses im Schilde führte. Sie hoffte, dass das Mädchen noch nicht alt genug war, als dass das Schloss und sein Herr es so hatten abstumpfen lassen wie die Erwachsenen, die hier wohl schon seit Jahrzehnten arbeiteten. Aber es schien ihr nicht so. Dazu zeigte das Mädchen noch zu viele Regungen.

Mit geschlossenen Augen ließ Emma sich wieder in die flachgelegenen Kissen fallen und blieb still liegen, während das Mädchen das Tuch noch einmal in das Seifenwasser tauchte und begann, ihren Körper Zentimeter für Zentimeter damit zu säubern. Doch als die kleinen, flinken Hände ihre Füße erreichten, verkrampfte Emma sich; zu groß war die Angst, dass eine falsche Berührung sie zerstören könnte, dass sie einfach zersprangen und nichts als Scherben von ihnen blieb.

»Ich passe auf«, flüsterte die Kleine und hob das spitze Gesicht. Emma betrachtete die eingefallenen Gesichtszüge des Mädchens. Sie war so abgemagert, dass Emma glaubte, sich an ihren Wangenknochen schneiden zu können, wenn sie diese mit den Fingerspitzen berührte. Aber sie las etwas in ihren dunklen Augen.

»Du siehst so etwas nicht das erste Mal, richtig?« Emma starrte auf ihre Füße, die im fahlen Morgenlicht matt wirkten.

»Nein.«

Emma befeuchtete ihre Lippen, die plötzlich staubtrocken geworden waren.

»Verrätst du mir deinen Namen?«

Das Mädchen zögerte und senkte den Kopf. Einige Haarsträhnen, die für den geflochtenen Zopf zu kurz waren, fielen ihr wie ein schwarzer Teppichvorhang vor die Augen.

»Ich verrate es ihm auch nicht, versprochen«, flüsterte Emma und ließ ihre Hand über der des Mädchens schweben, ohne sie anzufassen. Sie fürchtete, es zu verschrecken.

»Lana. Ich heiße Lana.«

Der schüchterne Tonfall bohrte sich wie ein kleiner Nadelstich in Emmas Herz. Aber statt eine Wunde zusammenzuflicken, riss er sie nur weiter auf.

»Ein schöner Name, wirklich. Meine Mutter trug einen ganz ähnlichen Namen ...«

Lanas Kopf ruckte hoch. Ihre Augen waren riesig. Dann wich sie Emmas Blick aus, und die anfängliche Gehetztheit kehrte in ihre Bewegungen zurück. Mit wenigen raschen Handgriffen hatte sie Emma wieder in ihre Decke gewickelt. Lana öffnete den Kleiderschrank neben dem Fenster und holte eine feste, dunkelblaue Hose und ein sauberes, weißes Hemd mit Stickereien heraus. Sie bedeutete Emma, sich ihres Nachthemdes zu entledigen und sich umzuziehen. Mit den gefühllosen Beinen gestaltete sich dieses Unterfangen als kompliziert, sodass Lana ihr dabei zur Hand gehen musste. Über das Hemd zog sie eine dichte Fellweste, die Emma zum ersten Mal seit Langem ein Gefühl von Wärme und Geborgenheit gab. Zuletzt zog das Kind ihr dicke Wollsocken über die Füße.

Dann zerrte das Mädchen den Stuhl dichter an das Bett und half Emma, sich über den Bettrand auf den Holzstuhl zu stemmen. Emma hielt still, während Lana die Knoten in ihren langen

Haaren entwirrte und sie so lange mit einer Bürste bearbeitete, bis sie seidig glänzten. Das gleichmäßige Ziehen an ihren Haaren war beruhigend, beinahe einschläfernd.

»Wie lange arbeitest du schon hier im Schloss?«, fragte Emma vorsichtig.

Das Mädchen hielt einen Augenblick in der Bewegung inne. Emma war sich nicht einmal sicher, ob Lana überhaupt mit ihr sprechen durfte.

»Meine Mutter arbeitet als Köchin hier«, sagte Lana nervös. »Ich bin hier aufgewachsen.«

Das überraschte Emma. Sie hatte gedacht, dass die Bediensteten des Schlosses nur hier arbeiteten und nicht auch in den Räumlichkeiten des Schlosses lebten. Mit einem Mal kam sie sich dumm vor, dass sie noch nie darüber nachgedacht hatte. So groß war Silberglanz nicht, dass man nicht jemanden kannte, der jemanden kannte, der im Schloss arbeitete. Doch die Schlossangestellten und Wachen waren alle Fremde für Emma.

»Oh«, sagte sie und zwang ein Lächeln in ihre Stimme. »Das ist bestimmt … aufregend. In den Gängen des Schlosses kann man sicher so einiges erkunden.«

Sie ahnte, dass Lana hinter ihr den Kopf schüttelte. Ihre Ahnung bestätigte sich, als das Mädchen weitersprach: »Spielen im Schloss ist verboten. Der König erlaubt es nicht.«

»Das tut mir leid«, erwiderte Emma aufrichtig. Sie dachte an die unnatürliche Kälte von Caspers Haut, an seine undurchdringliche Art, an die Schatten in seinen Augen und die Fähigkeit, dem Eis so leicht widerstehen zu können. Das Kind war eindeutig eingeschüchtert, aber vielleicht war es möglich, ihr Vertrauen oder zumindest einen Hinweis von ihr zu erlangen. Sie zögerte, ehe sie fortfuhr. »Kindern das Spielen zu verbieten, ist wirklich sehr streng vom König. Vielleicht lässt ihn ein böser Zauber so streng sein, was meinst du? Glaubst du an Zauberei?« Emma drehte sich zu dem Kind um.

Lana war erstarrt. Sie schien unschlüssig zu sein, ob sie reden oder besser schweigen wollte, und ihr Blick schweifte immer wieder angespannt zur Tür.

»Vor ein paar Jahren habe ich einmal einen Zauberer auf dem Marktplatz gesehen«, erzählte Emma. »Er kam mit den Händlern von der Hafenstadt und brachte allerlei Mysterien und Wunder mit. Auf seiner Schulter saß ein kleines Äffchen, das er mit einem Mal verschwinden ließ. Und dann, genauso plötzlich, tauchte es auf der Schulter eines Kindes in der ersten Reihe wieder auf. Das war sehr beeindruckend, kann ich dir sagen. Seit diesem Tage glaube ich fest daran, dass Magie nicht nur in Geschichten vorkommen kann. Was glaubst du?«

Lana starrte sie mit großen Augen an. Ob sie überhaupt wusste, was ein Affe war? Diese Tiere gab es in Glanzvoll nicht, sie waren Sagengestalten aus den Südländern, die man hier kaum zu Gesicht bekam.

»Ich glaube auch an Magie«, wisperte Lana kaum hörbar.

Emma schlug das Herz beinahe bis zum Hals. »Hast du Magie schon gesehen?«

Lana nickte.

»In diesem Schloss?«

Das Mädchen nickte abermals.

Emma musste schlucken, bevor sie die nächste Frage stellen konnte. Sie hoffte, dass sie ihre Nervosität gut verbergen konnte. »Kann der König auch Dinge verschwinden lassen, wie der Zauberer vom Marktplatz?«

Lana schüttelte den Kopf. Sie schwieg so lange, dass Emma schon dachte, sie würde nicht mehr preisgeben. Aber dann beugte sich das Mädchen vor, bis ihr Mund an Emmas Ohr war.

»Man sagt ... der König hat ein verzaubertes Herz«, flüsterte sie. »Es ist von dunklem Eis umschlossen.«

»Dunkles Eis?« Emmas Gedanken rasten. Konnte das wirklich möglich sein? Sie dachte an den Ball zurück, an den Moment, als ihre Fingerspitzen seine Brust an der Stelle über seinem Herzen berührt hatten. »Kann man sein Herz von diesem dunklen Eis heilen?«

Lana sah sie nur hilflos an. Wenn es eine Antwort darauf gab, schien das Mädchen sie nicht zu kennen.

Draußen knallte eine Tür, und Lana zuckte erschrocken zusammen. Hastig nahm sie ihre Arbeit wieder auf und bürstete Emmas Haar, während Emma nachdenklich schwieg.

»Fertig«, sagte Lana kurz darauf und legte die Bürste auf den Tisch. Dann hielt sie Emma schüchtern ihre Hände hin.

Emma hob fragend eine Augenbraue.

»Ich … ich soll Euch zum König bringen«, sagte das Mädchen. »Er wünscht, mit Euch zu speisen.«

»So«, sagte Emma. »Wünscht er das?«

Am liebsten hätte sie sich diesem *Wunsch* widersetzt, aber sie ahnte, wer die Konsequenzen tragen müsste. Sie wollte Lana auf keinen Fall in Schwierigkeiten bringen, vor allem nicht, nachdem das Mädchen sich ihr so vorsichtig und langsam geöffnet hatte. Also ergriff Emma ihre Hände und fragte sich, wie um alles in der Welt sie auf diesen Füßen und nur mit der Hilfe eines Kindes laufen sollte. Wenn es eine Maßnahme war, um sie zu demütigen, war sie erfolgreich.

Emma stellte ihre Füße parallel zueinander auf den Boden und verlagerte vorsichtig das Gewicht darauf, während sie sich mit der einen Hand am Bettpfosten und mit der anderen an Lanas Schulter festhielt. Es war nicht leicht, das Knie zu beugen und einen Fuß vor den anderen zu setzen, aber mit jedem Schritt wurde es besser. Die dicken Socken verhinderten, dass Emma auf dem glatten Eisboden ausrutschte.

Lana klopfte gegen die Tür, die daraufhin von außen geräuschvoll geöffnet wurde. Zwei Soldaten flankierten die Tür und verzogen keine Miene, als Emma an ihnen vorbeihumpelte, nicht ohne ihnen einen finsteren Blick zuzuwerfen. Sie waren unverkennbar dafür zuständig, dass Emma nicht flüchtete. Als ob sie mit ihren Füßen davonrennen könnte …

Die Hand auf Lanas Schulter, trat Emma in einen eisblauen Gang, der sich in seiner Art nicht von den anderen Gängen, die Emma bislang gesehen hatte, unterschied. Alles war aus Eis, der Boden, die Wände, die Decke über ihnen, die Skulpturen in den Nischen. Gegenüber von Emmas Zimmer stand eine Tür weit offen, und Lana führte sie dorthin. Sie selbst blieb mit gesenktem Kopf neben dem Türrahmen stehen und machte keine Anstalten, mit Emma in das Zimmer zu treten. Darin war es dunkel. Die Dunkelheit ließ Emma einen Schauer über den Rücken fahren.

»Vielen Dank, dass du mich begleitet hast«, sagte Emma freundlich und ließ Lana los. Sie war verärgert, dass sie nicht mehr für das Mädchen tun konnte, doch im Augenblick waren ihr die Hände gebunden.

Lana nickte kaum merklich. Dann lief sie fort.

Emma spürte die Blicke der Soldaten im Rücken. Sie griff nach dem stützenden Rahmen der Tür und bewegte sich Schritt für Schritt in den Raum, in die Finsternis hinein. Plötzlich schlug die Tür hinter ihr zu, und Emma versank in der Schwärze.

Kapitel 23

Die Dunkelheit verschluckte Emma, doch anstatt Angst zu verspüren, überkam sie eine tiefe Ruhe. Die Stille übertönte alles, jedes überflüssige Geräusch, jeden Schrei, jeden sich überschlagenden Gedanken in ihrem Kopf.

»Weißt du, was ich an der Dunkelheit besonders mag?«, fragte eine vertraute Stimme. Leises Klappern von Stiefelabsätzen dröhnte hart auf dem Eisboden, und das Echo hallte von den Wänden zurück.

»Das werde ich wohl nun erfahren«, antwortete Emma.

Lachen ertönte, und dieses Lachen versetzte Emma einen Stich. Es klang anders, als sie es bislang kennengelernt hatte; als läge unter tausend Schichten Kälte noch etwas anders, etwas Weiches, etwas Zerbrechliches. Sie dachte an die Fiebernächte zurück, an die Albträume und die Krämpfe und daran, wie der König sie versorgt hatte.

»In der Dunkelheit unterscheiden die Menschen sich nicht voneinander«, sagte der König.

»In der Dunkelheit unterscheidet *Ihr* Euch nicht von den anderen Menschen, Eure Majestät«, murmelte Emma, und Casper lachte wieder.

Eine Armlänge von ihr entfernt loderte die kleine Flamme einer Kerze auf, und Emma musste ein Keuchen unterdrücken, als sie Casper plötzlich so nah vor sich sah. Lächelnd wandte er sich ab und schritt gemächlich durch den Raum, um einige Öllampen anzuzünden. Das Feuer knisterte leise und vertrieb Schwärze und Stille. Das Licht zauberte einen warmen Schimmer auf die Eisblöcke, verwandelte den Raum in einen Sonnenuntergang. Warme Farben tanzten in dem Eis und ließen das stete Blau erblassen. Obwohl es im Raum nicht wirklich wärmer geworden war, ließ der Anblick Emma aufatmen. Ihr wurde erst in diesem Augenblick bewusst, wie sehr sie all das Eis und all die Kälte tatsächlich zermürbten.

»Willkommen in meinem bescheidenen Heim«, sagte der König und vollführte eine spöttische Verbeugung.

»Ist das Euer Schlafzimmer?«, fragte Emma überrascht.

»Sagen wir, es ist eines von meinen privaten Gemächern. Ich nutze mehrere.«

»Warum habt Ihr mich herbringen lassen?«, wollte Emma wissen.

Der König räusperte sich. »Nun … Eine gute Geschichte sollte in einer angemessenen Umgebung erzählt werden.«

Emma starrte den König sprachlos an. Casper trat an ihre Seite und umfasste ihren Ellenbogen mit seiner Hand. Er trug Schwarz, und sein Hemd war hochgekrempelt, sodass Emma seine Unterarme sehen konnte. Bläuliche Adern, in denen man die Zirkulation seines Blutes fast erahnen konnte, zogen sich über seine Haut.

Wenn man nur diese Kälte von seiner Haut und die Finsternis aus seinen Augen vertreiben könnte, dachte Emma. Sie begann zu glauben, dass es unter dem Eis, mit dem der König sich umgab, noch die Möglichkeit für Veränderung und Hoffnung gab. Aber wie kratzte man Eis ab, das widerstandsfähiger als ein Gletscher war? Wie drang man durch eine Schale, die kaum mit spitzen Hacken zu durchbrechen war? Wie brachte man ein Herz aus Eis dazu, wieder zu schlagen?

Emma spürte, dass sich ihr Schweigen schon zu lange hinzog. Casper beobachtete sie mit hochgezogenen Augenbrauen. Etwas in seinen dunklen Augen funkelte hinter der schwarzen Wand aus Gefühllosigkeit.

»Komm«, sagte er und führte sie zu einem weißen Sofa mit einigen Decken. Er half ihr, sich hinzusetzen, und legte ihr eine Decke über die Beine. Emma war versucht, ihn abzuwehren, da der Wollstoff gegen die ständige Kälte in ihren Beinen, die in ihren ganzen Körper strahlte, ohnehin wirkungslos war, aber sie schwieg weiterhin. Während Casper sich über sie beugte und den Stoff drapierte, war sein Gesicht ihrem so nahe, dass sie etwas bemerkte, was ihr zuvor entgangen war. Seine Kiefer waren fest aufeinandergepresst und verliehen seinem Gesicht etwas Gehetztes. Emma hielt den Atem an.

Der König war besorgt.

»Hattet Ihr einen anstrengenden Tag?«, fragte Emma zögernd. Sie wollte Casper nicht zu sehr drängen, aber der Grund für diese Besorgnis war vielleicht wichtig, auch für sie selbst.

Casper sah überrascht auf. »Es … es gab einige Dinge zu erledigen. Der Schatten …« Dann zog das Eis über seine Miene. »Ach, das sind Dinge, von denen eine einfache Frau wie du nichts versteht.«

Die Härte war in seine Stimme zurückgekehrt, aber Emma ließ sich nicht täuschen. Sie spürte, dass er damit etwas zu überspielen versuchte.

»Ist dem so?«, fragte Emma bissig, ehe sie durchatmete. Ihre Stimme wurde sanfter. »Wenn Ihr so beschäftigt seid, warum verschieben wir die Märchenstunde nicht auf morgen? Ich laufe Euch nicht davon. Und Ihr habt Schlaf sicher nötiger als ich.«

»Nein!«, gab er schroff zurück. Casper kniff die Augen zusammen. »Nein«, wiederholte er leiser. »Diese Zeit am Tag ist die einzige, in der ich zur Ruhe kommen kann.«

Emma musterte den König überrascht. Hatte er gerade tatsächlich zugegeben, dass er die gemeinsame Zeit und das Märchen genoss?

Casper wandte sich ab und nahm Platz. Er saß so dicht neben ihr, dass sich ihre Schultern berührten, wenn Emma einatmete, und sie wusste, dass sie das beim Erzählen ablenken würde. Sie rückte ein kleines Stück ab und erzählte den nächsten Teil des Märchens, den sie sich in der Nacht ausgedacht hatte.

Und noch während sie erzählte, wurde ihr bang ums Herz, denn es war keine unendliche Geschichte, die sie da erzählte. Das Ende schien zum Greifen nah.

Zwei Tage waren vergangen, und die silberne Königin hatte Plan um Plan geschmiedet, nur um jeden einzelnen wieder zu verwerfen. Die Anwesenheit des Frostprinzen, der manchmal vor einem der Fenster erschien, um ihr höhnisch zuzuwinken, brachte ihre Konzentration oft durcheinander. Und noch schlimmer als der Frostprinz war das schwache Wimmern des Kristallmädchens, das sie von Zeit zu Zeit hören konnte. Der Frostprinz hatte ihre Schwäche viel früher erkannt als sie die seine, und an den Folgen ihrer Fehlbarkeit musste nun ihre Begleiterin leiden, die ohnehin schon zu viel erlitten hatte.

Sie hatte gehofft, der Schneekugelbauer würde sich als nützlich erweisen, doch wenn Wendel sich einmal von seinem Stuhl erhoben hatte, dann nur, um nach oben in sein Bett zu wanken. Nicht ohne eine Flasche Wein, die er brauchte, um sich seinen nächtlichen Träumen zu stellen. So harrte die silberne Königin allein in der Dunkelheit aus und zermarterte sich den Kopf, wie sie das Kristallmädchen und ihr ganzes Reich beschützen könnte. Denn eines hatte sie in den letzten Tagen begriffen: So mächtig der Frostprinz auch sein mochte, er schien dennoch Angst vor ihr zu haben, sonst würde er nicht darauf warten, dass sie über die Schwelle trat. Er könnte einfach ihr Reich nehmen und sie in diesen vier Wänden an Einsamkeit sterben lassen. Aber offenbar sah er eine Gefahr in ihr, die es erst zu bannen galt.

Trotz dieser Erkenntnis war sie manchmal versucht, es Wendel gleichzutun; es musste verlockend sein, sich seinen Sorgen und Ängsten zu entziehen, indem man sie betäubte und in die hinterste Ecke des Herzens steckte.

Aber die silberne Königin wusste, dass sie sich solch ein Verhalten nie verzeihen könnte. Also lief sie oft zur Tür, ohne dabei auch nur mit der Zehenspitze über die Schwelle zu treten, und spähte heraus. Wenn sie den Frostprinzen überlisten wollte, musste sie ihn besser kennenlernen. Denn sie wäre erst gar nicht in diese verzwickte Lage gekommen, wenn es ihr zuvor gelungen wäre, ihren Feind richtig einzuschätzen. Dieser Gedanke saß wie eine Wunde in ihrem Herzen, während die Temperaturen draußen fielen und der Frostprinz die Lichtung allmählich in eine Eislandschaft verwandelte.

»Da rattert das Köpfchen, und rattert und rattert, aber kommt nicht vorwärts, nicht wahr?« Wendel klang träge, als wäre er gerade erst aus dem Bett gestiegen.

Die silberne Königin fühlte Wut in sich aufsteigen und war zugleich erschrocken. Wut war ein seltsames Gefühl. Es ließ Menschen Dinge sagen, die sie später bereuten, verzerrte ihre Gesichter zu unansehnlichen Masken und ließ sie schreien und toben.

»Ihr solltet nicht so sprechen, wenn Ihr selbst nicht mehr könnt, als zu schlafen oder Wein zu trinken.«

Wendel kicherte. »Schlafen ist eine bemerkenswerte Fähigkeit. Man träumt dabei. Wisst Ihr, wovon ich heute Nacht geträumt habe?«

Die silberne Königin sagte nichts. Sie wollte nicht über Träume nachdenken. Ihre eigenen waren in dieser Nacht so schrecklich gewesen, dass sie davon mehrmals aufgewacht war.

Aber der Schneekugelbauer achtete gar nicht darauf, ob sie antwortete. Er sprach einfach weiter: »Ich träumte von einer Kiste aus Stahl, die mit schweren Eisenketten gesichert war. In meiner Hand lag der Schlüssel, mit dem ich das Schloss öffnen konnte, das diese Ketten zusammenhielt.«

»Habt Ihr die Kiste geöffnet?«, fragte die silberne Königin.

»Aber natürlich«, sagte Wendel. »Ich öffnete sie, und auf dem Boden der Kiste lag ein blaues Herz. Habt Ihr schon einmal ein Herz gesehen, das blau ist? Ich jedenfalls nicht.«

Die silberne Königin wollte verneinen, doch ein Gedanke schlich sich in ihren Kopf. Ein blaues Herz. Blau wie Eis …

»Kennen wir nicht jemanden, der ein solches Herz tragen könnte?« Wendels Stimme klang immer noch ein wenig träge, aber sie war sanfter geworden, nicht mehr so angriffslustig wie vorhin.

Der Frostprinz.

»Was geschah dann?«, erkundigte sie sich.

»Ich spürte, wie ich zu frieren begann. Und dann schossen Eisranken aus dem Boden und hielten mich fest. Ich konnte mich nicht mehr bewegen.«

Er träumt, was er erlebt. So wie ich, dachte die silberne Königin in einem Anflug aus Mitleid und schlechtem Gewissen. Sie hätte verhindern müssen, dass der Frostprinz auch nur einen einzigen Fuß auf ihr Land setzte. Damit würde sie nun bis ans Ende ihres Lebens zurechtkommen müssen.

»Aber dann veränderte sich das blaue Herz plötzlich. Die Farbe schmolz wie eine Hülle aus blauem Eis, und es wurde rot. Die Ranken, die mich umklammert hielten, tauten zu einer Wasserpfütze, die in der Erde versickerte. Und über mir ging die Sonne auf und wärmte mein Gesicht.«

Für einen kurzen Moment hellte sich Wendels Gesicht auf. Wenn er lächelte, hatten seine Augen etwas Einfühlsames, das die silberne Königin vergessen ließ, dass sie gerade eben noch wütend auf ihn gewesen war.

Aber dann verschwand dieser Ausdruck wieder. »Es war nur ein Traum«, sagte Wendel. »Nur ein vermaledeiter Traum.«

»Und wenn nicht?«, fragte die silberne Königin. Sie starrte aus dem Fenster auf die Lichtung, die von einem seltsamen, hellen Licht beschienen wurde. Über ihnen wurde die Wolkendecke mit jeder Stunde dichter und schirmte die Welt mehr vom Himmel ab.

»Vielleicht ist das der Weg. Vielleicht müssen wir sein Herz heilen.«

Wendel sagte nichts mehr. Der Wein hatte ihn schläfrig gemacht, und so ging er zu Bett. Auch die silberne Königin legte sich hin, doch bevor sie einschlief, dachte sie noch lange über den Traum des Schneekugelbauers nach. Einige Male hörte die silberne Königin in der Nacht, wie Wendel sich im Bett wälzte und mit bebender Stimme vor sich hin murmelte. Die Worte verfolgten sie bis in ihre Träume. Familie. Vergebung. Ich komme.

Als die silberne Königin noch vor dem Morgengrauen aufwachte, war das weiße Haus leer. Wendel war fort.

Voller Sorge durchforstete die silberne Königin das Haus bis in den letzten Winkel, aber der Schneekugelbauer blieb verschwunden. Nichts deutete darauf hin, dass er je hier gewesen war. Sein Bett war sauber gemacht, sein Tisch war leer bis auf die Schneekugeln. Das Einzige, das sie fand, war ein Stück Pergament. In verzerrten silbernen Lettern prangte darauf:

Ich glaube nicht an Träume. Tut Ihr es an meiner statt.

Obwohl Wendel und sie Schwierigkeiten gehabt hatten, einander zu verstehen, fühlte die silberne Königin Traurigkeit in sich aufsteigen. Wendel war die einzige Person gewesen, die ihr geblieben war. Die einzige mögliche Hilfe. Jetzt war sie auf sich allein gestellt. Keine Freunde, keine Begleiter, keine Diener, keine Untertanen mehr, die sich schützend vor sie werfen würden, wenn Gefahr drohte. Sosehr die silberne Königin auch hoffte, stark genug zu sein, war es dennoch ein seltsames Gefühl, diese Einsamkeit. Es war so still um sie herum, dass sie das Lachen des Frostprinzen so laut hören konnte, als stünde er neben ihr. Es klang siegessicher.

Sie strich das Pergament glatt, um Wendels Nachricht noch einmal durchzulesen und sich gut einzuprägen. Dann warf sie es ins Feuer und sah zu, wie die Flammen das Papier fraßen.

Was hatte der Schneekugelbauer ihr damit sagen wollen? Sie sollte an Träume glauben. Meinte er damit seinen Traum von dem verschlossenen Herzen? War er der Ansicht, dass es der einzige Weg war, den Frostprinzen zu besiegen?

Aber wie befreite man ein Herz? Das war keine so klare Aufgabe, wie ein Ungeheuer zu erschlagen oder eine böse Hexe zu überlisten. Nichts, bei dem man wusste, was man tun musste, um diese Schlacht siegreich zu schlagen.

Die silberne Königin trat an ein Fenster und öffnete es. Kalte Luft wehte ihr entgegen. Der Frostprinz und seine Schergen hatten sich in den Wald zurückgezogen. Irgendwo hinter der Lichtung aus Schnee verbarg er sich, das spürte sie.

»Hallo?«, rief sie.

Stille antwortete ihr. Aber die Brise, so glaubte sie, wurde kräftiger, kühler.

»Ich würde Euch Eure Majestät *rufen, aber das wäre falsch. Ihr seid kein König.«*

Ein Knacken durchbrach die Stille. Der Frostprinz trat auf die Lichtung, nicht weit von ihrem Fenster entfernt. Die silberne Königin versuchte, den Frostprinzen mit anderen Augen zu sehen. Nicht mehr aus ihrer unschuldigen, verständnisvollen Weltsicht heraus. Aber es war schwierig, denn der Frostprinz wirkte nicht wie jemand, der nach und nach alle Länder der Welt zerstört hatte. Seine Miene war freundlich, sein Lächeln schien sie einzufangen, als wolle er sie zu sich locken. Wenn sein Herz tatsächlich aus Eis war, konnte er es gut verbergen.

»Ich weiß nicht, Eure Hoheit«, antwortete er sanft. »Was versteht Ihr unter einem König? Muss er dazu geboren sein? Muss er gewählt werden? Ich denke, es ist jemand, der sich ein Reich untertan macht.«

»Ihr seid also nicht von edlem Geblüt?«, fragte die silberne Königin.

»Oh, ich verstehe. Ihr seid der Ansicht, dass solch eine Ehre nur jenen gebührt, in deren Adern blaues Blut fließt.«

Der Frostprinz winkte eine Hand voll Zwerge zurück, die sich zu seinem Schutz nähern wollten. »Ich habe diese Einstellung schon immer verabscheut, wisst Ihr? Einem guten König folgen die Menschen freiwillig. Ganz gleich, wie sein Stammbaum aussieht.«

Die silberne Königin starrte den Frostprinzen sprachlos an. Sie hatte vieles erwartet, beinahe alles sogar, aber nicht das. Was er sagte, schien Sinn zu ergeben. Sie hatte noch nie darüber nachgedacht. Sie war als Königin geboren worden. Ihre Untertanen hatten nie ein böses Wort über sie verloren, noch nie. Daher hatte sie geglaubt, eine gute Königin zu sein. Aber war sie es wirklich, oder folgten ihre Untertanen ihr nur, weil es keinen anderen König gab, mit dem sie sie vergleichen konnten?

Nein, das ist eine Falle, warnte sie sich. Der Frostprinz wollte sie verunsichern, weil er sie fürchtete. Sie stand zwischen ihm und dem Thron ihres Landes.

»Und Ihr glaubt, ein solch guter König zu sein, indem Ihr Menschen tötet oder ihre Länder mit Eis und Schnee überzieht?«

Der Frostprinz trat näher ans Fenster, aber die silberne Königin bemerkte den argwöhnischen Blick, den er der Mauerwand schenkte. Er hatte nicht vergessen, was das Haus jenen antat, die seines Schutzes nicht würdig waren. Vor der silbernen Königin blieb er stehen und deutete spöttisch eine Verbeugung an.

»Das ist alles eine Frage der Sichtweise«, sagte er. »Der Wurm klagt auch darüber, vom Vogel gefressen zu werden. Und doch ist es der Lauf der Dinge. Die Macht des Stärkeren, das Gesetz der Natur.«

Die silberne Königin schwieg. Die Macht des Stärkeren? Wollte er damit andeuten, dass er glaubte, stärker zu sein als der Rest der Welt? Vielleicht war dem sogar so. Nur woher nahm er all diese Macht, die ihn zu seinen Gräueltaten befähigte?

»Das ist nicht richtig«, murmelte sie schließlich, doch sie fühlte sich hilflos dabei. Hilflos, weil sie ihm nicht mehr entgegensetzen konnte als Moral, Anstand und ein Herz, das bis vor kurzem noch nur an das Gute in der Welt geglaubt hatte.

War das alles denn nichts mehr wert?

»Richtig ist auch nicht, dass der Wurm gefressen wird. Und er wird es doch. Ihr seid ebenso Teil dieses Spiels, Eure Hoheit. Auch Ihr steht über anderen und nutzt dies aus, ohne dass es

Euch bewusst ist. Ihr seid eine Königin. Aber Ihr seid nicht besser als ich. In keinster Weise.«

Die silberne Königin hätte am liebsten das Fenster zugeschlagen, um seine Stimme auszusperren. Sie verführte sie dazu, Dinge zu überdenken, die sie nicht überdenken wollte, sie nagte an den Grundmauern ihrer Überzeugungen, sie lenkte sie ab. Die silberne Königin konnte und durfte sich keine Ablenkung leisten.

»Ich bin besser als Ihr«, sagte sie fest. »Ich raube, stehle und töte nicht.«

»Ihr seid eine Königin«, wiederholte der Frostprinz geduldig.

»Aber ich schenke meinem Volk Liebe, nicht den Tod!«

»Und seht nur, wohin sie Euch geführt hat.«

Emmas Stimme war vom Erzählen so heiser geworden, dass sie irgendwann abbrechen musste. Erschöpft lehnte sie sich zurück. Sie war müde. Müde von all der Angst, der Unsicherheit, dem Kampf. Vielleicht war es gut, dass sich das Märchen dem Ende zuneigte. Es war Zeit für Entscheidungen, für Leben oder Tod, für das Erblühen oder endgültige Zerschlagen der Hoffnung, die sie in sich trug.

»Wie soll das gehen?«, fragte Casper.

»Was?«

»Sein Herz heilen. Wie soll das funktionieren? Ein Herz kann man nicht heilen.«

Diese Frage bewegte etwas in Emma. Sie setzte sich wieder aufrechter hin und wandte sich Casper zu. Er starrte gedankenverloren an die Decke.

»Wieso glaubt Ihr das?«, fragte sie leise. »Wünscht Ihr Euch Heilung? Erlösung?« Sie hob ihre Finger, zögernd, und legte sie dann ganz sachte auf seine Hand, mit der er sich auf dem Polster abstützte. Caspers Hand schauderte für den Bruchteil einer Sekunde. Normalerweise war sie diejenige, die vor Berührungen zurückzuckte.

»Habt Ihr noch Hoffnung?«, flüsterte sie.

Caspers Gesicht verzerrte sich, als hätte sie ihm einen Schlag in den Magen verpasst, und erschrocken zog Emma ihre Hand zurück. Das Wort Hoffnung schien sich wie eine giftige Schlange durch seinen Körper zu winden und ihn von innen heraus aufzufressen.

»Sei nicht dumm. Du solltest mich besser kennen«, zischte er. Aber seine Stimme klang hohl, und er wandte den Blick nicht von der Decke ab.

Emma straffte die Schultern. »Sollte ich das? Was kenne ich denn von Euch? Ich weiß, dass Ihr für den Tod vieler Menschen verantwortlich seid. Für den meines Vaters womöglich.« An dieser Stelle verbot sie sich jegliche emotionale Reaktion. »Ihr rottet meine Familie aus. Aber ... aber da ist noch mehr!«

Der Teil von Emma, der Casper aus tiefster Seele verabscheute, der ihm am liebsten an die Gurgel gehen würde, verachtete sich selbst für diese Worte, die irgendwie ihr Überleben sichern sollten. Aber da war noch ein anderer Teil, der immer wieder drohte, an die Oberfläche vorzudringen. Jener Teil, der sich daran erinnerte, wie sanft Caspers Berührungen sein konnten. Jener Teil, der letzte Nacht über die Geschichte nachgedacht hatte, die Casper über den Frostprinzen und seine Rose erzählt hatte.

Darüber, dass Liebe einen verwundbar machte.

Was, wenn diese Geschichte wahr war? Wenn sein Vater ihm verboten hatte, zu lieben, und ihm schließlich auf eine für sie noch unerklärliche Weise das Herz vereist hatte, damit jedes Gefühl in seiner Brust abgetötet wurde, noch bevor es entstehen konnte? Wenn es einen Grund dafür gab, dass der König so war, wie er war? War Casper dann nicht auf eine hinterlistige Weise ebenso ein Opfer wie sie selbst? War er nicht Opfer seiner Familie, seines Thrones, seines Schicksals?

Als Emma bewusst wurde, dass sie ihre Worte tatsächlich ernst meinte, erbleichte sie. Er ist ein Mörder, ein Tyrann, dachte sie. Nichts anderes. Erst recht kein Opfer.

Aber diese Gedanken klangen hohl in ihrem Kopf. Sie war sich inzwischen nicht mehr sicher, ob sie Casper weiterhin so bedingungslos hassen konnte wie vorher. Denn egal wie sehr sie sich dagegen wehrte, die Vorstellung eines kleinen Jungen, dem man gegen seinen Willen sein Herz gestohlen hatte, hatte sich in ihr eingenistet. Und diesen Jungen konnte sie nicht mit der gleichen Leidenschaft hassen wie den erwachsenen König, der nun schweigend neben ihr saß.

»Man kann ein Herz nicht einfach schmelzen«, sagte Casper lange Minuten später, als Emma schon dachte, er sei eingeschlafen. Auf dem Sofa, neben ihr, ohne Wachposten in unmittelbarer Nähe. »Als würde Feuer nicht weniger wehtun als Eis.«

»Natürlich tut es weh. Aber das ist es wert. Das Leben besteht nicht nur aus Schmerz.«

Casper lachte. »Ist es nicht sonderbar, dass ausgerechnet Wendel von schmelzenden Herzen träumt? Wendel, der sich vom Leben und der Liebe abgewandt hat?«

»Es ist nie zu spät, noch einmal umzukehren«, antwortete Emma und dachte dabei an Cristan. Er war auch noch einmal zu ihr zurückgekehrt.

Ihre Kehle schnürte sich zu. Bevor sie ein Anzeichen von Schwäche zeigen konnte, drehte sie dem König den Rücken zu, um ihm zu bedeuten, dass die Märchenstunde für diese Nacht beendet war, weil sie zu erschöpft war, um fortfahren zu können. Weil sie dem König genug Stoff zum Nachdenken gegeben hatte. Weil sie ihm gesagt hatte, dass es auch für ihn nicht zu spät war, noch nicht.

Emma wartete darauf, dass Casper ging oder sie jemand in ihr Zimmer zurückbrachte. Sie war so müde, aber sie konnte nicht einschlafen, nicht hier, auf diesem Sofa, neben ihm. Im Schlaf konnte sie sich und ihre Trauer nicht schützen, ihre Gefühle nicht verstellen oder verbergen. Sie konnte nicht riskieren, dass der König erfuhr, wie sehr er sie bereits gebrochen hatte und wie sehr sie sich bereits verloren hatte.

Wie nah sie ihn gegen ihren Willen gelassen hatte.

Aber Casper ging nicht. Nach zähen Stunden schlief Emma doch ein, weil die Erschöpfung zu groß wurde und sie ihr nicht widerstehen konnte. Irgendwann glaubte sie, inmitten von wirren Träumen, zu spüren, wie sie jemand in ihr Zimmer zurücktrug und ihr die Bettdecke über die Schultern zog. Wie sich jemand auf die andere Seite des Bettes legte.

Und obwohl neben ihr der König der Kälte ruhte, fror sie in dieser Nacht nicht.

Kapitel 24

Casper weckte Emma so früh am Morgen, dass sie kaum mehr als ein paar Stunden Schlaf bekommen haben konnte. Während sie sich noch die Augen rieb, erklärte er, dass er nach dem Frühstück den nächsten Teil des Märchens hören wollte. Wichtige Geschäfte würden ihn heute für den Rest des Tages in Anspruch nehmen. Emma sah beunruhigt zu ihm auf, doch der Widerspruch blieb ihr im Hals stecken.

Der König sah nicht weniger erschöpft aus, als sie sich fühlte. Vielleicht hatte er sich ebenso wenig getraut, neben ihr einzuschlafen, wie andersherum. Unruhe sprach aus jeder seiner Gesten. Wie ein wildes Tier bewegte sich der König im Zimmer auf und ab, und Emma wagte nicht, einen Laut von sich zu geben, denn seine Augen sprühten Eisfeuer.

Kurz darauf öffnete sich die Tür, und eine Dienerin brachte Frühstück und klares Wasser, das Emma sich ins Gesicht spritzte, um ihre Gedanken zu sortieren. Sie hatte kaum zwei Bissen von ihrem Brot zu sich genommen, als Casper vor ihr stehen blieb. »Beeil dich«, sagte er. »Wir haben keine Zeit.«

»Geschichten brauchen aber Zeit«, erwiderte sie. »Sie brauchen Zeit, um sich entwickeln zu können. Die Figuren müssen reifen und Prüfungen bestehen dürfen, und so muss es auch der Zuhörer. Und schlussendlich weiß man nie, zu welchem Ende sie führen. Vielleicht werden wir noch überrascht. Vielleicht ist der Frostprinz ja ganz anders, als es den Anschein hat.«

Im blassen roséfarbenen Licht, in das die aufgehende Sonne an diesem Morgen wie ein seltenes Wunder den Raum tauchte, glaubte Emma für einen Augenblick, einen Hoffnungsschimmer in Caspers Augen aufblitzen zu sehen.

»Erzähl weiter«, befahl er und zog sich einen Stuhl an das Bett, auf dem er sich verkehrt herum niederließ.

Emma legte die Brotscheibe aus der Hand und sog die klirrend kalte Morgenluft tief in ihre Lungen. Sie fasste einen Entschluss. Sie musste herausfinden, was Casper wirklich von ihr hielt. Ob die Momente, in denen sie dachte, zu ihm durchdringen zu können, wirklich echt waren. Oder nur Illusion.

Sie würde hinter seine Fassade blicken, würde die Mauer, die er um sich errichtet hatte, Eisblock für Eisblock abbauen, bis sie auf die Fundamente seines Innersten herabblicken konnte.

Denn das Ende kam wie ein Sturm über das offene Meer.

Tagelang konnte die silberne Königin kaum einen klaren Gedanken fassen. Sie spürte ein Sehnen und Zehren in ihrer Brust. Sie hatte Wendel ein Stück ihres Herzens geschenkt, und er war nun fort. Sie hatte dem Kristallmädchen Platz in ihrem Herzen geschenkt, und es war gefangen. Selbst dem Frostprinzen hatte sie Platz geschenkt, aber er hatte ihre Gutmütigkeit ausgenutzt und sie verraten. Und was hatte sie nun davon, ihr Herz so weit zu öffnen, dass jeder Platz darin fand? Nichts als Leere.

Es gab Momente, in denen die silberne Königin sich fragte, ob der Frostprinz nicht doch recht hatte. Dass es sich viel leichter leben ließ, wenn man sich von seinen Gefühlen abschottete und nur noch um sich selbst kümmerte. Sie könnte in der perfekten kleinen Welt des weißen Hauses nur mit sich selbst leben. Dann gäbe es nichts, das diese Vollkommenheit kaputt machen konnte.

Das Gefolge des Frostprinzen war mittlerweile angewachsen und hatte auf der Lichtung sein Lager aufgeschlagen. Ein Thron aus Eis harrte nun auf einem Schneehügel, den die Eiszwerge dort aufgetürmt hatten. Der Frostprinz saß den ganzen Tag darauf und starrte durch das Fenster in das weiße Haus, direkt auf die silberne Königin. Ihr schien es, als würden ihre Zweifel mit jeder Stunde, die der Frostprinz sie beobachtete, wachsen, bis sie sie zu erdrücken drohten. Einzig oben im Schlafzimmer fühlte sie sich vor seinen Blicken verborgen. Dann aber hatte sie wieder Angst, die Zwerge würden Feuer anzünden, um sie mit dem Rauch wie Ungeziefer nach draußen zu treiben. Oder sie würde hier drin ersticken, wenn sie sich weigerte zu fliehen. Also traute sie sich bald schon nicht mehr in die Dachstube, sondern kauerte auf dem Boden, wo sie sich ganz klein machte.

Vielleicht waren auch Wendels Träume der Grund für ihre Unsicherheit. Jeden Tag grübelte sie darüber nach, wie sie es bloß schaffen sollte, das Herz des Frostprinzen zu erweichen. Er war umringt von so vielen Zwergen, dass sie nicht einmal an ihn herankommen konnte. Sie hatte ihre Chance gehabt, als sie ihn im Wald gefunden hatte. So oft wünschte sie, sie könnte die Zeit noch einmal zurückdrehen, sodass sie dieses Mal in dieser entscheidenden Situation richtig handeln würde.

Was sollte sie nur tun? Sie konnte hier alt und grau werden, während der Schnee sich immer weiter ausdehnte und die Menschen ihres Königreichs sie bald vergessen hätten. Oder man würde sie nicht vergessen, sondern in schlechter Erinnerung behalten. Die Königin, die uns verlassen hat, würde man sagen. So wollte sie nicht enden. So durfte es nicht enden!

Draußen sang der Frostprinz ein Lied über den Winter. Das warme rote Licht der untergehenden Sonne fiel durch die dürren Äste, die dem Eis bisher noch standgehalten hatten, und verlieh dem Antlitz des Frostprinzen etwas von der Wärme, die ihm fehlte.

Ihr silbernes Königreich verwandelte sich in dieser ganz besonderen Stunde, wenn die Sonne hinter dem Horizont versank, in ein verzaubertes Dämmerland; in ein Land voller Hoffnung, voller magischer Schattenspiele, voller Märchen und Wunder; in ein Land mit Menschen, die sich an diesen einfachen Dingen erfreuten und keine Reichtümer brauchten, um glücklich zu sein.

Das war ihr Königreich. Ein Königreich, das keinen Namen brauchte, denn kein Wort konnte die Schönheit und die Ge-

meinschaft beschreiben, welche die silberne Königin und ihre Untertanen sich über viele Jahrzehnte hinweg aufgebaut hatten. Sie hatten das Reich zu dem gemacht, was es heute war, sie kannten es von den tiefsten Tälern bis zu den höchsten Bergspitzen, und niemand würde ihnen all das stehlen oder diese Schönheit mit Schnee überdecken. Die Liebe zu ihrem Land durchfloss die silberne Königin wie süßer Wein, der sie von innen heraus wärmte und ihr seine Stärke überließ.

Sie schaute aus dem Fenster, das sie vorsorglich geschlossen hatte, um das weiße Haus vor der Kälte zu schützen. Aber hier drin musste sie sich nicht vor ihr fürchten, denn das Kaminfeuer brannte starrköpfig weiter, als hätte es noch nie von einer Eiszeit gehört.

Der Frostprinz saß hoheitsvoll auf seinem prachtvollen Thron aus Eis. Seine linke Hand lag locker auf seiner Brust, und die silberne Königin dachte, er müsse sicher sein Herz festhalten, damit ihm dieser Eisklumpen nicht einfach aus dem Brustkorb fiel. Hinter ihm, in einem Gefängnis aus Eiszapfen, lag das Kristallmädchen. Es hatte die Augen geschlossen, und die Diamanten in seinen Haaren hatten ihren Glanz verloren. Stattdessen funkelten nun Eiskristalle in den schwarzen Locken.

Die silberne Königin wandte den Blick von dieser grausigen Ansicht ab und starrte in die Flammen des hellen Feuers. Es wurde Zeit. Sie konnte nicht länger warten. Sie durfte nicht länger warten.

Sie rappelte sich auf. Im Stillen dankte sie Wendel für alles, was er getan hatte. Mehr als sie zunächst erkannt hatte, denn er hatte die Lösung gefunden, nicht sie. Sie wusste nun, was zu tun war.

Das Einzige, was sie nicht wusste, war, ob sie auch wirklich stark genug dafür wäre.

»Und was ist es?«, fragte Casper. »Was wird sie tun?«

Emma hörte Neugier in seiner Stimme und lächelte in sich hinein. Sie trug die Mauer Stück für Stück ab, und in gewisser Weise war das anstrengender, als die Arbeit im Bergwerk es je gewesen war.

»Wenn ich Euch das nun erzählen würde, würde ich Euch die ganze Spannung nehmen.«

Aber wenn sie ehrlich war, wusste Emma es selbst nicht. Ihr Kopf war leer, und alle Ideen waren dahin. Aber sie musste das Märchen zu seinem Höhepunkt treiben. Sie musste Casper bannen.

Nur wie? Ihr schwirrten unsäglich viele Gedanken durch den Kopf, einer widersprüchlicher als der andere, und jedes Mal, wenn sie dachte, einen Einfall zu haben, wie sie das Märchen wieder aufnehmen konnte, zerfaserte er wie das Ende eines Wollfadens.

Sie warf dem König einen Blick zu. Er schien tief in Gedanken versunken zu sein. Er sah dabei menschlich aus, so wie in den seltenen Augenblicken, in denen er etwas von seinem Gefühlsleben preisgab, in denen er lachte oder sanft war. In ebendiesen Augenblicken begann Emma manchmal zu vergessen, dass der König viele Menschen auf dem Gewissen hatte. Oder dass er für den Zustand verantwortlich war, in dem sich ihr Körper nun befand. Dass er nichts tat, um sein Volk gegen Schnee und Eis zu schützen. Sie dachte daran, dass er womöglich gar nichts dafür konnte, weil seine Familie seit Generationen von der Kälte heimgesucht wurde. Woran Emma zunehmend verzweifelte, war, eine Grenze zu ziehen, den schmalen Grat zwischen dem zu finden, was Casper getan hatte, weil er die Marionette eines Zaubers war, und dem, was er aus freiem Willen getan hatte. Sie wusste nicht, wo das Grau dieser Grenze in Schwarz wich; mit welchen Taten sie ihn belasten konnte und mit welchen nicht.

Er trug die Maske des tyrannischen Königs einfach zu gut. Sodass es unmöglich war, zu unterscheiden, ob die Maske sein wahres Gesicht war oder ein Schutzschild für jemanden, der litt, mindestens so heftig und verzweifelt wie sie selbst, und der es nur besser verbarg.

Der König lehnte seine Stirn gegen die Kante des Stuhls, auf dem er verkehrt herum Platz genommen hatte. Er trug wieder Rot statt Schwarz, als wollte er mit dem Abstreifen der nachtschwarzen Kleidung auch sein kaltes Herz loswerden. Sie wussten beide, dass das unmöglich war. Ebenso wie sie beide wussten, dass dieser Friede nur vorübergehend war. So spröde wie ein zugefrorener Teich, bei dem man nicht abschätzen konnte, wann er einbrach. Niemand wagte einen Schritt, weder nach vorn noch zurück. Sie steckten fest und warteten auf den ersten Riss.

»Spannung«, wiederholte Casper tonlos. »Du willst nur wieder einen Tag herausschinden. Ich bin nicht dumm.«

Nein, das war er nicht. Aber Emma auch nicht. Egal welche Verwirrungen die letzten Tage mit dem König in ihr ausgelöst hatten, eines hatten sie dennoch bewirkt. Sie hatte begriffen, dass sie Macht über ihn besaß. Und vielleicht war sie damit der einzige Mensch überhaupt, dem es irgendwie gelingen würde, ihn zu lenken, obwohl das Risiko hoch war, dabei einzubrechen und unterzugehen.

»Wenn Ihr wirklich wissen wollt, was die silberne Königin tun muss, was sie tun *wird* ...« Emma konnte kaum atmen. Es lastete so viel Druck auf ihr, dass es ihr schien, als würde ein Amboss ihren Brustkorb zusammenpressen. »Wenn Ihr das wissen wollt, müsst Ihr etwas für mich tun.«

»Ich kann an deinen Beinen nichts ändern.«

Casper hörte sich ungeduldig an, unwirsch. Wahrscheinlich war Emma kurz davor, den Bogen zu überspannen.

»Ich weiß«, murmelte sie sanft. »Es geht nicht um mich. Es geht um die Menschen da draußen, um Euer Volk, für das Ihr verantwortlich seid. Sie leiden. Und Ihr, nur Ihr, könnt ihr Leid lindern. Schickt Männer aus, Eure Majestät. Die Handelsstraße muss passierbar gemacht werden. Helft ihnen. Sie sind auf Euch und Eure Mildtätigkeit angewiesen. Ihr seid ihre einzige Rettung.«

Das dunkle Holz des Stuhls knackte, als Casper seine Hände um die Lehne schloss. Er sagte keinen Ton, aber Emma spürte auch so, dass in ihm zwei Seiten darum rangen, die Oberhand zu gewinnen.

»Ihr braucht Euer Land, Eure Majestät. Ihr braucht seine Bewohner. Ihr könnt nicht ohne sie leben. Ihr braucht Menschen, die arbeiten, die das Silber aus den Bergen holen, die das Vieh halten, die sich um das Land kümmern. Tö... Tötet mich, wenn Ihr müsst. Niemanden sonst mehr. Mit mir endet die silberne Blutlinie. Lasst den Hass damit enden. Lasst Eurer Land nicht erfrieren.«

Emma blinzelte die Tränen weg, als sie an Cristan und die anderen tapferen Männer dachte, die da draußen ihr Leben riskiert hatten, um ihrer Stadt eine Möglichkeit zum Überleben zu sichern. Und es verloren hatten, wenn der Schatten die Wahrheit gesagt hatte. Das durfte nicht alles vergebens sein. Also unterdrückte sie mit aller Macht die Tränen. Casper würde sich davon nicht erweichen lassen, das hatte sie schnell erkannt. Disziplin und Stärke waren es, die ihm imponierten; die ihn daran erinnerten, dass er auch selbst fähig war, sich zu widersetzen und sich nicht seinem Schicksal zu ergeben.

»Das ist das Einzige, worum ich Euch bitte. Wenn Ihr mir das versprecht, entbinde ich Euch von Eurem ersten Versprechen. Ich lege mein Leben in Eure Hände. Jetzt sofort. Wenn Ihr der Geschichte überdrüssig werdet, müsst Ihr nicht auf deren Ende warten.«

Das Holz splitterte, als die Stuhllehne unter dem Druck von Caspers Fingern nachgab. Bevor Emma begreifen konnte, was passierte, war Casper aufgesprungen und trat mit dem Stiefelabsatz den zerstörten Stuhl gegen die Wand. Emma zuckte ob des nachhallenden Polterns zusammen.

Dann war Casper über ihr. Seine Lippen waren zu einem weißen Strich zusammengepresst, seine Augen verengt, und nur ein einziges falsches Wort würde reichen, dass er seinen Zorn an ihr entlud. Sie presste die Lippen aufeinander, blieb still, aber seinem Blick wich sie nicht aus. Seine Hände krallten sich in das Kissen zu beiden Seiten ihres Kopfes.

Warum ist sein Atem so warm, wenn alles andere eiskalt ist?, fragte sich Emma verstört.

Casper legte eine Hand an ihre Kehle, wie um sie zum Schweigen zu bringen, obwohl sie gar nicht sprechen wollte. Sein Griff war beinahe zärtlich. »Versuche besser nicht, mich zu manipulieren. Nicht nur dein Leben, sondern das Leben unzähliger Menschen dieses Landes liegt in meiner Hand. Also treib es nicht zu weit.«

Es liegt an dem Eis, das mich umhüllt, dachte Emma. *Seinem* Eis. Als der König ihr so nah war, viel zu nah und auf eine entsetzliche Weise noch zu fern, fühlte sie Hitze zwischen ihnen aufwallen. Ein Feuer, das in der Asche zu schwelen begann, um sich mit jedem Lufthauch mehr emporzuheben. Bis aus der erkalteten Asche ein Inferno entstand. Es musste an dem Eis liegen. Ihr eigener Körper war so erkaltet, dass sie Caspers Haut, seinen Atem, alles an ihm als warm empfand.

Emma drehte den Kopf weg, als sie den stummen Blickkontakt nicht mehr aushielt. Sie spürte seinen Atem auf ihrer Wange. Dann seine kühlen Lippen, an ihrem Kinn, an ihrem Mundwinkel. Sie spürte seine Hand an ihrer Hüfte, spürte den Griff, der zu fest war, zu verzweifelt, und seine Finger, die sich in ihr Fleisch gruben.

Sie suchte krampfhaft nach etwas, woran sich ihr Blick festhalten konnte. Der dunkelgraue Himmel. Die Gitterstäbe vor dem Fenster. Eine Bewegung davor, ein weißer Schatten. Emma hielt ihn zunächst für einen Vogel. Aber … er bestand aus Papier. Es war ein Zettel, gefaltet wie ein Papiervogel, bedeckt mit einer vertraut schnörkeligen Schrift.

Ein Ruck ging durch Emmas Körper, und sie spürte, wie

Casper die Veränderung in ihr wahrnahm. Angst raste durch ihre Gedanken. Er durfte den Papiervogel nicht sehen.

Und weil das Feuer zwischen ihnen ohnehin erbarmungslos brannte, schloss Emma die Augen und drehte ihren Kopf zurück. Ihre Hand glitt in seinen Nacken, hielt seinen Blick auf sie gerichtet, fort vom Fenster und dem Papier davor.

Als Caspers Lippen auf ihre trafen, schmeckte Emma das dunkle Eis, das in seinem Inneren wütete.

Casper war schon lange fort.

Seine Wärme hingegen war geblieben und haftete an Emmas Kissen, an ihrer Decke und sogar in ihren Haaren. Jedes Mal, wenn ein Luftzug durch den Raum strich, wehte er ihr Caspers Geruch erneut in die Nase. Sie fühlte sich zu schwach, um sich dagegen zu wehren, dass sein Geruch sie seltsamerweise über die Einsamkeit hinwegtröstete. Solange er weg war, solange sie allein war, würde sie sich diese Schwäche erlauben.

Nachdem Casper das Zimmer verlassen hatte, war sie mühsam zum Fenster gehumpelt, hatte es geöffnet und den Zettel hineingeholt. Es war ein Wunder, dass der Wind ihn bis auf den Fenstersims des Turmzimmers heraufgetragen hatte, aber Madame Weltfremds Schrift zu lesen tröstete Emma. Und sie ahnte, dass das, was die Madame ihr hatte mitteilen wollen, ein Schlüssel sein musste, der Schlüssel für das Ende des Märchens.

Ein jeder sonst sollte die Schwelle nicht übertreten,
wenn er nicht eines äußerst furchtbaren Todes sterben möchte.

Die Worte ließen etwas in Emma aufmerken. Sie kannte sie aus dem Märchen. Sie standen auf dem Schild an der Tür des weißen Hauses. Emma war sich sicher, dass die Madame ihr damit etwas

Wichtiges mitteilen wollte, aber sie war zu erschöpft, um zu erraten, was es war.

Ihr Widerstand gegen den König bröckelte mit jedem Tag mehr. Nicht etwa, weil er sie gebrochen hatte, sondern weil sie nun Anteil an seinem Schicksal nahm. Das, was mit Mitleid begonnen hatte, hatte sich zu etwas Tieferem entwickelt. Zu etwas, das Emma nicht erklären konnte und über das sie nicht einmal ernsthaft nachdenken wollte.

Stattdessen klammerte sie sich an Gedanken an die Menschen fest, die ihr etwas bedeuteten, wie Ophelia, die Madame oder entgegen aller Hoffnung ihr Vater. Und sie wusste, dass – wenn es ihr nicht gelang, Casper vollständig zur Abkehr von seinem bisherigen Ich zu zwingen – der König sterben musste.

Er oder alle anderen Menschen, die sie liebte. Es gab keine andere Möglichkeit, keine dritte Tür, durch die Emma entwischen konnte. Wenn sie diese Wahl treffen musste, würde sie nicht lange zögern. Sie würde, bevor sie ganz zu Eis erstarrte, ein Messer in seine Brust rammen, wenn er neben ihr ruhte, um ihrer Stimme zu lauschen. Sie würde Lana darum bitten, ihr eins ins Zimmer zu schmuggeln, oder einen anderen Weg finden.

Emma wünschte, Casper wäre nicht gegangen. Oder vielmehr, er wäre schon zurückgekehrt. Ob er in diesem Moment draußen Anweisungen gab, alle fähigen Stadtbewohner zur Handelsroute führen zu lassen, damit endlich mit vereinten Kräften gegen den drohenden Tod angegangen werden konnte? Oder verkroch er sich in seinem Zimmer oder im Thronsaal, um dort darüber zu brüten, ob es nicht besser wäre, sein klägliches Gewissen über Bord und Emma in die Eiskammer zu werfen?

Sie hatte ihn vor eine Entscheidung gestellt: zwischen zwei Versprechen zu wählen. Es beunruhigte sie, dass er so viel Zeit benötigte, um sich über seinen Willen klar zu werden. Um herauszufinden, auf welche der beiden in seinem Kopf streitenden Stimmen er hören sollte. Wenn sie ehrlich zu sich selbst war, dann fehlte ihr seine Anwesenheit. Die gespannte Stille, wenn sie sprach. Die ebenso gespannte Stille zwischen ihnen, wenn sie es nicht tat. Die Stille, die er nur dann unterbrach, wenn er sie herausfordern wollte. Wenn er ihr wehtun wollte – oder wenn er sie berühren wollte, mit seinen brennend kalten Fingern …

Feuer, dachte Emma. Das war es. Das wollte die Madame sagen.

Feuer war der Schlüssel. Der Schlüssel zu Casper.

Der Schlüssel zum Leben.

Kapitel 25

Als die Sonne am nächsten Morgen endlich das blaue Leuchten des Schlosses aus ihrem Zimmer vertrieb, wusste Emma, dass ihr letzter Tag darin angebrochen war.

Eine unnatürliche Ruhe hatte während des Schlafs Besitz von ihr ergriffen. Es war, als hätte der Schlaf alle dunklen Gedanken aus ihrem Kopf vertrieben, als hätte er die Schatten aus dem Zimmer und aus ihrem Herzen geblasen.

Emma hatte die Lösung ihrer Probleme so deutlich vor Augen, als wäre sie schon immer da gewesen. Sie hatte erkannt, was die Madame ihr mit dem Märchen hatte sagen wollen. Sie konnte dem Weg der silbernen Königin folgen. Und schlussendlich sah sie auch das Ende des Märchens glasklar vor ihren Augen, so deutlich wie sie die Konturen des weißen Hauses in ihrem Geist zeichnen konnte. Vielleicht aber hatte sie ihr Schicksal auch jetzt erst völlig angenommen. Sie war eine Nachfahrin von Königen. Ganz gleich, ob sie in ärmlichen Verhältnissen aufgewachsen war, in ihren Adern floss blaues Blut. Jetzt würde sie die Königin sein, die ihr Land so dringend brauchte. Sie würde versuchen, mit ihren Worten etwas zu bewegen.

Sie würde die silberne Königin sein.

Das war es, was die Madame ihr hatte sagen wollen. Dass es einen Platz in der Welt gab, an den sie gehörte und nirgends sonst. Und nun, da sie diese Erkenntnis endlich annehmen konnte, fühlte sie sich entschlossen und gefasst zugleich. Ihr träger, fragiler Körper schien ihr keine Last mehr zu sein, die sich an ihren Kraftreserven nährte. Sie brauchte diesen Körper nicht, um Casper zu bezwingen. Alles, was sie dafür benötigte, war ihre Geschichte, die an diesem trüben Morgen begierig darauf wartete, freigelassen zu werden. Sie brauchte Worte, die Grenzen überschreiten und Mauern durchbrechen konnten, die kraftvoll und lebendig waren und die Eis zum Splittern brachten.

Diese Worte wirbelten durch Emmas Kopf, und sie war so erfüllt von ihnen, dass Angst und Schmerz nebensächlich wurden.

Aber Casper tauchte an diesem Morgen nicht auf und auch am nächsten und dem darauf folgenden nicht. Er hielt sich fern, als könnte er aus der Ferne spüren, dass Emma es zu Ende bringen wollte. Vielleicht fürchtete er sich vor ihren Worten und was sie mit ihm anrichten konnten, wenn sie einen Weg in sein Herz fanden.

Die Stille und das Warten auf Casper waren vielleicht eine Maßnahme, um Emmas Nerven zu zermürben, um sie brüchig und ängstlich werden zu lassen, aber sie blieb gefasst, bis er schließlich seinen Weg zu ihr zurückfand.

Sie sprach kein einziges Wort, bis er den Stuhl an ihr Bett gerückt hatte und sie beginnen konnte.

Es war ein erdrückendes Gefühl, die sichere Schwelle zu übertreten. Diesen einen Schritt zu gehen, der über alles entscheiden konnte, über Leben und Tod, über das Schicksal eines ganzen Landes. Aber die silberne Königin hatte keine Angst mehr. Sie wusste, dass sie genug Zeit mit Warten und Fürchten verschwendet hatte.

Die Tür schwang hinter ihr zu, ohne Quietschen oder Aufbegehren, als wisse sie, dass die silberne Königin das weiße Haus, das ihr nach all der Zeit ein vertrauter Freund geworden war, verlassen musste.

Die Kälte, welche die silberne Königin nun draußen in Empfang nahm, war überwältigend. Sie kroch unter ihren dünnen Mantel und haftete wie klebriger Honig an ihrer Haut. Der Boden unter ihren Füßen hatte sich in eine spiegelnde Fläche aus purem Eis verwandelt; vom Waldboden, der unter dem dicken Eis noch immer existieren musste, fehlte jede Spur. Und obwohl die silberne Königin die Schönheit dieser Winterlandschaft nicht abstreiten konnte, war sie doch zutiefst erschrocken darüber, wie schnell die Kälte alles Leben unter sich begraben und zum Schweigen gebracht hatte.

Auf der Lichtung war nur der Frostprinz zu sehen, der auf seinem Eisthron saß. Vielleicht hatte er seinen Eiszwergen befohlen, sich in den Wald zurückzuziehen, jedenfalls konnte die silberne Königin keinen einzigen ausmachen. Auch das Kristallmädchen war fort. Nur die Eiszapfen kündeten noch von seinem Gefängnis.

Es war still. So trügerisch still, beinahe friedlich.

»Guten Morgen«, sagte der Frostprinz und räkelte sich auf seinem Thron, der ihrem eigenen im fernen Schloss auf verblüffende Weise ähnelte. Ob er dort gewesen war und ihn hatte nachbauen lassen, nur um ihr damit Pein zuzufügen? Sie traute es dem Frostprinzen zu, dass er so agierte. Er verletzte Menschen nicht nur körperlich. Vor allem setzte er ihren Seelen zu. »Welch herrliche Ruhe.«

Die silberne Königin wusste nicht, was sie sagen sollte. Sie musste auf ihre Füße achten, die die eisige Glätte des Bodens nicht gewohnt waren. »Ja«, flüsterte sie.

Die Ruhe war tatsächlich herrlich. Es schien, als wäre dieser Moment in der Zeit eingefroren. Die Kälte war beißend, und sie nahm jedes Leben gefangen; aber in diesem Augenblick, in dem sich das Sonnenlicht in den von einer zarten Eisschicht umschlossenen Blättern brach und eine Farbvielfalt in ihre Welt zauberte, die sie nicht kannte, hatte die allumfassende Stille tatsächlich etwas zerbrechlich Schönes. Aber was, wenn sie nur Illusion war, nur die Ruhe vor dem Sturm?

Der Frostprinz rutschte zur Kante des Thrones, bis seine Füße den Boden berührten, dann stand er auf. Er schien fest auf dem Eis zu stehen, nicht so unsicher wie die silberne Königin.

»Seid Ihr gekommen, um Euch zu ergeben?«, fragte der Frostprinz sanft. Er lächelte sein kaltes, schönes, so bezauberndes Lächeln. Zwei, drei Schritte, dann kam er vor der silbernen Königin zum Stehen.

»Glaubt Ihr das?«

Der Frostprinz zog die Stirn kraus. »Warum sonst solltet Ihr die sicheren Gefilde dieses eigenartigen Hauses verlassen?«

Die silberne Königin senkte den Blick. Unter ihren Füßen wand sich ein Baumschössling durch das Eis, festgehalten von seiner unnachgiebigen Kälte. Die silberne Königin atmete tief durch und sah dem Frostprinzen in die Augen. »Ich habe mich etwas gefragt. Und die Antwort darauf finde ich allein nicht.«

Er schnaubte, aber die silberne Königin erkannte die Verblüffung in seinen Augen. Und die Neugier, die verstohlen hinter seinen dunklen Wimpern aufblitzte.

»Über welche Frage sprecht Ihr?«, fragte er.

Die silberne Königin ließ ihren Blick für einen Moment schweifen. Zum Horizont, hinter dem ihr Schloss auf seinem Hügel thronte und vielleicht ein Zufluchtsort für ihre Untertanen war. Zum Himmel, wo die Sterne des Nachts leuchteten, vielleicht auch der Stern, der sie einst gesegnet hatte.

»Ich habe über das Verzeihen nachgedacht«, sagte sie dann. »Ich habe mich gefragt, worin der Sinn liegen mag, jemandem zu verzeihen. Ist es nicht so gut wie sicher, dass man nach dem ersten Mal einfach ein zweites Mal verletzt wird? Warum tut man es dann, statt zu fliehen und nie wieder mit jenen Menschen in Berührung zu kommen, die einem Schmerz zugefügt haben? Warum verzeiht man? Und gibt es Grenzen? Gibt es Taten, die man verzeihen darf, und andere, die es verbieten? Wer entscheidet darüber, was man darf? Und: Kann man … alles verzeihen?«

Während sie den Blick vom Himmel abwandte, fragte sie sich, ob sie tatsächlich eine Antwort erwartete. Was wusste der Frostprinz schon vom Verzeihen? Hatte er jemals jemandem verge-

ben müssen? Hatte er seinem Vater verziehen, als er seine Rose zerstörte? Hatte er seiner Rose verziehen, als sie zu Staub zerfiel und ihn verließ? Hatte er je darüber nachgedacht, ob ihm all die Menschen verzeihen würden, die er verletzt hatte?

»›Alles‹ ist ein großes Wort«, sagte der Frostprinz. In seine selbstbewusste Stimme hatte sich ein unsicherer Klang geschlichen, eine Note zarter Sehnsucht. Sehnten sich alle Menschen nach Vergebung, selbst der Frostprinz?

»Ist Verzeihen nicht größer?«, fragte die silberne Königin.

Der Frostprinz ließ die Stille für ihn sprechen.

Die silberne Königin streckte ihre Hand aus und legte sie auf seine stumme Brust. Er atmete nicht. Sein Herz schlug nicht. Seine Haut war noch kälter als an dem Tag, an dem sie ihn im Wald gefunden hatte.

»Werdet Ihr mir verzeihen, wenn ich Euren Thron an mich nehme und Euer Reich besetze?«, fragte der Frostprinz schließlich. »Wenn Ihr die Antwort auf diese Frage kennt, dann wisst Ihr womöglich alles über das Wesen des Verzeihens. Letztendlich ist auch Vergebung nur Illusion.«

Der Frostprinz lächelte, als er seine Hand auf ihre legte. Nicht zärtlich oder beschützend. Nicht einmal respektvoll. Sein Griff war stahlhart. Er könnte ihre Knochen brechen, so leicht, wie sie selbst daheim Sternenstaub in die Luft blies. Leicht wie das Zertreten einer Blume.

Aber er würde sie nicht brechen. Er würde sie einfrieren. Sie spürte es, weil jedes Gefühl aus ihren Fingerkuppen wich, weil die Taubheit über ihre Hand kroch, weil sie jede Bewegung unmöglich machte. Sie beide würden hier stehen und sich ansehen, wortlos in der Sonne verharrend, die die Welt aus Eis in schillernde Farben tauchte, und sie würde sterben und ihm ihren Platz überlassen. So wie er es mit anderen Königen zuvor getan hatte.

»Also«, wisperte der Frostprinz. »Wie lautet Eure Antwort?«

Die silberne Königin hätte gern entgegnet, dass sie mit dem

Fragen begonnen hatte und er ihr somit zuerst eine Antwort schuldete. Aber sie kannte die seine bereits. Es war sinnlos, zu verzeihen.

Die silberne Königin blickte wieder den erstarrten Schössling unter ihren Absätzen an. Er konnte nicht mehr wachsen, sich nicht an seinen Blättern erfreuen, nicht mit der Sonne sprechen oder eines Tages anderen Lebewesen Schatten spenden. Er war dazu verdammt, so lange zu ruhen, bis der Frostprinz ihn befreien würde. Nichts, das in seiner eigenen Kraft stand, würde ihm beim Ausbrechen helfen.

Doch wenn die silberne Königin sich umsah, konnte sie kein Sterben sehen. Auch wenn alles still und regungslos war, schien nichts tot zu sein; kein Baum, kein Ast, kein Tier im Boden, kein Vogel hoch oben in den Lüften. Die Welt schien vielmehr nur den Atem angehalten zu haben. Und wenn der Frostprinz es so wollte, würde sie weiteratmen. Weiterleben.

Vielleicht tötete er nicht. Vielleicht fing er die Welt nur in seiner Hand ein, um sie zu bestaunen, um sie zu bewahren. Vielleicht glaubte er, sie so zu retten. Vor Gefahren, die so viel schrecklicher als die Kälte waren. Die silberne Königin wusste nicht, was hinter den Grenzen ihres Reiches sonst noch lauerte. Welche Gefahren die Welt barg. Sie wusste nichts von alldem. Sie war klein und unbedeutend, wenn sie sich neben das Ausmaß der Welt hielt, und sie war damit zufrieden.

»Ich glaube schon«, sagte sie langsam.

»Ihr glaubt?«, wiederholte der Frostprinz.

Die silberne Königin nickte. »Wisst Ihr«, sagte sie, »ich habe die ganze Zeit darüber nachgedacht. Seit dem Augenblick, in dem Ihr mir das Kristallmädchen weggenommen habt, habe ich gerätselt, ob ich Euch das verzeihen kann.«

»Ihr habt darüber nachgedacht, ob Ihr mir verzeihen könnt? Nun, wie interessant. Glücklicherweise brauche ich Eure Vergebung nicht.«

»Nein. Aber ich brauche sie«, sagte die silberne Königin sanft.

»Das ist der Punkt. Ich muss nicht wie Ihr werden. Ich muss Euch nicht zerstören. Niemand muss das. Ich muss Euch nur dazu bringen, dass Ihr Vergebung wünscht. Ich muss Euch Euer Herz zurückgeben.«

»So leicht ist es nicht«, sagte der Frostprinz. »Manche Dinge kann man nicht mehr heilen. Ihr müsst Euer Schicksal akzeptieren, Eure Majestät. Das ist der einzige Weg, auf dem wir Frieden miteinander schließen können. Und lang währenden Frieden mit der Welt.«

Das Leuchten in den Augen des Prinzen besagte, dass er es offenbar tatsächlich ernst meinte, dass er glaubte, was er sagte. Dass die Welt, dass alle Welten nur Frieden fänden, wenn sie im Eis erstarrten.

Die silberne Königin wollte ihre Hand fester auf seine Brust drücken, aber sie konnte ihre Finger nicht mehr beugen. »Ich weiß sie«, flüsterte sie. Ein helles Strahlen hatte sich in ihre Augen gestohlen. Jenes Strahlen, das einem Fremden vielleicht zeigte, dass die silberne Königin bei ihrer Geburt von einem Stern gesegnet worden war.

»Was?«, fragte der Frostprinz. »Was wisst Ihr?«

»Die Antwort.«

Darauf, wie man alles verzieh. Wie man ein gefrorenes Herz rettete. Alle Antworten lagen nah beieinander. Die silberne Königin griff mit der freien Hand in ihre Manteltasche. Sie verzog das Gesicht vor Schmerzen. Sie musste sich beeilen, weil sie spürte, dass sie in wenigen Atemzügen schon in eisiger Schönheit erstarrt sein würde.

»Fragt nicht«, sagte sie zärtlich, als sie den verblüfften Gesichtsausdruck des Frostprinzen sah. Während ihre rechte Hand erfror, verbrannte ihre linke. Sie zog sie aus der Jacke heraus, und zwischen ihren zusammengekrallten Fingern leuchtete es lichterloh.

Helles Feuer, weißes Feuer.

Der Frostprinz wollte zurückweichen, die Augen vor plötzlich wachsender Panik weit aufgerissen, doch die silberne Königin hatte das vorausgesehen. Bevor der Frostprinz handeln konnte, schob sie ihre Faust tief zwischen seine Rippen, wo sein Herz aus Eis nicht mehr schlug.

Das weiße Haus. Es war stärker als der Frostprinz. Wendel hatte ihr den Weg gezeigt, und sie hatte erkannt, dass das weiße Haus ihre einzige Waffe sein konnte. Sein Feuer konnte alles überwinden, was seines Schutzes nicht würdig war.

Der Frostprinz schrie. Sein Schrei hallte durch den Wald und musste binnen weniger Wimpernschläge durch ihr ganzes Reich geschallt sein. Vielleicht hörten ihn sogar die anderen Reiche, so fern sie alle auch sein mochten, und genossen ihn. Neben ihnen krachten Eiszapfen zu Boden und verfehlten die silberne Königin nur um Haaresbreite. Das Eis, auf dem sie beide standen, barst und zersplitterte in gefährlich scharfe Bruchstücke.

Die Angst in den Augen ihres ärgsten Feindes hatte die silberne Königin nicht zaudern lassen. Doch nun sah sie auch Verzweiflung darin. Wie weit sollte sie gehen? War es nicht die sicherste Lösung, ihn zu töten, damit er nie, nie, nie wieder Schaden anrichten konnte? War es nicht richtig, einen einzigen Menschen zu opfern, um damit für Sicherheit zu sorgen? Oder sprach da ihre eigene Angst aus ihr, dass er ihr irgendwann doch noch den Thron streitig machen würde?

Das ist nicht nötig, wisperte ihr Gewissen. Der Tod ist niemals nötig. Die silberne Königin dachte an die Schönheit, die glitzernde Stille, die sie empfangen hatte, als sie die sichere Zuflucht des weißen Hauses verlassen hatte, um dem Frostprinzen gegenüberzutreten.

»Meine Rose«, brach es aus ihm heraus. »Manchmal liebe ich sie noch immer. Ich wünschte, ich hätte es ihr sagen können.«

Da zerbrach das Herz der silbernen Königin. Denn nun erkannte sie die wahre Natur des Mannes, der nach außen hin schön und mächtig und gierig wirkte: Er war eigentlich nur ein verletzter, zerstörter Junge, der sich nach Liebe sehnte. Ein

Junge, der Schutz gebraucht hatte, und sich schließlich auf eine Weise selbst schützte, die ihn grausam machte.

Und so schmolz die silberne Königin nicht das ganze Eisherz des Frostprinzen, sondern nur die Hälfte. Denn sie hatte begriffen, dass sie ihn nicht verändern wollte. Auch an ihm gab es etwas, das gut für die Welt war, denn diese Welt brauchte manchmal Stillstand. Zeiten, in denen Schnee und Eis alles erstarren ließen und sich die Welt von stetem Lärm und Bewegung erholte.

Die silberne Königin zog ihre Hand zurück, und der letzte Funke verglomm. Das weiße Feuer erlosch. Die silberne Königin spürte, wie die Kraft, aufgezehrt vom Feuer, ihren Körper verließ, und sie sank zu Boden. Langsam atmete sie ein und aus, bis ihr rasender Herzschlag sich beruhigt hatte.

Dann hob sie den Kopf und ließ den Blick über den Wald schweifen. Die beißende Kälte war verschwunden, und über ihr strahlte die Sonne am Himmel. Die Eisschicht begann, an den Rinden der Bäume aufzureißen und abzusplittern. Tropfen von tauendem Wasser rannen an den Stämmen herab und versickerten an den Stellen im Boden, an denen das Eis bereits gebrochen war. Die unzähligen, vereisten Fußabdrücke der Eiszwerge waren fort.

Es war, als wachte der Wald aus einem langen Schlaf auf, als begann er wieder, zu atmen und zu leben.

Ganz langsam wandte die silberne Königin ihren Blick dem Frostprinzen zu. Sie hatte Angst, was sie sehen würde, wenn sie in sein Gesicht schaute. Würde sie Erkenntnis sehen? Schuld? Oder noch immer den tiefen Drang, die Welt erstarren zu lassen?

Auch der Frostprinz hatte sich dem Wald zugewandt. Er stand mitten auf der Lichtung. Eine seiner Hände lag auf seiner Brust, ebendort, wo sein Herz war. Staunen lag auf seinem Gesicht und verlieh ihm etwas Kindliches. Es schien der silbernen Königin, als sähe er die Lichtung, auf der er stand, zum ersten Mal. Und vielleicht tat er das auch; er sah sie zum ersten Mal in den Farben der Erde und des Waldes, mit den Tieren, die sich aus der

Eisstarre befreit hatten und nun zaghaft erste Schritte wagten. Dieser Anblick füllte auch die silberne Königin mit dankbarer Freude, denn es bedeutete, dass auch all jene, die dem Eis des Frostprinzen zum Opfer gefallen waren, aus ihrem Eisschlummer erwachen würden. Das Kristallmädchen würde in seine Heimat zurückkehren können.

Der Frostprinz drehte sich schließlich wieder zur silbernen Königin um. Seine Miene war traurig geworden.

»Verzeiht mir«, sagte er, und seine Stimme klang dabei so leise, dass die silberne Königin mehr den Schmerz darin als die Worte selbst verstehen konnte.

»Das habe ich bereits«, erwiderte die silberne Königin. »Erinnert Ihr Euch?«

Der Frostprinz nickte. »Und doch bin ich Eurer Vergebung nicht würdig. So viele Länder habe ich zerstört ... und beinahe auch Eures.«

»Ihr habt es nicht zerstört«, antwortete die silberne Königin und schüttelte den Kopf. »Ihr habt es in einen Schlaf versetzt. Doch was schläft, muss erwachen. Und wer wacht, muss eines Tages auch schlafen. Vielleicht gehören Eis und Schnee zum Kreislauf der Natur hinzu.«

Die silberne Königin trat einen Schritt auf den Frostprinzen zu und hielt ihm freundlich ihre Hand entgegen. Zögernd nur nahm er sie an. Sein Griff war nun viel sanfter.

»Lehrt mich Eure Zeit des Eises«, sagte die silberne Königin, während über ihren Köpfen ein Vogelschwarm in den Himmel stob, »und ich lehre Euch meine Wärme.«

So blieb der Frostprinz bei ihr, und die Welt der silbernen Königin erfuhr von da an die Schönheit der Jahreszeiten.

Es war ausgesprochen; das Ende des Märchens, das Ende ihrer Geschichte, das Ende der Zeit, die der König Emma durch sein Versprechen geschenkt hatte.

Bis zuletzt war Emma sich nicht sicher gewesen, ob das Ende, das sie gewählt hatte, schlussendlich das beste gewesen war. Sie hatte keine Ahnung, ob sie den König damit erreichen und ob sie auch nur einen winzigen Teil seines Herzens erweichen konnte.

Seine Miene war so verschlossen, dass Emma nicht einmal den Anflug einer Regung erkennen konnte. Er schien nah, noch mit ihr gemeinsam in den Fängen des Märchens gefangen, und doch so fern, als wüsste er bereits, was nun geschehen würde.

Ein Schauer lief Emma über den Rücken, als Casper wortlos aufstand und ihre Bettdecke zur Seite schlug. Es war nicht nur die Kälte des Raumes, die sich sofort in ihre steifen Glieder setzte, sondern vielmehr der entschlossene Ausdruck in Caspers Augen, der sie erzittern ließ. In diesem Augenblick erkannte Emma, dass es nicht gereicht hatte; das Märchen hatte nicht gereicht, *sie* hatte nicht gereicht. Es gab eine Stelle, irgendwo tief im hintersten Winkel seines Herzens verborgen, die noch menschlich war, verletzlich und mitfühlend, aber weder Emma noch die silberne Königin hatte sie erreichen können.

»Jedes Mal, wenn ich denke, du willst doch nicht sterben, scheinst du mich vom Gegenteil überzeugen zu wollen.«

Casper schlang einen Arm um ihre Schultern, den anderen schob er unter ihre Beine. Vorsichtig hob er sie aus dem Bett. Ihre Kristallfüße fühlten sich schwer an, wie ein Anker am Grund eines Meeres.

»Wer sagt denn, dass ich sterben will?«, fragte Emma und rang nach Atem.

»Du hast das Märchen beendet«, sagte Casper.

»Das musste irgendwann geschehen«, erwiderte Emma leise.

Der König sagte nichts. Sein Griff um sie war sanft, aber erbarmungslos. Emma wusste, dass er sie nicht loslassen würde, wohin auch immer er sie tragen wollte.

Sie verließen das Turmzimmer und stiegen eine enge Wendeltreppe hinab. Die Treppe nahm kein Ende, und irgendwann wurde Emma schwindelig, weil sie sich immer im Kreis drehten. Schließlich erreichten sie den Treppenabsatz, und ein erfrorener Luftzug wehte ihnen aus den Korridoren entgegen.

Ein eiskalter Schauer lief über Emmas Rücken, und sie war sich sicher, dass Casper das durch ihre Kleidung spürte. Seine Augen waren auf sie gerichtet, warteten darauf, dass sie etwas tat oder sagte, was ihre Unsicherheit, ihre Angst verriet. Es kostete Emma unendliche Überwindung, starr nach vorn zu schauen. Immer wieder flackerte ihre Disziplin, ihr Blick glitt zur Seite, um dem des Königs auszuweichen. Sie wollte nicht, dass er die Angst in ihren Augen sah, wenn ihr Körper schon unkontrolliert bebte. Schließlich legte sie ihm die Arme um den Hals, bettete den Kopf an seine Brust, dort wo sein Herz nicht schlug, und schloss die Augen.

»Zwei Minuten«, flüsterte er. »Zwei Minuten hat der längste Todeskampf darin gedauert. Keine Sekunde länger. Die meisten haben nicht einmal eine einzige durchgehalten.«

Blinzelnd öffnete Emma die Augen. Erst wusste sie nicht, wovon er sprach, aber dann … dann kam ihr der Gang, in dem sie sich befanden, vertraut vor. Der mit Fackeln erhellte Flur führte zu der Tür, unter dessen Spalt fahler Nebel herauswaberte.

Emma spürte, wie ihr übel wurde. Die Angst grub sich in ihren Magen. Ihre Fingernägel bohrten sich zu tief in seine Haut und hinterließen Kratzer, die sich mit Blut füllten.

Er ist tatsächlich ein Mensch aus Fleisch und Blut, dachte Emma abwesend. Nicht aus Pech oder Schwefel, was der Schwärze seiner Seele eher entsprochen hätte.

»Tut es weh?«, fragte sie, und sie konnte die Panik nicht ganz aus ihrer Stimme bannen, sosehr sie sich auch bemühte.

»Ja«, sagte er hart. Und dann presste er weitere Worte hervor, bitter und kalt. »Ich will, dass du mir den Grund verrätst. Habe ich etwas falsch gemacht? Ich habe dir deinen Wunsch erfüllt. Mein Versprechen nicht gebrochen. Ich ziehe es sogar in Betracht, das zweite Versprechen einzuhalten und das Land zu retten. Ich habe alles getan, was du verlangt hast, obwohl du kein Anrecht darauf hattest. Ich hätte dir noch einige Tage geschenkt. Tage, in denen du nichts hättest entbehren müssen. Warum hast du das Märchen schon enden lassen?«

Casper setzte sie vor der Tür ab. Emma hätte den König loslassen sollen, aber sie tat es nicht. Ihre Gedanken überschlugen sich, und sie konnte ihren Blick nicht von seinem Gesicht lösen. Dieser Zorn in seinen Augen, diese Verzweiflung, woher kamen die? Wann hatte er damit begonnen, sie und ihre Beweggründe verstehen zu wollen? War das wieder einer dieser seltenen Augenblicke, in denen er sich von seinem Fluch freistrampelte und ihr zwei, drei Momente der Hoffnung schenken konnte?

»Warum ... warum interessiert Euch das? Müsstet Ihr nicht glücklich sein? Ihr könnt mich nun ohne schlechtes Gewissen in den Tod stoßen.«

»Glücklich?« Seine Stimme war kaum mehr als ein Flüstern, während er um sie herumgriff, um die Tür hinter ihr ein kleines Stück zu öffnen. »Was ist Glück? Ich weiß nicht, wo Glück anfängt und Leid aufhört oder was dazwischenliegt.« Ein Sehnen lag in diesen Worten, ein Schmerz, der Emma von den Füßen zu reißen drohte. Aber Casper hielt sie. Und sie hielt ihn. Ihre Finger krallten sich in seine Unterarme, und sie atmete Caspers Duft ein, eine ganz eigene Note, die unter dem kalten Geruch aus Eis lag.

Er schüttelte den Kopf, beinahe verwirrt. »Manchmal glaube ich, es zu wissen, und dann entgleitet mir das Wissen wieder. Ich weiß, dass etwas da war, aber nicht mehr, was es war.«

»Dann versucht es«, sagte Emma drängend. »Ihr müsst nicht so sein. Befreit Euch von dem Fluch. Bleibt hier. Bleibt hier ... bei mir.«

Emma starrte stumm zu ihm auf. Sie wollte, dass er in ihren Augen las, wie sehr sie sich wünschte, dass er umkehrte, dass er zurückkam, dass er das Eis ablegte und sie den Mann kennenlernten durfte, der darunter war, von dem sie nur einen blassen Abglanz kannte.

Die Kälte des Raumes, dessen Tür bereits einen Spalt offen stand, kroch durch ihre Füße ihren Körper hinauf. Den König selbst empfand sie nach all der Zeit nicht mehr als eisig, aber die Kälte des Raumes war tausendmal schlimmer als Casper. Dichter Dampf kroch von hinten an sie heran. Emma konnte kaum atmen und drängte sich an Casper, um seine spärliche Wärme zu spüren.

Er blinzelte sie an, riss sich dann von ihr los und taumelte zurück, als hätte sie ihm einen Stoß versetzt. »Es geht nicht. Ich kann … Ich kann nicht …«

Der König entglitt ihr, und das versetzte ihr einen überraschend schmerzhaften Stich. Sie hatte gehofft, ihre Verbindung zu ihm wäre stärker, mehr als dieses kaum belastbare Band, das bei dem leisesten Druck auseinanderriss. Als sie an sich herabsah, erkannte sie, dass der Eisnebel sich bereits um ihre Knie gewunden hatte. Er griff nach ihr, wollte sie besitzen und ihr das Leben aus den Adern saugen.

Ihr Blick kehrte zu Casper zurück, und dieser eine Moment, in dem sie die Augen abgewandt hatte, war genug, ihn endgültig zu verlieren. Die allzu vertraute Gefühlskälte war wieder da, überdeckte die flüchtige Verwirrung und verzerrte seinen Mund zu einem grimmigen Lächeln.

»Zwei Minuten.«

Sie wollte etwas sagen, das ihn zurückholte. Den kleinen Jungen, der noch an Liebe und Freundschaft geglaubt hatte, bevor sein Vater diese Werte unter dem Absatz seiner Stiefel zertreten hatte. Er war nicht völlig verloren. Ihre Gespräche hatten das bewiesen. Sie wollte nicht sterben, natürlich nicht. Aber sie hatte ihn zu einer Entscheidung zwingen müssen. Sie hatte herausfinden müssen, ob er wirklich wollte, dass sie starb. Und sie hatte nun den Beweis dafür, dass ein Teil von ihm sie retten wollte. Und sich selbst. Sie musste diesen Teil erreichen!

»Wartet«, sagte sie. »Bitte. Hört mir zu, hört mir nur einen Augenblick zu ...«

Das Licht brach in Caspers Augen. »Wenn ich dir nur noch einen Moment länger zuhöre ...«, flüsterte er.

Und dann schubste er sie in den Raum der Eisseelen. Ein letztes Mal atmete sie gierig ein, ein letztes Mal sah sie Caspers Lächeln aufleuchten, bevor er die Tür zuschlug und sie in den Tod schickte.

Dann verschlang die Kälte sie.

Kapitel 26

Emma kam schwankend zum Stehen, hielt die Luft an, während die beißende Kälte ein Teil von ihr wurde. Sie glaubte, Menschen zu sehen.

Nein, sie glaubte es nicht nur, sie sah sie tatsächlich. Sie ruhten in Särgen aus Eis und Silber. Ihre Gesichtszüge wirkten verzerrt, aber nur weil Emma sie durch das Eis nicht richtig erkennen konnte. Sie las Frieden in den Gesichtern, die ihr seltsam vertraut vorkamen. Keine Hast, keinen Schrecken, und vor allem nicht die Angst, die Emma befürchtet hatte. Emma versuchte, zu dem Sarg zu gehen, der ihr am nächsten war. Darin lag ein Mädchen. Sein dunkelblondes Haar war wie ein Fächer um sie herum drapiert und rahmte ihr blasses Gesicht ein. Wenn man ganz genau hinsah, lag noch ein rosiger Schimmer auf ihren Wangen. Wie eine Blume kurz vor dem Verfall.

Sie war schön im Tod. Genau wie Casper gesagt hatte. Unsterblich auf ihre Weise. Auf eine schreckliche Weise.

Emma konnte den Sarg nicht erreichen, ihre Beine waren zu schwer, um noch einen einzigen Schritt zu tun. Der Sarg war zu weit weg, und der Nebel hielt ihre Kristallfüße eisern umfasst, als fordere er seinen Besitz zurück. Und ihren übrigen Körper als Tribut. Ihr blieben nur Sekunden, um den Blick einmal durch den Raum wandern zu lassen; um die anderen Särge zu betrachten, vielleicht zehn an der Zahl. Nur einer davon war noch leer und seine Tür einladend geöffnet.

Emmas Sarg.

War das eine Familiengrabstätte? Sammelte Casper hier alle Mitglieder ihrer Familie, die er über Jahrhunderte hinweg gefangen und getötet hatte? Müde ließ sie sich auf den Boden sinken. Doch sie fiel mehr, weil sich ihre Knie nicht mehr richtig beugen ließen. Sie war so taub, dass sie den Aufprall kaum spürte, als sie sich mit den Händen abfing.

Emma fragte sich, ob es sie entsetzen oder trösten sollte: das Wissen, dass ein Teil von ihr nie vergehen und der Nachwelt für immer erhalten bleiben würde. Doch selbst das Denken war zu anstrengend und ermüdete sie bis in die Knochen.

Dann musste Emma all die Luft, die sie wagemutig in ihre Lungen gepresst hatte, entweichen lassen. Einen Augenblick noch verharrte sie still, hielt die Kälte und den Nebel und den Tod von sich fort, den Blick starr auf das fremde und vielleicht doch nicht fremde Mädchen gerichtet, das in einer fernen Zeit gelebt hatte. Emmas Knie knisterten, als der Eiskristall ihrer Füße sich ausbreitete und ihre Knochen und Sehnen verwandelte.

Das musste es sein, schoss es ihr durch den Kopf. Das meinten die Leute, wenn sie davon sprachen, jeden einzelnen Moment auskosten zu müssen. Aber sie begriffen es nicht, nicht wirklich. Das konnte man erst, wenn man wusste, dass nur noch ein einziger Augenblick, ein einziger Atemzug vor einem lag.

Es … es ging nicht mehr. Emma schloss die Augen und atmete ein – und beinahe im selben Augenblick bohrten sich unzählige Messer in ihren Leib, um sie von innen heraus aufzuschneiden. Es fühlte sich an, als ob der Nebel ihr das Herz herausreißen und es Casper als Trophäe schenken wollte. Aber das machte keinen Sinn. Sie war ohnehin tot und eine Trophäe für ihn. Ihr ganzer Körper stand ihm zur Verfügung, eingeschlossen von Wänden, die niemals schmelzen würden.

Emma öffnete die Augen wieder. Sie wollte sich nicht vor dem Tod verstecken. Mit tränenverschleiertem Blick starrte sie auf ihre Finger. Erst nach einem Moment wurde ihr bewusst, dass ihre Nägel glitzerten. Sie verwandelten sich in Kristall. Der Nebel, der alles, was er mit seinem Hauch streifte, in starre Kälte umformte, kam nun von allen Seiten. Vielleicht waren ihre

Haare schon zu spitzen Eiszapfen kristallisiert. Sie wollte die Hand heben, aber ihre Kräfte schwanden zunehmend. Oder aber sie war schon längst erfroren, vor Kälte erstarrt ohne Aussicht darauf, sich noch einmal befreien zu können. Ohne ein letztes Aufbäumen, das Casper zeigte, dass er sie nicht besaß. Nein, noch nicht. Noch war sie nicht tot. Ein letztes Mal konnte sie ihm zeigen, dass sie sich ihm nicht unterwarf …

Als Emma den Mund öffnete und lachte, trocknete der klägliche Rest Speichel auf ihrer Zunge sofort zu Eistropfen.

Ein letzter Atemzug, dann wäre alles in ihr erfroren, das spürte sie. Die Kälte wollte durch ihren Rachen ihre Kehle hinabrinnen, um ihr Herz am Schlagen zu hindern. Um es sanft, aber bestimmt mit einer Eisschicht zu überziehen, die keinen Raum mehr für einen einzigen Schlag lassen würde. In dem Moment, in dem sie Luft holte, würde sie sterben.

Emma fiel nach vorn, als ihre Hände ihr Gewicht nicht mehr halten konnten. Mit der Stirn schlug sie auf dem Boden auf, aber falls eine Platzwunde aufbrach, verkrustete sie sofort. Ihre Wange berührte den eiskalten Eisboden. Dünne, silbrig glänzende Fäden schlängelten sich durch dunkles Eis und ließen es seltsam schimmern. Emma schloss die Augen und konzentrierte sich auf ihren letzten Atemzug. Ein weiteres Mal würde sie den eisigen Nebel in ihrem Inneren nicht überstehen, das wusste sie. Also nutzte sie die wenige verbleibende Luft zum Sprechen.

»Drei Minuten«, flüsterte Emma, denn sie hatte mitgezählt.

Ihr Blick fand die Eiswand, und sie sah ihr zerrissenes Spiegelbild darin sterben.

Kapitel 27

Alles war weiß.

Nicht schneeweiß, sondern heller. Viel heller. Emma konnte nichts sehen, weil das Licht sie so blendete. Es machte sie blind. Panik durchzuckte sie. Sie konnte nichts sehen, und sie spürte einen entsetzlichen Druck auf ihrer Brust, der sie am Atmen hinderte.

Aber musste man im Tod überhaupt atmen?

Dann verschwand der Druck schlagartig, und Emma sog gierig frische Luft ein. Doch sofort wurde sie von Husten geschüttelt, denn ihre Kehle war wund und aufgescheuert. Wenigstens hatte sie nicht mehr das Gefühl zu ersticken.

»Emma?«

Diese Stimme, sie war so schön. So wohltuend und einschläfernd, wie klares Quellwasser kurz vor dem Verdursten. Sie wollte mehr von dieser Stimme hören, wollte, dass sie niemals mehr davon abließ zu sprechen, wollte ihr für immer zuhören, ein Leben lang.

»Emma, verstehst du mich? Du musst die Augen öffnen.«

Sie hätte gern gelacht, aber kein Ton verließ ihre Lippen. Und sie konnte sich nicht bewegen. Wozu auch? Sie war tot. Sie hatte sich eine Ruhepause verdient. Sie hatte es so verdient, einfach hier zu liegen, zu atmen und der Stimme zu lauschen.

Etwas raschelte direkt neben ihr, und dann flackerte plötzlich Hitze in ihrer weißen Welt auf. Feuer, dachte sie verängstigt. Ein leises Röcheln verließ ihre Lippen, als sie etwas sagen wollte und es doch nicht konnte, denn ihre Zunge wollte sich nicht kontrollieren lassen.

»Ist es so besser? Deine Wimpern waren ineinander festgefroren. Kannst du die Augen jetzt öffnen? Na los, sieh mich an, Emma! Sieh mich gefälligst an!«

Selbst Wut lässt diese Stimme nicht misstönend klingen, dachte Emma beinahe verwundert. Aber die Wut war vertrauter als der zärtliche Ton, den die Stimme zuvor angeschlagen hatte. Die Wut erinnerte Emma an etwas. Es war so anstrengend, nachzudenken, darüber zu grübeln, woran sie sich nur erinnern wollte.

Emma schlug die Augen auf. Alles war so grell, dass sie einen rauen Schmerzensschrei ausstieß, weil das Tageslicht sich in ihre Pupillen grub.

Dann verstand sie.

Sie hasste die Stimme. Vor allem aber hasste sie ihren Besitzer. Diese schreckliche Erkenntnis fand ihren Weg in ihre weiße, friedliche Welt und machte den Frieden zunichte.

»Warum … Warum lebe ich?« Jedes einzelne Wort schien offene Wunden in ihren Hals zu reißen. Sie blickte in Caspers Gesicht, fand eine bizarre Mischung aus Schuldbewusstsein und Abscheu darin vor. An den Vorhängen, die über dem Bett hingen, erkannte sie, dass sie in ihrem alten Zimmer lag.

»Ich weiß es nicht«, sagte der König. »Ich habe dich herausgeholt. Ich …« Er schüttelte den Kopf. Eine ungewohnt hilflose Geste, die deutlicher als alle Worte machte, dass er nicht wusste, warum er sie gerettet hatte.

Emma wollte den Kopf anheben oder wenigstens drehen, um an sich hinunterzusehen. Aber sie konnte sich kaum rühren. Ihr Körper war bleischwer und unbiegsam. Als sie ihre Muskeln anspannte, um ihren Ellenbogen zu beugen, schrie sie überrascht auf. Nur der Versuch einer Bewegung schickte schon eine heiße Schmerzenswelle durch diesen hilflosen, verdammten Körper, über den sie nicht mehr Herr war. Mit brachialer Gewalt senkte sie das Kinn, um zumindest einen oberflächlichen Blick auf sich zu erhalten; ihre Beine verschwanden bis zu den Knien in Eiskristall, und überall hatten sich weitere durchsichtige Stellen gebildet. Ihre Fingerspitzen waren taub und glasig. Wie sollte sie sich jemals wieder aus eigener Kraft aufrichten können? Wie sollte sie so leben?

»Warum habt Ihr das getan?« Sie scherte sich nicht darum, dass ihre Stimme verräterisch wackelte. »Ihr hättet mich sterben lassen sollen, verflucht nochmal. Ist es das, was Ihr wolltet?! Dass ich Stück für Stück erbärmlich verrecke? Gönnt Ihr mir den Frieden eines schnellen Todes nicht?«

Wenn sie gekonnt hätte, hätte Emma getobt, aber nicht einmal die Fingerspitzen konnte sie bewegen, ohne einen brennenden Schmerz zu spüren. Tränen der Wut stiegen in ihre Augen, und es war eine Qual, sie wegzublinzeln.

Casper hatte sich bei ihrem Ausbruch entfernt und stand nun vor der Tür. Doch er schien zu zögern, sie allein zurückzulassen. »Ich dachte, ich würde endlich Frieden finden, wenn du erst gestorben wärst«, flüsterte er heiser. »Wenn mit dir endlich auch die Gefahr der silbernen Blutlinie Vergangenheit wäre.«

»Ich verstehe nicht«, entgegnete Emma. Mühsam spannte sie die Muskeln ihres rechten Arms an, um sich mit seiner Hilfe aufzurichten. In ihrem Inneren wühlte sich ein frisch geschärftes Messer durch ihre Organe. Das Eis schien überall zu sein: auf ihr, in ihr. Ihr ganzer Körper war befallen.

»Du machst mich lebendig. In manchen Augenblicken. Aber im nächsten kann ich mich nicht mehr daran erinnern. In einem Augenblick will ich dich töten und im nächsten vor der Welt beschützen.«

Emma rang nach Atem. Warum musste ausgerechnet sie in die Hände eines Menschen fallen, der sich nicht entscheiden konnte, ob sie leben oder sterben sollte? Verstand Casper nicht, dass dieser Zustand, dieses Verharren zwischen Tod und Leben, sie an den Rand der Verzweiflung brachte? An den Rand dessen, was sie körperlich ertragen konnte?

»Dann sagt mir, was das Besondere an den Augenblicken ist, in denen Ihr mich nicht töten wollt, Majestät.«

Unter Caspers Augen lagen dunkle Schatten, die sein Gesicht noch unwirklicher erschienen ließen. Manchmal glaubte Emma, er könne nicht von dieser Welt sein. Er passte nicht hierher mit all seinem Schnee und Eis, mit dem Schmerz und der Finsternis. Er war, wie der Frostprinz, einem unwirklichen Märchen entsprungen.

»Ich weiß es nicht.« Ein kurzes Lächeln huschte über sein Gesicht, aber es erhellte sich nicht. »Du und deine silberne Königin ... Ich glaube, ihr erinnert mich manchmal an mich, wie ich früher einmal gewesen bin. Entschlossen und stark und gegen alles Übel ankämpfend. Aber das war, bevor ich erwachsen wurde und begriff, dass es das Beste für das Land ist, nichts zu empfinden. Nur dann kann ich die nötige Stärke aufbringen, um es zu regieren.«

»Das Beste für dieses Land ist nicht, seine Menschen auszurotten.«

»Du hast immer noch nicht verstanden, dass der Tod manchmal nötig ist, um unsterblich zu werden. Sieh mich an. Ich bin auch gestorben. Ich bin durch das Eis gegangen. Und jetzt bin ich mächtiger als je zuvor«, erwiderte der König.

Ein eisiger Wind trug seine Stimme zu ihr hinüber, und obwohl sie fest und gebieterisch klang, erkannte Emma, dass Casper sich selbst nicht mehr sicher war. Er wollte es nicht mehr nur ihr einreden, sondern vor allem sich selbst.

»Eure Majestät ...« Sie zögerte. »Bitte. Erzählt mir, was es mit diesem Eis auf sich hat und wie es bekämpft werden kann. Ich werde Euch helfen. Ich werde an Eurer Seite stehen.«

Emma wusste nicht, warum ihr Herz bei diesem Geständnis zerbrach. Sie hasste Casper. Sie hasste ihn mehr als alles auf der Welt. Mehr als Schnee und Eis und Hunger. Ihr Herz durfte nicht brechen, nicht in seinen Händen, nicht für ihn. Und doch tat es das.

Casper antwortete nicht.

Sie ließ sich ins Kissen zurücksinken, als ihr Ellenbogen ihr

Gewicht nicht mehr halten konnte. »Wird mein Körper jemals wieder normal sein?«, fragte sie dann. Sie wusste nicht einmal, welche Antwort sie hören wollte. Ein Nein wäre unerträglich. Ein Ja würde ihr Hoffnung geben. Aber sie konnte sich keinen Hoffnungsschimmer erlauben. Der König würde ihn nur wieder zerbrechen.

»Ich weiß es nicht«, sagte er wieder.

Emma presste die Kiefer aufeinander. Nein, sie würde die Hoffnung nicht aufgeben. Die Hoffnung für sich, für das Land. Für ihn. Es war das Einzige, was ihr blieb. Also zuckte sie schwach die Schultern. »Es wird bestimmt wieder.«

Mühsam streckte sie ihre Hand nach ihm aus, bis er von der Tür zurückwich und zu ihr kam. Er nahm ihre Hand, und obwohl sie seine Berührung kaum spüren konnte, fühlte sie eine unbekannte Wärme von ihm ausstrahlen, von einer Art, wie sie sie noch nie an ihm wahrgenommen hatte und die sie so überraschte, dass sie beinahe zurückgezuckt wäre. Wie ein Sturm aus Feuer grub sich die Wärme ihre Finger entlang, brachte Leben dorthin zurück, wo sie gedacht hatte, nie mehr etwas empfinden zu können.

Casper sagte nichts. Das Zucken seiner Wangenmuskeln war die einzige Regung, die er preisgab. Doch seine Augen verrieten, wie aufgewühlt er war. Oder waren sie vielleicht nur der Spiegel für ihre eigenen Emotionen? Emma lehnte sich vor, wobei ein scharfes Seitenstechen sie schwindeln ließ.

»Lass das Eis los«, murmelte sie und strich mit den Fingern vorsichtig über die fein geschwungene Kontur seines Kinns. Ihre andere Hand grub sich in die Falten seines Hemds, in die Stelle über seinem Herzen. Emma stockte der Atem. In seiner Brust schlug sein Herz, schnell und holprig, als wüsste es nicht, welchen Takt es anschlagen sollte. Ihre Hand blieb warm. Da war kein eisiger Schlund, der alles verschlucken wollte, was ihm zu nahe kam, was ihn für das Leben öffnete. Da war Hitze, die ihren Arm umhüllte wie ein vorgewärmter Mantel. Die Stellen ihres Körpers, die sie schon an das Eis verloren geglaubt hatte, wurden weich. Der durchsichtige Kristall wich ihrer eigenen Haut, und Emma spürte, wie das Blut mit einem merkwürdigen Kribbeln in ihrem Körper zu zirkulieren begann. Nur ihre Füße blieben vereist. Die Oberfläche ihrer Haut schimmerte dort noch immer wie ein Kristall, und Emma war nicht in der Lage, ihre Füße zu bewegen, obwohl sie sich nicht mehr ganz so taub anfühlten. Tiefe Enttäuschung nagte an ihr. Vermutlich waren ihre Füße einfach zu lange geschädigt gewesen, um sich gänzlich von der Verletzung erholen zu können. Obwohl das Wissen schmerzte, nie wieder so frei und unbeschwert wie früher laufen zu können, schüttelte Emma den Gedanken ab und konzentrierte sich auf Casper. Es ging jetzt nicht mehr nur um sie. Es ging um sie beide.

Caspers Finger klammerten sich schmerzhaft in ihre Unterarme. Er kämpfte. Er kämpfte gegen das dunkle Eis, kämpfte darum, endgültig die Kontrolle über sich und seinen Willen zurückzuerlangen und für immer zu behalten. Nur er allein konnte diesen Kampf ausfechten, und doch wollte sie da sein, um ihn dabei zu unterstützen. Sie hatte ihn so weit gebracht, dass es diesen Kampf überhaupt erst geben konnte.

Vorsichtig streckte sie sich. Ihr Körper protestierte, weil er sich noch lange nicht erholt hatte. Aber diese Zeit hatte Emma jetzt nicht. Sie kniete sich hin, bis sie auf Augenhöhe mit dem König war, dessen Gesichtszüge sich eigenartig verkrampft hatten. Sie spürte seinen Atem auf ihrer Wange, stockend und von Angst gelähmt.

»Lass es los«, wiederholte sie. »Ich weiß, dass du stark genug bist, dich zu befreien. Du bist es wirklich! Hörst du?«

Der König antwortete nicht, aber sie bemerkte die Verzweiflung in seinen geweiteten Pupillen. Emma verringerte den Abstand zwischen ihnen, bis kaum mehr ein Haar zwischen ihnen Platz mehr gefunden hätte. Sie hielt seinen Kopf zwischen ihren Händen, sie atmete die Luft ein, die er entweichen ließ, verfiel in den gleichen Rhythmus.

»Komm zurück.« Dann hauchte Emma ihm einen Kuss auf seine vor Anstrengung zusammengekniffenen Lippen. Sie wollte, dass er spürte, dass er nicht allein war, dass es abseits der Dunkelheit, in der er wandelte, jemanden gab, der auf seine Rückkehr wartete.

Umso überraschter war sie von der Heftigkeit, mit der Casper ihren Kuss erwiderte. Er schlang die Arme um sie und zog sie an seinen angespannten Körper. Für einen Augenblick vergaß Emma, wer Casper vor diesem Morgen gewesen war. Sie sah ihn als denjenigen, der er hätte sein können und der er vielleicht irgendwann sein würde, wenn er es zuließ. Ihre Finger verirrten sich in seinen Haaren, genossen die ungezähmte Weichheit, als Casper sie nach hinten drückte, bis sie mit dem Rücken auf den Kissen lag.

Seine Hände waren überall und versprühten eine Hitze, die Emma nicht kannte und die im Gegensatz zu seiner früheren Kälte berauschend war. Sie hielten Emma, erkundeten ihren Körper mit einer Selbstverständlichkeit, als hätten sie eine andere Vergangenheit geteilt, eine, die nicht von Verzweiflung und Tod bestimmt war.

Sie öffnete ihre Lippen. Ihr Atem vermischte sich mit seinem. Es gab keine Kälte mehr zwischen ihnen, nur noch drängendes Verlangen, diese Vergangenheit auszulöschen oder zumindest für diesen einen Moment vergessen zu machen. Die Zeit wurde zur Unendlichkeit, und die Finsternis verschwand.

Dann plötzlich riss Casper sich von ihr los. Emma öffnete ihre Augen und begegnete seinem Blick, in dem ein dunkles Feuer loderte. Der Kampf war noch nicht vorbei. Er war nur auf seinem Höhepunkt angekommen.

»Casper.« Zum ersten Mal sprach sie seinen Namen laut aus. Er fühlte sich fremd auf ihrer Zunge an. Aber vielleicht war dieses Fremdsein auch eine Chance. Sie konnte den Namen mit neuen Erinnerungen füllen. Mit einem neuen Menschen. Mit einem Menschen, der nicht wie eine Bedrohung im Schatten lauerte.

Er hörte sie nicht. Ein ersticktes Keuchen wich aus seiner Kehle, und mit schmerzverzerrtem Gesicht fiel er auf die Seite. Aber die Kante des Bettes war zu nah, und er rollte hinaus, um mit einem dumpfen Knall auf dem Boden aufzuschlagen. Er selbst schien den Sturz überhaupt nicht wahrzunehmen. Er stöhnte und zog die Beine an den Körper wie ein Kind.

Emma rutschte aus dem Bett. Das Eis in ihrem Körper war inzwischen vollständig verschwunden, doch ihre Muskeln waren immer noch steif und ihre Kristallfüße zu schwer. Durch die ungelenken Bewegungen verlor sie das Gleichgewicht und kam neben Casper auf. Sie robbte zu ihm, bettete seinen Kopf auf ihrem Schoß und hielt seinen von heftigen Krämpfen geschüttelten Körper. Irgendwann packte Casper ihre Hand und hielt sie fest. Er brach beinahe ihre Knochen, aber Emma biss die Zähne zusammen, um keinen Schmerzenslaut auszustoßen.

Sie kauerten endlose Stunden auf dem Boden. Die Nacht brach an. Irgendwann spürte Emma den andauernden Schmerz in ihren Muskeln nicht mehr.

Als der Morgen graute, beruhigte sich endlich Caspers Atem. Er lockerte den eisernen Griff um ihr Handgelenk, das Emma sich geistesabwesend rieb, um wieder Gefühl hineinzutreiben, und schob ihre Finger dann an seine Brust.

Etwas prickelte unter ihren Fingerspitzen. Sie spürte einen gesunden, kräftigen Herzschlag, kein mühseliges Pochen, das sich gegen eine Eishülle durchsetzen musste.

Dann öffnete Casper seine Augen. Die Dunkelheit war aus ihnen gewichen. Statt endloser Schwärze in seiner Iris blickte ihr nun ein helles, waches Grau entgegen.

Emma strich eine verschwitzte Haarsträhne, die sich in seinen Wimpern verfangen hatte, zur Seite. »Ist es vorbei?«, fragte sie leise.

»Ich denke schon.« Seine Stimme klang kratzig.

»Du denkst?« Sie lächelte müde und streichelte weiter seine

Haare, während er sich auf die Seite rollte, um den Kopf bequemer auf ihren Beinen zu betten. Er wirkte geschwächt, aber niemand von ihnen wollte aufstehen. Sie blieben auf dem Boden liegen, und die Sonne stieg höher, bis ihr Licht irgendwann durch Emmas Fenster fiel und sie den Staubkörnern beim Tanzen zusahen.

Manchmal versuchte Emma, ein Gespräch in Gang zu bringen, aber Casper redete nicht viel. Er starrte aus dem Fenster, in den Himmel, wo die Sonne alle grauen Wolken erfolgreich vertrieben hatte und nun in aller Pracht am Himmel leuchtete. Er starrte nach draußen, als würde er die Welt mit völlig neuen Augen sehen, und vielleicht tat er dies sogar.

Irgendwann entzog sich Casper ihr und stand auf. Auch Emma erhob sich, ungelenk hangelte sie sich am Bett in die Höhe. Sie standen voreinander, unsicher, was sie tun sollten.

Diese Stille ... an sie würde Emma sich immer erinnern können. Sie war bedeutungsschwer. Etwas baute sich zwischen ihnen auf; eine Mauer, die nicht aus Eis, aber aus unausgesprochenen Worten bestand.

»Ich möchte, dass du gehst«, sagte Casper schließlich. Seine Stimme war anders als zuvor, nicht mehr so kalt und distanziert, doch jetzt bemühte er sich dennoch darum, Abstand zu ihr aufzubauen.

»Geh nach Hause, Emma. Ich muss etwas erledigen. Ich habe ... großes Unheil über dieses Land gebracht.«

Seine Stimme brach. Stoff raschelte, als er auf die Bettkante sank. Emma konnte sich nicht vorstellen, welche Bürde nun auf dem König lastete: Mit dem Eis war nicht nur die Dunkelheit von seinem Herz gewichen, auch die schützende Hülle aus Gleichgültigkeit war damit fort. All seine Taten, all die Gräuel, die er über die Menschen von Glanzvoll gebracht hatte, musste über ihn hereinbrechen wie die Wellen eines reißenden Flusses nach einem Dammbruch. Er stand ohne Halt in einer Flut.

»Emma«, sagte Casper, und da war etwas in seiner Stimme, das ihr durch Mark und Bein ging. »Emma, ich bin schuld am ewigen Winter.«

Kapitel 28

»Was meinst du?«, fragte Emma.

Casper rieb sich mit der Hand durch das Gesicht. Er sah unendlich müde aus; ausgezehrt von einem Kampf, dessen Anblick kaum auszuhalten gewesen war, und nun kam da noch etwas anderes hinzu, das seinem Schmerz eine Tiefe gab, die Emma nicht nachvollziehen konnte.

»Es gibt da etwas, das du nicht weißt. Etwas, das niemand weiß.«

Er erhob sich vom Bett, um unruhig durch den Raum zu gehen, doch bereits nach wenigen Momenten sank er auf einen Stuhl am Fenster, als würden seine Beine das Gewicht seines Körpers keine einzige Sekunde länger tragen können. Dort sackte Casper in sich zusammen, als laste eine schwere Schuld auf den Schultern des Königs, die ihn zu Boden zerrte.

Emma ging zu ihm und kniete sich neben ihm nieder. Sie legte ihre Hand auf seine. Die Wärme, die seine Haut ausstrahlte, war noch immer ungewohnt. Sie hätte eine Ewigkeit hier ausharren können, hätte die Sonne hinter dem Horizont versinken und im Morgengrauen wieder aufsteigen sehen können, hätte das Schneetreiben mit mehr Gelassenheit als früher beobachten können, und das alles nur, weil sie Caspers Hand hielt. Insgeheim fragte sie sich, wann sie diese unsichtbare Grenze überschritten und warum sie sie nicht kommen gesehen hatte.

»Wovon sprichst du?«, fragte sie sanft.

Sie wollte ihn nicht verschrecken. Ihre eigenartige Beziehung, sein erwachtes Innenleben, all das schien noch so fragil zu sein, so leicht zu zerbrechen. Sie wollte aus Unbedachtheit nichts zerstören, das noch wachsen musste.

Ein Schaudern schüttelte seinen Körper. Emma spürte das Beben in ihren Fingerspitzen. Langsam drehte er die Innenseite seiner Hand nach oben, sodass sich seine Finger mit ihren verschränkten. Es war eine schlichte Geste, mit der er seine Verletzlichkeit offenbarte, und sie löste in Emma etwas aus, was kein Sturm, kein Unwetter vermocht hätte.

»Sieh hinaus«, flüsterte er heiser.

Emmas Blick wanderte nach draußen. Schnee glitzerte an der Außenseite des Fensters. Obwohl die Sonne schien, war kein Tauwasser am Glas zu sehen, kein Anzeichen darauf, dass die Sonne genug Kraft hatte, dem Winter wenigstens bisweilen die Stirn zu bieten. Das Tageslicht fiel auf Silberglanz, und es hätte auf dieser Welt keinen magischeren Anblick als die Stadt unter der weißen, unberührten Decke aus Schnee und Eis geben können. Aber die Sonne hatte ihre wahre Macht längst verloren. Heute war sie kaum mehr als ein wertvolles, aber nutzloses Schmuckstück, das der Himmel trug.

»Ich sehe die Stadt«, antwortete Emma. »Ich sehe den Winter.«

Casper stieß ein langes Stöhnen aus. »Du nennst beides in einem Atemzug. So sollte es nicht sein. So hätte es nicht sein müssen.«

Emma schüttelte den Kopf und beugte sich vor. »Wovon sprichst du?«, fragte sie eindringlich.

»Es gibt ein Familiengeheimnis; eines, das über Jahrhunderte gehütet wurde; eines, das niemand außer meiner Familie und den Bediensteten kennt. Es war der Beginn aller Zerstörung, der Beginn des Winters.«

Emma musterte ihn aufmerksam. Ihr war bewusst, dass Casper unter einem Fluch gestanden hatte, der sein Herz in jenen Zustand versetzt hatte, in dem es immun gegen jegliche Emotionen war. Aber nun ahnte sie, dass mehr dahintersteckte, dass nicht nur Casper von diesem dunklen Eis besessen war.

Das Land war es ebenfalls. Ihr Land. Ihre Stadt.

»Erzähl mir alles, was du weißt«, bat sie.

Casper ballte seine Hand zur Faust. »Es tut mir unglaublich leid«, sagte er leise, und Emma las Bedauern in seinen Augen. Kälte schlang sich um ihr Herz, eine Vorahnung, dass die Geschichte, die Casper in wenigen Atemzügen erzählen würde, nicht nur ihr Leben, sondern auch ihre Vergangenheit unweigerlich verändern würde.

»Du weißt, dass meine Familie Jagd auf deine machte, seit ich denken kann. Ich bin in dem Glauben aufgewachsen, dass es das Richtige wäre, die letzten Überlebenden deiner Familie auszulöschen, weil wir Glanzvoll mehr bieten konnten, als die früheren Könige es je vermocht hatten. Ich war immer fest davon überzeugt, dass das Leben eines Einzelnen nicht über das Überleben eines Landes gestellt werden darf, und gewissermaßen war das nicht nur meine Überzeugung, sondern auch die Rechtfertigung für ... für alles, was ich getan habe.«

Der Schmerz und die tiefe Schuld, die in ihm wühlen mussten, verzerrten Caspers Gesicht, und er schien alle Kraftreserven aufwenden zu müssen, um nicht davon überwältigt zu werden. Emma wusste, dass er diesen Kampf noch oft würde ausfechten müssen. Die Erinnerungen an all die schrecklichen Taten, die er begangen hatte, verschwanden nicht über Nacht. Vielleicht würde es sogar noch Jahre dauern, bis er wieder in den Spiegel sehen konnte, ganz gleich ob er unter einem dunklen Einfluss gestanden hatte oder nicht. Und selbst dann, wenn er in ferner Zukunft Frieden mit sich geschlossen haben mochte, selbst dann war es noch nicht vorbei. Die dunklen Seiten, die man an sich selbst entdeckte, verfolgten einen bis zum Tod und manchmal darüber hinaus.

»Hast du jemals von den Eisbrand-Minen gehört?«, fragte der König.

Emma schüttelte den Kopf. Sie kannte viele Geschichten, viele Mythen und Märchen, aber diese Minen waren ihr gänzlich unbekannt.

»Die Eisbrand-Minen sind verflucht. Oder vielmehr der Berg Eisbrand, in dem sich die Minen befinden. Das sagten die Einwohner des Dorfes, das damals am Fuße des Berges lag. Sie warnten uns eindringlich davor, die Minen zu öffnen. Sie erzählten uns, dass der Berg einst, lange bevor meine Familie existierte, schon einmal geöffnet worden war und das halbe Land ins Verderben gestürzt hat. Sie erzählten von Zauberern, die mit Hilfe der Naturgewalten in der Lage waren, einen Bann auf die Minen zu legen, damit niemand sie mehr zu öffnen wage. Aber meine Familie wollte nicht auf diese Menschen hören. Am Ende flehten sie uns an, boten uns ihren ärmlichen Besitz an, damit wir nur auf unseren Pferden davonritten. Die Gier nach Reichtum und Macht war jedoch zu groß. Darum geht es am Ende doch immer, nicht wahr? Es geht immer um das *Mehr*, das wir unbedingt erreichen wollen.« Seine Stimme verlor sich zwischen den Zeiten, zwischen Vergangenheit und Gegenwart.

»Wo liegt dieser Berg? Ist er in der Nähe?«

Casper schüttelte den Kopf. »Er liegt etliche Tagesritte entfernt. Die umliegenden Dörfer sind schon lange dem erbarmungslosen Winter erlegen. Die Menschen sind entweder gestorben oder mussten ein neues Zuhause suchen.« Er stockte kurz. »Würde der Eisbrand näher liegen, würde diese Stadt vielleicht schon nicht existieren. Er ist das Zentrum der Kälte, die sich über das Land ausbreitet.«

Emma fühlte sich in einem Sog aus wachsendem Entsetzen und Atemlosigkeit gefangen. »Warum sollten die Minen nicht geöffnet werden?«, fragte Emma. Sie fürchtete die Antwort. Manchmal war der Preis des Wissens hoch.

»Weil dort etwas verschlossen war, das niemand hätte freisetzen dürfen. Niemand, weder König noch Bettler. Es gibt Dinge, die besser in Dunkelheit darben, bis selbst die Geschichte jede Erinnerung an sie verloren hat.«

Ein Schauer lief Emma über den Rücken. Draußen schoben sich Wolken in Richtung der Sonne. Sie begannen bereits, sich ihrer Fracht aus Schnee zu entledigen, und im schwindenden Sonnenlicht glitzerten die zu Boden fallenden Flocken wie schwerelose Diamanten.

»Meine Vorfahren schlugen die Warnungen in den Wind, denn sie hatten in alten Aufzeichnungen gelesen, dass großer Reichtum auf denjenigen warten würde, der den Mut aufbrachte, die Minen zu öffnen. Silber in endlosen Mengen und in reinster Form würde der Gewinn für diesen Mutigen sein. Du musst verstehen, Emma, zu jener Zeit waren die Machtverhältnisse im Land schwierig. Der damalige König, dein Vorfahr, war zwar beliebt beim Volk, aber im Adel hatte sich Unzufriedenheit eingeschlichen, welche die Stabilität der Sturmtanz-Herrschaft gefährdete. Meine Familie hatte damals zahlreiche Unterstützer, aber noch nicht genug, um einen Umsturzversuch zu wagen. Und dann gerieten ihnen diese Aufzeichnungen in die Hände. Mit dem Reichtum, dachten sie, könnten sie sich die noch fehlende Unterstützung für einen Sturz des Königs sichern.«

Emma spürte, wie Abscheu in ihr aufwallen wollte: Abscheu gegen Menschen, die lange tot waren. Diese Vergangenheit war längst vorbei, und doch fühlte sie sich in diesem Augenblick – mit den Bildern aus dem Raum der Eisseelen noch vor Augen – so gegenwärtig an, dass es ihr kaum gelang, Casper ruhig zuzuhören und ihn nicht mit Vorwürfen für die Vergehen seiner Ahnen zu konfrontieren.

»Also bestiegen sie den Berg und suchten viele Wochen nach dem verschlossenen Mineneingang. Zahlreiche Soldaten und Freiwillige halfen bei der Suche. Und schließlich entdeckten sie eine Öffnung im Berg, kreisrund und mit einer Eisschicht verschlossen, die mehrere Mann breit war. Wieder zogen Wochen ins Land, in denen starke Männer bis zur Erschöpfung arbeiteten, um das Eis abzutragen und den Zugang zu ermöglichen.«

»Aber es gab kein Silber in den Minen«, mutmaßte Emma.

»Doch«, sagte Casper finster. »Ich habe nie reineres Silber

gesehen als das aus den Eisbrand-Minen. Es ist unvergleichlich und der Grundstoff für den begehrtesten Schmuck. Aber das Silber war nicht das Einzige, was in den Tunneln lauerte.«

»Was war da noch?«

Casper schwieg lange. Es war das erste Mal, dass Emma erlebte, wie er nach Worten suchte.

»Die Zauberer, die es damals noch gab, nannten es *das dunkle Eis*. Ich glaube, das trifft es ganz gut, denn der ganze Berg ist im Inneren von schwarzem Eis überzogen, auch die Silberadern. In diesem Eis wohnt eine schreckliche Magie, eine unnatürliche Kälte, die wir mit dem Öffnen der Minen nicht nur auf uns übertragen haben, sondern die sich schleichend langsam auch auf das ganze Land ausgebreitet hat.«

Emma konzentrierte sich darauf, gleichmäßig zu atmen, aber ihre Gedanken rasten. Caspers Erzählung erklärte so vieles von dem, was sie nie recht verstanden hatte. »Solange die Minen nicht wieder verschlossen werden, wird der Winter nicht enden«, sagte sie irgendwann.

Casper nickte. »Im Gegenteil, er wird schlimmer werden. Irgendwann wird die Kälte das Land beherrschen und seine Menschen mit ihm. So wie es meiner Familie ergangen ist.«

»Das verstehe ich nicht. Wieso wirkt das dunkle Eis so sehr auf deine Familie ein? Nur weil sie die Minen geöffnet hat? Du warst damals noch nicht mal geboren.«

Casper schlug die Augen nieder. Vielleicht sollte Emma die Scham in seinen Augen nicht sehen.

»Es ist Brauch in unserer Familie, die Minen zu besuchen. Ich bin als Kind mit meinem Vater dorthin geritten. Und damit war die jugendliche Leichtigkeit dann endgültig vorbei.« Er lächelte kurz.

Welcher Vater tat einem Kind so etwas an? Welche Eltern schickten sein Kind freiwillig in ein Leben voller Kälte und Einsamkeit?

»Ich weiß, es ist keine Entschuldigung für all die Verbrechen, die wir begangen haben unter dem Einfluss des dunklen Eises, aber wir haben immer geglaubt, mit dem Reichtum etwas Gutes für das Land bewirken zu können.« Casper sah aus dem Fenster. »Aber wenn ich jetzt hinaus auf das Land blicke, dann sehe ich nichts Gutes.«

Emma rieb sich mit den Händen über das Gesicht und wünschte, sie hätte kühles Wasser da, das ihr helfen würde, ihre Gedankenwelt zu sortieren. Nun, wo sie alle Mosaikteile zusammensetzen konnte, konnte sie die Bedeutung des Gesamtbildes kaum verarbeiten.

Dann kam ihr ein Gedanke.

»Der Raum der Eisseelen ... Beherbergt er dunkles Eis?«

Der König nickte kaum merklich. »Als das Schloss damals gebaut wurde, hat meine Familie diesen Raum speziell mit Silber und Eis aus den Eisbrand-Minen ausgestattet. Er sollte verschiedene Zwecke erfüllen.«

»Zum Beispiel?«, fragte Emma und presste die Kiefer aufeinander.

Casper stieß ein Seufzen aus. »Ich wünschte, ich müsste dir das alles nicht erzählen. Ich wünschte, ich müsste nicht meinen eigenen Worten lauschen, die von den Sünden meiner Familie erzählen. Und von meinen. Vor allem wünschte ich, ich müsste den Ausdruck in deinem Gesicht dabei nicht sehen und wie er sich mit jedem Wort verändert.«

»Ich weiß«, murmelte Emma. Aber ebenso wie Casper es aussprechen musste, musste sie es hören. »Welche Zwecke sollte der Raum erfüllen?«

»Einen Zweck kennst du bereits: Er ist eine besonders grausame Foltermethode. Es gibt keine Kälte, die schmerzhafter ist als diese. Außerdem hat das dunkle Eis, auch wenn es hier im Vergleich zu den Minen nur schwach wirken kann, Einfluss auf unsere Diener ... Es macht sie unempfindlicher gegen das, was sie in diesem Schloss sehen und hören. Oder sagen wir: Es nimmt sie nicht so sehr mit.«

Emma nickte. Der Punkt, an dem sie all diese Enthüllungen noch kommentieren konnte, war überschritten. Sie konnte nur noch atmen und zuhören und versuchen, diese Informationen später zu etwas zusammenzusetzen, das den Menschen, die draußen in der Kälte ums Überleben kämpften, helfen würde.

Doch eine Frage blieb noch. Obwohl Emma es versuchte, sie konnte ihre Traurigkeit nicht verbergen, als sie sie stellte. »Welche Rolle spielt meine Familie in dieser Geschichte? Deine Ahnen wollten den Thron, sie haben ihn bekommen. Warum dieses Sinnen auf Blut? Warum das Töten?«

»Ich will nicht alles auf das dunkle Eis schieben, aber es bringt deinen Kopf durcheinander, Emma.« Caspers Blick ruhte auf ihr, um Verzeihung bittend, aber gewillt, ihr den Raum zu lassen, den sie brauchte. »Es verändert, wer du bist und was dich einst ausgemacht hat. Du betrittst die Mine und verlässt sie als ein Mensch, den du nicht mehr im Spiegel erkennst.«

Er erhob sich und trat ans Fenster. Vorsichtig legte er die Handfläche gegen das Fenster. Die Eiskristalle an der Außenseite begannen zu schmelzen, bis sie am Glas hinabtropften.

»Sie ... Wir dachten, die Sturmtanz-Linie würde eines Tages zurückfordern, was wir ihr genommen hatten, selbst wenn nur noch ein Einziger von ihnen übrig wäre. Sie waren beim Volk damals sehr beliebt, und auch heute gibt es noch einige wenige Menschen, die diesen Teil der Geschichte unseres Landes kennen. Nicht mehr viele, dafür hat der Schatten gesorgt, aber dennoch ... Es war ein irrsinniger Schwur, der unter dem dunklen Eis geschlossen wurde, vermutlich geboren aus der Angst vor dem einzigen Feind, der noch am Leben war. Also schworen wir, sie alle zu jagen und zu töten.« Casper hielt inne und schloss die Augen. Scham spiegelte sich auf seinem Gesicht wider, und er konnte Emma nicht ansehen. »Meine Familie war immer zu stolz. Unser Stolz und unsere Habgier waren überhaupt erst der Grund, warum wir die Eisbrand-Minen geöffnet haben. Und ich ... ich glaube, wir konnten den Gedanken nicht ertragen, dass es da draußen noch Menschen gibt, die den wahren Grund kennen könnten, warum meine Familie auf dem Thron sitzt.«

Emma atmete tief durch. »Wir werden darüber noch sprechen. Irgendwann, wenn alles andere überstanden ist, dann wirst du mir jedes Detail erzählen, jede Kleinigkeit, die ich von meiner Familie wissen will«, sagte sie bestimmt. »Aber nun müssen wir die Eisbrand-Minen schließen, ehe es zu spät ist.«

Caspers Blick war noch immer aus dem Fenster gerichtet. Er flackerte unruhig. »Es gibt da noch ein Problem«, sagte er.

Emma kam mühsam auf die Beine. »*Noch* ein Problem?«, fragte sie, aber ihr ironisches Lachen blieb ihr im Halse stecken, als sie Caspers Gesichtsausdruck sah.

»Der Schatten«, sagte Casper. »Er ist ebenfalls Teil der Minen. Ihr Wächter. Wenn wir die Minen verschließen, dann müssen wir ihn dorthin zurückbringen, woher er gekommen ist. Oder er wird großes Unheil anrichten. Du ahnst nicht, wozu er fähig ist.«

»Ich dachte, dieses … Wesen unterliegt deinem Willen«, sagte Emma überrascht.

»So war es auch«, erwiderte Casper, und sie glaubte, Unsicherheit zu hören. »Aber nur so lange, wie sich meine Wünsche mit denen des dunklen Eises decken. Ich bezweifle, dass der Schatten sich meinen Befehlen weiterhin beugen wird, wenn er bemerkt, dass ich mich von der Kälte befreit habe.«

Emmas Herz schlug rasend schnell. Die Vorstellung, Glanzvoll nach Jahrhunderten endlich vom Fluch des ewigen Winters befreien zu können – der Gedanke, nur noch haarbreit davon entfernt zu sein –, brannte wie Feuer in ihr.

»Dann darf er es nicht bemerken«, sagte sie. »Du musst sein, wie du immer warst, und wir werden mit ihm gemeinsam zu den Minen reisen. Und wenn wir sie verschließen, werden wir ihn mit fortsperren.«

Casper zögerte. »Ich stimme dir zu, dass die Minen versiegelt werden müssen. Aber das ist ein Unterfangen, das ich allein durchführen muss. Ich kann dich nicht mitnehmen. Nicht in deinem Zustand.« Er starrte auf ihre Füße und verzog schmerzlich das Gesicht. »Ich kann dich einer solchen Gefahr nicht noch einmal aussetzen. Wenn dir etwas zustieße, würde ich mir das nie verzeihen können. Und glaube mir, die Liste an Dingen, die ich mir nicht verzeihen kann, ist schon lang genug.«

»Du musst mich mitnehmen«, sagte Emma. »Was ist, wenn das Eis wieder von dir Besitz ergreift, wenn du erst dort vor dem Eingang stehst?«

»Ich glaube nicht, dass ich dem Fluch ein zweites Mal anheimfallen kann«, antwortete Casper.

»Glaubst du?«, fragte Emma leise. »Oder *weißt* du es?«

»Ich weiß es nicht mit Sicherheit«, gab er zu. »Aber noch wahrscheinlicher ist es, dass du dem dunklen Eis verfällst. Und das kann ich noch weniger verantworten.«

»Sollte das wirklich passieren – und ich glaube es nicht –, dann bist du ja da, um mich zu retten. Spätestens wenn die Eisbrand-Minen verschlossen sind, wird alles wieder gut.«

Emma gab sich zuversichtlicher, als sie sich fühlte, aber sie musste diese Reise unternehmen. Sie konnte nicht hierbleiben und Däumchen drehen. Und vielleicht war es größenwahnsinnig, aber sie hatte das Gefühl, dass ihr Schicksal mit dem des Landes verbunden war. Vor vielen, vielen Jahren einmal waren ihre Vorfahren Könige gewesen. Ihre Familie war für dieses Land verantwortlich gewesen. Und sie war es gewesen, die Casper dazu gebracht hatte, das dunkle Eis in seinem Herzen zu bekämpfen. Sie musste diesen Weg jetzt mit ihm zu Ende gehen.

Casper kam auf sie zu und hob die Hand, um sie zu berühren. Emma wich ihm aus und wandte den Blick ab. Es war … zu viel, zu früh. In den letzten Stunden war so viel Vergangenheit entblättert worden, dass sie Emmas schwierige Beziehung zum König auf ein völlig neues Fundament gesetzt hatte. Sie wusste noch nicht, ob dieses Fundament stärker war oder ebenso von Rissen durchzogen wie das alte.

»Eine Frage hätte ich noch«, sagte Emma mit mühsam beherrschter Stimme. »Mein Vater ... Ist er wirklich tot?«

Der König schüttelte den Kopf. »Nein, ich denke nicht. Zumindest weiß ich nichts davon. Ich glaube, der Schatten hat dich angelogen. Es tut mir so leid, Emma. Er ist von Natur aus böse und grausam und liebt es, Menschen leiden zu sehen. Mir ist zu Ohren gekommen, dass einige Männer immer noch da draußen sind, um die Handelsstraße von den Schneemassen zu befreien, aber ich hatte noch niemanden ausgeschickt, weil ich bis vor kurzem noch dachte ...« Er hielt kurz inne und senkte den Kopf. »Weil ich dachte, dass die Männer ohnehin sterben. Ich werde das auf jeden Fall nachholen. Sobald die Minen verschlossen sind, werden alle Männer abgestellt, damit sie deinem Vater und seinen Leuten helfen. Aber du verstehst, dass, wenn ich das jetzt tue, meine Farce aufgedeckt wird ...«

Er brach ab, und sie konnte nur stumm nicken. Die Erleichterung, die sie bei seinen Worten verspürt hatte, wurde beinahe sofort durch Angst ersetzt, dass Cristan in der Wildnis und bei dem unberechenbaren Wetter etwas zustieß. Ein zweites Mal von seinem Tod zu erfahren, würde sie nicht überleben.

Dicht vor ihr blieb Casper stehen und musterte sie wortlos. Sein Blick wanderte über ihre Augen, ihren angespannten Kiefer und die rastlosen Hände, bis er an ihren Füßen zum Stillstand kam.

»Ich weiß nicht, ob sie je wieder heilen werden«, flüsterte er. »Du bist dem verfluchten Raum der Eisseelen zu lange zu nah gewesen.«

»Dann ist es wohl so«, erwiderte Emma. Sie ließ ihre Stimme fest klingen und ihren Blick ungebrochen.

Jeder Kampf forderte Narben. Vielleicht waren Füße aus Eiskristall die Wunden, die für sie vorgesehen waren.

Casper musterte sie aufmerksam, und Emma spürte, wie er all das Bedauern und all den Selbsthass, den er im Augenblick empfinden musste, hinter einer Mauer verschloss, um die nötige

Stärke für die kommenden Tage aufbringen zu können. Dennoch blieb Zweifel zurück.

»Dieser Plan steht auf wackeligen Füßen, Emma. Der Schatten muss mir nur einmal zu nah kommen, nur einmal aus Versehen meine Hand streifen, und es ist aus.«

»Ich weiß. Aber wir können uns vorbereiten. Ich wüsste jemanden, der uns vielleicht helfen und uns wichtige Informationen zukommen lassen könnte. Jemand, der die alten Geschichten und Sagen des Landes kennt und somit vielleicht auch die Geschichte des Schattens und der Minen. Jemand, der vielleicht noch weiß, was es mit der Magie auf sich hat, die dem dunklen Eis schon einmal Einhalt gebieten konnte.«

Casper musterte sie aufmerksam. »Wen meinst du?«

»Madame Weltfremd.«

Kapitel 29

Die Prozession, die durch die Straßen zog, war beeindruckend und einschüchternd zugleich. Die Wachen des Königs ritten in schwarzen Uniformen und exakter Formation durch das Tor des Schlosses hinaus in die Gassen der Stadt. Das Hufklappern von zahllosen Pferden hallte auf dem Pflaster wider und kündigte den reitenden Trupp an, bevor er in Sichtweite kam. Die Stadtbewohner hielten in ihrer Arbeit inne und sammelten sich nach und nach am Straßenrand, um zu sehen, was dort vor sich ging. Wenn der König sie passierte, schwiegen sie. Wäre der Lärm der Pferde nicht gewesen, wäre die abweisende Stille so ohrenbetäubend laut gewesen, dass man sie durch das ganze Land hätte hören können.

Der König ritt in der Mitte des Zuges und wurde von zwei Wachen sowie dem Schatten flankiert. Der Schatten ritt auf einem schwarzen Hengst, der immer wieder nervös den Kopf in die Höhe warf und sich gegen seinen Reiter zu wehren schien. Hinter ihnen trugen einige Männer eine Sänfte mit zugezogenen Vorhängen, die neugierige Blicke abprallen ließ.

In dieser Sänfte saß Emma. Sie war so groß wie ein kleines Bett und hatte feste Außenwände mit verglasten Fenstern. Emma hatte sich beim Einsteigen nicht recht entscheiden können, ob sie sich darin beschützt oder eingesperrt fühlen sollte. Doch inzwischen hatte sie andere Sorgen. Unruhig blickte sie nach draußen, denn sie bemerkte die angespannte Stimmung selbst durch die geschlossenen Fenster. Der König hatte sich seit Ewigkeiten nicht mehr öffentlich in der Stadt gezeigt. Selbst wenn niemand den Grund kannte, warum er diesen Umstand nun änderte, ahnten die Menschen, dass etwas im Gange sein musste.

Emma lehnte sich zurück und zog fröstelnd die Decke über ihre Schultern. Ihre Füße waren auf einem Kissen gebettet und vor dem Aufbruch sorgsam mit mehreren Lagen Samt umwickelt worden. Casper war besorgt gewesen, dass die Erschütterungen der Reise ihre zerbrechlichen Füße gefährden könnten. Aus diesem Grund hatte er die Fahrt in einer Kutsche abgelehnt und Männer geordert, sie den weiten Weg bis zu den Eisbrand-Minen zu tragen. Emma war das unangenehm, denn sie wollte niemandem zur Last fallen, aber der König war unnachgiebig geblieben. Nur unter einigen Bedingungen, die ihre Sicherheit gewährleisten sollten, hatte sie ihn schließlich begleiten dürfen.

Nach mehreren Minuten kam der Zug schließlich zum Stehen. Die Tür der Sänfte wurde von außen geöffnet, und zwei Männer halfen Emma beim Aussteigen, wobei sie sie mehr trugen, als dass sie aus eigener Kraft die Sänfte verließ. Als sie den Blick hob, zog sich etwas in ihrem Brustkorb schmerzhaft zusammen.

Sie hatten vor der Chocolaterie gehalten. Ihre Erinnerungen an den kleinen Laden schienen aus einer lang entfernten Zeit zu stammen oder aus einer Fantasie, die man in Fieberträumen durchlebte. Emma hätte vor wenigen Tagen nicht zu hoffen gewagt, das *Schokoladengold* jemals wiederzusehen, geschweige denn die Menschen, die darin Zauberhaftes vollbrachten.

Ihr Herz schlug höher, und sie kämpfte die Tränen zurück, die ihr in die Augen schossen. Sie hatte solches Heimweh nach diesem Ort gehabt.

Casper ritt an ihre Seite und blickte kalt auf sie herab. Sein Gesicht war wie in Stein gemeißelt, seine Miene unnahbar und unbarmherzig. Emma wusste, dass sich ein Teil von ihm noch daran erinnern musste, wie es war, der Eiskönig zu sein, dass ihm diese Maskerade vielleicht nicht so viel abverlangte wie einem anderen. Und wenn sie in die Gesichter der Wachen und der Stadtbewohner blickte, konnte sie dieselbe Unterwerfung und dieselbe Angst wie einst sehen: Niemand erkannte die tiefgreifende Veränderung in Casper.

Und das verblüffte Emma. Er konnte sich die Kälte wie eine Maske übers Gesicht ziehen, und dennoch, dachte sie, war der Wandel in seinen Augen unübersehbar. Die ganze Welt hätte sehen müssen, wer sich wirklich hinter der Maske verbarg.

»Beeilt Euch, Emma«, sagte er kurz angebunden. »Wir haben nicht viel Zeit.«

Emma nickte, und die Männer halfen ihr, ungelenk durch den Schnee zu humpeln. Ihre samtumwickelten Füße steckten in feinen Ziegenlederstiefeln, die den Eiskristall vor den Blicken der umstehenden Menschen versteckten. Als sie die Stufen zur Tür erklommen hatte, wand sie sich aus dem Griff der Wachen und hob die Hand.

»Den Rest schaffe ich allein«, sagte sie kühl. »Ich brauche nicht lange.«

Die Tür wurde von innen geöffnet, bevor sie zur Klinke greifen konnte. Ophelia stand vor ihr und starrte sie an wie eine Totgeglaubte.

»Emma?«, fragte sie ungläubig. Noch während sich ihr Gesicht vor Erleichterung aufhellte, bemerkte sie den König und seine Männer auf der Straße und riss erschrocken die Augen auf.

Ehe sie etwas sagen konnte, schob sich Emma in den Laden und ließ die Tür hinter sich ins Schloss fallen. »Hör zu, ich habe wenig Zeit. Ist die Madame da?«

Ophelia nickte und schnappte nach Luft, bevor sie Emma so heftig in die Arme schloss, dass diese auf ihren unsicheren Beinen fast das Gleichgewicht verlor, hätte Ophelia sie nicht festgehalten.

»Ich dachte, du wärst tot«, wisperte sie mit tränenerstickter Stimme. »Als du nach dem Ball nicht mehr aufzufinden warst … Oh, Emma! Ich habe mir solche Vorwürfe gemacht. Wieso habe ich dich nicht von deinem verrückten Plan abgehalten?«

Emma lächelte und strich Ophelia eine glitzernde Träne von der Wange. »Ich weiß doch. Ich weiß«, murmelte sie. »Es tut mir leid, dass du dir schreckliche Sorgen gemacht hast. Ich wünschte, ich könnte dir alles erzählen, aber so lange kann ich nicht bleiben. Wo ist Madame Weltfremd?«

»In der Küche. Sie hat die ganze Zeit gesagt, du wärst noch am Leben.« Ophelia wischte sich mehrmals über die Augen. »Ich hole sie sofort.«

Sie hastete in die Küche und kehrte kurze Zeit später mit der Madame zurück.

Madame Weltfremd war nie ein Mensch gewesen, den Emma als überschwänglich bezeichnet hätte. Selbst jetzt, als sie Emma erblickte, blieb sie gelassen und zurückhaltend. Aber das feine Lächeln auf ihrem Gesicht ließ das Gewicht, das sie immer auf ihren Schultern zu tragen schien, für einen Augenblick verschwinden.

Da Emma wusste, dass die Zeit drängte, erzählte sie in aller Kürze, was ihr passiert war, vor allem aber von der Heilung des Königs und der Bedrohung durch die Eisbrand-Minen und den Schatten.

»Du hast es wirklich geschafft, mit einem Märchen zum König durchzudringen?«, fragte Ophelia erstaunt. »Und ich hätte gedacht, Schokolade wäre das Mittel, mit dem man sein Herz erweichen kann.« Sie lachte.

Die Madame hingegen beobachtete nachdenklich die Schergen des Königs durch das Fenster, bis ihr Blick an dem schwarzgewandeten Mann hängen blieb, der sich nicht von der Seite des Königs entfernte. Als hätte der Schatten ihren Blick gespürt, hob er den Kopf und starrte zum Laden hinüber.

»Ich kenne die alten Mythen um die Eisbrand-Minen«, sagte die Madame so leise, dass Emma und Ophelia sie nur mit Mühe hören konnten. »Aber ich hatte gehofft, dass sie nicht mehr als Mythen sind. Vielleicht *wollte* ich auch nicht daran glauben.«

»Woher kennt Ihr all diese Geschichten?«, fragte Emma.

»Selbst meine Großeltern haben mir nie davon erzählt, und ich würde behaupten, sie kannten die meisten überlieferten Sagen aus der Gegend.«

Madame Weltfremd verzog gequält das Gesicht. »Ich entstamme einer Familie, die sich dem Geschichtenerzählen verschrieben hat, seit Jahrhunderten schon. Unsere Sammlung von Erzählungen, Märchen und Geschichten wurde von Generation zu Generation weitergegeben. Irgendwann aber wurde es verboten, Geschichten zu erzählen, um das Wissen über die alte Königsfamilie auszulöschen. Das ist nicht gelungen, aber dass es die Eisbrand-Minen wirklich gab, ist in Vergessenheit geraten. Zu viel wurde über die Zeit verzerrt, zu viel in einem Schleier aus Erfindungen und Lügen verborgen. Nicht einmal meine Familie wusste noch, dass es die Minen oder den Schatten wirklich gab. Bis er mich vor vielen Jahren in der Chocolaterie aufgesucht und mir unmissverständlich zu verstehen gegeben hat, dass ich mich künftig ausschließlich mit meiner Tätigkeit als Ladeninhaberin und nicht mit der einer Geschichtenerzählerin zu beschäftigen hätte.«

»Er hat Euch bedroht?«, fragte Ophelia entgeistert.

»Sagen wir, er hatte ein Auge auf die Chocolaterie.«

Damit bestätigte sie eine von Emmas Vermutungen. »Deswegen habt Ihr das Märchen von der silbernen Königin erzählt, nicht wahr? Ihr habt es nicht gewagt, offen darüber zu sprechen, weil Ihr wusstet, welche Folgen das haben könnte.«

Die Madame nickte. »So ist es, Emma. Ich behaupte von mir, mutig zu sein, aber es wäre ein kopfloses Unterfangen gewesen, Euch die Wahrheit zu erzählen. Und ich … ahnte, dass dies der richtige Weg war. Der einzige.«

»Ihr wusstet also, wer ich bin?«

Die Madame lächelte. »Ich habe es vermutet, seit ich Eure Kette gesehen habe. Ihr habt gut daran getan, sie zu verbergen, denn es gibt immer noch ein paar Menschen, die die alte Schrift lesen können. Zu ihnen darf ich mich zählen.«

Emma wollte fragen, ob die Madame mehr über ihre Vergangenheit, ihre Familie wusste, als es hart an der Tür klopfte.

»Wir brechen auf! Kommt heraus, Emma.«

Ophelia griff nach Emmas Händen und hielt sie fest. »Du darfst nicht gehen«, wisperte sie angstvoll.

»Ich muss«, erwiderte Emma. »Mir bleibt keine andere Wahl. Es ist die einzige Möglichkeit, unser Land vor dem sicheren Tod zu retten. Mir wird schon nichts passieren. Schließlich ist der König auf meiner Seite, auch wenn es schwer zu glauben ist.«

»Selbst wenn der König dich schützt, da ist immer noch dieses unheimliche Wesen«, wandte Ophelia ein. »Wie willst du ihm erklären, dass du mit dem König zu den Minen reist? Macht ihn das nicht misstrauisch?«

»Casper hat ihm erklärt, dass er die letzte Sturmtanz auf einem Felsen im Eisbrand rituell opfern will. Dort, wo alles begonnen hat, soll es auch enden. Das hat dem Schatten eingeleuchtet.«

Ophelia wurde kreidebleich. »Du kannst nicht gehen, Emma!«

»Es tut mir leid. Ich muss …« Emma löste sich sanft aus Ophelias Griff und wandte sich an Madame Weltfremd. »Wisst Ihr, wie man die Eisbrand-Minen so verschließen kann, dass sie niemand mehr zu öffnen vermag?«

Die Madame wurde blass. »Ich kenne die Geschichte um die erste Versiegelung der Minen. Nach einem Krieg der Zauberer, der fast alle Magie aus dieser Welt tilgte, wurden die Minen durch einen Spruch versiegelt. Es heißt …« Madame Weltfremd hielt inne und runzelte die Stirn, als bereite ihr das Erinnern große Anstrengungen. »Es heißt, der Zauber habe die Naturgewalten entfesselt. Die alten Worte, die damals verwendet wurden, könnten ihre Gültigkeit noch besitzen, aber …« Die Madame stockte. »Ich bin nicht sicher. Niemand weiß mehr, wie Magie heute noch wirkt, *ob* sie überhaupt noch wirkt. Menschen können schon lange nicht mehr über sie herrschen oder sie lenken. Auch ich nicht, obwohl es in meiner Familie einst

Zauberer gab. Aber kein Zauber, den ich je versucht habe, hat gewirkt. Ich habe einzig Vorahnungen. Manchmal sind es Ideen, die mir irrwitzig erscheinen und sich doch nicht vertreiben lassen. Wie einen Laden in einem Land des ewigen Winters zu eröffnen. Oder Euch ein Märchen über Eure Herkunft zu erzählen. Oder eine Nachricht auf ein Stück Papier zu schreiben und dieses Papier am richtigen Ort zur richtigen Zeit in die Luft zu werfen.« Sie sah Emma leise fragend an, und Emma nickte in Antwort auf die unausgesprochene Frage. Madame Weltfremds Nachricht war angekommen. Und sie hatte ihr vermutlich das Leben gerettet, indem sie sie auf die lebenswichtige Idee gebracht hatte.

»Aber die Versiegelung der Minen bedarf Magie wie aus alter Zeit«, fuhr die Madame fort. Dann stahl sich ein nachdenklicher Ausdruck auf ihr Gesicht. »Einige Märchen sprechen davon, dass sich die Magie an Orten gesammelt hat, an denen einst mächtige Zauber angewandt wurden. Sodass dort auch heute noch Magie gewirkt werden kann.«

»Könnten die Minen ein solcher Ort sein?«, fragte Emma.

Madame Weltfremd nickte mit unbehaglicher Miene. »Vielleicht. Die Minen könnten einer dieser Orte sein, an denen noch Magie vorhanden ist, denn das dunkle Eis ist noch immer mächtig genug, um Schaden über das Land zu bringen. Aber Emma ... Es wäre viel zu waghalsig, das zu versuchen. Ihr könntet sterben, bevor Ihr die Worte überhaupt aussprecht. Oder sie wirken nicht. Das Risiko ist zu groß.«

Emma schüttelte den Kopf. »Wenn es die einzige Möglichkeit ist, müssen wir es versuchen. Woher kennt Ihr diese Worte?«

Madame Weltfremd lächelte kurz. »Woher soll eine Geschichtenerzählerin schon magische Worte kennen? Aus einem Märchen natürlich. Es ist heute leider nur noch schwer zu erkennen, was an diesen Geschichten der Wahrheit entspricht und was nur eine Legende ist.«

»Ich habe mein Schicksal schon einmal einem Märchen

anvertraut«, erwiderte Emma fest. »Bitte sagt mir die Worte, Madame Weltfremd. Sie sind unsere einzige Hoffnung.«

Die Madame wirkte unglücklich, als sie die Hand hob. »Ophelia, hole mir Papier und Stift. Rasch!«

Ophelia kramte beides eilig aus dem Schrank unter der Kasse hervor, und die Madame schrieb angestrengt einige Zeilen nieder. Immer wieder stockte sie und korrigierte einige Wörter. Dann reichte sie Emma den Zettel. Ihre Miene war zweifelnd, als sie auf das Papier zeigte.

»Die Worte, die Ihr braucht, entstammen einer Zeit, in der noch andere Sprachen und Schriften benutzt worden sind. Ich habe Euch sowohl den Originaltext aufgeschrieben als auch dessen Aussprache in unserer Schrift. Eine Übersetzung steht ebenso dabei. Ich hoffe, meine Erinnerungen trügen mich nicht, Emma.«

Emma nahm die Hand der Madame. »Ihr habt getan, was Ihr konntet. Mehr kann niemand verlangen. Ich danke Euch!«

Sie wandte sich zum Gehen, denn die Männer draußen wurden ungeduldig. Dann fiel ihr noch etwas ein. »Gibt es vielleicht etwas, das uns dabei helfen könnte, den Schatten in die Minen zu verbannen? Wird in den Mythen über ihn irgendeine Schwäche erwähnt? Er ist so mächtig, und es scheint fast aussichtslos, im direkten Kampf gegen ihn zu bestehen.«

Die Madame schloss die Augen. Ihr Gesichtsausdruck war konzentriert, die Lippen vor Anstrengung zusammengekniffen.

Erneut hämmerte es an der Tür, die einen Augenblick später aufgerissen wurde. Ein kalter Windzug wehte herein und blies die Kerzen aus. Die Kälte, die Einzug in die Chocolaterie hielt, schien nicht dorthin zu gehören.

Die Madame griff nach Emmas Ellenbogen, als sich zwei Wachen auf sie zubewegten, und sie beugte sich vor, um in ihr Ohr zu flüstern.

»Früher einmal hatte er eine Schwachstelle: Ich hoffe, er hat sie nicht vergessen.«

»Welche?«, hauchte Emma.

Die Madame flüsterte etwas. Dann ließ sie Emma los, und die Wachen zerrten sie hinaus.

Kapitel 30

Als sie die letzten Dörfer, die sich in unmittelbarer Nähe zur Hauptstadt befanden, hinter sich gelassen hatten, zog Emma die Vorhänge an den Fenstern zurück und blinzelte. Das helle Tageslicht und der Ausblick über die Landschaft, die an ihr vorüberzog, trübten ihre Sicht. Sie war die endlose Weite von Schnee nicht gewohnt, und das milchige Sonnenlicht reflektierte den Schnee, bis er grell in ihren Augen brannte.

Doch schon bald zogen wieder Wolken vor die Sonne, und die Stadt verblasste hinter ihnen im Dunst. Selbst das majestätische Schloss verlor sich im Grau, je weiter sie sich davon entfernten. Die beunruhigende Schönheit der blauen Eismauern schien hier in der ungezähmten Wildnis der Berge ohnehin nur ein Trugbild zu sein.

In den ersten Tagen war die Reise anstrengend, aber ertragbar. Es wurde zwar zunehmend kälter, aber mit Hilfe der Decken war es Emma möglich, den sinkenden Temperaturen zu trotzen. Zügig passierte die Gruppe einige Dörfer, in denen immer wieder Häuser unter den Schneemassen zusammengebrochen waren. Sie machten in Schänken Halt, die sich aufgrund der Anwesenheit des Königs beinahe augenblicklich leerten. Die Menschen mieden die Reisenden, so gut es ihnen möglich war. Emma konnte es ihnen nicht verübeln. In jedem Dorf ließ der König sich und seine Männer bewirten, ohne auch nur mit einer einzigen Münze dafür zu bezahlen, und brachte die armen Wirte und Bauern damit in noch größere Nöte, als sie es ohnehin schon waren.

Emma brach es das Herz, hilflos dabei zusehen zu müssen, aber sie wusste, dass sie sich nicht einmischen durfte, wenn

Casper seine Tarnung aufrechterhalten wollte. Dennoch hoffte sie inständig, dass all das bald vorbei war, damit die verarmte Bevölkerung sich nicht jeden Tag erneut dem Überlebenskampf stellen musste. Wo in der Stadt hier und da noch ein Funke an Rebellion aufkeimte, traf Emma hier auf dem Land nur noch auf Resignation. Und Emma verstand es: Jeder einzelne Tag konnte in diesen Zeiten über Leben und Tod entscheiden. Das machte den Kampf verzweifelt und unerbittlich und kaum zu meistern. Warum sollte man sich noch einmal gegen das Schicksal aufbäumen, wenn der nächste Tag mit denselben Übeln oder noch schlimmeren aufwarten würde?

Je weiter sie sich dem Eisbrand und seinen Minen näherten, desto einsamer wurde die Gegend. Die Dörfer und Gehöfte verschwanden, Wegweiser waren von wilden Stürmen abgebrochen, und auch die Vegetation schien der Natur hier nichts mehr entgegenzusetzen zu haben. Waren sie in den ersten Tagen immer wieder durch Wälder geritten, verschwanden die Anzeichen für Leben nach und nach, bis die Reisenden dem Wetter schließlich schutzlos ausgeliefert waren.

Es gab nur noch den Himmel und das Winterland darunter, und die Gruppe irrte einsam durch ein weißes Ödland. Keine Spuren zerstörten die Vollkommenheit der weißen Pracht, und wenn Emma hinter sich blickte, konnte sie erkennen, wie der leichte Schneefall die Abdrücke von Männern und Pferden bereits überdeckte. Bald schon würde nichts mehr darauf hindeuten, dass sie und die anderen jemals hier gewesen waren. Der Winter brachte die Welt zum Stillstand, hob das Zeitgefüge aus den Angeln, sodass jede Sekunde der anderen glich. Der Winter war Unendlichkeit, und Leben schien nur einen Wimpernschlag anzudauern.

Tagelang folgten sie einem Weg, den vermutlich nur Casper und der Schatten kannten, und die Landschaft blieb unverändert kahl und trist. Manchmal glaubte Emma, unter hohen Schneehügeln an den Seiten ihres unsichtbaren Weges Dachfirste herausragen zu sehen, und dann klammerte sich eine eiserne Hand um ihr Herz, wenn sie daran dachte, wie viele Menschen wohl unter der Schneedecke begraben lagen. Sie dachte an auseinandergerissene Familien, an zerbrochene Träume, an sinnlose Schuldgefühle.

Zehn Tage zogen ins Land, und das Wetter wurde zunehmend wütender. Die Gruppe kam nur noch schleppend voran. Sie kämpfte mit Schneeverwehungen, die den schmalen Weg beinahe unpassierbar machten. Wasser aus Seen und Flüssen zu schöpfen erwies sich als immer schwieriger, denn die Eisschichten, die die Wasseroberflächen bedeckten, waren bald kaum mehr zu durchbrechen, wenn sie denn im Schnee überhaupt auffindbar waren. Die Pferde kamen an den Rand ihrer Kräfte, denn der Schnee reichte ihnen mittlerweile fast bis zum Bauch. Und ein nicht enden wollender Sturm brachte immer neuen Schnee.

Selbst der König schien beunruhigt über den Sturm, der über die Ebene tobte. Emma schnappte eine Bemerkung der Männer auf, die Verwunderung äußerten: So heftig hatte sich das Wetter offenbar noch nie gegen sie gewehrt, und das brachte Unruhe unter die Männer, die unausgesprochen vor sich hin schwelte.

Als der Berg nach zwanzig Tagen vor ihnen aufragte wie ein grauer Steinriese, war die Erleichterung beinahe greifbar. Sie hatten fast die Hälfte der Pferde verloren, und die Männer waren so erschöpft, dass sie Emmas Sänfte nur noch zu zweit durch den Schnee schleiften und sich häufig abwechselten.

Als einer der Sänftenträger vor Einbruch der zweiundzwanzigsten Nacht erschöpft zusammenbrach, ordnete der König eine Unterbrechung der Reise an. Sie rasteten an einem See. Mehrere Männer mit eisernen Eispickeln waren nötig, um ein Loch in die vereiste Oberfläche zu schlagen und Wasser aus dem kristallklaren See schöpfen zu können. Die Männer gruben windgeschützte Vertiefungen in den Schnee und entzündeten Feuer aus mitgebrachten Holzscheiten, um Wasser für die verbliebenen Pferde und sich selbst zu wärmen. Sie tränkten die

Pferde, entfernten den verkrusteten Schnee aus dem struppigen Fell und verteilten streng rationierte Nahrung an Mensch und Tier. All diese Handlungen gingen den Männern schnell und geschickt von der Hand. Sie sprachen dabei nur das Nötigste miteinander. Jeder schien in Gedanken versunken zu sein, oder sie waren innerlich zu sehr von ihren Jahren im Schloss beeinflusst, als dass sie eine Konversation noch zu schätzen vermochten. Die Atmosphäre der Truppe war ebenso unterkühlt wie das Reisewetter.

Der Schatten war während des Lageraufbaus verschwunden, und seitdem hatte Emma seine schwarze Gestalt nicht mehr ausmachen können. Er schien mit dem Untergang der Sonne wahrlich zu einem Schatten zu werden, und auch das fahle Licht des Mondes war nicht in der Lage, seine Silhouette auffindbar zu machen. Vielleicht war er bereits vorausgeeilt, angezogen von der dunklen Magie des Berges und dem, was in seinen Höhlen lauerte. Emma bereitete sein Verschwinden Kopfzerbrechen, denn es machte den Schatten noch bedrohlicher, als er es bereits war. Ihn nicht an ihrer Seite zu wissen bedeutete, dass er überall im Verborgenen lauern konnte, dass er Worte hörte oder Blicke sah, die er nicht hören und sehen sollte.

Emma beobachtete das Treiben der Männer aus ihrer Sänfte, die sie nicht zu verlassen wagte. Die notdürftige Wärme, die sich darin aufgestaut hatte, wollte sie nicht gegen den Wind und die Gesellschaft der Wachen eintauschen, die mit teilnahmsloser Miene neben der Sänfte ausharrten, ihren spärlichen Anteil des geräucherten Fleisches verzehrten und sich hin und wieder knappe Anweisungen zuwarfen.

Emmas karges Abendessen bestand aus harten Brotkanten und einem Apfel. Sie wusste um die Herkunft des Fleisches, und noch war sie nicht hungrig genug, um die verendeten Pferde zu essen. Das erwärmte Wasser war mittlerweile kalt geworden und rann mit jedem Schluck wie flüssiges Eis durch ihre Kehle und ließ ihren Körper zittern, bis sie Angst hatte, ihre Füße könnten mit einem misstönenden Klirren splittern. Nicht einmal der Deckenberg, den sie über sich aufgetürmt hatte, konnte etwas gegen diese Kälte, die einen bis ins Innerste erschütterte, ausrichten.

Kurz bevor Emma vor Erschöpfung einschlief, wurde die Tür der Sänfte geöffnet, und eine Brise wehte Kälte und frische Schneeflocken herein. Caspers Mantel aus Fell bauschte sich, bis er die Tür zuzog und die Vorhänge vor den Fenstern drapierte, sodass niemand einen Blick ins Innere der Sänfte werfen konnte.

Zwei, drei Atemzüge sprachen sie nicht, dann ließ Casper die Maske fallen, und seine Miene wurde weicher, vertrauter. Emma hatte es sich nicht eingestanden, aber es war ihr schwergefallen, Teil seines Schauspiels zu sein. Am Anfang war es ihr noch leicht gelungen, in seinen Augen den Mann zu erkennen, der unter dem Eis hervorgekommen war. Doch mit der Zeit hatte sie begonnen zu zweifeln. Manchmal hatte er so sehr wie sein altes Selbst ausgesehen. Sie hatte Angst gehabt, er könnte sich wieder in seinen Panzer aus Eis zurückziehen, dabei hatten sie die Minen noch nicht einmal betreten.

»Hältst du das Wetter noch aus? Du siehst erschöpft aus«, brach Casper schließlich das Schweigen. Sein Blick ruhte auf ihrem bleichen Gesicht und ihren blauen Lippen.

»Das tun wir alle, nicht wahr? Ich schaffe das schon. Außerdem muss ich ja nur hier liegen und mich tragen lassen.« Emma lächelte kaum merklich. »Wie viele Tagesmärsche müssen wir noch zurücklegen, bis wir die Minen erreichen?«

Casper beugte sich vor und zupfte die Decken zurecht. »Wir werden den Berg morgen gegen Mittag erreichen. Der Aufstieg wird allerdings beschwerlich. Der Zugang zu den Minen liegt weit oben am Hang und gut verborgen. Der glatte Felsen wird es schwierig machen, dich dorthin zu transportieren. Sammel deine Kräfte, so gut du kannst. Du wirst sie brauchen.«

Emma nickte. Sie rieb sich über die Augen, die rot und verquollen sein mussten. »Ich habe den Schatten eine Weile nicht gesehen. Ist er vorausgeritten?«

»Ja«, antwortete Casper leise. »Er bereitet alles vor.«

Eine Gänsehaut zog sich über Emmas Körper, die nichts mit der Kälte zu tun hatte. Sie wusste genau, wovon er sprach, und doch wollte niemand von ihnen es aussprechen. Denn so weit würde es nicht kommen. So weit *durfte* es nicht kommen.

Casper strich sich mit den Fingern fahrig durch das Haar, in dem Eiskristalle glitzerten. Sein Blick war beinahe traurig. »Ich wünschte, ich hätte die passenden Worte für solch einen Augenblick. Es könnte das letzte Mal sein, dass wir ...«

Emma legte ihm den Zeigefinger auf die Lippen und schüttelte energisch den Kopf. »Das wird nicht unser letzter Augenblick sein«, sagte sie entschieden.

»Wir können nicht wissen, was auf dem Berg geschehen wird.« Seine Stimme senkte sich zu dem sanften, hypnotischen Flüstern, das sich zuallererst in ihr Herz geschlichen hatte. »Falls mir etwas zustößt, möchte ich, dass du weißt, dass ich dir dankbarer bin, als du je verstehen kannst. Du warst meine Rettung, als ich dachte, es gäbe keine. Du ...« Casper zögerte. Es schien ihm immer noch schwerzufallen, über Gefühle zu sprechen. »Du warst meine Sonne, Emma.«

Diese Worte trafen Emma ins Herz. Nein, das war eine viel zu banale Beschreibung. Sie wurden ein Teil von ihr. Emma wusste, dass, selbst wenn die Welt in Schutt und Asche fiel, wenn sie von einer Schneelawine überrollt oder in zwei Teile auseinanderbrechen würde, es nichts gäbe, dass sie nur ein einziges dieser Worte vergessen machen könnte.

»Dir wird nichts zustoßen«, wisperte sie und nahm seine Hände. »Das ist nicht das Ende.«

Es gab in diesem Augenblick nichts, das die widersprüchlichen Gefühle in ihr auch nur ansatzweise auszudrücken vermochte. Sie wusste nur, dass etwas in ihr nachgab, wie eine Mauer, die bröckelte und schließlich zu Staub zerfiel.

Es gab tausende Dinge, die sie Casper vorwerfen, für die sie ihn bis an ihr Lebensende verabscheuen und hassen konnte, aber all diese Dinge zählten nun nicht mehr. Alles, was in diesem Moment zählte, waren ihre ineinander verschlungenen Hände, mit denen sie schweigend dem tobenden Winter draußen und der Schwere ihrer Bürden trotzten. Es waren seine Lippen, mit denen er das Feuer in sie zurückbrachte und ihr Hoffnung gab.

Kapitel 31

Wenn man vor dem Fuße eines Berges stand, begriff man erst, wie bedeutungslos man im Gefüge der Welt war. Man war nur ein kleines Rad im Getriebe der Zeit, in dem Geflecht von Schicksalen und Geschehnissen. Vor einem ergoss sich das Werk von unzähligen Jahrtausenden, von Jahrmillionen vielleicht, und die Lebensspanne eines Menschen war kaum mehr als ein Wimpernschlag.

Die Sänfte hatten sie unten am Berg mit den Pferden und einem der Männer zurückgelassen, denn beides war für den steilen, beschwerlichen Anstieg zu den Minen nicht geschaffen. Zwei Männer trugen Emma abwechselnd auf dem Rücken und brachten sie den schneebedeckten Weg herauf, der mit zunehmender Höhe immer steiler wurde. Dunkles Felsgestein stach in spitzen Stacheln stellenweise unter der Eisschicht hervor, als wolle es sie davon abhalten, den Berg zu erklimmen. Kantiges Geröll und glatte Eispfützen machten den Untergrund, auf dem sie sich quälend langsam bewegten, uneben und tückisch. Ein falsch gesetzter Schritt konnte den Fall in die weiße Tiefe bedeuten.

Trotz der Kälte stand Emma der Schweiß auf der Stirn. Ihre Kleidung klebte unangenehm an der Haut, und ihre Arme waren bleischwer, weil sie sich an den Schultern der Männer festhalten musste, um nicht herunterzurutschen. Sie litt Heidenängste bei der Vorstellung, einer von ihnen könnte das Gleichgewicht verlieren und sie fallen lassen.

Nach schier endlosen Stunden dämmerte es, und der König befahl, die Nacht in einer Felsspalte zu lagern und am nächsten Morgen weiterzugehen. Seine Stimme klang gereizt, als er verlauten ließ, dass sie ihr Ziel ohne die Last, die sie mit sich führten, längst erreicht hätten. Aber für das letzte Wegstück lohne es sich nicht mehr, sie vorher umzubringen. Emma biss sich auf die Zunge, um eine bissige Bemerkung herunterzuschlucken. Er meinte es nicht so, das wusste sie. Dennoch zog sie eine finstere Miene, damit die anderen ihre Wut und Angst sehen konnten.

Obwohl sie hundemüde war, konnte Emma lange Zeit nicht einschlafen. Sie hatte Casper versprochen, dass dies nicht ihr Ende war; nicht seines und nicht ihres. Sie glaubte an dieses Versprechen, und doch gab es eine leise Stimme in ihrem Kopf, die ihr zuflüsterte, dass niemand wissen konnte, was am nächsten Tag geschehen würde.

Emma dachte an ihren Vater, der irgendwo in weiter Ferne seine eigene Schlacht schlug, sie dachte an ihre verstorbenen Großeltern, die Emma so selbstverständlich und großmütig aufgezogen hatten, sie dachte an ihre unbekannte Mutter, und sie dachte an all die Menschen, die Spuren in ihrem Leben hinterlassen hatten; und am Ende bereute Emma keine dieser Begegnungen, kein Wort, keine Tat, kein Lachen, keine Sackgasse. Alles, was sie getan und erlitten hatte, hatte sie zu genau diesem Punkt geführt, an dem sie sich nun befand.

Das Einzige, was Emma bereute, waren die Sekunden ihres Lebens, die sie nicht bis zur Neige ausgekostet hatte.

Am nächsten Morgen war Emma lange vor den anderen wach.

Nebel hüllte die Welt unter ihr ein und untermalte die friedliche Stille, die sich über das Gebirge gelegt hatte. Einzelne Nebelschwaden wanderten bis zu ihrem Lager und bedeckten die schlafenden Männer mit einem grauen Schleier.

In dieser Welt, in der es nur grauen Nebel, weißen Schnee und schwarzen Felsen gab, war die aufgehende Sonne wie ein warmer Farbtupfer auf einer unberührten Leinwand. Sie tauchte diese schwarzweiße Welt in feuerrote Flammen. Emma konnte die Wärme des Lichts auf ihrer Haut erahnen, und sie schloss die Augen, begierig, dieses Gefühl in sich aufzusaugen.

Es war der Schatten, der die Stille zerbrach. Er weckte die Männer auf und entstellte durch seine hallende Stimme den Frieden dieses unwirklich schönen Moments. Er warf Emma einen triumphierenden Blick zu, und sie wandte sich ab, ehe er die Abscheu in ihrem Gesicht sehen konnte.

Rasch wurde das Lager abgeschlagen, die Glut mit Schnee erstickt und alles gepackt. Nach einer kargen Mahlzeit nahmen sie den Aufstieg wieder auf.

Emma hatte sich noch nie weit von Silberglanz entfernt. Sie war nicht besonders kundig, wenn es um die Planung von langen Reisen ging. Dennoch beobachtete sie die schwindenden Vorräte mit Sorge. Sie waren bereits deutlich länger unterwegs, als es geplant gewesen war, und wenn die Schließung der Minen nicht bewirkte, dass sich das Wetter rapide verbesserte, würden nicht alle heimkehren. Vielleicht nicht einmal ein Einziger von ihnen. Sie würden verhungern.

Kurz nach dem Aufbruch zog der Himmel zu, und es begann zu schneien. Je höher sie stiegen, desto schlimmer wurde der Sturm. Wegen des dichten Schneetreibens konnte man bald kaum mehr die Hand vor Augen sehen. Die Männer traten in die Fußstapfen ihrer Vorgänger, und so kämpfte die Gruppe sich den Hang hinauf, während der Wind ihnen wütend ins Gesicht wehte. Einzig der Schatten bewegte sich leichtfüßig auf dem rutschigen Untergrund. Ihn schien die beißende Kälte in keinster Weise zu stören. Er bellte Anweisungen wie Peitschenhiebe durch den Sturm und trieb die Männer an ihre Grenzen, während Casper sich ebenso mühselig durch den hohen Schnee schob wie seine Männer.

Gegen die Mittagszeit ließ der Sturm endlich nach, und als die Sonne sich schwach durch die verhangene Wolkendecke kämpfte, befahl Casper ihnen, anzuhalten. Emma wurde zu ihm gebracht, und der kräftige, rothaarige Mann, der sie getragen hatte, war offensichtlich erleichtert, die Last auf seinem Rücken loszuwerden.

»Wir sind da«, sagte Casper und starrte auf eine blanke Felswand.

Emma folgte seinem Blick verunsichert. Sie hatte etwas Monumentales erwartet, etwas Prunkvolles, das die Bedeutung der Minen demonstrierte. Hier war nur nacktes, trostloses Gestein. Erst auf dem zweiten Blick fiel ihr die schmale Felsspalte auf, die ins Innere des Berges führte. Hinter der Spalte verbarg sich der Zugang zu den Minen in Form eines ovalen Eisentors. Das Tor war schlicht, aber massiv. Als Emma ein paar Schritte näher trat, sah sie feine Ornamente, die in die Oberfläche des Tors eingeritzt waren. Sie erinnerten in ihrer Form an die alten Schriftzeichen, die die Madame ihr auf den Zettel geschrieben hatte. Das war zwar noch längst keine Sicherheit dafür, dass der Zauber gelingen konnte, aber zumindest gab es ihr Hoffnung.

Der König und sein schwarzgewandeter Schatten entzündeten zwei Fackeln, dann trat Casper in die Felsspalte, um das Eisentor aufzustoßen. Er kam wieder heraus und befahl den übrigen Männern, hier zu warten. Dann wandte er sich an Emma.

»Folge mir«, sagte er knapp.

»Das würde ich ja gern, wenn ich nur ein wenig gewandter wäre«, antwortete sie und presste die Zähne aufeinander.

Der König starrte auf ihre Füße und seufzte tief. Einen Augenblick schien er unschlüssig zu sein, ob er nicht doch einen der Männer damit beauftragen sollte, sie hineinzutragen, aber der Schatten gab einen warnenden Laut von sich.

»Es bleibt einem auch nichts erspart, nicht wahr?« Casper gab dem Schatten seine Fackel, kam zu ihr und schlang seine Arme um ihre Schultern und Beine. Dann hob er sie hoch und trug sie durch den Schnee. Sie näherten sich der Felsspalte, aus der ihnen ein so kalter Windhauch entgegenblies, wie Emma ihn noch nie zuvor, nicht einmal im Schloss oder im Raum der Eisseelen, erlebt hatte.

»Erfreue dich am Anblick des Himmels«, sagte er. »Es wird das letzte Mal sein, dass du ihn siehst.«

Dann traten sie in die Dunkelheit.

Kapitel 32

Im ersten Augenblick glaubte Emma, ihr Atem würde zu Eis gefrieren; Eis, das sich durch ihre Adern grub und darin erstarrte, das ihr Herz umschloss und es mit einer Schicht umschloss, gerade so dick, dass es noch schlagen konnte, aber ihm das nahm, was ein Herz am allermeisten ausmachte: die Fähigkeit, zu pulsieren, zu rasen, sich lebendig zu fühlen.

Mit dem Eis kam ein Schmerz, der alles übertraf, was Emma jemals erlebt hatte. Die Kälte war so brennend, dass sie wie lichterlohes Feuer durch ihre Glieder flutete. Dieser Schmerz bahnte sich einen Weg von ihren Füßen aufwärts und wühlte mit geschärften Messern in ihr. Tausend Nadeln schienen sich in ihr Herz zu bohren, und ein stechender Schmerz in ihrem Brustkorb nahm ihr die Luft zum Atmen.

Dieser plötzliche Schmerz überwältigte Emma so unmittelbar, dass sie keinen Laut von sich geben konnte. Vollkommen reglos hing sie in Caspers Armen und blickte orientierungslos an die Steindecke über sich, auf die die Fackeln ihr flackerndes Licht warfen. Sie sah das mit Werkzeugen bearbeitete Gestein, aber sie nahm es nicht wahr. Der Schmerz verdrängte jede andere Empfindung, jede Emotion, jedes Wort, das der König an sie richtete.

Sie hörte seine Stimme, und es war ihr gleich. Sie hörte den Klang, den sie liebte, und er unterschied sich nicht von all den anderen Klängen, die sie in ihrem Leben gehört hatte.

Sie wusste, dass es etwas darin gegeben hatte, das besonders für sie war, das sie für wichtig gehalten hatte, aber sosehr sie sich auch bemühte, sie wusste nicht, was es gewesen war. Die Erinnerung daran entglitt ihr, wurde vom unbarmherzig tobenden

Schmerz davongetragen, und es gab nichts, gar nichts, womit sie dagegen ankämpfen konnte. Sie wollte sich aufbäumen, aber sie hatte die Kontrolle über ihren Körper verloren.

Aus weiter Ferne drang eine andere Stimme zu ihr, eine fremde Stimme, die ihr doch viel vertrauter schien, die viel dunkler und verlockender war und ein anderes Leben versprach. Helligkeit schob sich direkt vor Emmas Gesicht, und sie schrie auf, weil sich die Flammen der Fackeln in ihre Pupillen ätzten.

»Welch Ironie«, sagte der Schatten, »dass sie dem dunklen Eis erliegt, bevor sie dem wahrhaftigen Tod ins Auge sieht. Erst stirbt ihre Seele, dann ihr Körper. Grausam.« Er lachte abgehakt. »Sehr grausam.«

»Habt Ihr etwa erwartet, dass sie vom Einfluss des dunklen Eises verschont bleibt, wenn wir die Minen betreten?«, fragte Casper höhnisch. »So viel Torheit hätte ich Euch gar nicht zugetraut.«

Der Schatten ließ sich Zeit mit der Antwort. »Nein«, sagte er. »Dazu müsste sie etwas Besonderes sein. Eine königliche Blutlinie allein reicht nicht.«

»Leuchtet mir den Weg«, sagte Casper und hielt Emma fester. »Es ist dunkel.«

»Es ist nicht dunkler als sonst, Eure Majestät«, sagte der Schatten, aber der Feuerschein verschwand aus Emmas Gesicht.

Der König setzte sich wieder in Bewegung. Jeder Schritt jagte eine neue Salve von Qualen durch Emmas Körper und schnürte ihr die Kehle ab, bis sie nur noch kurz und abgehackt atmen konnte. Mehrmals drohten ihre schlaffen Gliedmaßen von Caspers Armen zu rutschen, sodass er seinen Griff um sie verstärkte und sie an seinen Körper drückte.

Erinnerungen rasten durch ihren Kopf. Bilder, die sie nur noch verzerrt wahrnahm, als würde sie durch eine geriffelte Glasscheibe schauen. Da waren Menschen, von denen sie wusste, dass sie ihr einst etwas bedeutet haben mussten, aber sie konnte den Gesichtern keine Namen mehr zuordnen. Das Leben, das vor ihren Augen vorbeizog, schien nicht ihres zu sein.

Der Lichtkegel, den die Fackel des Schattens warf, wurde dünner. Er entfernte sich ein Stück. Der König beugte sich über Emma und vergrub sein Gesicht in ihrem Haar. Seine Lippen fanden ihr Ohr.

»Geh nicht fort«, flüsterte er so leise, dass sie es kaum hören konnte. Ein lautes Rauschen in ihrem Kopf dämpfte alle anderen Geräusche.

Es war schwierig, diese Worte bis in ihre Gedanken vordringen zu lassen. Ihr Kopf war zu voll und leer zugleich. Etwas in ihr drängte so stark danach, loszulassen, ihre Erinnerungen ziehen und die Vergangenheit sterben zu lassen, dass sie sich kaum gegen den Zwang wehren konnte. Die eigenartige Vorstellung, dass alles besser werden würde, wenn sie ihre Gefühle einfach in einen Eiskasten verschloss und den Schlüssel in den Schlund der Minen warf, war so übermächtig, dass sie beinahe nachgab. Sie wusste, dass der unerträgliche Schmerz, die Atemnot und der zentnerschwere Druck, den das dunkle Eis auf ihr Herz ausübte, in ebenjenem Augenblick nachlassen würden.

»Emma! Denk an deine Freunde. Denk an deinen Vater. Denk an mich. Du weißt doch ... Das ist nicht das Ende.«

Caspers Worte waren so leise, so fern, als müssten sie eine meterdicke Schicht aus Schnee und Eis durchdringen. Seine Stimme war nur ein Flüstern und doch das einzige Licht in Emmas Welt aus Schmerzen und Dunkelheit und Leere. Sprach er von den Menschen, die sie liebte? Von ihrem Vater? Etwas ganz tief in Emmas Herz regte sich bei dem Gedanken. Ja, sie hatte einen Vater. Aber sie konnte sich nicht an seinen Namen erinnern. Warum konnte sie es nicht? Panisch wand sie sich, als der verzweifelte Versuch, sich zu erinnern, Schmerzen erzeugte, höllische, nicht enden wollende Schmerzen. Dann zuckte etwas vor ihrem geistigen Auge auf: eine breite, endlose Straße. Die Straße war von einer Lawine überrollt und zerstört worden, alles lag verborgen unter mannshohem Schnee. Aus der Ferne drangen Schreie, so verzweifelt und hilfesuchend, dass sie Emma einen Stich versetzten. Hoch oben, im Gebirge, das die Straße flankierte, donnerte es bedrohlich. Vielleicht war eine weitere Lawine im Begriff, ins Tal zu stürzen und eine weitere Welle der Zerstörung loszutreten.

Emma rannte los, schwebte beinahe auf ihren Füßen aus Eisglas. Sie wusste, dass ihr Vater dort war und dass es wichtig war, ihn zu erreichen. Wenn sie Cristan nicht erreichte, dann würde er sterben, das wusste sie sicher.

Cristan.

So deutlich wie glühende Flammen kam der Name zu ihr zurück. Emma begann, gegen den Schmerz, der an ihrem Herzen zog und zerrte, anzukämpfen. Sie spürte einen warmen Atem an ihrer Wange und Lippen an ihren Haaren, die unentwegt Worte flüsterten, immer und immer wieder die gleichen.

Das ist nicht das Ende.

So viel Sehnsucht und Liebe lagen in diesen Worten, dass Emma wusste, dass das dunkle Eis log, dass es nicht besser war, gar nichts zu fühlen und ihr Herz versteinern zu lassen. Emma öffnete mühsam die Augen, und Caspers Anblick, die abgrundtiefe Angst in seinen Augen vertrieben den Schmerz. Sie bäumte sich ein letztes Mal auf, als ein Beben durch ihren Körper ging, und dann war der Schmerz endgültig fort.

Er war fort, und er würde nicht zurückkehren.

Kapitel 33

Emma begegnete Caspers besorgtem Blick.

Ein kaum merklicher Ruck ging durch seinen Körper. Seine Augen strahlten vor Erleichterung, und er senkte den Kopf, damit der Schatten sein aufgewühltes Innenleben nicht bemerkte. Er schien geglaubt zu haben, dass Emma dem dunklen Eis verfallen war, und sie musste zugeben, dass es der wohl schwierigste Kampf ihres Lebens gewesen war, denn es war ein Kampf gegen sich selbst gewesen. Sie war froh, Caspers Körper und seine Wärme zu spüren, denn der Nachhall des Fluches wisperte noch in ihrem Geist und ließ sie schaudern. Aber sie nahm diesen Kampf auch als eine Erfahrung an, aus der sie gestärkt hervorgegangen war; gestärkt und mit einem größeren Verständnis für das, was Casper durchgemacht hatte. Er hatte diese Mine als unschuldiger Junge betreten, und das dunkle Eis hatte ihm den freien Willen und die Fähigkeit, zwischen Richtig und Falsch zu unterscheiden, entrissen. Zurückgeblieben war eine leere Hülle, die zu einem leeren König herangewachsen war.

»Geht voraus«, sagte der König zum Schatten.

»Eure Majestät«, sagte der Schatten, »sollte ich nicht …«

»Geht voraus«, wiederholte Casper leise. »Geht voran und zündet alle Fackeln bis zu der Felsplatte, an der das Mädchen sterben soll, an.« Seine Stimme hatte einen Ton angenommen, den Emma noch nie gehört hatte. Nie hatte sie herrschsüchtiger, nie arroganter, nie selbstbewusster geklungen. Sie erkannte die Absicht dahinter: Der Schatten sollte keinen Anlass erhalten, die Intention hinter diesem Befehl infrage zu stellen.

Casper wurde langsamer, bis der Schein der Fackel, die der Schatten trug, schwächer und schwächer wurde und schließlich hinter der nächsten Abzweigung verschwand. Die Schritte des Schattens hallten in dem Labyrinth aus Schächten wider und wurden dann allmählich leiser. Dann verklang auch das Echo.

Casper setzte Emma ab, nur um sie im nächsten Moment fest an sich zu pressen. Er konnte nicht laut sprechen, denn das hohle Gangsystem hätte seine Worte sonst an Orte getragen, an die sie nicht gelangen durften. Seine Worte klangen gepresst unter dem Zwang zu flüstern. »Welche Götter auch immer noch in Glanzvoll walten mögen, ich danke ihnen dafür, dass du die Stärke besessen hast, die ich nie hatte«, hauchte er an ihrem Hals.

Es war ein Augenblick, der ihnen hier eigentlich nicht erlaubt war, aber er stahl ihn einfach.

»Ich hatte etwas, an das ich mich klammern konnte«, antwortete Emma. Sie vergrub ihre Finger in seinem Haar und atmete seinen Geruch ein. »Bist du …?« Sie ließ ihre Frage unbeendet.

Sie spürte seine Hand über ihren Rücken streichen. »Nein«, antwortete er leise. »Das dunkle Eis hat nicht versucht, mich in Besitz zu nehmen.«

Emma wurde von Erleichterung durchflutet. Vielleicht erkannte das Eis nicht, dass sein Fluch gebrochen war. Vielleicht wusste es aber auch, dass nun auch er etwas hatte, das ihn in dieser Welt festhielt.

Emma warf einen Blick über die Schulter zurück in den nur spärlich von Fackeln erleuchteten Gang, aus dem sie gekommen waren. Sie waren tiefer ins Minensystem vorgedrungen, als sie es geplant hatten. Sie würde sich beeilen müssen, rechtzeitig am Eingang zurück zu sein, ehe der Schatten Verdacht schöpfte.

Sie hatten sich den waghalsigen Plan sorgsam zurechtgelegt. Sie mussten versuchen, so viel Distanz wie nur möglich zwischen sich und den Schatten zu bringen, damit ihm eine Flucht zum Ausgang nicht mehr gelingen konnte, bevor sie den Zauber sprachen. Was geschehen würde, wenn der Zauber fehlschlug … Darüber wollte sich Emma jetzt keine Gedanken machen.

Casper ließ sie los und reichte ihr die Hand. Sie drehten sich um und liefen, so leise sie konnten, den Weg zurück, auf dem sie gekommen waren.

»Was ist, wenn ich nicht die Macht habe, die Versiegelung zu wirken?«, wisperte Emma. Sie konnte die Zweifel und die Angst nicht länger zur Seite schieben. »Ich bin keine Zauberin wie jene, welche die Mine vor Urzeiten verschlossen haben.«

»Die Magie liegt in den Worten und an diesem Ort, nicht in dem Menschen, der sie spricht. Und du, du bist königlichen Blutes, Emma. Wenn du es nicht schaffst, dann niemand sonst. Wenn du es nicht schaffst, dann sind wir alle ohnehin verloren.«

Plötzlich hallten Schritte wie ein dunkles Echo zwischen den Felswänden wider. Der Schatten war bereits auf dem Rückweg. Er war viel schneller gewesen, als sie gedacht hatten. Vielleicht hatte er auch ihre hektischen Schritte gehört. Emma spürte, wie Panik in ihr aufwallte. Er durfte noch nicht zurückkommen! Sie waren noch nicht am Eingang angekommen!

Casper griff nach ihrem Ellenbogen und zwang sie, stehen zu bleiben. Er strich ihr eine Haarsträhne aus dem Gesicht und hob ihr Kinn. »Du musst allein gehen«, sagte er leise. »Du musst unbedingt diesen Zauber wirken. Ich werde ihn aufhalten, solange ich kann.«

Einem Teil von ihr war sofort klar, dass Casper nicht gegen den Schatten gewinnen konnte. Er konnte nur Zeit schinden, Zeit für *sie*. Obwohl alles in ihr danach schrie, sich keinen Millimeter von der Stelle zu rühren, wusste sie, dass es nicht anders ging.

»Ich warte auf dich.« Emma hielt sich an seinem Blick fest. Es war der letzte Augenblick, der ihnen nun noch blieb. Der letzte Augenblick, ehe sie das Unmögliche in Gang setzten, ehe sie den Lauf der Dinge wieder ins rechte Lot rücken wollten. Sie wollte diesen Augenblick bewahren, ihn unendlich machen und nie wieder loslassen.

Casper beendete ihn, indem er seine Hand sinken ließ und

einen Schritt zurücktrat. Ohne seine Berührung wurde ihr Stand plötzlich wackelig, und sie betete, dass sie es heil zurück zum Eingang schaffte. Der Boden war uneben und glatt. Sie musste achtsam sein.

»Nein«, sagte Casper und lächelte. In diesem Lächeln lag alles, was sie selbst empfand. »Warte nicht auf mich. Beginne mit der Versiegelung, sobald du das Tor erreichst. Gib mir dein Wort darauf.«

»Wie kann ich dir *darauf* mein Wort geben?«, hauchte Emma.

Casper nahm eine Fackel von der Wand und drückte sie ihr in die Hand. In seinem Blick lag eine Gewissheit, die ihr das Herz brach. »Es geht hier nicht um uns.«

Emma unterdrückte ein Schluchzen. Er hatte recht. Und er wusste, dass sie es wusste. So viele Menschenleben hingen von ihnen beiden ab, hingen von *ihr* ab. Sie durfte ihr eigenes Glück nicht über das von abertausend Leben stellen.

»Du hast mein Wort«, versprach sie erstickt.

Ein verzweifelter Ausdruck huschte über Caspers Miene. Alle seine Muskeln spannten sich an, und sie wusste, dass er sie an sich reißen wollte, für eine letzte Berührung, einen letzten Kuss, einen letzten Atemzug. Er hatte die Hand bereits nach ihr ausgestreckt. Aber sie verharrte mitten in der Luft. Und in seinen Augen las sie, was auch sie wusste: dass sie es vielleicht nicht zu Ende brächten, wenn sie einander noch ein einziges Mal berührten.

Etwas zerriss in Emma, etwas, das nie wieder ganz werden würde, als sie sich umdrehte und unbeholfen losrannte.

Ihre Füße aus Eisglas hatten noch keine zwei Schritte getan, als die Wände ihr das schaurige Gelächter des Schattens entgegenwarfen.

Kapitel 34

Emma lief, so schnell sie konnte, verfolgt vom schaurigen Lachen des Schattens. Ihre langjährige Arbeit im Silberbergwerk half ihr, sich in den kompliziert angelegten Gängen zu orientieren. Die Schächte, denen sie folgte, waren breit und abgetragen. Hier schien seit Jahrzehnten oder länger kein Bergarbeiter mehr am Werk gewesen zu sein. Keine Silberadern schimmerten im Schein der Fackel, die Casper in ihre Hand gedrückt hatte. Stattdessen war das Gestein an vielen Stellen bröckelig, und loses Geröll verteilte sich über den Boden, sodass Emma achtgeben musste, wohin sie trat. Am schlimmsten aber war die Kälte. Im Inneren eines Berges war es oft kühl, aber diese Kälte war unnatürlich für eine Mine. Sie schien von den schwarzen Stellen auszugehen, die sich durch die Felsen zogen. So etwas hatte Emma noch nie gesehen. Sie sahen aus wie mattes, schwarzes Glas, zerbrechlich und unheilvoll funkelnd.

Emma erinnerte sich daran, zu ihrer Anfangszeit im Bergwerk mal eine Bemerkung aufgeschnappt zu haben. Ein alter Mann, der vom vielen Graben schon krumm und buckelig war, hatte gesagt, dass man nicht zu tief im Berg nach Schätzen wühlen sollte. Man wusste nie, welche Mächte man dort aus ihrem Schlaf wecken mochte. Auf diese Mine traf das wahrhaftig zu.

Als sich der Gang aufzweigte, blieb sie stehen und wandte sich in südliche Richtung, wo sie den Ausgang vermutete. Ein weißes Glimmen erhellte den Korridor schwach.

Mit den Armen stützte Emma sich an den Wänden und an Felsvorsprüngen ab, darauf bedacht, keiner der schwarzen Stellen zu nahe zu kommen. Das Laufen auf ihren ungelenken Füßen, die notwendige Achtsamkeit und die stets lauernde

Angst ließen sie keuchen. Das dunkle Eis war allgegenwärtig, und obwohl sie es besiegt hatte, wisperten seine Versprechen wie giftiges Gas durch die Gänge. Sie kratzten an ihren Mauern und baten flüsternd um Einlass.

Emma drängte es zurück; das dunkle Verlangen, welches das Eis auslöste, die Sehnsucht nach einer Freiheit, für die der Preis zu hoch war. Die Erinnerungen an ihren letzten Aufenthalt in einem Bergwerk kamen wieder hoch, an den Unfall, an den Einsturz, an die Panik, zu sterben, verschüttet zu werden, es nicht mehr lebend herauszuschaffen; an die Schreie der anderen Menschen, an das Schweigen der Toten.

Gegen all das stemmte Emma sich, während sie dem Tageslicht näher kam. Sie zuckte zusammen, als sich ein Felsbrocken von der Wand löste und mit einem ohrenbetäubenden Poltern zu Boden fiel. Einen Moment lang glaubte sie, das Tageslicht würde sich verdunkeln und der Zugang würde einstürzen und alles zunichtemachen, aber ihre gehetzten Sinne spielten ihr einen Streich.

Sie wollte erleichtert ausatmen, als ein Schrei ertönte, der ihr Herz beinahe zum Stehen brachte. Der Schrei war markerschütternd. Er kam aus der Richtung, aus der Emma gekommen war.

Es war Casper.

Sie wirbelte herum, mit nichts als der Fackel und ihren bloßen Händen bewaffnet, und wollte zurückstürmen. Sie konnte den Gedanken nicht ertragen, dass der Schatten sich an Casper verging.

Dann hielt sie inne. Ihr Herz pochte so laut, dass es durch die ganze Mine hallen und ihren Standort verraten musste. Sie dachte an ihr Gespräch vor wenigen Minuten zurück. Sie hatte Casper ihr Wort gegeben, hatte versprochen, nicht auf ihn zu warten, keine Rücksicht auf ihn zu nehmen. Und obwohl sie wusste, dass ihr zerrissenes Herz sich von dieser Entscheidung nicht erholen würde, ging sie weiter, ohne noch einmal zurückzublicken, während die Schreie durch den Berg echoten und sie aus dem Schacht hinausjagten.

Draußen schien die Welt unterzugehen. Ein neuer Sturm war aufgezogen und tobte erbarmungslos über den Berg. Das Schneetreiben war so wild, dass Emma nichts außer einer weiß wirbelnden Wand vor dem Ausgang sehen konnte. Als sie aus dem Windschatten des Mineneingangs heraustrat, wurde sie von einer Böe fast von den Füßen gerissen. Sie versuchte, etwas durch den Lärm des Sturms zu hören, Stimmen oder Geräusche der Männer des Königs auszumachen, aber das Unwetter übertönte alles.

Und dann erfasste sie eine weitere Böe. Diesmal hatte Emma dem Sturm nichts entgegenzusetzen und wurde einfach umgerissen. Sie fiel hart auf den Boden, die Fackel fiel ihr aus der Hand. Eine Schreckenssekunde verging, in der sie ihre Füße durch Samt und Leder abtastete, dann atmete sie erleichtert auf. Sie waren heil geblieben.

Emma rutschte näher an die Felsspalte heran, wo sie etwas vor dem peitschenden Wind geschützt war. Dabei sammelte sie die erloschene Fackel auf und rammte den Stiel in den Boden, um sie später vielleicht noch einmal zu entzünden. Dann drückte sie sich an den Stein, während sie ihre Handschuhe in den Schnee warf und in der Tasche nach dem Zettel suchte, den die Madame ihr gegeben hatte. Nichts. Das war nichts. Die Tasche war leer. Panik machte sich in Emma breit. All die Mühen und Opfer durften jetzt nicht umsonst gewesen sein.

Bitte, ich darf den Zauber nicht verloren haben, betete sie stumm und durchsuchte die Tasche noch einmal hastig, bis ihre fahrigen Finger endlich das zusammengeknüllte Papier fanden. Sie hielt es fest umklammert, damit der Wind es ihr nicht entriss. Sie faltete den Zettel auseinander, bis sie die vertraute Schrift der Madame entziffern konnte. Mehrfach las sie die Worte in der alten Sprache, die auf das Papier geschrieben waren, sie klangen schwer und fremd, als sie sie im Kopf aussprach. Emma hatte den Zettel aus Vorsicht nicht früher herausgeholt. Das Risiko, eine ihrer Wachen könnte sie zufällig dabei beobachten, war ihr zu groß gewesen. Nun wünschte sie sich, sie hätte es doch getan oder sich die Worte ein einziges Mal von Madame Weltfremd vorlesen lassen. Die Sprache war so alt und so anders, dass sie nur hoffen konnte, die Zeilen korrekt auszusprechen. Zum besseren Verständnis hatte die Madame eine Übersetzung angefertigt und sie dazugeschrieben.

Für alle Zeiten
Und ewig gebunden
Soll verschlossen bleiben das Eis
Fernab von Leben und Gedeih
In einer Welt ohne Weiß

Mühsam kämpfte Emma sich auf die Beine zurück und richtete sich zu ihrer vollen Größe auf, während ihr Blick über das offen stehende Tor glitt. Wer auch immer es in der Vergangenheit in den Stein geschlagen hatte, war mit Sorgfalt und Geschick vorgegangen. Es fügte sich so natürlich und harmonisch in den Berg, dass man es erst bei genauerem Hinsehen erspähen konnte. Der schmucklose, aber edle Rahmen schmiegte sich glatt an den Stein, während die massiven Torflügel jeden ungebetenen Eindringling abwiesen.

Emma räusperte sich und las die Worte noch ein letztes Mal durch. Erst als sie sich vollkommen sicher war, sich nicht zu verlesen oder über Silben zu stolpern, begann sie mit der obersten Zeile.

Dann hörte sie ein Geräusch – hinter sich. Emma wirbelte herum. Durch den Schneesturm kam eine Gestalt auf sie zu, die erst nur als dunkler Fleck zu erkennen war, aber mit jedem Schritt mehr Form annahm. Es war einer von Caspers Männern, ein grobschlächtiger, bärtiger Mann mit dichten Augenbrauen.

Emma befahl sich, ruhig zu bleiben und nicht in Panik zu geraten. Sie trat ein, zwei Schritte zurück, bis sie den Felsen in ihrem Rücken spürte, und stopfte das Papier in ihre Manteltasche zurück.

Der Mann blieb ein Stück entfernt von ihr stehen und kniff die Augen zusammen. Wegen der schlechten Sicht schien er einen Moment zu brauchen, bis er sie erkannte. Dann riss er die Augen auf.

»Du!«, rief er aus. Seine Stimme wurde vom Wind davongerissen und zerschellte an den Felsen. Er machte mit erhobenem Zeigefinger einen weiteren Schritt auf sie zu. »Du bist doch die Gefangene, die der König hergeschafft hat! Was machst du hier? Du solltest bei Seiner Majestät in der Mine sein! Bist geflohen, he?«

Emma lächelte freundlich. »Er hat mich gehen lassen. Das Wetter bereitet ihm Sorge, und er möchte sein ... Unterfangen ein anderes Mal durchführen. Ich soll mit euch hier auf ihn warten. Er wird gleich kommen. Richte doch den anderen aus, sie sollen alles für den Aufbruch vorbereiten. Wir reisen in der nächsten Stunde ab.«

Der Mann runzelte die Stirn und verzog das Gesicht. »Ich nehme keine Befehle von einem Weib entgegen.«

»Auch nicht, wenn sie vom König kommen?«

Der Mann trat noch näher. Seine Miene war misstrauisch. Emma spürte den kantigen Felsen überdeutlich in ihrem Rücken. Die spitzen Ecken bohrten sich durch den Mantel in ihre Haut.

»So ist es. Deshalb werden wir zwei hier gemeinsam auf den König warten und hören, was er höchstpersönlich zu sagen hat. Wie klingt das?«

Der Mann stand so dicht vor ihr, dass Emma seinen Atem spüren konnte, der nach Frost roch.

»Du zitterst ja, Weib.« Er streckte seine Hand aus und packte grob ihrem Arm. Dabei lachte er kalt. »Soll ich dich wärmen, während wir warten?«

Emma hob fragend die Augenbrauen. »Fürchtet Ihr Euch nicht vor dem Zorn des Königs, wenn er feststellen muss, dass Ihr seinen Befehl missachtet und die Zeit mit Warten vergeudet habt? Um was zu tun? Das Mädchen mit den Kristallfüßen, das kaum laufen kann, an der Flucht zu hindern?« Sie hoffte, dass sie das richtige Maß an Ironie und Bitterkeit in ihre Stimme legte.

Für den Bruchteil einer Sekunde glaubte Emma, Unsicherheit hinter der kühlen Maske zu sehen. Doch sie verschwand, und Emma wusste, dass ihr nur noch eine Möglichkeit blieb. Ihre freie Hand tastete neben sich durch die Luft, wo die Fackel noch im Boden steckte. Sie riss sie heraus, holte aus und schlug sie dem Wachmann mit aller Kraft gegen den Kopf. Sie traf ihn an der Schläfe. Lautlos sackte er in sich zusammen und blieb merkwürdig verdreht auf dem weißen Boden liegen. Der Sturm begann sofort, seinen Körper mit Schnee zu bedecken.

Emma ließ das Holz angewidert zu Boden fallen und holte den Zettel heraus. Sie wusste, dass nun jede Sekunde zählte. Das Verschwinden des Mannes würde nicht lange unbemerkt bleiben, und dann gab es kein Entrinnen mehr.

Sie rang nach Atem, und dann rief sie die Worte in die Luft, die vor heute nur ein einziges Mal ausgesprochen worden waren. Noch während sie sie rezitierte, spürte Emma, wie eine uralte Macht sie erfüllte und ihr Kraft gab. Sie keuchte, als die rasch auf das Papier gekritzelten Buchstaben aufleuchteten und ihr Licht dem grauen Schneetreiben entgegenwarfen. Emmas Stimme wurde lauter, sie kämpfte gegen das Getöse des Sturms an. Es schien, als habe das Böse in den Minen ihn entfesselt, um gegen den Zauber aufzubegehren. Emma stemmte sich mit den Füßen in den Boden, während sie die Worte der letzten Zeilen vorlas. Aus den Minen dröhnte Wutgebrüll, dann das Klirren von zwei sich kreuzenden Schwertern.

Emma fiel auf die Knie, als die letzte Silbe ihren Mund verließ. Sie hörte, wie die Kampfgeräusche lauter wurden, wie sich der König und der Schatten dem Ausgang näherten. »Casper!«, schrie Emma seinen Namen in den Sturm. Er konnte es noch schaffen, wenn er nur schnell genug war.

In diesem Augenblick schien der alte Zauber zu wirken. Mit einem Mal erstarb der Wind, und gespenstige Stille legte sich über den Hang. Die Sonne wurde immer noch von einer zähen, grauen Wolkenmasse verdeckt, aber die Sicht wurde klarer. Der Boden unter Emmas Füßen begann zu beben, als sich das Eisentor wie von Geisterhand in Gang setzte. Es war im Begriff, sich zu schließen. War das etwa das Ergebnis des Zaubers, den sie gerade gewirkt hatte? Emma war einen Augenblick verwirrt, denn sie hatte erwartet, dass sich Eis bildete und das Tor verschloss, so wie Caspers Vorfahren die Mine damals vorgefunden hatten. Aber dann fiel es ihr wie Schuppen von den Augen: Nicht die Eisschicht selbst war die Essenz des Zaubers gewesen, sondern eine Naturgewalt. Was vor vielen Jahrzehnten das Eis geschlossen hatte, schloss nun der Wind ohne menschliches Zutun, und der Anblick raubte ihr kurzzeitig den Atem.

»Nein!«, rief Emma erschrocken aus, rappelte sich auf und stürzte auf das Tor zu. Sie spürte, dass Casper beinahe da war, er konnte nicht mehr fern sein. Das Klirren der Schwerter übertönte das schleifende Quietschen, mit dem das Eisen über den Steinboden schrammte.

Emma hatte das Tor erreicht und packte einen der beiden Torflügel mit beiden Händen. Sie zerrte mit aller Kraft daran. Die Kanten des Flügels waren so scharf, dass sie tief in ihre Haut schnitten. Blut tropfte in den Schnee, aber Emma scherte es nicht. Das Einzige, was zählte, war, Casper wertvolle Sekunden zu verschaffen.

Dann schlitterte er um die Ecke, blutüberströmt und unbewaffnet. Sein Gesicht verriet wilde, skrupellose Entschlossenheit. Der Schatten war ihm dicht auf den Fersen, sein Schwert hocherhoben. Panisch erkannte Emma, dass Casper zwar entkommen konnte, aber dann würde der Schatten es ihm gleichtun können. Er würde fliehen.

Wenige Meter vor dem Tor schnellte Casper herum und blieb breitbeinig im engen Schacht stehen. Der Schatten schien nicht überrascht zu sein, dass der König seine Flucht abbrach. Er kam in einer eleganten Bewegung zum Stehen.

»Eure Majestät«, dröhnte seine dunkle Stimme durch den Gang. Sie klang spöttisch. »Wäre Euer Schauspiel nur ein wenig überzeugender gewesen, hätte Euer Plan vielleicht funktioniert. Aber leider wart Ihr erbärmlich darin, Euer altes Ich zu mimen.« Er richtete seine Schwertspitze auf den König.

Casper knurrte einen Fluch, während er weiter zum Tor zurückwich.

Emma zerrte an dem Flügel, aber der Wind drückte mit unbarmherziger Gewalt gegen das Tor, während er Emma kaum berührte, als befände sie sich im Auge des Sturms. In wenigen Atemzügen würde es unpassierbar werden.

Caspers Körper war bis auf die letzte Sehne gespannt, bereit, zu kämpfen, bereit, dem Schatten den Weg zu versperren. Aber er war unbewaffnet. So konnte er nicht gewinnen.

Emma blieb eine letzte Möglichkeit, denn sie wusste um eine Schwachstelle des Schattens.

»Rufus!«, rief sie laut.

Der Schatten gefror auf der Stelle. Unendlich langsam wandte er seinen Kopf zu Emma. Seine Augen sprühten tödliches Eis.

Emma lächelte. »Wisst Ihr, wer mir Euren Namen verriet?«

»Wer?«, zischte der Schatten.

»Erinnert Ihr Euch noch an Sara? An Eure Geliebte, die Ihr einst kaltblütig getötet habt? Erinnert Ihr Euch noch an ihr Gesicht, an ihr Lächeln …?«

Der Schatten brüllte. Sein Schrei schien das Gebirge selbst auseinanderzureißen, so laut, so dunkel, so misstönend war er. Doch Casper nutzte diesen Moment der Ablenkung, um mit einem Hechtsprung auf Rufus zu stürzen und ihn aus dem Gleichgewicht zu bringen. Mit einer Drehung entwand er sich dem wütenden Griff des Schattens und rammte ihm seinen Ellenbogen in die Magengegend. Mit einem Klirren fiel das Schwert zu Boden, das Casper blitzschnell auflas. Ehe der Schatten zum Gegenangriff ansetzen konnte, holte Casper in einer verzweifelten Bewegung aus und rammte ihm das Schwert mit aller Kraft, die er aufbringen konnte, in die Brust. Die Klinge durchbohrte das Herz des Schattens und blieb mit der Spitze in einem Flecken dunklen Eises stecken. Casper taumelte zurück und starrte auf den Mann, den er mit seinem eigenen Schwert an die Wand genagelt hatte.

»Casper! Beeil dich«, schrie Emma, während sie sich mit ihrem ganzen Körpergewicht gegen die schier übermächtige Kraft des Windes stemmte. Casper konnte es schaffen! Er war schnell, so schnell. Er musste es schaffen!

»Emma!«

Casper rannte los, während der Schatten sich hinter ihm aufbäumte. Caspers Füße flogen über den Boden, fast ohne ihn zu streifen. Er streckte die Hand nach ihr aus, und sein Gesicht strahlte voller Hoffnung.

Aber er kam zu spät.

Der Wind riss ihr das Tor aus den Händen. Mit einem Donnerschlag fiel es ins Schloss.

Kapitel 35

Über Emma riss der Himmel auf.

Die dichte graue Wolkendecke wurde vom Wind auseinandergetrieben, und die Sonne schien durch die entstehenden Löcher. Die hellen Strahlen fielen in einem sanften Winkel auf das dunkle Gebirge herab und tauchten es in einen samtenen Schimmer. Die Zeit schien stillzustehen.

Ein Geräusch ließ Emma ihren fassungslosen, starren Blick vom Tor abwenden. Ein Vogelschwarm zog am Himmel vorbei und erfüllte die Luft mit triumphierenden Schreien. Sie sangen von einem Sieg, der bitter auf Emmas Zunge schmeckte.

Sie wandte sich wieder dem Tor zu. Ihre erstarrten Gedanken begannen zu rasen, und ihre zerschnittenen Hände fuhren über die kühle Oberfläche, suchten einen Spalt, der noch offen stand und es ihr ermöglichte, mit Casper zu sprechen, ihn irgendwie zu erreichen. Aber da war nichts, das auch nur einen Luftstrom ins Innere des Berges oder aus diesem herauslassen konnte. Der Wind hatte das Tor zusammengepresst, als hätte er eine Wand aus Metall geschmiedet. Die Mine war unwiederbringlich abgeriegelt.

Doch da – von fern hörte Emma eine Stimme. Sie rutschte näher an das Eisentor und presste ihre Wange dagegen, um Casper besser verstehen zu können. Sicher rief er nach ihr. Aber es war nicht Casper, den sie vernahm. Noch weitere Stimmen gesellten sich zu der ersten, es waren die verwirrten Rufe der Wachmänner, die weiter unten am Hang auf den König warteten.

Mehrmals klopfte sie mit der Faust gegen die eisernen Torflügel. Das Hämmern schallte über den Berg und kehrte als Echo zu ihr zurück, aber von innen kam keine Antwort. Es gab keinen Weg, Casper zu erreichen.

Ein Teil von Emma wollte nie wieder aufstehen und einfach hier, an dieser Stelle, verharren. Sie hatte gewusst, dass es so enden konnte, aber sie war voller Hoffnung gewesen, dass sie am Ende beide vor dem geschlossenen Tor stehen würden und dabei zusahen, wie der Winter sich beruhigte. Dass sie Zeit haben würde, den Mann kennenzulernen, der Casper sein konnte.

Sie konnte nicht glauben, dass es nun vorbei war, ehe es überhaupt begonnen hatte.

Eine tiefe Erschöpfung überkam sie, und der Gedanke zuckte durch ihren Kopf, dass sie einfach bleiben und schlafen könnte, bis der Sommer zurückkehrte. Dass sie warten könnte, bis Casper zurückkehrte. Aber sie wusste, dass das Einzige, worauf sie hier warten konnte, ihr Tod war. Sie musste mit den Männern zur Stadt zurück. Und dort würde sie abwarten, ob der Winter nun endgültig besiegt war.

Das glatte Eisen des Tors bot keinen Halt, als Emma sich auf die Beine kämpfte. Alles war bleischwer, ihr geschundener Körper protestierte gegen jede Bewegung.

Schritt für Schritt ließ sie die Felsspalte hinter sich und hielt Ausschau nach dem Lager der Männer, deren Stimmen sich entfernt hatten. Emma fragte sich, was sie dort erwarten würde. Würden die Männer geheilt und ihr freundlich gesinnt sein? Oder würden sie Emma in dieser Einöde zum Sterben zurücklassen?

Plötzlich bebte die Erde unter ihr. Ein Zittern ging durch das Gebirge. Und dann donnerte es aus den Tiefen des Berges. Felsbrocken lösten sich und rollten polternd ins Tal. Noch einmal donnerte es im Berg.

Verwirrt kauerte sich Emma unter einen Felsvorsprung, um nicht von dem Geröll, das von oben herabstürzte, getroffen zu werden. Was ging hier nur vor sich?

Ihr suchender Blick glitt zum Eisentor, und sie schnappte

erschrocken nach Luft. Risse zogen sich über die grau funkelnde Oberfläche. Sie wanderten über das unzerstörbare Material, wucherten bis zum Rahmen und malten ein Muster der Verwüstung auf das gleichmäßig gearbeitete Tor. Ein feines Geräusch erklang, als Eisenspane durch die Luft sirrten.

Hatte der Zauber versagt? War Emma nicht stark genug, um etwas so Mächtiges wie die Mine zu bannen und auf ewig zu versiegeln?

Ein dritter Donner kam aus den Abgründen des Berges – und mit ihm zersplitterte das Tor, als wäre es nicht mehr als eine dünne, fragile Glasscheibe. Es zerbrach unter einer gewaltigen Kraft in hunderte Eisentrümmer, die großen verkeilten sich untereinander, die kleinen flogen durch die Luft, und das alles wurde von einer Wolke aus Staub begleitet, als würde der Berg husten. Anstelle des Tors klaffte nun ein schwarzes Loch im Felsen. Emma keuchte erstickt auf. Sie hatte versagt. Ihr war die Versiegelung nicht gelungen, und Casper lag nun vermutlich unter den Trümmern begraben.

Ein unheilvolles Rumoren drang mit der vertrauten Kälte aus dem Schlund heraus. Ein Knacken ertönte, dann gruben sich feine Risse in den Felsen rings um den zerstörten Mineneingang. Würde der ganze Berg nun in sich zusammenfallen und alles Leben unter sich begraben?

Emma musste husten, als der Staub sich über den Hang verteilte und sie in eine Nebelschwade aus Dreck und Staubpartikeln einhüllte. Mit dem Ärmel schützte sie ihre Augen vor dem wirbelnden Schmutz. Sie musste hier weg! Gleich würde auch der Felsen rund um die Mine einbrechen und sie mit sich begraben, wenn sie nicht schnell genug war. Auf allen vieren robbte sie den Hang hinunter. Die Scherben von Stein und Eisen schnitten in ihre Knie und bohrten sich in ihre bereits zerschundenen Handflächen.

Plötzlich tauchte ein Schemen über ihr auf. Er griff nach ihren Armen und hob sie vom Boden auf. Ein riesiger Felsklotz raste in diesem Moment an ihnen vorbei und zerschellte weiter unten an einem Vorsprung. Seine Einzelteile lagen wie zertrümmerte Gliedmaßen in einem Grab aus Schnee.

Zwei Hände hielten Emma fest, und sie blinzelte ungläubig, als ihre vom Staub tränenden Augen sein Gesicht fanden.

»Das kann nicht sein«, wisperte sie. »Ich habe gesehen, wie ...«

»Das Eisentor war nicht die Versiegelung«, erwiderte Casper. Sein Gesicht war übersät mit kleinen Kratzern und blauen Flecken, aber er war am Leben. Er war am Leben.

»Ich verstehe nicht ...«

»Du hast die Minen versiegelt, Emma. Den Berg. Der Berg versiegelt sich selbst, indem er den Eingang einstürzen lässt. Ein Tor kann man irgendwie öffnen, aber nicht den Berg selbst. Und als das Tor zusammengebrochen ist, konnte ich nach draußen fliehen.«

»Aber warum ist der Eingang nicht gleich eingestürzt?«, wollte Emma atemlos wissen. »Warum hat sich das Tor erst verschlossen und dich eingesperrt?«

»Es hat nicht mich eingesperrt«, erwiderte Casper. »Es hat den Schatten eingesperrt. Der Zauber war klug genug, dem Schatten, dem Wächter des dunklen Eises, die Flucht zu verwehren, denn wenn er sich von meinem Schwert befreit hätte, könnte ein von Menschen erbautes Eisentor seiner Macht kaum widerstehen. Und ich glaube ... Ich glaube, der Zauber wusste auch, dass eine Eisschicht wie das letzte Mal nicht reichen würde.«

Ein gewaltiger Donner zerteilte die Luft. Sie zuckten beide zusammen.

»Wir müssen hier weg, sofort!«, keuchte Emma.

Der König griff ohne Umschweife nach ihr und warf sie sich über seine Schulter. Dann rannte er zum Lager hinunter. Die Männer hatten es bereits abgebrochen, aber sie waren noch da. In Windeseile kletterten sie ins Tal hinab und erreichten den Ort, an dem sie die Pferde und die Sänfte zurückgelassen hatten, tatsächlich, ohne von herabstürzendem Gestein getroffen zu werden. Die Männer des Königs waren verwirrt und unsicher, als trügen sie plötzlich ein neues Gesicht und wussten noch nicht so recht, ob es passen wollte, aber sie schienen normal zu sein, nicht mehr die grausamen, leeren Hüllen wie zuvor. Sie achteten aufeinander und wechselten sich ab, Emmas Sänfte zu tragen, wann immer sie bemerkten, dass einer von ihnen müde wurde.

Erst als einige Stunden vergangen waren, wurde Emma etwas klar, das sie zwar unbewusst bemerkt, aber dessen Bedeutung ihr bisher entgangen war: dass die Versiegelung der Eisbrand-Minen das Wetter zwar beruhigt und die Männer vom Fluch befreit hatte. Aber eines hatte sich nicht verändert.

Ihre Füße waren noch immer aus Eis.

Kapitel 36

Drei Monate später – oder, wie manche es nannten, zum Beginn eines neuen Zeitalters.

Die Schneeschmelze hatte eingesetzt. Der Schnee verschwand nicht über Nacht, auch nicht nach Wochen, aber jeden Morgen wurde die Sonne ein wenig intensiver und taute mit ihrem Licht zugefrorene Brunnen und Seenplatten auf.

Die Bewohner von Glanzvoll hatten alle Hände voll zu tun: Sie bauten Dämme, um sich gegen mögliche Überschwemmungen zu rüsten, räumten Straßen und Wege, entfernten Eiszapfen von ihren Dächern, befreiten die Felder vom Schnee und bauten Ställe neu auf. Die Handelsstraße wurde wieder passierbar, und – gelockt vom reichen Silber des Landes – ließen die ersten Händler nicht lange auf sich warten. Mit überraschten Gesichtern nahmen sie Bestellungen für den nahenden Sommer entgegen: Saatgut, Nutztiere, Blumenzwiebeln ... Die einfachsten Dinge waren plötzlich wieder möglich, und das ließ die Menschen in einen Freudentaumel fallen.

Gleich nach seiner Rückkehr hatte Casper eine lange Rede auf dem Marktplatz gehalten, in der er die Bewohner von Silberglanz über die Vorkommnisse in den Eisbrand-Minen aufgeklärt hatte. Er hatte nichts weggelassen und nichts beschönigt, und Emma, die sich im Hintergrund aufgehalten hatte, damit imponiert. Sie hatte in den schweigenden Mienen der ihr bekannten Gesichter gelesen, dass das Volk es schätzte, die Wahrheit zu erfahren, aber es würde noch eine Weile dauern, bis der Zorn und die Schuldzuweisungen gegen Casper abflauen würden. Zu sehr hatten die Menschen gelitten. Sie konnten nicht auf dieselbe Weise vergessen, wie es Emma möglich war, und sie verübelte es ihnen nicht.

Der König nutzte den Reichtum, der noch in seinen Kellern lagerte, um Männer anzustellen, die im Dienste des Landes arbeiteten. Glanzvoll sollte in Zukunft weniger vom Handel abhängig sein, daher ließ er Wälder aufforsten und Felder bestellen, wo die Mittel und das Wetter es bereits erlaubten.

Auch ein zweites Unterfangen nahm die Kräfte vieler Männer in Anspruch; ein Unterfangen, mit dem der König lange gerungen hatte: Nun, da der Winter gebrochen war, verlor das Eisschloss Substanz. Noch stand es dort, im Herzen der Stadt, und würde noch eine Weile erhaben in die Höhe ragen. Aber der König wusste, dass es den steigenden Temperaturen nicht ewig standhalten konnte. In einigen Monaten würde sich das Schloss und Platz nicht mehr gefahrlos betreten lassen, und einem solchen Risiko wollte er niemanden aussetzen. Also ließ er das alte Familienanwesen der Maledics ausbessern, ein Haus in einer der umliegenden Straßen, um dann mit dem Königssitz dorthin überzusiedeln. Das Gebäude war nicht vergleichbar mit dem Schloss, in dem er bisher gelebt hatte. Es war lange unbewohnt gewesen, verstaubt und an vielen Stellen morsch, aber die Arbeiter waren zuversichtlich, einen akzeptablen Amtssitz daraus zu machen, bis eine endgültige Lösung gefunden war.

All diese Veränderungen hatte Emma sich erträumt, denn sie bedeuteten, dass ihr Land sich von den Strapazen der Vergangenheit erholte, dass es mit gutem Willen in die Zukunft blickte.

Selbst Cristan war Teil davon. Als Emma von den Eisbrand-Minen zurückgekehrt war, war sie zu entkräftet gewesen, um sofort nach Hause gehen zu können. Casper hatte sie mit sich ins Schloss genommen, ohne den geringsten Widerspruch zu dulden. Zugleich hatte er Boten ausgeschickt, die ihren Vater an der Handelsstraße ausfindig machten und ins Schloss brachten. Seinen Platz übernahmen Männer des Königs, sodass die Handelsstraße mit dem milden Wetter im Rücken bald von den Resten des Lawinenunglücks befreit war.

Cristan hatte an ihrem Bett gesessen und Wache gehalten, als sie nächtelang von starken Fieberkrämpfen und den Nachwirkungen der kräftezehrenden Reise geschüttelt wurde. Als sie auf dem Weg der Besserung war, hatte sie ihm alles von den Minen und ihrer Zeit zuvor im Schloss erzählt und ihrerseits seinen Berichten gelauscht.

Emma war danach unendlich erleichtert und stolz zugleich gewesen. Ihr Vater und sie, sie hatten noch einen langen Weg vor sich, aber langsam ließen sie den hindernisreichen Pfad, auf dem sie bislang gewandelt waren, hinter sich.

Der König hatte sich ihr in dieser Zeit nicht gezeigt. Er wurde zu einem unsichtbaren und unnahbaren Einfluss in ihrem Leben, zog die Fäden zu ihrem Schutz und ihrer Versorgung aus dem Hintergrund. Als es Emma schließlich so gut ging, dass sie von Cristan abgeholt und nach Hause gebracht werden konnte, beobachtete Emma ihren Vater und den König aus der Ferne, wie sie in einer Nische miteinander sprachen.

Casper hatte die alte Maske aus Gefühllosigkeit übergezogen, während er immer wieder nickte und beschwichtigend antwortete. In Cristans Gesicht konnte Emma kaum lesen, so ungezügelt loderten die Emotionen aus seinen Augen. Da war Dankbarkeit und Erleichterung, aber auch abweisende Kälte und Abwehr. Cristan gestikulierte wild mit den Armen und deutete dann unverhohlen auf seine Füße, während er heftig mit dem Kopf schüttelte.

Für den Bruchteil eines Augenblicks huschte Schmerz über Caspers Gesicht, und er nickte erneut. Doch dieses Mal schien er keine beschwichtigenden Worte parat zu haben. Er schien Cristan nichts entgegensetzen zu können.

Obwohl sie es auf dem Heimweg und danach immer wieder versuchte, war aus Cristan nicht herauszubringen, worüber er mit Casper gesprochen hatte. Und der König … Den König sah sie nach diesem Tag gar nicht mehr, nicht einmal mehr als wachende Präsenz in der Ferne. Allmählich dämmerte es ihr, worum es in diesem Gespräch gegangen war, und diese Ahnung verursachte eine furchtbare Leere in Emma.

Wochen verstrichen, in denen Emma nach Worten rang und keine fand. Sie hatte sich Reden überlegt, mit denen sie vor dem Tor des Schlosses aufwarten wollte, und sie alle wieder verworfen. Mit jedem Tag, der verstrich, wuchs die Enttäuschung darüber, dass etwas Einzigartiges zwischen ihren Fingern zerrann. Casper und sie hatten gemeinsam etwas Bedeutendes geleistet, sie hatten die Zukunft verändert und die Geschichte neu geschrieben. Emma hatte das nicht getan, um Ruhm zu ernten oder um Teil von Sagen und Mythen zu werden, die man sich in hundert Jahren noch erzählte. Sie hatte es getan, weil es nötig gewesen war, und den Preis dafür hatte sie doppelt und dreifach gezahlt. Sie hatte keine Dankbarkeit und keine Entlohnung, kein Silber erwartet. Von ihren Nachbarn nicht, und von Casper erst recht nicht. Aber sie hatte mit ... etwas gerechnet. Von ihm. Und ganz sicher nicht mit diesem beharrlichen Schweigen.

Seit ihrer Genesung war das Leben wieder Alltag geworden. Je mehr Übung sie bekam, desto leichter fiel es ihr, sich auf ihren Kristallfüßen fortzubewegen. Sie konnte zwar nicht gut schnell gehen, geschweige denn laufen, aber sie war auch nicht mehr so unbeholfen wie am Anfang. Inzwischen ließ Cristan sie sogar wieder allein in die Stadt, nachdem er am Anfang darauf bestanden hatte, sie überallhin zu begleiten. Sie arbeitete wieder in der Chocolaterie, und weil es die Madame brennend interessierte, erzählte Emma ihr von dem Märchen, das sie während ihrer Gefangennahme weitergesponnen hatte.

Das Einzige, was sie von Casper in all den folgenden Wochen erhielt, waren ein Paar spezieller Stiefel aus festem Leder, dick mit Wolle ausgepolstert, und ein Beutel voller Münzen. Eine persönliche Nachricht hatte nicht beigelegen. Am liebsten hätte

Emma das Geld zurückgebracht, aber sie ahnte, dass man sie nicht zum König vorlassen würde.

Irgendwann schlug die Enttäuschung in Wut um. Doch auch die verflog und wurde zu Niedergeschlagenheit. Und ganz schleichend verwandelten der Alltag, das fröhliche Lachen von Ophelia und das sanfte Lächeln der Madame, während sie ihr Rezepte erklärte, die Niedergeschlagenheit in etwas anderes. In etwas, das sich im ersten Augenblick wie Vergessen, wie Loslassen anfühlte. Aber Emma wusste, dass unter der Oberfläche noch mehr lauerte.

Unter der Oberfläche blieb die nur mühsam unterdrückte Wut.

Kapitel 37

Als Emma vor dem Halbmondtor stand, das von zwei Wachen flankiert wurde, starrte sie unbehaglich nach oben. Seit ihrem letzten Aufenthalt im Schloss waren etliche Wochen ins Land gezogen, und es kam ihr so vor, als wären die Türme in dieser Zeit gewachsen. Hinter ihr drängelten sich ein paar Menschen unangenehm nah an sie heran, bis man sie erkannte und die Gruppe erschrocken zurückwich. Die Eigentümlichkeit ihrer Füße hatte sich wie ein Lauffeuer in der Stadt verbreitet, und seitdem behandelte man sie, als wäre sie aus Porzellan geschaffen.

Ophelia, die sich an Emmas Seite befand, lachte amüsiert. »Deswegen bin ich am liebsten mit dir unterwegs, Emma. Dann hat man in diesem Hühnerhaufen wenigstens Platz.«

»So kann man es auch sehen«, erwiderte Emma und lächelte halbherzig. Sie gab sich gelassen, aber innerlich war sie aufgewühlt. Sie hätte sich so gern vor diesem Abend gedrückt, aber …

»Nun zieh nicht so ein Gesicht. Du hast es versprochen!« Ophelia schob ihre Hand unter Emmas Ellenbogen und zog sie nach vorn, an den Wachen vorbei, ins Innere des Schlosses. Emma fühlte sich in die Zeit zurückversetzt, in der sie zum ersten Mal hier gewesen war. Es schien eine Ewigkeit her zu sein.

»Ich weiß. Aber …«

Ophelia schüttelte resolut den Kopf und hob warnend einen Finger. »Kein Aber! Es ist Madame Weltfremds Abend, und sie wird sich sehr freuen, dass wir dabei sind. Ich bin mir sicher, sie erwartet es sogar. Immerhin ist es Jahre her, dass sie das letzte Mal das tun durfte, was sie am liebsten tut, nicht wahr? Außerdem ist es die letzte Veranstaltung, die im Schloss stattfinden wird, ehe es zu gefährlich wird, es zu betreten. Ich kann immer noch nicht glauben, dass es bald Geschichte sein wird …«

Emma nickte und versuchte, sich zu entspannen. Sie wusste, dass ihre Freundin recht hatte, und ein Teil von ihr freute sich auf den Abend. Casper hatte sich ausdrücklich bei der Madame für die Einschüchterungen des Schattens entschuldigt und erklärt, dass nun natürlich wieder aus Herzenslust Märchen erzählt werden dürften. Das hatte er schriftlich getan, und Emma konnte sich des Gefühls nicht erwehren, dass es daran lag, dass er ihr auf keinen Fall über den Weg laufen wollte. Dennoch hatte er Madame Weltfremd aus Respekt und Dankbarkeit über ihren Anteil an der Versiegelung der Minen angeboten, die erste Geschichtennacht nicht in der Chocolaterie, sondern in seinem Schloss durchzuführen, wo viel mehr Menschen ihren Geschichten lauschen konnten. Und obwohl die Madame es nie offen zugegeben hätte, war die Aussicht auf hunderte von Zuhörern Balsam für das jahrelange Schweigen, in das sie sich hatte hüllen müssen. Emma hatte das aufgeregte Leuchten in ihren Augen gesehen, als sie den Brief vorgelesen hatte, und sie gönnte es der Madame von Herzen. Es gab nichts Befreienderes, als endlich zu seiner Bestimmung zurückfinden zu dürfen.

Und Emma … Emma wollte versuchen, den Abend einfach zu genießen und eins mit der Menschenmasse zu werden, unsichtbar zwischen den zahllosen Zuhörern, damit sie Casper nicht begegnen musste. Sie hatte sich Worte zurechtgelegt, sollte sie ihm begegnen, höfliche, distanzierte Worte. Aber sie alle waren mit dem Überschreiten der Schwelle vergessen, und alles, was sie wollte, war, ihm nicht unter die Augen treten zu müssen. Doch obwohl sie sich immer wieder vorsagte, wie unwahrscheinlich eine Begegnung war, schlug ihr das Herz bis zum Hals. Wieder durch die vertrauten Gänge und Erinnerungen zu wandeln ließ ihren Entschluss, hierherzukommen, plötzlich wie einen wahnwitzigen Plan wirken.

Angespannt sah Emma sich im Schloss um, während sie durch den Hauptgang zum Ballsaal kamen. Der blaue Schimmer war aus den Eisblöcken verschwunden, und das Schloss glänzte im Licht der Abendsonne, deren Strahlen es einzufangen schien und glitzernd reflektierte. Das Schloss strahlte nun keine unheimliche Schönheit mehr aus. An ihre Stelle war etwas anderes getreten, eine Zerbrechlichkeit, eine erste Ahnung, dass die Mauern dünner wurden. Das Licht der Abenddämmerung drang durch die Wände bis in den Saal vor, tauchte ihn in zarte Farbtöne, und es war längst noch kein Kerzenschein erforderlich, um ihn mit Helligkeit zu füllen. Selbst die bittere Kälte war verschwunden. Drinnen war es zwar immer noch kühl, aber die Menschen hatten Decken und Kissen mitgebracht und machten es sich nun grüppchenweise auf dem mit Teppichen ausgelegten Boden bequem. Das erhöhte Podium, auf dem bei dem schicksalhaften Maskenball das Orchester gespielt hatte, war in die Mitte des Saals gerückt worden. Darauf stand ein einzelner Sessel, der mit rotem Samt bezogen war.

Emma hätte gern in einer abgelegenen Ecke Platz genommen, aber Ophelia zerrte sie an unzähligen Menschen vorbei, um ihnen direkt vor dem Podium einen Platz zu suchen. Dort breitete sie mehrere Decken und Kissen aus, und Emma durfte sich erst setzen, als sie der Ansicht war, alles sei weich genug ausgepolstert.

Leises Geflüster wogte durch den Raum, während er sich schließlich bis in die letzte Ecke füllte. Menschen drängten sich eng aneinander, um Nachzüglern Einlass gewähren zu können, und sie steckten aufgeregt die Köpfe zusammen. Eine unterschwellige Anspannung lag in der Luft. Obwohl die Veränderungen der letzten Monate mit jedem Tag deutlicher wurden, waren die Bewohner von Glanzvoll noch immer zurückhaltend, wenn sie auf den König stießen. Gerade die Familien, die geliebte Menschen verloren hatten, konnten den Maledics nicht verzeihen, in welche Lage sie das Land und seine Bewohner gebracht hatten. Doch Emma war sich sicher, dass dieser Abend ein weiterer Schritt in die richtige Richtung war. Er war ein Symbol dafür, dass die Freiheit wieder Einzug in Glanzvoll hielt, dass jeder seine Stimme erheben durfte, ganz gleich, was er zu sagen hatte. Mit Madame Weltfremd hatte Casper eine wichtige Verbündete gewonnen, deren Anwesenheit ihm helfen würde, seinem Volk Schritt für Schritt näherzukommen.

Eine Flügeltür an der Seite des Saals schwang auf, und die Madame schritt zusammen mit dem König über deren Schwelle. Gemeinsam durchquerten sie den Raum, und die Menschen machten ihnen bereitwillig Platz. Casper stieg auf das Podium, während Madame Weltfremd auf den Stufen stehen blieb.

Es war das erste Mal, dass Emma ihn sah, seit sie das Schloss verlassen hatte, und ihr schien, als stünde ein Fremder vor ihr. Obwohl ihn noch immer eine Aura von Macht und Unnahbarkeit umhüllte, war sie nun die eines Königs, nicht mehr die eines Tyrannen. Die Kälte war vollkommen verschwunden. Auch die Blässe seiner Haut war einer gesunden Farbe gewichen, Sonnenschein hatte sie leicht gebräunt und das dunkle, lockige Haar mit helleren Strähnen durchzogen. Seine Augen leuchteten klar und ernst. Die unsichtbare Last auf seinen Schultern schien etwas leichter geworden zu sein. Der König stand aufrecht und erhaben da, stolz und in sich ruhend, aber seinem Volk offen zugewandt. Er war Stärke und Gelassenheit zugleich.

Und dann begann er zu sprechen, und seine Stimme … Emma war hilflos gegen diese Stimme. Sie brachte den innerlichen Sturm, den Emma dachte, beruhigt zu haben, wieder zum Toben und ließ sie erschauern.

»Bewohner von Glanzvoll«, sagte Casper, »ich freue mich, dass wir uns zu einem ganz besonderen Anlass heute hier gemeinsam einfinden dürfen. Eine lange Zeit voller Entbehrungen, voller Schmerz und Kummer, voller Krankheiten und Armut liegt hinter uns. Eine Zeit, die selbst die Mächtigsten von uns Demut und Dankbarkeit gelehrt hat. Diese Zeit darf nie in

Vergessenheit geraten, denn sie formt aus uns die Menschen, die wir morgen sein werden. Sie formt uns zu besseren Menschen, zu mutigeren, stärkeren Menschen. Zu Menschen, die einander helfen, die füreinander da sind und die dieses Land zusammen aus Schutt und Asche neu errichten werden.«

Totenstille hing über dem Saal. Niemand wagte auch nur zu atmen. Emma sah in vielen Augen Tränen schimmern; Tränen der Freude und der Hoffnung; Tränen, die aus alten Träumen wuchsen.

»Dieser Abend gehört uns allen. Er gehört den Menschen, die wir verloren haben, und den Menschen, die wir gefunden haben. Er gehört jedem Einzelnen von uns. Daher freue ich mich, dass wir eine Tradition, die lange ruhen musste, wiederaufleben lassen können. Heute feiern wir die Geschichtennacht. Wir feiern die Freiheit der Geschichten. Wir feiern die Macht des Wortes, denn manchmal kann nur ein einziges ausreichen, um Menschen für immer zu verändern.«

Casper hob einladend die Hand, und die Madame stieg die letzten Stufen zu ihm hoch. Sie nahm auf dem Sessel Platz. Das Licht der untergehenden Sonne tauchte den Raum in einen tiefroten, warmen Glanz und ließ ihr Gesicht weich wirken.

Die Stille änderte sich, wurde zu freudiger Erwartung, als Casper das Podium verließ. Emma jedoch hatte keine Augen für die Madame, ihr Blick blieb an Casper heften. Auf seinem Weg ging er nur wenige Schritte entfernt an ihr vorbei, und als hätte er ihre Anwesenheit gespürt, drehte er den Kopf in ihre Richtung. Ihre Blicke trafen sich für den Bruchteil eines Atemzugs, und dieser Augenblick reichte aus, um den ganzen Schmerz, die bohrende Sehnsucht und das Gefühl des Verlassenwerdens wieder über sie hereinbrechen zu lassen. Atemlos saß sie da, unfähig, sich zu bewegen, unfähig, ihre Füße dazu zu verleiten, aufzustehen. Um zu flüchten oder ihm zu folgen, wusste sie nicht. Abrupt wandte Casper den Kopf ab und setzte seinen Weg in eine Ecke fort, die das Dämmerlicht nicht mehr erreichte.

Ophelia, die von dem Zwischenfall nichts mitbekommen hatte, stieß Emma aufgeregt mit dem Ellenbogen in die Seite. »Es geht los«, flüsterte sie begeistert.

Mühsam wandte Emma den Blick von Caspers im Dunkel verschwindenden Umrissen ab und richtete ihre Konzentration auf die Madame, die ihre Augen geschlossen hatte und ruhig verharrte. Nach einigen Atemzügen öffnete Madame Weltfremd ihre Augen wieder, und ihr Blick war glasklar.

»Als ich ein Kind war, erklärte mein Vater mir, dass Geschichten, wenn sie zur richtigen Zeit den richtigen Ton treffen, den Lauf der Welt ändern, dass sie die Zeit anhalten und Menschen zu Großem bewegen können. Es gibt viele Geschichten über die Vergangenheit dieses Landes, über dessen *wahre* Vergangenheit, aber dieser Tag ist kein Tag für Vergangenes. Heute soll der erste Tag einer glücklicheren Zeit werden. Heute ist ein Tag für eine Geschichte, die uns den Weg hierher geebnet hat. Es ist das Märchen von der silbernen Königin.«

Ophelia fand Emmas Hand und drückte sie so fest, dass es beinahe schmerzte.

»Es war einmal ein Königreich, das vor vielen tausend Jahren für seine Schönheit bekannt war. Das Königreich hatte keinen Namen, denn kein Name konnte der Schönheit des Landes gerecht werden …«, begann die Madame, und ihre Stimme füllte den Saal, ohne laut zu sein. Sie füllte die Herzen der Menschen, weckte Zorn und Mitgefühl und ein neugieriges Glänzen in den Augen aller.

Sie erzählte das Märchen, das Emma glaubte, bis ins Detail zu kennen, wie sie es zuvor noch nie gehört hatte, und hauchte ihm mit ihrer Stimme und ihrer eigenen Art des Erzählens neues Leben ein.

Madame Weltfremd erzählte von Emmas Schicksal in Gestalt der silbernen Königin auf eine Weise, die Emma einfing, sie in unsichtbare Fäden einspann und sie vergessen ließ, dass es sich dabei um ihr eigenes Leben handelte.

Sie machte Emma zu einer Heldin, ohne dass sie es bemerkte.

Unzählige Sterne standen wie winzige Perlen am Himmel, der so dunkelblau wie der bodenlose Grund eines Meeres war. Die Silhouette des Sichelmondes verbarg sich hinter dem Schleier dünner Wolken, die hin und wieder den klaren Himmel trübten und das Funkeln der Sterne dämmten.

Emma hatte die Pause zwischen zwei Geschichten genutzt, um sich heimlich davonzustehlen. Sie war durch die leeren, dunklen Flure gewandert und hatte irgendwann in einer Nische eine unbeaufsichtigte Tür gefunden, die nach draußen auf einen Balkon führte.

Sie atmete die klare Nachtluft ein. In den Geruch von schmelzendem Schnee mischte sich mittlerweile noch mehr: der Duft nach dem Salz des Meeres hinter der Handelsstraße, den der Wind herbeitrug, und von Gräsern, die sich durch die dünne Schneedecke kämpften.

»Man kann die Nacht beinahe schmecken, nicht wahr?«

Emma zuckte nicht zusammen, als die Stimme aus der Dunkelheit zu ihr drang. Sie hatte diesen Moment irgendwie erwartet.

Leises Knirschen verriet ihr, dass Casper näher kam, bis er schließlich neben sie ans Geländer trat. Sein Blick verlor sich in der Ferne, wo der Eisbrand in der Finsternis der Nacht verborgen und der Schatten für immer begraben lag.

»Mag sein«, erwiderte Emma, ohne den Kopf zu wenden. Sie konnte ihn nicht ansehen.

»Emma, ich …«

»Ich will keine Entschuldigung hören«, unterbrach Emma ihn scharf. Nun wandte sie sich ihm doch zu. »Deinetwegen bin ich nicht hier.«

Caspers Augen strahlten dunkel, als hätten sie das Sternenlicht eingefangen, und in einer zu schnellen Bewegung, als dass sie ihm hätte ausweichen können, trat er auf sie zu, bis er so dicht vor ihr stand, dass sie die Hitze seines Körpers spüren konnte. Sie war zwischen dem Gerüst des Balkons hinter ihr und Casper vor ihr gefangen. Sie konnte sich in keine Richtung wenden, nirgendwohin flüchten, ihre Verwundbarkeit nicht verbergen.

»Das weiß ich.« Casper kniff die Lippen zu einem dünnen Strich zusammen, während er nach Worten rang. Aber welche Worte konnten schon erklären, dass er ihre beiden Leben mit einem sauberen Schnitt voneinander getrennt hatte? Welche Worte konnten die Wunde heilen, die er ihr damit zugefügt hatte?

»Ich habe deinem Vater versprochen, dich vor weiterem Schaden zu bewahren, Emma.« Sein Blick glitt unwillkürlich zu ihren Füßen, die in den Stiefeln steckten, die er ihr geschenkt hatte. »Nach allem, was du durchgemacht hast, konnte ich ihm diese Bitte nicht abschlagen. Jeder Vater würde einen Mann wie mich von seiner Tochter fernhalten.« Er klang gequält.

Heißer Zorn stieg in Emma auf. Sie hob den Kopf, um ihn anzufunkeln. »Und du glaubst nicht, dass ich diese Entscheidung selbst treffen kann? Wart ihr beide der Meinung, über mein Leben entscheiden zu können?«

Casper schüttelte den Kopf. »Ich wollte nicht ... Ich wollte nicht, dass es für immer so bleibt.«

»Ach?«, fragte Emma. Ihre Stimme zitterte beinahe vor Ärger. »Und meinst du nicht, eine Erklärung wäre nötig gewesen? Nur ein Wort, damit ich weiß, wie unser Leben weitergehen soll?«

Casper hob die Hände und umfasste ihre Schultern, als sie sich abwenden wollte. »Doch«, antwortete er. »Das wäre nötig gewesen. Es tut mir leid.«

Er schien noch mehr sagen zu wollen, aber keine Worte zu

finden. Die Wärme seiner Finger grub sich durch ihre Kleidung und legte sich wohlig auf ihre Haut. Emma wollte seine Hände abschütteln, aber ein Teil von ihr begrüßte seine Berührung. Sie hatte sich nach ihm gesehnt, unter all dem Kummer, der Wut und selbst der Freude hatte sie sich nach ihm gesehnt.

»Warum?«, fragte sie leise, als sie das Schweigen nicht mehr aushielt. »Wie konntest du mich gerade in dieser Zeit allein lassen?«

»Weil der Mensch, den du aus mir gemacht hast, nicht genug war. Nach all diesen Kämpfen gegen dich, gegen mich selbst und den Schatten war ich zersplittert. Ich musste meine Scherben aufsammeln und sie wieder neu zusammensetzen. Ich musste herausfinden, wer ich ohne dich sein kann, ob ich nicht nur deinetwegen gut sein will, sondern meinetwegen und wegen meines Landes. Damit ich ein Mann werden konnte, der dir etwas anderes als Gefahr bieten kann. Der nicht droht, beim ersten Streit die Kontrolle zu verlieren. Ich musste wachsen, stark werden. Ich musste Dinge wie Mitgefühl und Sanftmut lernen, um dieses Land nicht ein zweites Mal ins Verderben zu führen.« Seine Stimme geriet ins Stocken. »Ich … ich musste lernen, in den Spiegel sehen zu können, ohne Hass und Verachtung. Wie hätte ich dir begegnen sollen, ohne all das?«

Emma hatte nicht geglaubt, dass es Worte geben konnte, die sie verzeihen ließen, von einem Moment auf den anderen. Aber die Madame hatte recht. Die richtigen Worte besaßen Macht. Emma spürte, wie der Damm in ihr brach, und sie trat einen Schritt nach vorn, bis sie so nah bei ihm war, dass sie seinen Geruch riechen konnte und die Wärme seines Körpers an ihre Haut perlte. Seine Hände glitten über ihren Rücken und umfingen ihre Hüften, um sie an sich heranzuziehen, bis Emma jede Faser seines Körpers unter den Stoffschichten spürte. Jede Bewegung fühlte sich vertraut an, wie ein Zuhause, das man zu lange nicht mehr betreten hatte.

»Du warst immer derselbe«, flüsterte sie. »Du warst die

ganze Zeit derselbe, nur unter einer Eisschicht verborgen. Da war etwas in dir, das sich die ganze Zeit danach gesehnt hat, auszubrechen, verstehst du? Es waren nicht ich und das Märchen, die das dunkle Eis aus deinem Herzen vertrieben haben. Du warst es selbst, Casper!«

Der Wind wehte ihr die hellen Haare ins Gesicht, und Casper hob die Hand, um die Strähnen zurückzustreichen. Seine Fingerkuppen glitten über ihre Wange, über ihren Mundwinkel und die Grube in ihrem Kinn, ehe er ihr Gesicht anhob und ihre Lippen ungestüm mit seinem Mund bedeckte. Die Kälte in ihm war nur noch ein Echo, eine Erinnerung aus einer anderen Zeit, stattdessen schmeckte Emma eine salzige Brandung.

Sie versanken ineinander, ohne die Mauern, die sie aufgetürmt hatten und die nun endgültig zerbrachen. Die schweren Zweifel und Ängste fielen in sich zusammen und gaben ihnen beiden eine Leichtigkeit zurück, die in jedem Atemzug und in jeder Berührung zu finden war. Casper ließ Emma erst los, als die Menschen nach der letzten Geschichte aus dem Saal stürmten und lautstark ihre Begeisterung über die Erzählkunst der Madame kundtaten.

Emma atmete tief ein, kostete von der milden, ungewohnten Süße, die in der Nachtluft hing und einen nahenden Frühling versprach.

Dann streckte Casper ihr die Hand entgegen. Und Emma nahm sie. Nicht nur der Winter war zu Ende.

Die Kälte in ihren Herzen war es auch.

ENDE

Danksagung

Es heißt immer, das Schreiben sei eine einsame Tätigkeit, und für mich stimmt es nur zum Teil. Wir schreiben allein, aber nicht einsam, denn im Hintergrund gibt es viele Menschen, die uns unterstützen, die da sind und die helfen, aus einer Idee, einem Funken, einem einzigen Gedanken eine Geschichte zu zaubern.

Zuallererst möchte ich meiner Familie danken, vor allem: Heike und Volker, die so starke und liebevolle Eltern sind, meinen Großeltern Ingrid, Marion und Horst, sowie Dirk, Angelika, Anja und Wolfgang. Euer Glaube an mich ist unerschütterlich.

Ich danke Sarah dafür, dass sie das perfekte Gegenstück zu mir ist, dass sie immer, immer, immer da ist. Wir sind einander Familie.

Aus vollem Herzen danke ich meinen liebenswerten, verrückten, intelligenten Freunden Christoph, Katja, Tine, Sandra, Belinda, Esin und Kristina dafür, dass sie mein Leben bunt machen und dass sie verstehen, dass ich manchmal eben dieses Büchermädchen bin, das abtauchen muss.

Neben den Menschen des »normalen« Lebens gibt es natürlich auch Freunde aus der Buchwelt, denen ich unsäglich dankbar für ihre Hilfe und Unterstützung bin: Simone Walleck für unendlich viel Zeit mit Wein, Brainstorming, Leid und Freude teilen, Titel suchen, Aufregung und Zweifeln. Ich bin dir dankbar dafür, dass wir diesen Weg, der uns so viel bedeutet, gemeinsam gehen.

Außerdem danke ich Dag Roth und Fabienne Siegmund, die begeisterte Testleser für meine silberne Königin waren.

Ganz besonders danke ich auch Anika Beer, die nicht nur eine fabulöse Freundin und Mentorin, sondern auch eine Geschichtenerzählerin ist, der ich nächtelang zuhören könnte, und Isabella Schuler, weil sie das größte Herz hat und die sanfteste Seele ist, die ich kenne.

Ich danke meiner wunderbaren Agentin Anja Koeseling und meiner fabelhaften Lektorin Anne Rudolph! Für eine Autorin gibt es nichts Schöneres, als mit anderen Buchmenschen in die eigene Geschichte eintauchen zu können. Die gemeinsame Arbeit hat nicht nur dieses Buch vorangebracht, sondern vor allem auch mich selbst.

Nicht vergessen möchte ich all jene, die seit Jahren an meine Geschichten geglaubt haben und es heute noch tun: meine »Geekfamilien« des Wäldchens und der Con-Gemeinschaft, und mein virtuelles Wohnzimmer, den Tintenzirkel, sowie dessen Betreiberin Maja Ilisch. Ohne euch … Ach, ihr wisst schon.

Nicht unerwähnt bleiben darf – auch wenn er es nicht lesen, aber wissen wird – mein treuer Gefährte auf vier Beinen: mein Windhund Sky. Die besten Ideen kommen immer, wenn wir an Wellen, Wiesen und Wäldern entlangstreifen.